ハヤカワ・ミステリ文庫
〈HM505-1〉

空軍輸送部隊の殺人

N・R・ドーズ
唐木田みゆき訳

早川書房
8949

A QUIET PLACE TO KILL

by

N. R. Daws

Published by arrangement with
RACHEL MILLS LITERARY LTD.
Translated by
Miyuki Karakida
First published 2023 in Japan by
HAYAKAWA PUBLISHING, INC.
This book is published in Japan by
arrangement with
NEIL DAWS
c/o RACHEL MILLS LITERARY LTD
through THE ENGLISH AGENCY (JAPAN) LTD.

母パムから読むことを教わり、父ジョージから読む楽しさを教わった、
そのなつかしい思い出に

空軍輸送部隊の殺人

登場人物

エリザベス（リジー）・ヘイズ………三等航空士。心理学博士
シャーロット（シャーリー）・
　　　　　　ローワン＝ピーク………三等航空士。リジーの親友
エミリー・パーカー…………………三等航空士。最年少
フェリシティ（フィズ）・
　　　　　　　　ミッチェル………三等航空士。エディンバラ出身
アガタ・トロニスカ…………………三等航空士。ワルシャワ出身
ニーヴ・マクナルティ………………三等航空士。アイルランド出身
ジェラルディン・
　　　　　エレンデン＝ピット………補助航空部隊《ATA》婦人分遣隊隊長
ラヴィニア・スコット………………三等航空士

ダリントン大佐………………………スコットニー空軍駐屯地の指揮官
マットフィールド中佐………………同副指揮官
ペンドリー大尉………………………空軍警察の責任者
トマス・ハモンド……………………一級警備兵
フレディー・ステイプルトン…………二級警備兵

ジョナサン・ケンバー………………ケント州警察警部補。スコットランドヤードから出向中
デニス・ライト………………………同巡査部長。スコットニー駐在所所属
ドクター・ヘッドリー………………外科医、病理学者

ブライアン・グリーンウェイ…………空襲警備員
ジャイルズ・ウィルソン……………牧師
ミセス・オークス……………………牧師館の家政婦
エセル・ガーナー……………………牧師館の向かいの住人
レス・ブラナン………………………パブ〈キャッスル〉の主人

プロローグ

命が尽きるときをはっきり知る者はそうそういないが、その女は知った。

ぬっと現れて女の喉を絞めあげた人影が、ふいに響いた金具のきしみに身をかがめ、闇に目を凝らす。夜空から死が降るのを防ぐ、灯火管制《ブラックアウト》の闇に。十時を過ぎたばかりで、家路につく酔っ払いが何人かいる。でも、アルコールで腑抜けになっているから頼りにならないと女は思った。その人影が低い塀から顔を出し、教会墓地の向こう、村の中心にあるパブ〈キャッスル〉のほうを見やる。

それも一瞬の猶予にすぎなかった。

女の脳裏につぎつぎと疑問が湧き起こる。なぜこんなことに？　いけないことをした？　場違いなことでも言った？　髪や化粧や服装がまずかった？　答の出ない問いがたまると同時にあらたなパニックが押し寄せる。もう夢はひとつもかなわず、雑誌で見た場所を訪れることもない。

イチイの木が底無しの闇を作るその場所は、ハイストリートから斜めに抜ける小道にあり、両側を燧石《すいせき》の低い塀に挟まれたまま教会墓地沿いに草地まで延びている。ここにいるのはだれも気づかない。だれも来ない。女は目で懇願したが、相手の左手で自分の右手首をつかまれたので、自由なほうの腕を振りまわし、当たった場所に左手の爪を立てた。近くで空襲警備員が放つ「明かりを隠せ」の大声にどちらも驚き、女は首の絞めつけが強くなるのを感じた。

自分でも意外なほど激しくもがき、恐怖が生存本能に火をつけて奥深くに隠された力が解き放たれた。けれども、それでは足りなかった。指の力強い締めつけで、何かが崩れて恐怖が消えるのがわかった。膝から力が抜け、つかまれたまま地面にくずおれ、体からすべての感覚が去った。

なすすべもなく圧迫が強くなる。

確実に。

1

リジー・ヘイズが乗るノートンのバイクがうなりをあげて到着を知らせたのは、スコットニー村が目覚めてから数時間後のことだった。

スコットニーは畑地と生垣と牧草地のパッチワークに囲まれ、西の境界は鬱蒼《うっそう》とした森、東の境界は近くの小川で、リジーがこの村について最初に聞いたときに思い浮かべた絵とそっくりだった。ホークハースト支線の踏切と駅を過ぎてまもなく、リジーは十字路でいったん止まって自分の位置をたしかめた。左右に走る細い道沿いには、ケント州特有の下見板張りのこぢんまりしたコテージが並んでいる。左はエイコーン・ストリート、右はメドウバンク・レーン。

広いハイストリートは北へ延び、通りの右側には小規模な車の修理工場と道端に給油ポンプが一台あり、さらにその先に古風で小さなベーカリー、食料雑貨店、薬局、精肉店が家々のあいだに混じっている。左側には、第一次世界大戦の慰霊碑を過ぎたあたりに赤い電話ボックスがある。塗装された鋳鉄製の看板が土囊《どのう》で補強されたドアの上にあるので、そこが駐在所だとわかり、村役場の時計台はまだ中間地点で、さらなる家並みのはるか向こうに教会の小さな鐘楼《しょうろう》が見える。

村が夜通しの土砂降りに洗われたおかげで、田舎の小さな地所で育った記憶がよみがえった。ロンドンで過ごしたここ数年とはまるでちがう。リジーにとって首都はあまりにもせわしない街だった。窮屈な煉瓦《れんが》造りの家がなぐさめと保護を求めてひしめき合い、壮大な石の建造物が他を圧するように冷然とそびえ、ロンドンっ子たちはせかせかと歩いては互いの道をふさいでいた。数え切れないほどの石炭ストーブや工場の煙突から出る煙のせいで鼻や喉がむずむずした。視界をさえぎる黄色がかった濃霧が、有名な歴史的建造物をたびたび覆い、真っ昼間に黄昏《たそがれ》が訪れて肺をうずかせた。けれども、このあたりの空気は近くの果樹園で拾ったリンゴのようにさわやかで新鮮だ。深呼吸をすると、遠くの低い丘の起伏に目が引き寄せられる。丘の上空に雨雲こそあるが、空全体が広く感じられた。

村の住人へ注意を向けると、たいていは買い物や雑用をしているところだった。村役場の真向かいにあるパブ〈キャッスル〉の外で、歩道に立ち止まったふたりがいて、リジーは目を留めた。ひとりは濃紺のつなぎを着て、空襲警備員のしるしである白い〝W〟の文字入りの黒いヘルメットをかぶり、カーキ地の日用品袋を肩からさげている。リジーはノートンのエンジンをかけると、轟音を立ててパブに向かい、ふたりのそばで停めたが、彼らが困って迷惑そうな顔をしているのに気づいた。エンジンが最後の咳をして止まってから、ようやく空襲警備員の男が何やら話しているのがわかった。

「おいおい、そんなスピードで村を走るもんじゃないぞ、小僧。だれだか知らんがな。悪天候でなかったら、そのバイクの騒音を聞いて敵機が来たと言ってたところだ」

「侵攻かと思ったじゃないの」男の仲間で華奢《きゃしゃ》とはいえない体格の主婦が、守ってもらおうと警備員の背後にまわった。「ナチの戦車とかじゃないかって」そう言って枝編み細工の買い物かごをしっかりとかかえる。

警備員がそれ見たことかと目いっぱい背筋を伸ばした。

期待どおりの対応ではなかったがリジーは笑い、黒い外套とレギンスとブーツとヘルメットという格好ではものものしく見えるにちがいないと思った。そこで、口と顎を覆っていた黒いスカーフを引きさげ、ゴーグルをあげてヘルメットを取ったあと、最新流行の形にカールさせたこげ茶色の髪を見せ、ふたりの表情が困惑から驚愕に変わるのを見守った。さすがに男には見えないだろう。

「ほんとにごめんなさい。でも、すばらしいでしょ」リジーは黒いガソリンタンクを軽く叩いた。「ノートンのバイクです。兄のものなんだけど、兄はノース・ウィールドに配属されてハリケーン（第二次世界大戦期の英国空軍などで多く使われた単発戦闘機）に乗っているから」

「不用意なおしゃべりは命取りだよ、お嬢さん」警備員がたしなめる。「だいたいあんたは何者だ。それに乗ってどこへ行く」

「エリザベス・ヘイズといいます」リジーは黒い手袋を取って片手を差し出した。「でも、リジーと呼んでください。ATAに所属しています」

「ブライアン・グリーンウェイだ」男が言い、握手を受け入れた。「こちらはエセル・ガーナー。ところでATAってなんだね」

「エア《A》・ト《T》ランスポート・オ《A》グズィリアリ、補助航空部隊」リジーは誇らしげに言った。

「わたし、飛行士なんです」

エセルがグリーンウェイの後ろから出てきたが、買い物かごをまだ抱き締めている。

「ばかおっしゃい」きつい口調だ。「女は飛べないのよ。戦争中なんだから」

しぼんでいく笑みの奥で、拒絶されたときのいつもの失望がリジーをちくりと刺した。

「むしろそれが問題なんです。男たちはみんな戦闘機に乗ってドイツと戦っています。わたしたちはすべてのすばらしい飛行機をあるべき場所に届けるべく後方支援をしているんですよ」

「われわれをかついでるな」グリーンウェイがばかにした笑みを浮かべた。「あんたにスピットファイアを飛ばせるものか」

「そう、許されていません。いまはまだ」

リジーはそれ以上笑みを保てなかった。他人を真似て新しい環境になじむこと、茂みに溶けこもうとするカメレオンになること、それは彼女にとって大事な技能だ。でも、ここに来たら歓待されると思っていた。どうやら戦時の村の空気を読みちがえていたらしい。

「当面は小型の航空機と訓練機を輸送します」リジーは言った。「でもそのうち」

「そのうち豚も飛ぶのかしら」エセルがふくれ面で言い返した。

「じゃあここで何をしてるんだ」グリーンウェイが訊いた。

「じつは、スコットニーの空軍駐屯地を探してるんです。一部隊まとめてそこの配属になりました。こちらの方角で合ってますか」

「教えちゃだめ、ミスター・グリーンウェイ」エセルがぶっきらぼうに言った。「ドイツのスパイかも」

リジーはにこやかな笑みを向け、グリーンウェイがつられて微笑むのを目にした。「スパイじゃありません」外套に手を入れてその奥の上着を探り、身分証明書を出した。グリーンウェイがそれを調べて返す。「ボウナファイド（本物という意味のラテン語）でしょ」

「ほら、ドイツ語もしゃべるし」エセルが顔をしかめて言う。

グリーンウェイがあきれて天を仰いだ。

車両がもう一台村にはいってくる音が聞こえたので全員が目を向けると、若い女性が運転するふたり乗りのスポーツカーがリジーのノートンの隣に静かに停車した。目を丸くした四人の少年が突然どこからともなく現れ、興奮気味に車を取り囲んだ。その後ろではふたりの幼い少女がカーディガンの裾をもじもじといじっている。

「あなたも運転してくるとは知らなかった」リジーは周囲の話し声をうわまわる声で呼びかけた。

グリーンウェイはリジーから別の新参者へと、胡乱《うろん》げな目を移した。「あんたがたは知り合いかな」

「友達です」リジーは説明した。「ホワイト・ウォーザンの司令部でいっしょでした。そこで訓練を受けたんです」

「やれやれ、もっといたんだね」エセルがぶつくさ言うそばで、その女性は運転席のドアをあけ、車をおりた。

「もっといてごめんあそばせ」そう言い返した彼女がやわらかい素材の折り畳み式ルーフを急いで広げると同時に、午前中降ったりやんだりしていた小雨が本降りになりはじめた。

「シャーロット・ローワン＝ピークといいます。シャーリーと呼んでください。あいにくのお天気ですこと」

「たしかに」グリーンウェイが相槌《あいづち》を打ち、眉をひそめて空を見あげる。

「こんどのもひどい降りになりそうだ。ところで、あんたの車かい？」

「もちろんです」シャーリーはルーフの最後の固定具をはめた。「ガソリンが不足しているから列車で来るべきだったけれど、兵士と疎開者が多くて身動きがとれないものですから」

シャーリーは運転席にすわり、風で乱れた髪を整えた。「よろしければ正しい道順を教えていただけないでしょうか」

顔に当たる雨粒にまばたきをしながら、リジーはグリーンウェイを見た。彼の視線がシャーリーの顔から、エンジンがかかって発進するばかりの車へとすばやく動く。高級官僚だろうが下っ端だろうが、役人が不必要に判断を遅らせることにリジーはだんだん慣れてきたところであり、内心不満とはいえ、彼らからもっと多くの質問をされるにちがいないと思っていた。ところがこの警備員はもう決めたらしく、悠然としている。

「あんたの身分証明書はきちんとしているし、こちらさんの身元もあんたが保証すると見た」グリーンウェイがシャーリーを顎で示した。

「当然です」リジーは請け合った。

「それでは」グリーンウェイが腕を伸ばして教会の方角を示した。「このまま進み、マナー・レーンを一キロ半ほど直進しなさい。一本道で行き止まりが領主館《マナーハウス》だからまちがえようがない」

「あきれたもんだわ」エセルが頭のスカーフを直しながらつぶやいた。

「ありがとう」リジーはヘルメットとゴーグルをつけ、スカーフで口を覆って手袋をはめると、ノートンのキックペダルを踏みこむ。シャーリーは手を振ってからクラクションを二回鳴らして発車し、あとを追う悪童たちを引き離した。リジーは村人たちにゆったりと敬礼をしてからスロットルを開き、村の北端に向けて速度をあげた。

教会に近づいたとき、低い塀の向こうに男がふたり立って小道にある何かを観察しているのにリジーは気づいた。ひとりは黄土色のレインコートを着て黒のホンブルグ帽をかぶっていて、かがんだので姿が見えなくなったが、もうひとりは警察官のヘルメットと制服を着用し、自分たちが濡れないように立って傘をさしている。リジーが道端にノートンを停めてかがんだ男へ目をやると、そばの地面にほんの一瞬衣服の塊《かたまり》のようなものがあった。はっとして、それが何かをすぐに察したが、そこにさらにもうひとりの男が——ダークグレーでつばの狭いフェドーラ帽とグレーのレインコート——リジーの正面にやってきてわざと視界をさえぎった。リジーがその顔を見るなり、男は警察官の身分証明書を提示した。年配向きのくすんだ色の服を着ているが三十代後半だろう、とリジーは思った。

「ここは犯行現場だ。暇な観客相手にビクトリア朝風の残虐趣味の見世物をやってるわけじゃない！」その男が大声で言った。

リジーは顔を曇らせた。「わたし、暇ではないし、観客でもありません」

「ほう、それなら熟練の探偵か。これは失礼」男は笑って言う。

辛辣な態度にリジーの胸がうずく。「じつはわたしが熟練しているのは、心理――」

「さあ行って！」

くるりと向けられた背が、無神経なことばと同じくらいリジーには腹立たしかった。かかわりあってもしかたがないので、リジーは何も言わずにふたたびバイクを走らせたが、村へやってきたときの晴れやかな気分は完全に落ちこんでいた。

「うっとうしい見物人め」ケント州警察のジョナサン・ケンバー警部補は遠ざかるバイクを見てつぶやいた。ゆうべのチーズとピクルスのサンドイッチのせいで胸やけがおさまらず、鼻風邪のせいでわずかなユーモアも残っておらず、質問する野次馬にはいつもいらさせられる。それだけでたくさんなのに、自分の担当区域で若い女が切り刻まれ、不倫中の妻はその朝離婚を切り出して夫をお払い箱にし、雨は斜め四十五度に吹きつけていた。

また雨だ。

警部補は教会墓地に沿った小道を二、三歩進み、遺体のそばに立つ警官と挨拶《あいさつ》を交わした。新品の傘が立てるリズミカルな雨音に掻き消されないように声を張る。

「灯火管制とあの悪天候、若い女を襲うにはうってつけの時間と場所だっただろうな」

「そうですね」デニス・ライト巡査部長はそう言って、ケープの位置を調整してヘルメットを伝う雨が襟の中にはいらないようにしたが、傘は遺体とそれを検分中の医師の上にかざしたままだ。「村の中では人目につきにくい数少ない場所のひとつですよ、このあたりは」

ケンバーもそれは認めた。村へは数年前に来たきりだが、そのころとほとんど変わっていなかった。ここは人通りの多いハイストリートのどん詰まりで、聖マタイ教会のいかついノルマン様式の鐘楼が小さな墓地を守っている。静かな殺害場所だ。

「何かわかりましたか、先生」ケンバーは声をかけた。「目下のところ、どんなことでも非常に助かります」

ドクター・マイケル・ヘッドリーはロンドンの聖バーソロミュー病院の外科医だったが、いまはペンベリー病院に勤務する内務省認可の病理学者だ。そのヘッドリーが検査対象から目をそらし、雨滴がついた眼鏡越しにケンバーをじっと見た。「やあきみか、ケンバー。

正直言って、スコットランドヤードの一流どころを期待してたんだが」

ケンバーはヘッドリーへ苦笑いを向けた。スコットランドヤードの犯罪捜査部から半永久的な配置換えで故郷のトンブリッジに着任してからそろそろ二年が経つが、ヘッドリーはその理由を知る数少ないひとりだった。

「凶悪犯罪が急に増えたものだから、ヤードはへたれ気味なんです」ケンバーは言った。

「優秀な警官が足りないんでしょうね」ヘッドリーの意味ありげな一瞥《いちべつ》に笑いそうになる。

「ヤードのベヴァリッジ警部が、ここから数キロ先のブレンチリー教会区で発生した被害者三名の殺人事件に人員のほとんどを割いてしまったので、ヤードの人間としてわたしが急遽《きゅうきょ》駆り出されたわけですよ。内務省の有名な病理学者バーナード・スピルズベリー卿が捜査チームに加わったそうですよ」

ヘッドリーがふんと鼻を鳴らす。「じゃあきみもわたしと似たり寄ったりの、地味な役回りってことか」

「世の中そんなもんです」

「相も変わらずってやつだな」ヘッドリーが認める。「念のために言っておくが、少なくとも医学的な観点では、ブレンチリーの事件と無関係なのはまちがいない。けさ、わたしも偶然——きみが訊《き》く前に言っておくが、礼儀正しく——バーナード卿と話した。彼が言うには、母と娘が本人所有の休暇用コテージ付近の果樹園で撃たれ、その家の家政婦がこん棒で撲殺《ぼくさつ》された」そして横にある遺体を顎で示した。「この若いご婦人は首を絞められたうえにナイフで刺されている」

長年の警察勤めにもかかわらず、ケンバーは死体を見慣れる域にはほど遠かったので、顔をそむけて視線をさまよわせた。「ブレンチリーの現場はもっと辺鄙《へんぴ》な場所だがここはちょうど村の端だから、その見解に賛成ですね。場所がちがう、凶器がちがう、手口がちがう、だから犯人はちがう。理にかなっている」

「ふうむ、ここを見たまえ」ヘッドリーが指さしながら小さくうなずき、女性の遺体へとケンバーの注意を引きもどした。「首にいくつも切り傷があるが、顎の下側に痣《あざ》が見えるだろう。犯人は女性の喉を正面から右手でつかんで絞めたらしい。荒天だったとはいえ、ふつうは飛び散るはずの血がほとんど確認できない。つまり、ナイフによる傷は死後につけられた」

「犯人がこれをしたとき、被害者はすでに死んでいたということですか」ケンバーの心は沈んだ。死後の傷が予謀の犯行を示すことは知っていた。

「じつは片手でやるのはそう楽ではないんだが、圧迫痕《こん》がはっきり見られるから、扼殺《やくさつ》と見て問題ないだろう。遺体安置所へ運べばもっとくわしくわかるはずだ」

ケンバーは眉根を寄せた。「もう死んでいる相手にナイフを刺したのはなぜでしょう」

「犯罪を捜査するのはきみだろう、警部補。わたしは犯行の手口を調べるただの藪《やぶ》医者で、だれがなぜやったかは知らん」

ケンバーはいまいましげにヘッドリーをにらんだ。「被害者はレイプされたんですか」

「それはないだろう」ヘッドリーが綿棒をガラス管へ落とし、コルクで栓をする。「肌着はつけたままで、暴行を示すような明らかな痣が陰部にはない。雨に濡れない場所で遺体をもっと念入りに調べれば、精液の有無を確認できるだろう。ところで、ライト巡査部長は目をそらしたほうがいいかもしれないな、いまはとくに――」医師がその女性のワンピースを胸もとまでたくしあげたので、ライトはすぐさま塀から身を乗り出して教会墓地のほうへ吐いた。

「キリスト教徒とはいえないな、巡査部長」ケンバーは落ち着いた顔を保った。

「たしかにそうですが」ライトが手の甲で口もとと短く整えた顎ひげをぬぐう。「しょうがなかったんですよ。もうだいじょうぶです」

「少なくともきみは犯行現場全体にまき散らさなかった」ヘッドリーが言った。「さっき言いかけたんだが、犬を散歩させていた男が遺体を見つけたとき、実際はこんな格好だった。その男は被害者の女性のために慎みを取りもどしてやりたかったんだろうが、証拠を乱す可能性には思いいたらなかった」

ケンバーはめった切りにされた女性の腹部に無理やり目を向けた。顔をゆがめる。「全部同じナイフで？」

「現時点ではなんとも言えんが、切れ味がよくて刃渡りの長いナイフが必要だっただろう」

「これも死後に切られたんでしょうか」

突風が吹いて大量の細かい水滴が木からほとばしり、また傘に跳ねかかった。

「そうだろうな」ヘッドリーが身震いをして言った。「どの傷も非常に深いが、やはり出血が少ない。ほかにも傷があるだろうが、まず遺体をきれいにしなくては」

「死亡推定時刻はわかりそうですか」この質問をすればヘッドリーがたいてい冷笑まじりに鼻を鳴らすのを知りながら、ケンバーは訊いた。

「むずかしいな。ここに置かれていた遺体の露出部分のほとんどが、けさまでに降った雨で洗い流されてしまった。血斑《けっぱん》は背面に固着する。わかりやすく言えば、被害者の背中側に集まって固まる。全身が完全に死後硬直しているから、死亡したのは真夜中から午前四時のあいだだろう。ところが」ケンバーが口を開く前にヘッドリーが言う。「ここを見ればどうだ」被害者の開いた口を指し示す。「ハエの卵が産みつけられていて、早くもごく小さな蛆《うじ》が二、三匹いる」

ぴくりと動く片眉に嫌悪をにじませ、ケンバーは身を乗り出して被害者の口腔内を覗きこんだ。「ということは？　彼女はもっと早くからここに倒れていたんですか」

ヘッドリーはうめき声をあげながら、つらそうに腰をあげた。「きみが何を考えているのかわかるよ。マーンズ博士と、五年前スコットランドで起こったあの有名なラクストン事件（一九三五年のバラバラ殺人事件）のことだろう」そう言って首を横に振る。「文献とわたしの経験によれば、ハエは体の開口部にあっという間に卵を産みつけ、およそ八時間後に蛆が産まれる。一日も経たないうちにだ。血斑、死後硬直、蛆、天候、それらを考え合わせてあえて向こう見ずな当て推量をすれば、死亡推定時刻は約一時間の誤差を入れて昨夜の十時から夜中の十二時のあいだだろう。いまのことばを引き合いに出されたら全部否定するがね」

「助かります、ドクター」ケンバーは遺体のほうへ顔を向けた。「身元がわかるものはありましたか」

ヘッドリーは自分のものを片づけて帰りじたくをしながら、泥がついたクラッチバッグを顎で示した。「バッグが遺体のそばの路上に落ちていた」と言う。「屋外で泥や雨にまみれているから、まともな指紋は採取できないだろう」

「とにかくライト巡査部長が指紋を調べるでしょう」ケンバーは言いながら、ポケットから出したゴムの手袋をはめた。バッグをあけて移動許可証を見つけ、喉の奥が締めつけられる。被害者の名前を知るたびに事件がより切実に、他人事ではなく思えてくる。「ラヴィニア・スコット。未婚。二十三歳。補助航空部隊《ATA》の飛行士らしい」一枚の書類を広げると、中にさらに小さく畳まれたメモがある。「スコットニー空軍駐屯地に本日出頭せよという通達だ」小さなメモのほうを広げ、きちんとした字で書かれた住所をライトに見せた。

「この道を行ったところにある宿屋ですよ」ライトが言う。「切り盛りしてるのはタプロー家の姉妹、アニーとエルシーです」

ケンバーは通達書とメモをバッグへもどした。

「つぎは飛行許可証だ。身分証明書はなくなっているのに、所持金はまだここにある。宝石類はどうだろう」

「指輪とイヤリングとネックレスをつけているな」ヘッドリーが言った。「どれにもダイヤモンドらしきものが施されている。いずれにしても安くはあるまい」そしてケンバーの横を通ってとぼとぼと広い道へ向かい、ライトが傘をさしてつきしたがう。

ライトが待機中のヘッドリーの車へ合図を送った。

「じゃあ物盗《ものと》りではないですね」ケンバーはヘッドリーの後ろから声をかけた。「彼女は意図的にこのように置かれていたんじゃないですかね。まるでわれわれが発見するのをだれかが望んだみたいだ」

「そうかもしれない。とくに、度を越しているのが気になる」半円を描いて移動した車が急ブレーキで停車し、ヘッドリーは後ろへ跳びのいたが、足首に泥水がかかる。ヘッドリーは運転手をにらみつけた。「おおいに楽しんだように見える」

雨は汚れたレースのカーテンが窓辺でうねるような狂おしさで田園一帯をなめつくし、行く手をはばむ木々を打ち据えた。動くものも動かぬものも水浸しにし、生きていようがいまいがすべてをびしょぬれにし、舗装道路のあちらこちらに水たまりをこしらえる。濡れた葉や生垣、水気を含んだ土や牧草のにおいがスカーフを通してリジーの鼻をくすぐった。雲の奥で稲妻が光り、悪意に満ちた雷鳴が轟《とどろ》く。水滴が走るゴーグル越しにシャーリーの車の赤いテールランプがかすかに見え、ゆっくり停車したのがわかったので、リジーはその後ろにつづいた。赤と白の柵が進入をはばみ、境界の金網フェンスの上にもコイル状の有刺鉄線が配されていて、それが左右にどこまでも延びている。東のほうでまた雷光が見えたと思ったが、安定した光り方なので、接近してくる機体の着陸灯だと気づいた。

空軍省の警備兵が検問所のシェルターから出てきて、ライフルを手に車の横についた。リジーはノートンからおりてゴーグルをあげ、この青年に同情した。少し前まであたたかい検問所にいたのに、いまはひどいありさまで、ヘルメットとケープとライフルから雨水が流れ落ちている。

シャーリーがいる車の運転席側の窓があいた。

「書類をお願いします」警備兵が言った。

あいた窓の中を警備兵が軍支給の眼鏡でのぞいたとき、その顔にとまどいが走り、頭を傾けたせいで雨が首を伝い落ちるのをリジーは見逃さなかった。あとどれくらいで勤務が終わるのだろう、濡れた襟のままでどれくらいがまんしなくてはいけないのだろう。

「あしたまで来ないと思ってました」警備兵が言う。「こんな天気ですから」

「なんだかとっても申しわけないわ」シャーリーが愛嬌をふりまいた。「あなたのお名前は?」

「二級警備兵フレディー・ステイプルトンであります」

「ねえ、フレディー警備兵、あなたがたに会いたくてたまらなかったのよ」

リジーがふたたびあの機体へ目を向けると、こんどはオックスーボックスだとわかる。なじみのある有名な双発機エアスピード・オックスフォードだ。明らかに急降下していて、エンジン室から着陸装置がおり、右の主翼がいっとき傾いた。リジーは自分が操縦席にすわっているつもりになった。横風と戦い、不安を押しのけ、操縦桿《かん》を握り締め、歯を食いしばり、決断し、方向舵ペダルを踏みこんで機体を水平にもどし、滑走路を目指す。

ステイプルトンはぎくりとしてライフルを落としそうになった。全身黒ずくめのリジーが隣に立ち、身分証明書を雨で濡らさないように手で覆って飛行場を凝視していたからだ。彼はその証明書を受け取った。

リジーが見守るオックスフォードはフラップをさげて水平飛行し、少しずつ降下した。リジーは操縦者の思いを感じ取って巨大なゴムのタイヤがタッチダウンするのを待ち、雨で滑りやすい草地の滑走路で機体がけん引されるのを見て安堵した。

「ヘルメットを取ってもらえますか」

われに返ると、ステイプルトンが身分証明書の写真と実際の顔を見くらべていて、リジーは自分が息を止めていたことに気づいた。

「髪がめちゃくちゃだから、できれば濡らしたくないんだけど」リジーは笑みを浮かべた。

「そりゃあそうよ」シャーリーが言う。「女は見た目を大事にしなきゃ」

ステイプルトンがリジーへ証明書を返すときのぎこちない礼の声は、緊張による吃音と車のルーフに当たる鈍い雨音のせいでほとんど聞き取れなかったが、釣り合い錘《おもり》のところまで歩いていって柵をあげるときに、彼はか細い声を振り絞った。「領主館《マナーハウス》へ行けばだれかが対応します。スコットニー駐屯地へようこそ」

リジーがゴーグルをつけ直してふたたびバイクへまたがると、スカウトとノートンは二台ともうなりをあげて命を吹き返した。シャーリーがスティプルトンに向かって指をひらひらさせ、窓を閉めた。リジーは遠ざかる車を追ってゆっくりバイクを進ませたが、そのとき検問所のシェルターへもうひとりの人間がもどっていくのを、バックミラーで見たような気がした。

2

「はいりたまえ！」

　到着したばかりの補助航空部隊《ATA》婦人分遣隊の隊長は歯を噛み締め、もう一度制服を点検してから入室した。ひとりの将校が窓辺に立つかたわらで、黒白のぶち猫が広い机に寝そべり、もうふたりの将校がその机の片側で席についているのを見届けてから、彼女は直立不動の姿勢をとった。「ジェラルディン・エレンデン＝ピット隊長、着任いたしました」

　スコットニー空軍駐屯地の指揮官ジョージ・ダリントン大佐は、雨の筋が走る執務室の窓から目を離し——爆風《から》による破損を防ぐために窓ガラスには縦横無尽にテープが貼られている——パイプの空の火皿をしげしげとながめた。「低い雲底、土砂降り、雷に稲妻」口もとを引きつらせ、不機嫌な顔でジェラルディンを数秒間見据える。「こんなときに飛ぶとはばかにもほどがある。荒天を見くびると命取りだ。男はぜったいに必要なときだけ飛ぶものだがな。ドイツ兵《ジェリー》さえ待機中だ」

ジェラルディンの表情は動かない。「残念ながら、ほかの飛行士たちの未熟さについては何も申しあげられません。われわれの出発時はじゅうぶん好天でした。雲底高度は一千フィート、視界は少なくとも二千フィートありました。最低基準の範囲内です。このあたりは何百回も飛んだことがありますから、いわば自分の庭のようなものです」

ダリントンは彼女をにらみつけた。「それは敵機と防空気球と戦争がなかったころの話だろう」眼鏡が鼻から少しずり落ちている。それを人差し指で押しあげてから言った。「楽にしたまえ。すわったらどうだね」

「ありがとうございます」ジェラルディンは革張りの椅子に浅く腰かけた。

「副指揮官のジョン・マットフィールド中佐、それから空軍警察のアラン・ペンドリー大尉も同席する」

ジェラルディンは了解のしるしに会釈をしたが、あとは静かにしていた。

マットフィールドは紳士用クラブに置いたほうが似合いそうな詰め物入りの革張り椅子に身を沈めていたが、ジェラルディンのことは気にもとめず、猫のほうにいやな顔をした。猫は起きあがって体を掻き、中佐のほうへ毛を飛ばした。

マットフィールドの隣で簡素な木のデスクチェアにすわるペンドリーは、黒い革手袋の甲の飾りをいじるのをやめて顔をあげ、ジェラルディンに一度うなずいて挨拶した。

ジェラルディンは、自分を脅しつけようとダリントンがわざとじろじろながめてくるのを観察した。そして、戦地勤務用の帽子や濃紺の制服の胸ポケットの上に縫いつけてあるＡＴＡの記章から肩章――これには金色の細い二本の紐が太い二本に挟まれ、それが階級を表している――へと彼の視線が向けられているのに気づいた。

「あれやこれやと……ずいぶん大げさだな」ダリントンが言った。

「お気に障ったのなら申しわけありません」ジェラルディンは超然とした顔を保った。「これは空軍の軍服がもとになっていて、わたしがデザインを決めたわけではありません」

ペンドリーが思わずにやりと笑ったので、ダリントンは鋭い一瞥を投げながら猫の体の下を指で探った。「煙草の上からどけ」低い声で言う。猫が仕返しのパンチを見舞った。ダリントンが歯を食いしばって怒りの声を発し、手の甲で押しのけたので、猫は机の向こうへすっ飛んでいった。マットフィールドが机の端にあった二冊の本をとっさにつかみ、ペンドリーが両手をあげて毛皮と爪を持つ引っかき玉に対抗したので、猫は床に跳びおりるしかなかった。

「けだものめ」ダリントンが吐き捨てるように言う。「どういうわけで野良猫がここに居すわってるんだ。だいたい駐屯地にマスコットが必要か？」そしてこれ見よがしに引っかき傷をなでた。「きみたちもやられただろう」

マットフィールドが手首の引っかき傷をなでた。「わたしはだいじょうぶです」

ダリントンは取りもどしたオールドホルボーンの缶をあけ、香り高い刻み煙草をすくってパイプの火皿へ入れた。マッチを擦って火をつけ、目を細めて窓の外を見やる。

心ゆくまでパイプを吸って頭のまわりに紫煙が立ちこめてくると、ダリントンはようやく窓辺を離れ、百八十センチを超える体軀《たいく》を背もたれの高い自分専用の革張りの肘掛椅子にあずけた。鼻眼鏡を人差し指で直し、しばし全員を無視して卓上の手紙をじっと見る。

「ATAが近ごろなんと呼ばれているか知っているかね」ダリントンはようやく言った。

ジェラルディンは知っていたので、口もとを引き締めた。「たしかエンシャント《A》・タード《T》・エアメン《A》、〝古くてぼろぼろの飛行士〟では」

「お嬢さんがたが仲間入りを許されるまでは、先輩飛行士や傷病兵がそう呼ばれていた。だからちがう。オールウェイズ《A》・テリファイド《T》・エアウィメン《A》、〝いつも怯えている女飛行士〟だ」

ペンドリーが腕時計へ視線を落とした。

マットフィールドが咳払いをした。「わたしは進歩にそこまで反対しませんよ。戦時ならなおさらです。やはり、能力のあるすべての人間にチャンスが与えられるべきです」

自分の煙にむせているダリントンを見てジェラルディンはよろこびを覚えた。

「おいおい、きみ」ダリントンが不機嫌に言う。「きみはいわゆる自由主義に傾倒するタイプじゃないだろうな。ここまでしなくても、わが国の女性はみな家庭ですべきことがあっていそがしい」

「そのご意見には賛成です」マットフィールドが言う。「しかし、戦時ですから」

ダリントンはパイプの火皿を握ると、吸い口でマットフィールドのほうをさして言い立てた。「よくそんなことが言えるな、ジョン。そもそも戦闘機中隊を取りあげられて間抜けで時代遅れの基幹要員しか残っていないのに、いまにも防空気球があがるときにいまいましい女集団を送りつけられ、面倒をみなくてはならんのだぞ。勘弁してくれ」

ジェラルディンは目をぐるりとまわしたい衝動と闘った。空軍と戦闘機軍団と空軍省が望んで得たものがなんであれ、それを理解するだけの現実認識が自分にはあると考えている。そこで、小さく咳払いをしてダリントンの注意を引いた。「お気持ちはよくわかりますが、最も壮健な男たちばかりが――とくに飛行士が――前線で必要とされているいま、女たちも与えられた仕事を果たすべきだという方針を空軍省は貫いています」

「前線?」ダリントンはまず彼女を、それからペンドリー、マットフィールドの順にねめつけた。「前線だと？ ドイツ空軍《ルフトバーフェ》がカレーから海峡を越えたら、要衝の地ホーキンジとマンストンがやられる。場合によってはラインプネもだ。南から来たらタングミアが蹴散らされる。だが、もし南東から来たらどうなる。ええ？ ウェスト・マリングを忘れるな。ここは沿岸とビギン・ヒルのあいだにある、戦略上最重要な駐屯地だ。驚いたことに、ちっぽけなデットリングさえ戦闘態勢にはいったが、偵察用のアンソンは数機しかない。タングミアとデットリングを線で結んだ先にはまだまだあるぞ」

「もうじき、だれでもいいから丈夫な人間が全員必要になります」マットフィールドが口を挟んだ。「男であれ女であれ。侵攻がはじまれば、より多くの女が支援任務に当たったほうが、より多くの男が存分に戦えます」

ダリントンは顔をしかめ、パイプをふかして途絶えがちな煙をよみがえらせた。くすぶる煙の中でじっと目を凝らす。「心配しすぎてもしょうがないな。ドイツ兵《ジェリー》が攻めてきたら、繊細なご婦人がたがいつまでも滞在するとは思えんが」効果を狙っていっときだまるが、ひとつかみの砂利を投げつけるかのように横殴りの雨が激しく窓を打ち、ことばの隙間を埋めた。

「チャンスを与えないのはいささか手厳しいのではないかと」マットフィールドが言った。「進歩の名においては、という意味ですよ。その功績はこのうえない評判となるでしょう」

ジェラルディンはまるで自分がこの場にいないかのような会話に腹が煮えたぎった。

「進歩だと？」それを聞いたダリントンの頬が赤くなった。手紙を人差し指と親指でつまみ、それが汚染されているかのように持ちあげる。「この茶番全体がチャーチルの取り巻きどもによるばかげた実験なのだから、うまくいくはずがない。よく覚えておけ」

そしてジェラルディンのほうへ手紙をほうり投げ、手紙が卓上に斜めに着地したが、彼女は動かず、目も向けなかった。礼儀をもってまともに受け渡されないのなら、こちらから手を伸ばすつもりはない。ダリントンのことばがつづいたが、ゆっくりと噛んで含めるような口調だった。

「その手紙は戦闘機軍団からの命令書で、空軍省が承認済みだ。それによると、スコットニー駐屯地は事実上作戦行動可能な空軍駐屯地となっている。しかしながら、しばらくのあいだは前線の任務を免除するとも書いてある。その代わりスコットニーは不名誉にも、ATA第十三輸送部隊の宿泊所となる。わたしの指揮下でな」

ジェラルディンは驚き、声に落胆がにじむのを防げなかった。「しかし、われわれは空軍とは別系統で、民間組織の指揮下にあるはずですが」

「わたしもそう思う、隊長」ダリントンが言った。

「失礼を承知で申しあげますが、うまくいくとは思えません。それぞれルールと規定がちがいます。空軍に所属する人間は軍法会議にかけられますが、われわれは解雇されるだけです」

ダリントンは自分のペンをいじりながら言った。「あきらめるんだな。このやり方を変える方法があるならわたしがなんとかしていたよ。いずれにせよ、妥協の方式については合意を得ている」

「妥協ですか」ジェラルディンは平静な声にもどって言ったが、厳しい制約を予想してこぶしを握り締めた。

ダリントンはペンで手紙を指し示した。「わたしはこの駐屯地及び作戦上欠かせないすべての事柄、つまり安全、警備、訓練、戦闘機の基地としての迅速な行動について従来どおり指揮をする。そうしたことがあらためて必要になったときにそなえてな。また、これにはきみの部隊への全般的な指揮も含まれる。それについてはマットフィールド中佐に補佐してもらう。きみは女性隊員たちを担当し、ATAの日々の任務、とくに空軍機の輸送が予定どおりにおこなわれるようにしてもらいたい。ふたつの組織の仕事が重なる場合は、空軍の飛行士と同じ厚遇を受け、同じ規定にしたがうものとする」

「それを聞いて安心しました」ジェラルディンはこぶしをゆるめた。完璧な解決法ではないがうまくいくだろう。

「それはよかった」ダリントンが言う。「この駐屯地にいるあいだは、きみもきみのご婦人がたも整備士やほかの職員など男性地上要員と親しく交わるのは禁止だ。きみたちは任務中か否かにかかわらず、つねに礼儀正しい行動をとること」

ダリントンは本人のほうを見もせずに、ペンドリーを軽く手で示した。

「ペンドリー大尉の警備隊が安全を保証し、規律を守ってくれるだろう」ペンドリーの顎が引き締まるのがジェラルディンの目に映った。「空軍警察のおもな管轄は本施設内だが、空軍とATA両者がいる場所の内外も含まれる」

「わかりました」ジェラルディンはなるべく無表情な声で言った。

「よろしい。仕事につく前に何か質問は？」

「ありません。はじめの一日か二日は輸送任務がありません。その間お気に障らないように最善を尽くします」

ダリントンは彼女をきつくにらんで頭の薄毛を掻きあげると、ペンをパイプに持ち替えた。深々と吸ってから、鼻から紫煙を出す。「戦闘機軍団にはもっと分別があると思ってたんだがな」低い声で言う。「わたしの目につかないところへ行ってくれ、全員だ。もう一度航空団司令部へ電話をかける。それから、出ていく前に借りた本はもとにもどしたまえ」

ジェラルディンは立って敬礼をし、非礼に当たらない程度のすばやさで部屋を出るときに、マットフィールドが本を数冊書棚へもどすのに気づいたが、ダリントンの注意はすでに電話へ移っていた。

ダリントンの執務室へ声が届かない場所まで来て、マットフィールドが立ち去るのを見届けてから、ペンドリーがジェラルディンのほうを向いて言った。「あなたの対応はたいしたものでしたよ。あのふたりはあまり扱いやすい性格とは言えませんから」

ジェラルディンは微笑んだ。「女性部門の責任者であるポーリン・ゴアから助言をもらったんです。彼女の話では、あの大佐はATAの総合指揮官に電話しただけじゃなく、戦闘機軍団と空軍省にも訴えて、しまいには首相官邸《ナンバー・テン》とも連絡を取ろうとしたらしいですよ」

ペンドリーは口笛を鳴らした。「そいつはすごい」

「わたしに言わせればくたびれもうけですけど。すべての女が家庭にいるべきだと大佐が考えているかどうかはともかく、耳を貸す者にも貸さない大勢の者にも、即応可能な駐屯地に女は要らないという考えをじつに明確に示しましたね」

ペンドリーがうなずいた。「机の向こうからあの手紙を投げつけるのはかなり無礼だと思いましたよ」

「あまり将校らしくなかったですね。わたしは痛くもかゆくもありません。大佐はタイムズ紙にも手紙を書いて、婦人補助空軍《WAAF》のことをウィーク《W》・アドルド《A》・アンド《A》・フラジャイル《F》、〝弱くて腐っていて壊れやすい〟――本人の意見ですが――と揶揄《やゆ》しました。わたしはこれが楽な配属になるという幻想をいだいていません。でも、ATAの通常任務に首を突っこむつもりがないのがわかってよかったです。運がよければあまり揉めずにすむでしょう」

「じつは戦争がはじまる前に、防空士官候補生隊といっしょに何度か飛行訓練を受けたんですがね」ペンドリーが言う。「こんな天候で飛ぶのは危険だと教えられました。訊いてもいいかな、なぜ飛んだんです？」

ジェラルディンはダリントンの執務室のほうをちらりと振り返った。「ここだけの話ですよ。じつはエンジンをかけてチャティス・ヒルを離陸したとたんに赤い警告灯がついたけど、無視したんです。丘の上の林は見えたし、ハンプシャーは――というより南イングランド全域が――戦争前はわたしにとって大空の遊び場だった。目隠しされても行ける自信がありましたよ。機体がちょっと振動したのとケント州が雨だったのを除けば、思ったとおりでした。わたしの飛行士としての資質はたいていの男より上だけど、着任早々だれかを敵にまわすつもりはありません。とくにあの指揮官は」

「心配要りませんよ」ペンドリーが笑みを浮かべた。「あなたは大佐をいらいらさせたけれど、匙《さじ》加減が絶妙だったと思います」

ケンバーは村の駐在所の事務室に所在なくすわったが、体の芯まで湿っている気がした。レインコートとフェドーラ帽はライト巡査部長のケープとともに隅のほうに、艶やかなオーク材のスタンドにかけて乾かしてある。ライトの椅子は窓辺の机近くに置かれ、そこは本人専用の場所だ。訪問者用の椅子は心地よくはないが機能的な造りで、使い古されて硬かった。格上の警察官としてもっとまともな席に陣取る権利はあったのだろうが、ケンバーはつまらない形式にこだわる人間ではない。小さな火が熾《おこ》っている火格子と炉胸《ろきょう》の両側に大きな戸棚があった。物でいっぱいの棚が別の壁に並び、腰の高さの書類用キャビネットがふたつ、ドアの後ろで身を寄せ合っている。薪《まき》が燃える香りと濡れた衣服のかび臭いにおいがただよい、室内の空気はよどんでいた。

ケンバーはレインコートと帽子を脱いだ自分をむさくるしいと感じた。きちんと散髪した髪にブリルクリームみたいな脂っぽいものを塗るのは大きらいだったので、つむじがふたつある後頭部の髪は葦《あし》の茂みよろしく突っ立っているにちがいない。濃紺のズボンと灰色のジャケットはくたびれ、しっかりプレスしてあったのにあちこち皺《しわ》がある。窓ガラスに映った姿を見ると、濃い青のペイズリー柄のチョッキに押しこんだ青い無地のネクタイが、いつもどおり少し曲がっている。茶色の靴は靴底から二センチほど上まで乾いた泥に薄く覆われていた。

ケンバーは手帳を開いて疲れた目をしばたたき、副鼻腔の圧迫感を忘れようとした。三十七歳なのに、五十年余計に歳《とし》を食った気がする。一パイントのエールとシングルモルトのチェイサー、妻のやさしいキス、必要な睡眠をベッドでたっぷり取る、それ以外に世の中で望むものはなかった。それなのに妻に追い出され、ベッドで休むのはまだまだ先だ。一日乗り切ってから泊まる場所を探そうと決めていた。とはいえ、壊れた結婚生活の十九年分の残骸をより分けに、いずれ帰宅しなくてはならない。大きなトランクが奥の部屋の壁に立てかけてあった。前日、彼の服や持ち物を妻が内緒で詰められるだけ詰めておいたトランクだ。彼女は夫が仕事から帰るのを待って爆弾を落としたが、目も合わせず、納得できる説明もしなかった――ほかに男ができたと言う以外には。もちろんそうだろう。前にも何度かこうしたことがあったが、深刻な結果にはならなかった。彼女だけのせいではなかった。仕事は多くの結婚生活に被害をもたらす。それでも、この事務所にすわって実感するのは、最後に大胆にやられたという軽い驚きと、彼の個人的なあるいは大切な持ち物を妻が気づかずにあるいは故意に盗《と》ったかもしれないという心配、そして、こんな状況になっていることに自分の中の捜査官が気づいていなかったという苛立《いらだ》ちだった。

突然、息子と娘に無性に会いたくなったが、それぞれ空軍と婦人補助空軍へ入隊し、故郷を離れている。子供たちがうらやましかった。ジャケットからくたびれた革財布を取り、さわりすぎて皺になった写真を抜き出す。成長した双子の子供たちの幸せな顔、数カ月前の十八歳の誕生日に撮った写真をケンバーはじっとながめた。自分と妻は子供たちの後ろに立って微笑んでいる。典型的な中産階級の家族だ。彼自身も入隊を志願したが、昔から腰に問題があるためかなわなかった。たびたび激発する椎間板ヘルニアだ。〝恒久的及び総合的に兵役不適合〟という返事だった。

ライトが湯気の立つマグカップをふたつ持って現れ、ひとつをケンバーへ渡してからすわった。ケンバーは写真をしまってひと口お茶を飲んだが、熱くて砂糖がはいっていない、土とセメントを混ぜた色合いの液体に顔をしかめた。

ライトが大きな音を立てて飲むそばで、ケンバーはしばらくのあいだ手帳を熟読するふりをした。

「それでどう思う？」ケンバーは巡査部長のほうを見て言った。

「なんですって？」質問に不意を突かれたかのようにライトが訊き返す。

「現時点でわかっていることはあまりないが、きみなりの仮説はあるか」

ライトは飼い猫でもなでるように短い顎ひげにさわった。「とくにありませんね。被害者は身なりのいい若い女性だから、路上でけんかしたわけではないでしょう。あの切り傷がなければ、夫か恋人が嫉妬か何かで手をかけたと言うところです。ドクターの考えによればレイプはされなかったし、何も盗まれていないらしい」首を横に振る。「それにしても、ナイフを使ったあの手口はどう考えてもふつうじゃない。とにかく、物盗りではなく、行きすぎた痴話げんかによる偶発的事件でもないでしょう」

「たしかにな」ケンバーはもうひと口お茶を飲んだ。「犯人は命のほかに被害者から何も盗りたくなかったと見える。あえて刃渡りの長いナイフを持ち出し、村で最も静かな場所を選んだが、死体が見つからないほど人通りがないわけじゃない。死体を覆ったり隠したりした痕跡はなかった。殺害後に遺体を見せつけることで、犯人は被害者の死を見世物にしたかったと見える」ライトをちらりと見る。「予謀の殺意は明らかで、逆上したはずみでやったのではない。おおかたの人間が欲するのは権力と地位、富とセックスであり、それらを得るために必死になる。手に入れるために殺し、あるいは失ったときに怒りや復讐で殺すこともある。きみの言ったとおり、急な揉め事や小銭狙いが動機ではないようだ。

そこでわたしは、犯人が女かもしれないと考えはじめた」

「まさかでしょう」ライトが信じられないという顔をする。「女性じゃないですよ」

「女の能力を知ったら驚くぞ。しかしそうだな、その考えは捨てた。ヘッドリー医師の話では、死因はおそらく扼殺で、右手だけで絞められた痕があったそうだ。そんな力があるのはふつうは男だろう。わたしが見たところ、執拗にもがいた痕跡はなかったが、正面から襲われた女性は少しぐらい抵抗するものだろう。引っかき傷があったり、衣服がもっとひどく乱れていたり、バッグが投げ飛ばされたりしてもいいはずだ。ショーウィンドーの展示のように置かれたのではなく、彼女はボロ布のように倒れていたのかもしれない」

「大雨だったんですよ。どんな痕跡も洗い流されたんじゃないですかね。それに、地面は踏み荒らされました。イライアス・ブラウンと彼の飼い犬と、トンブリッジから来た警察の撮影係と、それからあのドクターとわれわれの足で」

ケンバーは手帳に何やら書いた。「犯行現場保存において戒《いまし》めとなる好例だな」ふたたびライトを見ると、巡査部長が決まり悪さのあまり頬をかすかに染めている。その様子から、これ以上の忠告は無用だと判断した。「きみは駅と二本の裏道からハイストリートまでまわり、住人にも外から来た者にも聞きこみをしてもらいたい。医師の見立てでは、死亡時刻は十時と十二時のあいだだ。夜のその時間帯は暗いが、外をぶらつく者もいたはずだ。たとえばパブから出てきた酔っ払いとか。昨夜の九時ぐらいから深夜までに何か見聞きしたか訊くんだ。わたしはミス・スコットが滞在した宿の主人から話を聞こう。空襲警備員と牧師の名前は？」

「ブライアン・グリーンウェイとジャイルズ・ウィルソン牧師です」ライトが言った。「牧師が見つかれば、牧師館の家政婦も見つかりますよ。ミセス・ジェシー・オークス。未亡人です」

「よし、その人たちと犬連れの男から話を聞くが、その前にまず空軍駐屯地へ行こう。被害者はそこの人間だからな。村の住人のなかにも駐屯地の職員がいるかもしれない」ケンバーは窓の外を見やった。「雨が小降りになったようだ」

ライトが立ちあがってヘルメットを手に取った。「レス・ブラナンにも話をしてみます。パブ〈キャッスル〉の主人で、アリスという妹がいます」

「そうか、ごくろうさん。もどったら、クラッチバッグに指紋採取用の粉をかけるのを忘れるな。運がよければ、意外に早くヘッドリー医師から追加情報が届くかもしれない」ケンバーは椅子からゆっくりと立ちあがった。「とにかくそう願おう。そうすれば、こんなことをした怪物をつかまえられる。ミス・ラヴィニア・スコットのために」

3

領主館の中央廊下から分かれた回廊を進むと、空軍駐屯地の会見室がある。クリーム色とグリーンの壁、奥には黒板とロール式のプロジェクタースクリーンがあり、机の前に簡素な椅子が何列か並んでいて、実用と機能が重視された部屋だった。煙草の煙のにおいがしみついているが、寄木張りの床が発する清々《すがすが》しい艶出し剤の香りがかろうじて打ち消していた。

エミリー・パーカーが開いたドアに追突したのは、会見室にはいろうとする彼女とリジーのあいだにひとりの女が割りこんだからだ。

「あわてないでよ！」エミリーが言い、肘をさすった。

その女は振り向き、彼女をにらみつけた。「何か言った？」

「ずいぶんお急ぎのようね、フィズ」

「気取ってんじゃないよ、やせっぽちのチビ助が」

以前はとげがなかったスコットランドなまりが過激になったのを聞いて、リジーはげんなりとため息をついた。

「わたしたちはひと月以上いっしょだったのよ」リジーは穏やかに言う。「ぶしつけな態度を取らずにやっていける友達だと思ったのに」

フィズが鼻で笑った。「へえ、あたしがいつぶしつけになるか、これからわかるよ」

エミリーが薄笑いを浮かべた。「フィズなんかどうってことないわよ。体力バカが怒ってるだけ」

フィズが真っ赤になった顔をエミリーの顔に押しつけんばかりにして迫った。「もう一度言いたい？」

エミリーが声をあげて笑った。「わたしたちが会った瞬間、あなたは自分が特別だって思ったみたいだけど、ほかのみんなと同じ三等航空士よ。そんなに虫の居所が悪いなら一戦交えてもいいけどね」フィズに向かって大げさなウィンクをする。

「あなたたち、どうかしたの？」リジーの心臓が跳ねあがった。左を見ると、隊長が廊下をさっそうと歩いて会見室へ向かってくる。

「なんでもありません」そう言ってリジーはフィズとエミリーのあいだに立った。「少しふざけてただけです」

　ジェラルディンが前を通り過ぎるとき、リジーは笑みを保つことに集中したが、隊長が横目で不審そうに見たのに気づいた。そして、フィズとエミリーがなるべく離れてすわるのを見届けてから、自分がすわる場所を探した。

　ジェラルディンは室内をざっと見まわしてから、そばの机に置かれた一枚の書類に目を通した。「ひとりいないようね」そう言って顔をあげる。

「ラヴィニア・スコットがまだ到着していません」リジーが言った。

　ジェラルディンの顔が曇った。「これほど残念なことはありませんね。わたしたちがここへ到達するには官僚制度や偏見と闘わねばならず、飛行を許されるには、男たちの要求をはるかに超える能力を証明しなくてはならなかったはずです。あなたたちのひとりがなぜ時間を守らずにこのチャンスを捨てるのか、想像もつきません」

「よほどの事情だと思いますが。ひどい天気でしたし」

「それでも、ほかの全員は間に合いました」ジェラルディンが冷ややかに言った。

　リジーは親指の爪のあたりを神経質にいじりはじめた。

「それはさておき」ジェラルディンがつづける。「あなたたちは訓練でいっしょだったから知り合い同士だけれど、わたしのことはまったく知らないし、わたしもあなたたちの人事記録を読んだだけです。だから、自己紹介をしましょう」

リジーは心の中でうめいた。隊長以外の全員を知ってはいたが、自分がまずい状態になるのはまさにこうしたときだった。

「具合でも悪いの？」

心臓が必要以上に鼓動し、リジーは自分が指で目を覆っているのに気づいた。両手を膝におろして指を組み合わせる。「いえ、だいじょうぶです。すみません」

「よろしい。では、言い出したわたしから。ジェラルディン・エレンデン＝ピット隊長です。任務中は隊長と呼んで。任務を離れたらジェラルディンでいいわ。何があろうとジェリーだけは却下」部屋中に笑いの波が広がった。「わたしはここスコットニー空軍駐屯地においてATA第十三輸送部隊の責任者ですが、ATA関係のことをすべて担当するとはいえ、残念ながら空軍駐屯地全般の指揮はとりません。すばらしい幹部の面々にはもうじき会えるでしょう。月並みだけど好きなものはワインとチョコレートとダンス。飛ぶことも大好きで、戦争前は遊覧飛行や航空ショーで操縦したほか、女にはぜったい無理だとされた神秘的で世にもおそろしい曲芸飛行もできますよ」ジェラルディンは微笑み、フィズに向かってうなずいた。「あなたの番よ」

フィズはすわったまま体をひねり、片肘を椅子の背において姿勢を保った。「フェリシティ・ミッチェル三等航空士、でもフィズのほうがいいです。生まれはエディンバラなので、当然ながら一番遠くに配属されたというわけ。あたしも曲芸飛行をしたことがあって、イギリス空軍の飛行機ならなんでも扱えますよ。許可されれば」そして見くだすように右手をひらひらさせた。

フィズの後ろ、リジーの右にいた女性が立って直立不動の姿勢を取った。「アガタ・トロニスカ、三等航空士、ワルシャワ出身です。ドイツがわたしの国を攻めてユダヤ人を殺しはじめたので、逃げてきました。両親はそこまで運がよくありませんでした。知っているどの男より上手に飛べるので、できるだけ多くのドイツ人を殺す手伝いをしたくてここに来ました。チャンスがあれば、殺すほうもやります」アガタはすわって力を抜いた。

膝に置かれたリジーの指が震えだした。頭の中では、こんなときの対応策を探して駆けまわっていた。ひとつ目はこの場を離れること、ふたつ目は発作以外のことに無理やり集中すること、どちらもいまの状況では不可能だ。三つ目は目に映った物の数を数えること。たとえば黒板の画鋲、数え終えたらこんどは逆に一までもどる。何か数える物を目で探したとき、もう一度自分を呼ぶ隊長の声が聞こえた。

リジーはすわったまま背筋を伸ばしたが、胸の奥で心臓が激しく脈打っていた。「エリザベス・ヘイズといいます。三等航空士です。父から飛ぶことを教わり、ドイツ兵にめちゃめちゃにされる前は親子でヨーロッパ各地の航空レースに出場してまあまあ楽しくやっていました。ところで、ガレージに置いてあるノートンのすばらしいバイクは兄のものですが、兄は前線でハリケーンに乗っているのでしばらくのあいだわたしが使っています」精一杯の笑みを浮かべ、静かな呼吸でひと息ごとに数を数えると、ようやく動悸がおさまってきたのがわかった。

リジーの左に薄茶色の髪の女性がいて深呼吸をしたが、口を開いたとたん、生まれた国がどこかはまちがえようがなかった。「マクナルティ三等航空士です。ゲール語の名前で綴《つづ》りはN-I-A-M-Hですが、ニーヴと発音します。生まれたのはゴールウェイですが、育ったのはダブリンです。父はアイルランド人ですがイギリス行政府で働き、母はイギリス人ですが父の秘書でした。わたしたちはイギリス人からもアイルランド人からもさげすまれ、なかでもアイルランド共和国軍からきらわれました。彼らはわたしたちのことを〝ウェスト・ブリッツ〟と呼びました。わたしは生まれてからずっと戦ってきたようなものです。いま言うべきなのは、自分がかなり上手に飛べるってことだけですけど」

フィズが皮肉っぽく鼻を鳴らしたが、ジェラルディンが鋭い視線で抑えこんだ。

ジェラルディンが最前列のシャーリーへうなずき、シャーリーは咳払いをしてから話した。「三等航空士シャーロット・ローワン＝ピーク、またはシャーリーです。なんなりとご用命を。あれもこれも経験ずみです。航空ショー、遊覧飛行、飛行機で参加するヨーロッパの大会。楽しくてたまりませんでした。ダンスは最悪のときでもすばらしい気晴らし、最高のときなら至福のよろこび。ガレージでリジーのノートンの隣にあるのはわたしのスポーツカーで、BSAスカウトです。座席はふたつだけで、大勢でのお出かけには向きませんのであしからず」

「そして最後は……？」ジェラルディンがうながした。

「エミリー・パーカー三等航空士です」エミリーが三列目の席で名乗った。スコットニーのATAの女性たちの中で彼女が最年少の二十二歳であることを、リジーはたまたま知っていた。「座席にすわれるぐらいの歳からタイガー・モスに乗せてもらってました。兄たちがよく遠出に連れていってくれたんです。やがて同じルートを飛んでへたくそな着陸をさせてもらえるようになると、わたしは夢中になりました。そこでなんと、兄たちはイギリス陸軍航空隊《RFC》の古いソッピーズキャメルを修理して、わたしの十八歳の誕生日にプレゼントしてくれたんです。わたしは覚えるのがとても速く、体の一部のように飛行機を操って空を自在に飛べます。スピットファイアを飛ばす許可がおりたらすぐに行きますよ」

ジェラルディンが満足そうにうなずいた。この部屋にいる者が飛行士としてすぐれているのはまちがいないが、それぞれのファイルに記された欠点も否定できず、リジーはそれを知っていた。彼女たちのいわゆる独立独歩の言動は、ホワイト・ウォーザンで飛行訓練をしたとたんに教官たちの不興を買った。彼女たちはトラブルを巻き起こす共通の才能を持ち、おかげですばやく団結できるはずだったが、その才能には一連の影響がともなった。

ジェラルディンは注意をひくために、人事記録のファイルを指で軽く叩いた。「ようこそ、みなさん。何名かはこれが初仕事でしょう。もしドイツ兵が侵攻を決意しなければ、わたしたちは戦争がつづくあいだずっとここに残るかもしれません。知ってのとおり、あなたたちはＡＴＡへ入隊した最初の女性ではありません。初期の入隊者、つまり〝はじめの八人〟として知られるようになった女性たちが、あなたがたやわたしのために道を作ってくれたのです。彼女たちはいまや有名で、映画スターのように新聞に写真が載っているかもしれませんが、名声などどうでもいいのです。田園地帯を飛ぶ魅力、自分の技能を活かし、できるかぎりよい方法で戦争遂行への努力に貢献する、それこそがイギリス空軍の軍用機輸送を望む立派な理由です。スリルがあってわくわくする？　もちろんそうでしょう。危険をともない、もしかしたら命がけということも？　まったくそのとおりです。男に混じって空中戦に参加することはかなわないかもしれませんが、わたしたちは飛行時間の長さにかけてはイギリス空軍のどこの飛行士にも負けません。大任を背負っていることをけっして忘れないように。そしてこの機会を活かし、飛行士として男と同等の仕事ができることを日々証明して、あの〝はじめの八人〟に報いるように」

ジェラルディンは黒板に貼られた飛行機の型式別のポスターを指さした。

「わたしたちが経験豊富なのはたしかですが、現時点では第三種以外の機体の操縦は認められていません。言うまでもなく、高度な単発機と軽双発機のことです。つまり、空軍省が使っていない戦闘機ということ。ポーリン・ゴアが上層部にかけ合っているところだから、うまくいけばスピットファイアやハリケーンに乗る許可がおりるでしょうけど、幸運を祈ってもあまり期待はしないように。念のために言っておきますが、わたしたちに割り当てられる仕事はあくまで輸送です」

リジーはどうにも自分を止められなくなってきて、ジェラルディンが話しはじめてからずっと気になってしかたがなかった疑問をついに発した。「あの、すみません」と言う。ジェラルディンがうなずいて発言をうながす。「なぜわたしたちは第十三輸送部隊なんですか。この国にそんなに多くの輸送部隊はないと思いますが」

「いい質問です」ジェラルディンが答える。「男のユーモアといえるでしょうね。十三は〝最後の晩餐〟の人数で、そのときキリストは弟子のひとりが裏切ると言いました。魔女集会に参加する魔女も十三人だと考えられています。だから十三は不吉とされ、わたしたちも不吉である、それでこの命名となったわけです。残念ながらわたしたちの存在はちょっとしたジョークだと思われているんですよ。こうした中傷がまちがいだと証明できるかどうか、それはあなたたちしだいです」

ケンバーは空軍駐屯地の検問所で車を停め、用件を述べた。確認手続きで少し待たされたのち、いまは司令部となっているジョージ王朝様式の領主館まで移動し、正面にある砂利敷きの広い半円に駐車した。

彼の父は一九三七年に、ツードアで屋根が折り畳み式の新車、ヒルマン・ミンクス・ツアラーを購入した。イギリスの自動車レースのファンだった父は、車体の色はハイカラというよりむしろエレガントなブリティッシュ・レーシング・グリーンにすると言い張ったものだが、運転を楽しんだのはわずか一年あまりだった。ブルックランズでレースを観覧中に突然発作を起こして亡くなり、遺言にはケンバーへの誇りと愛情が綴《つづ》られていた。ケンバーがこの車にすわれるようになるまで一年かかったが、いまではどこへ行くにもこれに乗り、父を身近に感じている。

この領主館には戦争前に仕事の一環で立ち寄ったことがあったが、いま見ると、白いスタッコ塗りの壁はきれいに塗り直すべき時期にきていた。建物は主棟とふたつの短い翼棟から成り、翼棟は南向きの広いテラスを囲むようにして裏手へ延びていた。テラスの先は整形式庭園で、さらにその先にある広い敷地の一部が最近できた飛行場だとわかった。カモフラージュされた燃料集積所の向こうにアーチ形の格納庫が散らばり、さらに遠くの端のほうには、防壁で区切られた駐機場があった。右手には波状鉄板のニッセン式兵舎や土塁で半分埋もれた煉瓦の倉庫が整然と並ぶほか、もとからあったさまざまな建物も見える。

大理石の柱を土嚢《どのう》で堅牢に守った玄関ポーチからゆったりとした広間へはいったとき、ケンバーは以前来たときとのちがいに気づいた。爆風から守るためにすべての窓にテープが貼りめぐらされている。将校用食堂の案内表示があり、右へ折れるとラウンジ、左へ行くと各種事務室がある。二階と三階に通じる広い階段に変わりはなく、階上はいまや空軍将校とATAの飛行士のために、さらに多くの事務室と居室になっていたが、それでも精巧なクリスタルのシャンデリアはない。絵がいくつか掛けられ、艶やかな木製家具が散在しているが、もっと高価な品が安全のために移されたゆえの空白を目立たせていた。

事務室のほうから従卒がやってきて、ケンバーを二階の待合室へと案内した。ケンバーは窓辺へ行って外をながめた。整形式庭園の向こうに青々とした芝地が広がっているが、シェルターのコンクリートの入口をかためた土嚢のせいで台無しだ。遠く離れて対空砲が設置され、砲撃手が黒い銃身を拭いている。ダリントンの執務室のドアを見たところ、プレートに〈J・マットフィールド空軍中佐〉と記された反対側のドアと差があるので、来訪者を待たせておくのは力を見せつけて自分の領域で権威を主張するためかもしれないとケンバーは考えた。疑わしきは罰せずの姿勢をもう二分つづけてから、やはりノックをしようと決めたそのとき、突然ドアがあいた。

「ティンバーさんかね？」空軍将校が尋ねた。

「ダーリントンさんですか？」ケンバーが返した。

ダリントンの口元が引きつった。「ダリントン大佐だ。指揮官でもある」

ケンバーは一点先取したのを知り、自分の肩書を述べた。「ケンバー警部補です」〝ケ〟を強く言う。「ケント州警察のトンブリッジ地区警察本部から来ました。じつは二、三お尋ねしたいことがありまして。はいってもよろしいでしょうか」

ダリントンはドアを半開きにしたまま机の奥へ行ってすわり、胸をそらした。額入りの写真、各種証明書、ほかにも個人的な記念の品々が背後の壁を飾り、クジャクの羽根のような効果を出している。

ケンバーは記章や写真以下警察関係の小道具でいっぱいの執務室でハートソン警部と向き合うことが多かったので、あまり心を動かされなかった。ハートソンには少し芝居がかったところがあり、小道具のほとんどは本人のものではない。警部はそうした展示品を歴史の記録と見なし、本人の言によれば、個人のつまらぬ物品を見せびらかしているわけではなかった。

最近のある出来事で、その上司がごまかしきれない不自然な態度を取ったのをケンバーは思い返した。ハートソンの口がゼンマイ仕掛けのおもちゃさながら何度か開閉を繰り返したあと、舌が唇をさっとなで、ようやくことばを発した。「噂があるんだが……知っているかね」と言う。

ケンバーは結婚生活の危機が知れ渡ったのがうっとうしく、〝え？　わたしの腰痛ですか？〟と返そうと思ってやめた。それどころか、ボスへ助け舟を出した。「妻のことですか？」

ハートソンは顔をしかめた。「困ったもんだ。気の毒に、いろいろとな」

ハートソンがふだんは人の問題に口を出すのを好まないのをケンバーは知っていて、しかも上司の顔には気まずい表情が浮かんでいた。それによく似た気まずさがダリントンの表情にも見られ、椅子を勧められるのを待たずにケンバーがすわるやいなや、本人の口の端がまた引きつった。

「すぐにも面会が必要とは、いったいどんな急用があってのことかな」ダリントンがそっけなく言った。

ケンバーは冷静沈着な声を保った。「空軍警察の最高責任者に連絡すべきだと思います。

話を聞いてもらう必要が出てきますから」口をとがらせた将校のふくれっ面を見て笑いそうになるが、とにかくダリントンが電話をかけるのを見届けた。「それから、必要な場合に軍務記録を見ることは可能ですか」

これははっきりと拒絶され、たとえ裸で村中を走ってくれと頼んでもこんなあきれた顔は見られないだろう、とケンバーは思った。

しばらくして男がもうふたりやってきた。名乗って握手をしてから、マットフィールドとペンドリーはダリントンの机に向かって斜めになるようにすわった。いままで間近で軍服をじっくり見る理由も機会もなかったので、彼らのいでたちはケンバーの目を楽しませた。ダリントンとマットフィールドの服は同じに見えるが、カフスボタンと略綬《メダルリボン》の数がちがう。ダリントンのボタンと略綬はほかのふたりより多いので、ケンバーが思うに、在任期間が長ければ自動的に階級があがってボタンや略綬がひとつずつ増えていくのかもしれない。ペンドリーが着ているのは空軍警察の制服で、白い拳銃ホルダーとベルト、右腕にRAFPの文字がある黒と赤の飾り帯、子ヤギの革の手袋といういでたちだ。

ケンバーはあらたに加わったふたりへ質問した。「ひょっとして、補助航空部隊《ATA》の女性でだれかいなくなっていませんか？」

「まったくわからんね」ダリントンがほかのふたりのいかなる反応も断ち切って言った。

「正式には、その者たちはわたしの担当ではいない。向こうは民間人であり、わたしは空軍の人間だからだ。責任者はエレンディン＝ピット隊長だ」

「その人にも来てもらうべきでしょうね」

「その女は着任した者たちへの説明や指示でいそがしい。いったいなんの話だ」

マットフィールドは表情を変えなかったが、ペンドリーの頬が赤みを帯びた。

ケンバーはダリントンの態度に腹が立ってきたが、それは表に出さなかった。「お気の毒ですが、けさミス・ラヴィニア・スコットの遺体がスコットニー村の教会近くの路上で発見されました」

ダリントンの目つきがけわしくなった。「それがわれわれとどんな関係があるんだね、警部補」

ケンバーはダリントンとしっかり目を合わせた。「被害者のバッグが付近で発見されましてね。所持していた書類からATAの飛行士だとわかりました」

「そいつは驚いた……痛ましいニュースだな」

ダリントンの顔つきと身振りは本人の驚きの声にそぐわなかった。マットフィールドも同じだ。ケンバーはもとから乏しい忍耐力が萎《な》えていくのを感じた。「彼女がATAの所属であることを確認してもらえますか」

「ちょっと待ちたまえ」ダリントンが言う。そこでケンバーは本人がこれ見よがしに探し物をするのを見守った。聖書をペーパーウェイト代わりにした卓上の書類の中、詰めこみすぎの書類用キャビネットの抽斗《ひきだし》、床に置かれた段ボール箱。ついにダリントンは得意顔で一枚の紙を振って見せ、紙面に指を走らせた。「リストがあったぞ、警部補。そして、わたしの情報によれば、彼女はここの人間だ」

ダリントンがいままでの構えを変えてここのと言ったことにケンバーは注目した。いっとき前まで彼は責任を負うことに無関心に見えた。「彼女がいなくなったのを知らないのは少し不自然じゃありませんか？」

ふたたびダリントンの口が引きつり、声がけわしくなった。「その女たちと初顔合わせをするところだったが、その直前にきみがやってきたんじゃないか。それに、だれかがいなくなれば隊長から報告があったはずだ。この……ラヴィニア・スコットなる者は」吐き捨てるように言う。「ここの人間であり、したがって今後はわれわれが引き継ぐ。以上だ」

ケンバーは膝に置いたフェドーラ帽を握り締めた。不機嫌な声にならないように抑えて言う。「寛大なお申し出に感謝します、大佐。しかし先ほどのご指摘にあったとおり、ミス・スコットは民間人であり、空軍駐屯地の外で殺害されました。ここはケント州警察の管轄なので、捜査はわたしが指揮します」

ダリントンの口もとが無声映画のように動き、口が必死にがんばってもことばが出てこない。

「警部補のおっしゃるとおりですよ、大佐」ペンドリーが口を挟んだ。そしてケンバーのほうを見る。「犯人の目星や手がかりはあるんですか？」

ペンドリーの顔に浮かんだ真摯《しんし》な興味を見て、少なくとも気にかける人間がいることにケンバーは安堵した。「いまのところはまだ。凶悪でひどく悪意のある襲撃であることと以外に立証できる事実はほとんどなく、現在部下の巡査部長が村の全員に聞きこみをしているところです」ケンバーはマットフィールドへ目を向ける。「ミス・スコットを除いたATAの女性は、全員きょう到着したと考えていいんですね？」

マットフィールドはそう訊かれて態度を固くした。「そのはずだが。ほとんどの者は嵐の中を飛んで午前中に着いた。それ以外に悪天候のためにあしたの到着が予想されていた者がふたりいたんだが、本日同じころ陸路で到着した」

ケンバーはペンドリーをちらりと見て言った。「ここにはいなかったという理由で、飛行機で来た者は容疑者からはずせるが、あとのふたりは――」

「少し言わせてもらおうか」ダリントンがうなるように言った。「きみはここの者が信頼できる人間だとは思えないのか」

自分が何も言わなければダリントンが沈黙に耐えられなくなるのをケンバーはわかっていた。長く待つ必要はなかった。

「ばかげてる！」激怒したダリントンは、口から泡を飛ばさんばかりにわめいた。

ケンバーは帽子のつばを持つ指がこわばっていくのが自分でもわかった。「この駐屯地では過去六ヵ月間で新しい要員を迎えましたか。もちろんその女性たちは別にして」

「実際の話、送り出したんですよ」マットフィールドが言った。「ここには飛行中隊三個が常駐していたんだが、全部移転してね。飛行士と駐屯地の要員の大半はそれについていった。ここはビギン・ヒル近郊の予備駐屯地とされ、いるのは基幹要員とATA分遣隊の女性だけです」

実際の話と言われたが、ケンバーはことばの裏に苦々しさを感じ取った。

「警部補」ペンドリーが身を乗り出す。「被害者がここの配属だった以上、わたしが捜査に参加しないわけにはいきません」

ダリントンがケンバーに向かって顎を突き出し、同意のしるしにうなずいた。

「もちろんです」ケンバーは言った。「だからご協力をお願いしてるんですよ。そうしてもらえば、管轄が曖昧な領域での軋轢《あつれき》を避けられます」ペンドリーへあたたかい笑みを向ける。「この駐屯地の警備要員はだれなのか教えてもらえますか」

「わたしの副官の曹長が一名、それから伍長が二名」ペンドリーが言う。「その指揮下には兵卒一班と空軍省派遣の警備隊が一隊。緊急時にはビギン・ヒルの空軍警察に応援を要請できます。警備全般を請け負い、その範囲は敷地周辺、建物、飛行場、検問所です。また、敷地内には対空部隊もあり、サーチライト二カ所、ボフォース機関砲二門と重機関銃三挺の各位置に要員を置いてあります。スコットニーでは部隊全員が国防義勇軍の者ですが、当駐屯地指揮官の統括下にあります」頭を少しさげてダリントンのほうを示した。

ダリントンが壊れかけのエンジンのような声を発し、ケンバーは彼とマットフィールドの怒りの視線に貫かれそうになった。一方ペンドリーのほうは、しいたげられた警察官というおなじみの雰囲気を出してくる。ケンバーは自分が相変わらずフェドーラ帽を握っているのに気づき、意識して指の力を抜いた。

「それはそうと」ケンバーはふたりの怒りの視線を跳ね返した。「帰る前に、おふたりに決まりきった質問をします」そしてダリントンを見る。「昨夜の十時から十二時のあいだ、どこにいましたか」

すでに赤くなっていたダリントンの顔は、あらたな憤激で赤黒くなった。「執務室に九時から十一時までいて、それから就寝した。ここの職員に訊けばわかる」

ケンバーはマットフィールドへ目を向けた。「あなたはどうですか、中佐」

マットフィールドの顔から血の気が引いたが、声はしっかりとしていた。「夕方の早い時刻に村へ出かけ、パブで食事して一杯飲んだな。ひとりだった。九時ごろ店を出て、遅くとも十時にはベッドへはいった」

「だれか目撃者は？」

「パブの客だろう。それに、検問所に出入りの記録がある」

ケンバーは作り笑いを浮かべた。「ありがとうございます」席を立つ。「帰る前にペンドリー大尉と少しお話しできれば、これ以上お手間は取らせません。のちほど巡査部長とわたしが立ち寄って、駐屯地の職員とATAのみなさんから話を聞きます。長くはかかりませんが、そちらの邪魔にならないように部屋をひとつお借りできればありがたいですね」

「いいだろう、警部補」ダリントンが薄い唇で言う。「ペンドリーに言ってくれ。検問所の来訪予定者リストに名前を載せておくから。ほかにも協力できることはあるかね？」

「いまのところはありません。お時間を割いてもらってありがとうございました」

そのあと、ドアを閉めてダリントンの執務室の外に立ったケンバーは、机をこぶしで打つ音を聞いて笑みを浮かべた。

ケンバーとペンドリーは領主館の廊下を引き返し、外へ出てミンクスを停めてある砂利敷きの駐車場まで行った。非喫煙者のケンバーは煙草を勧められて辞退し、ペンドリーがウッドバインに火をつけるのを待った。

「むずかしいふたり組でしょう？」ペンドリーが吐き出す煙を強風が吹き飛ばす。

「そうかもしれない」ケンバーは認めた。

「だいたい問題ないんですが、癖が強いんですよ。良きにつけ悪しきにつけ。これだけは言っておきますが、ダリントンは自分の駐屯地に女性がいるのが大きらいなんです。ついでに言えば、家事や育児をせずに危険な道を進む女が大きらいです」

ケンバーは検問所のほうを見た。「そしてきみは？」

「わたしですか？」ペンドリーは虚を突かれたようだ。「わたしはこうなるまでに苦労しました。気をゆるめず、たゆまぬ努力をした。勘違いしないでくださいよ。これでも全寮制の学校を出たんです。ハロウ校です。でも、ダリントンとマットフィールドは自分たちが恵まれているのを理解できません。しかも、同じ特権をATAの女性に対しては認めない。ATAが甘やかされたお嬢さんなら、彼らは甘やかされたお坊ちゃんですよ」そしてもう一服深々と吸った。

訊いてもいない質問にペンドリーが答えたことに気づいても、ケンバーは表情を変えなかった。「犯行があった時刻、きみはどこにいたのかな、大尉」横目でペンドリーをすばやく見る。

ペンドリーはその質問に驚いていないらしい。「九時に曹長のベン・ヴィッカーズといっしょに外の巡回をはじめました。ときどきやるんですよ。兵士たちの気を引き締めるのと、飛行場の防御設備を点検するためにね。監視員が全員持ち場についていたので、十時か十時少し過ぎに兵舎へ引き返しました。見張り番でない者たちはくつろいでいて、つぎの当番にそなえて二、三時間の睡眠を取ろうとしていました」

「では、兵士全員のアリバイはあるんだね」

「あの一時間のあいだに全員見かけたのはたしかですよ、警部補」ペンドリーがもう一度煙草を深く吸った。

「ATAの女性と会ったことは？」

「隊長には会いました。じつはダリントンといっしょにATAの顔合わせに出席する予定があって」ペンドリーが腕時計を見る。「というより、まさにいまだ」煙草の吸いさしを落としてかかとで砂利のあいだに押しこんだ。「ミス・スコットのくわしい情報は――近親者のこととか――記録を見ればわかるでしょう。わたしたちは共同捜査中で彼女はここに在籍していたのだから、わたしが家族と連絡を取ってなるべく穏やかに伝え、本人に敵がいたかどうかや、村に知り合いがいたかどうかを聞き出してみますよ」そしてケンバーが差し出した手を固く握る。「だいじょうぶ、うっかり秘密を漏らしたりしませんから……つまり、死因とか」

「ふだんとちがうものに気を配ってもらえたらありがたい」ケンバーはミンクスのドアをあけた。

「もちろんそうします」ペンドリーがうなずいた。「そのうちあなたか巡査部長とお会いしましょう、警部補」

ケンバーは車へ乗りこみ、ペンドリーが玄関ポーチを通ってもどるのを見届けた。いろいろな点であの空軍警察官はけっこうまともな男らしく、ダリントンやマットフィールドに対して忠誠心を――それが本物だろうがそうでなかろうが――いだいている様子がない。それが今後有利に働くかもしれない、とケンバーは考えた。

ATAが待つ会見室の外で、従卒がダリントンとマットフィールドを呼び止めているのにリジーは気づいた。そのすぐあとで、深刻な顔のダリントンがマットフィールドを引き連れてはいってきた。ペンドリーが数秒遅れてあとにつづく。女性隊員一同が立って直立不動の姿勢を取った。

「楽にしたまえ、ご婦人がた」ダリントンが手を後ろに組んで女性たちと向き合い、マットフィールドとペンドリーはその片側、ジェラルディンは反対側に立った。

女性たちが着席し、肩の力を抜く。

「まずはじめに、ようこそ。ただしこれは条件つきの歓迎だ。なぜなら、つい最近までここは飛行中隊が常駐する作戦実行可能な戦闘機の拠点だった。だから、きみたちの到着がわたしには衰退のしるしに見えたとしても許してもらいたい。きみたちに任務があるという事実を無視しているわけではなく、きみたちには高水準の仕事を期待している。イギリス空軍が頼りにしているのは、前線の飛行場への機体輸送並びに、使用不能となった機体の後方保全部隊への移動である。いい仕事をしたまえ」

ダリントンはいったんことばを切り、すぐ左側にいる男を示した。「こちらはマットフィールド中佐で、わたしの副官である。その隣にいるのは空軍警察のペンドリー大尉だ。ところで、何か問題が起こったらまずはじめにきみたちの隊長へ進言するのがよかろう。そのあとで隊長がわれわれのひとりに知らせればいい」

一同がそっと視線を交わした。

「第二に、第十一航空団司令部から重要な知らせがはいった。きみたちも知っているだろうが、ここ数週間ドイツ空軍が沿岸に限定的な夜襲をかけ、日中もイギリス海峡及び北海で船舶輸送を妨害している。ところが本日、ドイツの爆撃機と戦闘機の大編隊が、イギリス海峡で護衛艦隊を攻撃した。これほど大規模な編隊が投入されたのははじめてであり、これが戦争の激化を示すものかどうかはまだわからない。どちらにも甚大な被害があり、われわれはこの攻撃の重大さをけっして忘れてはならない。

最後にもうひとつ、わたしは執務室でケンバーという警部補から報告を受けたのち、この会見の場に来た。痛ましいことだが、きみたちの仲間になるはずだったラヴィニア・スコット三等航空士が殺害されているのが、けさ村で発見された」

席についていた者たちからあえぎ声があがり――フィズさえショックで青ざめ――たちまちいくつもの質問が飛んだ。リジーは頭の中で、その朝村に着いた時点まで一気にもどり、教会の小道に警察の人間が集まっていて、自分が追い払われたのを思い出す。自分がなにげなく目にしたのはラヴィニアの死体だったのか。両手で腕をかかえ、恐怖で皮膚がピンと張った。

ダリントンは混乱を鎮めようと両手をあげ、落ち着いて話をつづけた。「被害者は教会付近の路上で発見された。昨夜の灯火管制の中で襲撃されたということだ。わたしがこれを告げるのは、同僚に何が起こったかをきみたちには知る権利があり、また、自分の仕事にどう取り組むか、スコットニーではどのような交流を心がけるかを、情報に基づいて判断する権利があるからだ。世の中は危険な場所であり、とくに戦時のいまはなおさらだ。気をつけるように。話は以上」

ダリントンは飛行士たちへ一瞥も与えずに部屋を去った。

リジーが仲間を見まわしたところ、ある者ははっきりと苦悶の表情を浮かべ、またある者は好奇心を抑えながらもそわそわし、彼女自身は数々の疑問で頭がうずいていた。マットフィールド中佐がその場にとどまっている。軍人特有の無表情な目つきが父親同然の慈悲深いまなざしに変わったのを見て、つぎに何が来るのかとリジーは思った。

中佐はみんなをなだめるように片手をあげた。「いろいろ訊きたいことはあると思うが、指揮官とわたしもきみたち同様大きな衝撃を受けていて、まだ状況をつかんでいないのだよ。警察の捜査で明らかになるまで待つしかない。残念なことになったが、わたしは指揮官の意見に賛成だ。軍事活動への献身が途絶えぬよう、われわれはいかなる局面でも高いプロ意識を期待する。だから、今回のことで日常生活に支障をきたさないように。世の中にはもっと大がかりな人殺しがあるからね」

マットフィールドはジェラルディンにうなずいた。「つづけたまえ」そう言ってペンドリーとともに部屋を出た。

ふたたび話し声が一気に湧きあがったが、ジェラルディンが指関節で机を叩いたとたんに静まった。リジーが訊きたくてたまらずに手をあげたが、隊長は取り合わず、厳しさと悲しみが入り混じる表情で一同を見た。

「とんでもないことが起こりました。飛行士を空で失うのは覚悟の上ですが、こんなふうに地上で失うとは。ミス・スコットに何があったのかもっと明らかにしなくてはなりませんが、ともかくこんな形でこれ以上仲間を失いたくないので、わたしとしては大佐の忠告を繰り返すしかありません」顔がやわらいだが、まだ心配そうだ。「村人と親しくするかどうかは完全にあなたたちの自由ですが、犯人がつかまるまでは、できれば駐屯地から出ないほうがいいでしょう。どうするにせよ、慎重かつ安全な行動を取るように」

ジェラルディンが去り際に発した「解散」の声は、再開された話し声で掻き消された。アガタは煙草の先端からはがれた煙草葉を嚙み、吐き捨てる。「ナチスがやってくる前、ポーランドでは男が妙な真似をしたらタマをなくしたものよ」首を傾けて煙草に火をつけた。

リジーも煙草に火をつけてパッケージをライターと並べて膝に置くと、揺らぐ紫煙越しに同僚たちをながめ、聞くともなしに会話を聞いた。ペンドリーとマットフィールドがまだ廊下で話しているのを目の端でとらえたので、考えるよりも先に、立ってふたりのほうへ行く。数秒後にマットフィールドが立ち去るとき、あとにつづこうとするペンドリーの腕に手を置いた。

「少しよろしいでしょうか、大尉」正しいことをしているのかどうか、リジーにはわからなかったが、自分を止められなかった。

ペンドリーが振り向き、驚いた顔でリジーの手を見た。

「すみません」リジーは手を引っこめた。「隊長を通すようにと指揮官はおっしゃいましたが、少しぐらいならいいかと」

ペンドリーがじれったそうに顔をしかめた。「九十秒以内で話すように」

「ありがとうございます。殺人事件についてくわしくご存じかと思ったんです」

「たとえば？」

「犯行場所と時刻は？　手口は？　凶器は？　犯行現場の状況はどうでしょう」どれほど詮索好きに聞こえたことかと思い、リジーは尻込みしそうになった。

ペンドリーがあきれたように両眉をあげる。「なぜそこまで知りたがるのかな」

リジーは迷った。いま訊くのはまちがいで、この人に訊くのもまちがいかもしれない。

そのとき、母校の大学の指導教官であり人生の師でもあるベアトリス・エッジェルから、自分を信じるようにと言われたときの声が脳裏で聞こえた。〝あなたを見くびる者がいても、それはその人の問題だからほうっておけばいい。でも、自分が力不足だと人から思いこまされるのだけはやめなさい。あなたはできるのだから〞

彼女はいどむように顔をあげた。「きっとわたしがお役に立てるからです」子供をあやすようなやさしい笑みを向けられ、頬が紅潮していくのがわかる。

「そうは思えないが、ええと名前は……？」

「ヘイズ三等航空士です。リジーと呼んでください」リジーがひと息ついたところへ、ペンドリーが笑みを浮かべたまま手を伸ばして腕にふれてきた。

「友達を失って大きなショックを受けているのはわかるが、しかし――」

「失ったのではなく、殺されたんです」リジーは横槍を入れると同時に腕を引っこめた。

「だから、それは警察の仕事だ」

「だから、わたしがお役に立てるんです。じつはロンドン大学で専攻したのが犯罪者の、とくに殺人のような凶悪事件を起こした犯罪者の研究でした」相手の顔に不信の色がよぎるのを見て、リジーはくじけそうになる。「ある特定の事例を見て、殺人を犯した人間の心の中まで掘りさげ、彼らをそうさせたものが何か、それを知る方法を学ぶことになりました。今回の犯人を突き止めるには、そうした専門知識が非常に有益だと思います」

ペンドリーが腕時計をちらりと見たので、リジーは不信が苛立ちに変わったのを知った。

「なるほど、ミス・ヘイズ」ペンドリーはリジーが肩を落とすたぐいの歯切れのいい声で言った。「あしたになれば、事件担当の警部補が巡査部長をよこして全員の話を聞き取るだろう。警部補本人が来るかもしれない。わからないことや伝えたいことがあれば、そのときに言えばいい。それはそうと、いまのうちにゆっくり休んだほうがいいね。仕事はしかるべき訓練を受けた人間にまかせよう」

そう言ってペンドリーが背を向けたので、リジーは長々と目いっぱい煙草を吸い、遠ざかる後ろ姿に向かって勢いよく非難の煙を飛ばした。

4

木曜日の午後になってもケンバーの風邪は快方に向かわず、気分もよくならなかった。玄関ドアをノックして村人に訊きまわっても成果はなく、ライト巡査部長がパブ〈キャッスル〉のブラナン兄妹と空襲警備員ブライアン・グリーンウェイを訪問したが、何もわからない。とくにグリーンウェイへの聞きこみが空振りに終わったのには納得がいかず、ケンバーはあの空襲警備員には自分が少し話をしようと決めた。宿屋のタプロー姉妹宅に立ち寄ったすぐあと、前日のダリントン大佐との面会を頭に浮かべながら、牧師館の扉を叩いた。返事がないのでもう一度叩く。応答なし。背をそらし、隣の聖マタイ教会のほうを見やった。一分も経たないうちに、ケンバーは牧師館を離れ、教会をハイストリートから隔てる小さな墓地を通り抜けた。アーチ形の入口に立つと、中から調子はずれの口笛が聞こえる。

「こんにちは」声をかけた。

口笛が止んだ。ケンバーはフェドーラ帽を取りながら入口を通ったが、屋内の暗さに目が慣れるまで二、三秒かかった。甘いバラの香りの底に消毒剤のにおいがかすかにただよう。

「何かご用？」

左側の洗礼盤のあたりから人影が浮き出るのを、ケンバーは見守った。その人影がもっと明るい場所へ移ったので、それが背の低い痩せた女性で、花柄でラップ型のエプロンドレスを身に着け、頭にはスカーフをターバンのように巻いているとわかる。彼女はモップとバケツを手に持って、顔に控えめな好奇心を浮かべていた。

「ええ、まあ」ケンバーが言った。

「牧師さまをお探しでしたら、聖具保管室で教区の書類仕事をなさってますよ」その女性は顎をあげ、ケンバーの後方にあるどこかを示した。

「ありがとう。わたしは警部補のケンバーです。あなたは……？」

「あら」女性の表情がもっと生真面目になる。「ジェシカ・オークスと申します。ミセス・オークス――未亡人ですけどね。あの気の毒な女性のことでいらっしゃったんでしょう？」

ケンバーは未亡人と目を合わせた。「そうなんです」

「いま申しあげたとおり、ウィルソン牧師は聖具保管室でいそがしくしてらっしゃいますが、行けばお話ししてくださいますよ」

「じつはですね、牧師さんとはすぐにでもお話しするつもりなんですが、その前に、まずあなたのお話をうかがえたらと思いまして」ケンバーは後ろの会衆席にすわるように彼女をいざなった。

彼女は口を開いたまま数秒間だまっていた。「いいですとも、何かお役に立てるのなら」ようやく言った。

ミセス・オークスはモップとバケツを置いて会衆席の端に腰かけ、そろえた膝に手を置いた。ケンバーはもう片方の側廊にある、それと同じ列の端にすわった。

「心配しなくていいですよ。ひとつかふたつ質問するだけですから。形式的なものです」

「かまいませんよ」彼女が肩をすくめながらエプロンの裾をつまむ。

「ライト巡査部長から聞きましたが、あなたはウィルソン牧師の家政婦ですね」

「ええ。教会の仕事も少しやってます。讃美歌の歌集を片づけたり、お花を取り替えたり」バラを活けてあるそばの花瓶を指さす。「きょうの早禱《そうとう》のような礼拝のあとでお掃除したり」真っ直ぐケンバーを見据える。「あなたはいらしてなかったですね、たしか」

ケンバーはかろうじて薄い笑みを浮かべた。「火曜の夜の九時から十二時のあいだ、どこにいましたか？」

「わたしですか？」彼女が胸に手をやり、首からさげた十字架を握る。「牧師さまといっしょに牧師館にいましたよ。六時半のお茶のあと、牧師さまは七時ごろいつもの晩禱へ行きました」内緒話をするかのように身を乗り出し、手を膝へもどす。「牧師さまは夜の教会でひとりの時間を過ごされるんですよ。何か仕事をしたり、来訪者とお話しすることもあるでしょうけど、ひとりで祈っていたといつもおっしゃいます」

わかったというようにケンバーはうなずいたが、内心では、ひとりの時間があれば宗教的な瞑想以外のこともできるだろうと思った。「牧師さまは何時にもどりましたか？」

ミセス・オークスは背もたれに寄りかかると、鐘楼へ通じるドアの上の掛け時計のほうへ目を向けた。「八時をほんの少し過ぎてました。ふだんは一時間かかります。長くても一時間半」

「そのあとは？」

ケンバーは一瞬いやな顔をされたのに気づいた。田舎の人間はだれのことにもくわしいが、困ったことによそ者には――相手が警察官でも――何も話したがらない。

ミセス・オークスは両手を握り合わせた。「牧師さまがいらっしゃらない間に洗いものをして、おもどりのころにはアイロンがけをしていたか、翌日のためにパイを作っていたと思います。牧師さまは本を読むか、説教の原稿を仕上げるか、それともラジオグラム（レコードプレーヤー付きラジオ）を聴いていたかもしれません」

「牧師さまは遅くまで仕事をしますか？　それとも早く休みますか？」

ミセス・オークスは心得顔の笑みを浮かべ、もう一度十字架を手にした。「冬のあいだは九時ごろお休みになりますが、夏でしたら十時から十一時のあいだに上へ行かれます」上目づかいで考える。「たしか、火曜日は十時ごろでしたよ」

ケンバーは視線をそらした。これはアリバイになるのか、それとも、牧師は気づかれないように抜け出したのか。夫人の笑みを見てこうも考えていた。この女と牧師のあいだに何かあるのだろうか、それとも、何かあったらいいのにと彼女が思っているのだろうか。

「どうかしましたか、警部補さん」ミセス・オークスが心配そうに首を少しかしげる。

ケンバーは彼女へ目をもどした。「あなたは何時に上へ？」

「どういう意味――」抗議の声が途中で止まり、見開いた目が突然憤《いきどお》りでいっぱいになる。「わたしの部屋は一階の奥にあるので、雑用を片づけてからそこへさがりました」

ケンバーはいったん休んだ。

「火曜日のその時間帯に、外で何か見聞きしましたか？」

そう訊かれてミセス・オークスは考えこんだが、口を開いたときには声にまだ棘《とげ》があった。「いいえ、警部補さん」ふたたび十字架へ手が行く。「あ、待って」こんどは口調からとげとげしさが消え、彼女はまた時計を見る。「十時を少しまわっていたはずだけど、牧師さまが二階から大声で呼んだんですよ。わたしが外に出たと思ったのね。なぜかわからないけど。とにかく、一分かそこらで台所におりてこられて――わたしがいつもの麦芽飲料をこしらえておいたので――そうしたら、遮光カーテンをきちんと閉めるようにとミスター・グリーンウェイから大声で注意されたんです。雨が降りはじめたかなと思って、少し前にわたしが外を見たものですから。ラジオの天気予報では嵐になると言ってましたからね。カーテンをしっかり閉じてなかったんですよ」

「外を覗いたときに何か見えましたか？」

「何も。暗くなっていたけれど、雨は降っていませんでした」

ケンバーは考えながら鼻の頭を掻いた。「教会脇の小道は大勢の人が利用するんですか？」

ミセス・オークスが首を横に振る。「それはないと思いますよ。イライアス、つまりミスター・ブラウンが犬を原っぱへ連れていく通り道で、子供たちもときどきあそこで遊びますけど、近ごろはそこを通ってもどこにも行けませんから、ほかに使う理由がありませんん」

ケンバーは身廊の先にある聖具保管室へ目を走らせた。「ウィルソン牧師はここに来て長いんですか？　牧師として、という意味ですが」

ミセス・オークスが彼の後ろに目をやりながら考える。「三年ぐらいでしょうか。メードストン出身なので、ケント州の人間のことをよくわかってらっしゃいます」

「あなたは牧師さまのことをよくわかっていると思いますか？」ケンバーはことばになんの含みも持たせなかったが、彼女の顔がまたこわばるのを見た。

「じゅうぶんにわかってますよ。まだお若いですが、賢い頭とやさしい心をお持ちです」

ケンバーは相手の防御壁が高くなったのを感じたので、そういうことにしておいた。

「ご協力ありがとうございました、ミセス・オークス。とりあえずこれでじゅうぶんです」

驚きと安堵が入り混じる表情を浮かべて彼女が立ちあがり、エプロンドレスの皺を伸ばした。「じゃあ、掃除にもどりますね」

ケンバーは微笑み、聖具保管室のほうを手で示した。「わたしは牧師さまとちょっと会ってきます」

木曜日の午後、将校用ラウンジでのお茶会は沈鬱だった。シャーリーが肘掛椅子にもたれ、リジーがフィズとエミリーといっしょに近くの低いテーブルにいて、ともかくけんかにならないように気を配ったが、形ばかりの会話はつづかなかった。仲間のひとりが殺された事件が全員の心に影を落とし、リジーはひとりどころかふたりの警察官から相手にされなかったことをまだ気に病んでいた。

「何やってんの？」フィズが沈黙を破り、責めるような目でリジーを見ている。

リジーは目を落としてはっとし、自分が三人のティースプーンをテーブルの中央に一列に並べてしまったことに気づいた。エミリーのほうは、積み木で遊ぶ二歳児をかわいがる目つきで見ている。

「なんでもないのよ」リジーは言った。「小さいころからやってる遊びなの」

「いまだにこんなことをする説明にはなってないね」フィズがスプーンを指さした。

リジーは自分に腹を立てながら、それぞれのソーサーへスプーンをもどした。そしてため息をつき、白状した。

「わたしが幼いときに母が落馬事故で何カ所も骨折し、数週間入院したんだけれど、その後二度と馬に乗らなかった。母を治療した病院は清潔できちんと整頓されていたので、子供心にこう思ったの。わたしの手をもっとよく洗えば――」どれくらい頻繁に洗うかは言わない。「そして、きちんと整理しておけば安全で、病気や怪我もしない」

「ばかばかしい」フィズが声をあげて笑った。「そんなこと、いったいだれに教わったの」

「じつは、大学の心理学の指導教授よ」リジーは言った。

ベアトリス・エッジェルがリジーの症状に気づき、それは心理学者たちが〝強迫神経症〟と呼びはじめた病気だと診断した。リジーはその病名がいまだに大きらいだが、あの子はどこかおかしい、少し障害がある、ひびがはいった磁器だ、と長年言われつづけたあと、その病名のおかげで少なくとも対処法はわかった。

「もっと優秀な指導教授に教われればよかったかもね」フィズが横柄に言った。

リジーは口を固く引き結ぶと、いつも腕につけている太いゴムバンドを指で探った。不安が高まったときの対抗策としてこれをパチンと弾くように勧めたのは、ベアトリスだった。正常な思考状態にもどるには一回鋭く弾くだけでよかった。

「ほっときなさいよ、フィズ」シャーリーが身を起こして言った。

「だって変だと思わない？」フィズがそう言って、人差し指をこめかみのそばでくるくるまわす。「ちょっとネジが飛んでる」

「少しぐらいスプーンを並べたってあなたには痛くもかゆくもないでしょ」

「あたしはね。でもこの辺の精神科病院が興味を持つかもね」フィズが笑った。

「いいじゃないの、リジーの気がすむなら……」シャーリーが眉をつりあげてフィズをにらんでくれたのが、リジーにはありがたかった。そこでフィズが話題を変えた。

「それはそうと、あたしはラヴィニアが何を考えてたのか知りたいね。真夜中にだれかと会うなんて」フィズが全粒粉のビスケットをふたつに割ってから齧《かじ》った。

エミリーのカップがソーサーに当たって小さな音を立てる。「夜の十時なら真夜中とは言えないわ」

「灯火管制なんだよ」フィズがビスケットをつまんだ手を振ってそこを強調する。「夜ひとりで知らない場所にめかしこんで出かけるなんて、あたしならぜったいやらないね」

エミリーが愕然とした顔で言った。「自業自得だって言いたいの？　いくらあなたでもそれはひどい」

フィズが目をぐるりとまわした。「わかったわかった。襲われる心配なく歩きまわれたらいいよね。でも怪物は弱くておろかな人間を狙ってるのに、どうしてこちらから狙われやすくするわけ？　あんたたちなら出かけた？」

「出かけたかもしれない」リジーは言った。「知り合いだったら」

フィズが食べかけのビスケットを皿にほうり、問いただすかのように両手を広げた。

「彼女は村に来て一日も経ってなかった。だれを知ってるの。知らない場所で真夜中になぜ会うの」パッケージから煙草を一本抜く。「あそこで怪しげなことがおこなわれてたんだよ」

「彼女は売春婦じゃない」エミリーがかっとなる。「村の教会のそばにいたのよ。人里離れた場所ではなく」

フィズが肩をすくめた。「それに、疑問はまだある。そんなに早く着いて何をやってたのか」マッチを擦る。

「たぶん嵐のせいよ」リジーは言った。「わたしたちはだれも予定通りに着けると思われていなかった。ラヴィニアは万が一にも遅れないように、列車で一日早く来ることにしたのかもしれない」

フィズが手首を振ってマッチの火を消した。「たとえこの任務のためでも、一日休暇をけずるなんてあたしにはぜったい無理」

エミリーが鼻で笑った。フィズの顔がけわしくなったがエミリーは無視し、リジーへ目を向けた。「犯人はなぜやったのか、あなたならどう思う？」

「男が何かをやる理由だって？」フィズが口を出す。「男どもは甘いことばをささやくけれど、連中の正体はわかってる」一服吸い、煙を吐きながら話す。「言っとくけど、悪いやつばかりじゃないよ。あたしが選んだ男ならさ」

「またばかなこと言って」とエミリー。「これまでにわたしの知り合いで殺された人はいないし、殺そうとした人もいないわよ」

「そういうことじゃないって」持った煙草の先端をエミリーへ向け、フィズが語気を強める。「何を言いたいかわかるだろ。しょっちゅう新聞に載ってる。暗い道や人目のない場所で女がレイプされて殺されてるんだ。あんたはどうだか知らないけど、そういうことが身近で起こったら、あたしは死ぬほどこわいね。女が女を殺すってのはあまりないんじゃないか？」

「実際驚くでしょうね……」全員の目が急に自分に向いたのが気恥ずかしく、リジーは口をつぐんだ。フィズが冷たい目でにらむ。彼女に勝手にしゃべらせておけばよかったのだが、非論理的な減らず口と不公平な考えと完全なでたらめが、がまんの限界を超えていた。「じつはね、多くの被害女性が無防備で、犯人のほとんどが男性というのはほんとうよ。だけど、犯行の手口と動機に大きなちがいがあるの」

「こんどは何、専門家？」フィズがひやかす。

リジーの頬が熱くなり、胸が締めつけられる。「前にも言ったけど、大学で心理学を勉強したの。だからその――そういう本をたくさん読んだから」

「あらそう、ほかのものを読んだほうがいいと思うけど」

シャーリーがため息をついた。「また彼女に当たるのはやめなさいよ」

口の中が乾きはじめ、隠しようもないほど心臓が高鳴っていたが、それでもリジーは言わずにいられなかった。「犯人がおそらく男性という意見には賛成だけど、それがだれであってもおかしくない。わたしたちは自分で用心し、お互いに目を配るべきだと思う。それだけよ」

「わたしはフィズの面倒を見ないけど」エミリーが笑って言う。「だれかが見てあげないとね。足手まといだこと」

こぶしを握って顔を赤くしたフィズがいきなり立ちあがった。エミリーもそれにつづき、おどけ顔でテーブル越しにフィズをからかう。窓際にすわっていた男性将校たちが、突然の騒ぎに何事かと首をめぐらせた。そのうちのふたりが仲裁しようと立ちあがったが、アガタとニーヴがふたりの女のあいだにはいり、燃えあがった火はたちまち消えた。

「どうしてイギリス人はお互いにけんかばかりするのかしら」アガタが困惑顔で言った。

ニーヴが舌打ちをした。「世の中に敵があまりいないからじゃない？　すわりなさい。男たちが見てるわよ」

リジーはふたたび呼吸を数え、ひと息ごとに胸のあたりを軽く叩くうちに、心拍数がようやく通常にもどりはじめるのがわかった。少し手を休め、唇の上の汗をぬぐう。そのときやっと、テーブルが静まりかえっているのに気づいた。フィズとエミリーがこちらをじっと見つめ、アガタは興味深そうに見おろしている。

「だいじょうぶなの？」シャーリーが穏やかに尋ねた。

リジーはうなずいたが、まだ口をきける状態ではなさそうだ。突然シャーリーのあたたかい手がやさしく押しつけられるのを感じた。

「いま呼吸がかなり変だったけど。わかっていた？」シャーリーが訊く。

「消化不良よ」リジーはしゃがれ声で答えた。咳払いをしてから、少しはまともな声で言う。「だいじょうぶよ。ほんとうに」

フィズが煙草の火を揉み消してから立ちあがった。「ならよかった。じゃあ、もういなくていいね」

「待って」アガタがすばやく言う。「みんなで集まっているあいだに話さなきゃ、ニーヴがいいことを考えたのよ」

「あとで教えて」フィズが歩き出しながら後ろに向かって言った。

通り過ぎざまに投げた罵《ののし》りは、リジーにしか聞こえないほどの押し殺された声だった。

「ひびわれ頭《クラックポット》」

ケンバーはミセス・オークスをモップとバケツのもとへと残し、祭壇へ向かって身廊をのんびり歩きながら、石細工やアーチ形の天井や記念銘板をながめた。いまのところ、あの家政婦からこれ以上何も引き出せないのは明らかだ。きれいに整えられた祭壇の前に立つと、内陣から離れた左のほうに、アーチ形の木のドアが見えた。そこをノックする。

せわしげな音が少し聞こえてからドアがあいた。

「こんにちは」若々しい顔がドアから覗いた。

ケンバーはまだ持っていたフェドーラ帽で会衆席をさした。「ミセス・オークスからお話をうかがったところです。ケンバー警部補といいます。昨夜の事件のことで少しお尋ねしたいのですが」

ウィルソン牧師はモップのようにもじゃもじゃの金髪を片手で掻きあげ、ドアを半分あけた。「いやあ、ひどい話ですよ、まったく。はいってください」そう言って後ろへさがる。「散らかっていて申しわけない。はじめは春の大掃除のつもりだったんですが、意外と長くかかってしまって。いまでは夏の大掃除です」そして、椅子から雪崩《なだれ》落ちそうな書類の山をかかえ、床の上の釣り竿と籠の横に置いた。

ケンバーは聖具保管室へそっとはいり、祭服がかかった棚の横をすり抜けてから、勧められた椅子にすわった。「大変そうですね」

ウィルソンは机の奥にある自分の椅子にどさりと腰をおろしたが、その机も書類仕事で雑然としていた。「聖マタイ教会に来てからずっとやろうと思ってたんですが、どうしても手がまわらなくて。昔から残っているものばかりなんですよ。報告書とか、説教集とか。おそらく三分の一はがらくたで捨ててもよく、もう三分の一は歴史的に価値があるから書庫に保管するべきで、残りの三分の一はいまのわたしと教会区にとって大事なもの、という想定で整理しています」

「警察の仕事と少し似ていますね」ケンバーは言った。

ウィルソンが微笑んだ。「たしかに」それから突然立ちあがる。「しまった、失礼にもほどがある。あなたが勤務中でまだ早い時刻なのは承知のうえですが、お近づきのしるしに一杯どうですか、警部補」

ケンバーは辞退しようと片手をあげながら、もう一方の手を使ってハンカチで鼻を押さえた。

「ラムしかありませんが」ウィルソンが言う。「その風邪に効くかもしれませんよ」後ろのキャビネットから、濃い色の液体がはいったボトルを取り出した。

「では、差し支えなければいただきましょうか」ケンバーは折れた。「聖餐用ワインが出てくるかと思いましたよ」

ウィルソンが声をあげて笑った。「目的があって使うときはいいですけど、自分用に飲むものじゃありません」グラスをふたつ探し、どちらにもかなりたっぷり注いだ。

ふたりは乾杯し、強くて癖のある蒸留酒を口に含んだ。

「幸せな気分になるでしょう？」ウィルソンが言う。「商船に乗っていたときに覚えた味です。船の給仕係や甲板員をやりました。ロンドンから象牙海岸まで何度か航海し、西インド諸島へも二回行きましたが、やがて自分は神に仕えたいのだと悟ったんです」じっとグラスを見つめてからケンバーを見る。「失礼しました、警部補。わたしの身の上話を聞くためにいらしたわけではないのに」

ケンバーは穏やかにうなずいた。「面白いお話をいろいろ聞かせてもらえそうですが、わたしが聞きたいのは、火曜日の夜の殺人事件についてあなたは何かご存じかということです」

「痛ましい」ウィルソンが悲しげに首を横に振った。「だれがあんなひどいことを。お役に立てるとは思えませんね、警部補。ミセス・オークスもわたしもあの小道を通る理由がないし、埋葬や教会墓地の掃除以外であの塀に近づくこともありませんから」

「夜の十時前後に何かを見るか聞くかしませんでしたか？」

ウィルソンはラムのグラスをゆっくりまわしながら考えこむ。「二階の部屋の窓をあけておいたら、固いものがこすれて玄関ドアがカチリと鳴るような、そんな音が聞こえた気がしたんです。音が近かったので、ミセス・オークスが何かの用で外にいるのかと思い、大声で呼びかけました」

「それで彼女は外に？」興味をいだいたものの、ケンバーは顔と声にそれを出さなかった。

「いいえ、だいたい彼女が外にいるはずがないし、本人もそう言ったので、わたしは道の向こうに住むミセス・ガーナーにちがいないと思いました。彼女は知りたがり屋で、スイスのカッコー時計の人形みたいに出たりはいったりしてますからね。わたしは窓を閉めてから、ミセス・オークスのいる台所へおりていきました。彼女が麦芽飲料を作っておいてくれたんですよ」

「窓の外に何か見えませんでしたか？」

ウィルソンがむっつりした顔でかぶりを振った。「いいえ、何も。でも、台所にいるときに、遮光カーテンをきちんと閉めるようにと空襲警備員から大声で注意されました。ミセス・オークスがちゃんとやってくれましたよ」

「そのあとで何かありませんでしたか？」

「残念ながら何も」ウィルソンが首を横に振ってからグラスを空ける。「麦芽飲料を飲んでから二階へ行って休みました」

ケンバーは袋小路にはまっていくときのおなじみの感触を覚え、ウィルソンに薄い笑みを向けた。ラムの最後のひと口を飲み干して立つ。「もう行かなくては。お時間をいただいてありがとう。そして飲み物も。どうぞ春の大掃除を進めてください」

「ありがとう、警部補」

握手を交わしたとき、ケンバーは牧師の右手に引っかき傷を認めた。「痛そうですね」

「たいしたことありません」ウィルソンが言う。「イライアス・ブラウンが教会を明るくするために自宅のバラを切ってきてくれたんですが、花瓶に活けてもらおうとわたしがミセス・オークスのところへ持っていく前に棘で引っかいてしまったんですよ」微笑んで言う。「商船にいたころはもっとずっとひどい怪我をしたものです」

ケンバーが帰ろうとしたとき、ドア付近の壁にかけてある展示ケースが目を引いた。はいるときには気づかなかった。中にあるのは宝石で飾られた金の十字架で、下端から金属の刃が伸び、隣に同じ意匠のさやがある。

「すばらしい工芸品でしょう」ウィルソンが言った。

「そうですね」ケンバーは言う。「本物ですか?」

「十六世紀のもので、ベイハム・オールド・アビーの近くで発見されました。ヘンリー八世がカトリックの修道院解散を決定したとき、聖職者が護身のためにこうしたものを作ったんです。十字架の長い部分はさやで、短いほうは短剣の柄になっています。紳士用の仕込み杖に少し似ていますね」

ケンバーはウィルソンのほうを向いた。「なぜ教会の中心となる場所に展示しないのですか？」

「盗難ですよ、警部補。だいぶ昔に盗まれたことがあって、十字架はもどってきましたが、剝ぎ取られた宝石類は二度と見つからなかった。十字架自体は金ではなく金メッキだったので溝に捨てられていたが、この教会区にとっては金銭に代えられない貴重なものなんです。残念ながら宝石はもう本物ではなく、色つきガラスの模造品ですがね」

たとえメッキとガラスであろうが、ケンバーの目には、豪華に飾られた十字架がどことなく不自然に映った。「ここはプロテスタントの教会でしょう？」と言う。「略奪品じゃないんですか？」

「四百年前はそうだったかもしれませんが、この地で数世紀を経たあとで、ほかでもないその十字架は、あらゆる信仰や宗派の聖職者がいつか経験する宗教的迫害のシンボルとなったのです。いつの時代もプロテスタントとカトリックは同じように苦しんできました。互いに苦しめ合うという意味も含めて」

ウィルソンがグラスとボトルを手に取り、ケンバーはその顔が救いようのない悲しみに覆われるのを見た。

「ロシアで起こったことをごらんなさい」ウィルソンがそう言って、自分のグラスにもう少し注ぐ。「そして、いまはナチス・ドイツがどうなっているか」グラスをかかげてから中身をひと息に干した。

ケンバーはかすかにうなずいてその主旨に同意した。質問は尽きかけていたが、それでもあとひとつ思いつく。「教会にはいつも施錠しておくのですか？」

「夜間だけです」とウィルソン。「昼間は正面扉をあけておきますが、わたしの不在中は聖具保管室を施錠します。それから、安全のために鐘楼の入口も。修理の必要な踏み段が少しあるんですよ」

「だれかがこれを持ち去った可能性は？」ケンバーは十字架を指さした。

ウィルソンが首を振って否定した。「これまでに侵入された形跡はありません。それに、なぜわざわざ返すんですか？」

〝なぜだろう〟ケンバーは考えこんだ。「二、三日これをお借りしてもいいでしょうか」

ウィルソンが承諾のしるしにグラスをかかげた。「どうぞご自由に」

ケンバーは展示ケースをフレームごと壁からはずし、小脇にかかえた。

「お時間をいただいて感謝します、牧師。お仕事をつづけてください」

相変わらず釈然とせず、たいした進展もないまま、ケンバーは教会をあとにしたのだが、去り際に帽子を振ってミセス・オークスのおぼろげな人影に挨拶したところ、本人はなんの調べかわからない口笛を吹きながらモップを左右に動かしていた。

ケンバーは眉間に皺を寄せた。事件が簡単に解決するとは思っていなかった。この手の事件でそんなことはまずない。通常なら証拠についてもう少し期待するところだが、灯火管制と嵐のせいで台無しになった。村の住人の全員が知り合い同士で、それは昔からだ。スコットニーはイギリスの典型的な小村で、他人のことになんでも首を突っこむ土地柄だった。

さらに眉間の皺が深くなる。経験上言えることがふたつある。ひとつ、女性の被害者はなんらかの形で犯人と面識があるのがふつうだ。ふたつ、まったくの通り魔殺人というものは——とくに女性を殺して切り刻むような狂暴な殺人は——めったに起こらない。一方、この事件のふたつの事実から言えることもふたつある。ラヴィニア・スコットがこの村に来たのはまったくはじめてであり、駅長と宿の女主人たちと犯人以外は、だれも彼女の到着に気づいていなかった。そして、そのわずか数時間後に灯火管制下の教会の小道で、彼女は一見動機のない殺人の被害者になった。これでは辻褄《つじつま》が合わない。

落胆の重みを早くも感じながら、ケンバーはミセス・ガーナーの家と牧師館の距離を目で測り、静かな夜ならミセス・ガーナーがドアを閉める音は開いた寝室の窓から簡単に聞こえただろうと判断した。村のはずれには、昼間でも遺体安置所さながらの静けさがただよっていた。

十字架を検査のためにヘッドリーへ届けたうえで、ラヴィニア・スコットの宿の主人からも話を聞かなくてはと思い、腕時計を見てため息をつく。田舎の村では、午後は聞きこみに最適な時間帯とはいえず、しかも、すきっ腹にアルコールを入れたせいで早々に眠気をもよおしていた。ラムは風邪に少しは効いたが、気分直しにはならなかった。

商船乗りだった男とは二度とラムを飲むまい、とケンバーは決心した。

5

翌日リジーは会見室へはいるなり、いままで同僚といっしょに味わったものよりはるかに陰鬱な空気を感じ取った。

フィズとエミリーは二列目の椅子の端と端にすわり、目を合わせるのをあからさまに避けている。アガタとニーヴは三列目の席でどちらも物思いに沈んでいる。シャーリーは最前列の中央の席で、ドイツ軍による南東部の爆撃が増えているという新聞記事を読んで、深刻な顔を見せている。

リジーは最前列の、シャーリーからひとつあいだを空けた席についた。ペンドリー大尉に手伝いの申し出をはねつけられてからというもの、リジーの頭脳は昼夜かまわず働いていた。明らかに潔白な者をまず取り除いて考えれば、犯行時刻に空軍駐屯地にいた人間に殺せたはずがない。ATAの同僚たちとはその前の数日をホワイト・ウォーザンでともに過ごし、ここに到着したのはラヴィニアの遺体が発見されたあとだから、全員を除外できる。残るのは、火曜日の夜に駐屯地にいなかった人間、スコットニー村の住人全員もだ。思考はいまだにラヴィニアの遺体の状態と発見場所へと舞いもどり、自分の特殊技能が役立つのがそこなのはわかっていた。

もう一度警察の人間と話すのは気が進まなかった。リジーが大学の研究をやりとげようと苦労していたとき、男性からも女性からもいやというほど無視され、妨害され、ばかにした態度を取られたことがあり、しかもそうしたことは見識高い学会の重鎮と呼ばれる人々のあいだでおこなわれたのだった。やめたほうがいい、とリジーはなかば自分に言い聞かせたが、それでも、地方のがさつな警察官と無能な軍人がわけもわからず捜査をする場に、ラヴィニアを捨ててはおけない。いやでも話を聞いてもらうしかなかった。

「おはよう、みなさん」ジェラルディンがやってきてドアを閉めた。会見室の正面に立ち、タイプしてある紙を机に置く。「ついに最初の輸送伝票が届きました。この打ち合わせのあと作戦司令室で受け取るように」

輸送する飛行機を割り振る伝票が来たと聞いて、リジーの背筋がいままで以上に伸びた。

「機体は六機、すべてモス、最近の攻撃により損傷を受け、保全部隊へ輸送する必要あり」ジェラルディンが発表する。「ホーネット・モスが一機、プス・モスが一機、タイガー・モスが四機」

「まいったね」フィズが言った。「南に来たら、せめてちゃんとしたものを操縦できると思ってた。なのにこれだ。いまいましいモスばっかり」

エミリーが笑った。「わくわくさせられなくて悪かったわね。エディンバラにいたほうがよかったんじゃないかしら。あそこなら悪さもできないし」

「ミッチェル、パーカー、つつしみなさい」ジェラルディンがぴしりと言った。

「みんなで力を合わせるんだって、わたしは思っていた」ニーヴが薄茶色の髪を耳にかけながら言う。「国全体で。大英帝国で。国の半分は女だってことが当局にはわからないのかしら。ナチスを打ち負かすには、わたしたちに一番得意なことをさせればいいだけなのに——飛ぶことを」

「当局はわたしたちを飛ばせようとしているところです」ジェラルディンが集まった者たちを見まわした。「でも、耐えなくてはなりません。時機をうかがい、ポーリン・ゴアが魔法の力を発揮するのを待ちましょう。わたしたちがここにいる第一の理由を思い出し、それを忘れないように。さあ、飛行服を着て、お嬢さんたち。そして自分の伝票を受け取りなさい」手を二回打ち合わせる。「早く早く。全員が変更課程に合格するまで、わたしがあなたたちを送迎する飛行士よ」

その日最初の降下地点はリジーの担当で、彼女を降ろすなりオックスーボックスは飛び立った。そしていま、リジーは操縦桿をそっと手前に引き、複葉機のタイガー・モスがにわかに浮きあがると同時に、車輪がウェスト・マリング飛行場の滑走路から離れていくのを感じ取った。フライトシミュレーターで計器飛行方式を教えられたとはいえ、リジーと同僚たちは有視界飛行の規則にしたがって雲底下を飛び、地上から目を離さずにいるしかなかった。つまり、不本意ながらモスの剝き出しの操縦席で霧雨に当たり、さっそくずぶぬれになる。それでも空を飛ぶためならリジーはその不快によろこんで耐えた。

高度があがるとともに飛行場と付属の建物が下へ遠のき、田園地帯が巨大な地図と化した。緑色と黄金色のパッチワークさながらの畑地、広大な果樹園、ホップの蔓《つる》の茂み、起伏する牧草地、その中を曲がりくねった道が縫うように走り、小川を渡り、村々をつないでいる。メードストンの市場が東へ遠のくのを横目に、リジーはモスを左に傾けてウェスト・マリングの村の上空を飛び、北西方向に機体を水平にすると、テムズ川の向こう側にあるダックスフォード空軍基地へと急いだ。

後方から敵機が来るかもしれないので、しだいに強まる耳障りな雨音の中で耳をそばだて、無線からの警報に注意した。冷たい空気を深々と心ゆくまで吸いこみ、革手袋でゴーグルをぬぐう。地上にいると、自分がぶざまで場違いな人間のような気がして、人前で居心地が悪くなることがよくあり、新しい環境や厄介な状況に置かれると不安になった。空にいるときは、いまみたいな雨ざらしの操縦席だろうが、風防ガラスで覆われた快適なコックピットだろうが、リジーは生き生きとして自由だった。飛んでいる最中は不安に襲われたりパニック発作が起こったことは一度もなく、強迫神経症は消えていた。飛ぶことは自分の一部であり、この世界での自分の役目でもあった。

テムズ川上空をロンドンへ向かって西へしばらく飛ぶと、工場や住宅の無数の煙突から煙があがっているのが見え、首都とその波止場を守るずんぐりした防空気球の群れに出くわす前に、北へ進路をとった。雨が弱まって断続的な小雨となり、気温も少しあがった。申し分ない。そこへハリケーンが四機近づいてきた。〝ノース・ウィールドの空軍基地から来たのかも〟とリジーは思った。飛行士のひとりが自分の兄かもしれないと思って手を振ったが、先頭の機体は翼を揺らしてからスピードをあげて雲間へはいり、ほかの機もそれにつづいた。

ノース・ウィールドが来て去り、あっという間にリジーはダックスフォードで着陸態勢にはいっていた。モスは別の飛行士がさらに北へ運ぶだろう。リジーは空中での最後のひとときを味わいながら複葉機を優雅に旋回させ、最終進入にそなえて機体を水平にすると、わずかな衝突や揺れもなく芝の滑走路へ着陸させた。あとはジェラルディンが輸送機で拾ってくれるのを待つだけだった。

ケンバーはガーナー家の玄関前に立った。村の最北端にあり、牧師館の真向かいにも当たる。立てた襟をさらに掻き合わせてボタンをはめたが、少しずつ降っていつの間にか人をびしょぬれにするたぐいの雨だと気づいたときには遅かった。

ライト巡査部長によれば、エセル・ガーナーは法律をきちんと守る女性で、喫煙はせず、日曜礼拝の聖餐用ワインのほかにクリスマスにシェリー酒を一、二杯飲むだけで、あとは酒をたしなまず、小瓶に残ったシェリー酒は復活祭のたびに、本人が作る伝説的なトライフルの風味付けに使われるという。夫のアルバートの話を信用するならば、彼女の唯一の悪習かつ真のよろこびは、噂話と愚にもつかないおしゃべりとおせっかいだった。ライトが最後に述べた評価にケンバーは格別の興味をいだいた。〝火曜日の夜に何かを見た者がいるとしたら、それはエセルでしょうね〟

恰幅《かっぷく》のいいエセル・ガーナーがエプロンドレスで手を拭いて眉をひそめながら、ようやくドアの後ろから現れた。ケンバーを見て顔をやわらげる。

「はい、こんにちは。どちらさま?」エセルが尋ねた。

ケンバーは自己紹介をして警察の身分証明書を見せた。

「そうそう、道の向こうのほうにいたのを覚えてますよ。いつ来てくれるのかと思ったわ」ドアの前で通せんぼをするみたいに腕組みをする。「うちのアルバートがきょうも歩いて仕事にいくしかなかったのをご存じ？　デニス・ライトには先週言ったんだけど、このあたりにコソ泥がいてね。火曜日の夜にまたやられたのよ。アルバートの車からガソリンが全部抜かれたの」

「それは大変でしたね」ケンバーは一歩さがり、鼻先の短いえんじ色のオースチン・セブンがコテージの横にあるのを見た。「くわしい時刻はわかりますか？　大事なことかもしれないので」

自分の情報が重要だとほのめかされ、エセルの身長が数センチ伸びたかに見えた。「十時過ぎね。暗くなってまもなくよ」とエセル。「アルバートがパブから帰ってきたちょうどそのとき、怪しい物音がしてね。ここいらの男は腰抜けだから、あたしがほうきを持って外へ出たんだけど、手遅れだった。ゴムホースが車の燃料タンクに突っこまれてたからアルバートを呼んだわ。確認してもらった。そうしたら空っぽ」

「ほかに何か気づいたことは？」

エセルが首を横に振った。「いいえ。あの気の毒な娘さん。あんまりよね」不安そうに腕を抱き締める。「このごろは自分のベッドにいても安全じゃないってこと？　世の中は戦争だし」

「あなたはまちがいなく安全ですから心配要りませんよ」エセルの顔がこわばったので、ケンバーは考えなしに決まり文句を使ったことを後悔した。もう半歩さがって咳払いをする。「殺人事件などめったに起こらないものですよ、ミセス・ガーナー。このあたりではほんとうにめずらしい事件ですから、危険な目に遭う人間がこれ以上いるとは思えません」

エセルが肩の力を抜いた。「そうね、だから、物音がしたのでほうきを持って外へ出たのよ。ブライアンが――ミスター・グリーンウェイのことよ――遮光カーテンで窓をきちんと覆うようにと牧師さんに言ってるのが聞こえた。牧師館のほうを見たら一階の明かりが漏れていたけど、家政婦のジェシーがすぐにカーテンを閉めた」なげかわしげに首を振る。「おとといあなたたちが教会の近くにいるのを見たわ。もちろんデニス・ライトもいた。昔グラッセンじいさんの果樹園からしょっちゅうリンゴやサクランボを盗んでいたのを本人から聞いた？　なぜあんなのが警官になったのかわからない。母親は誇りに思っていたけどね。彼女の魂に平安あれ。正直な話、すぐに解決すると思ったけどねえ。何か手がかりはあるの？」

「捜査をはじめたばかりですからね、ミセス・ガーナー。目撃情報を集めているところなんですよ」

「はじめたばかりですって？　この先にミセス・ウエアが住んでいるんだけど、あたしね、あなたのことをこの辺にはいない切れ者だろうって彼女に言ったのよ。あの人がちゃんと片をつけるわって。これじゃあ、あたしが嘘つきになるじゃない。あの娘さんはどこから来たのかしらね。巻き爪持ちのミセス・テイトの話では——彼女は長年足のことで苦しんでるのよ——あの娘さんは飛行場へ行くところだったんじゃないかって。そんなの変だと思わない？　あの道で何をしていたのかしら。このあたりじゃ行くところもないのにちゃんとおめかしして。容疑者が少しはいるの？」

まあ落ち着いてというふうに、ケンバーは両手をあげた。「申しわけないが、進行中の捜査については何も言えないんですよ」

「そりゃあそうでしょうけど」エセルがケンバーの胸を指さした。「あなたにはあたしみたいな情報源が必要よ。あたしたちのような人間こそ事件の渦中にいるんですからね。ここで起こっていることで知りたいことがあったら、なんでも訊きにきてくださいな」

「全員から話を聞く必要があるんですよ」ケンバーはこれ以上ないほどの穏やかな笑みを浮かべた。「だれかが思い出した小さなことで硬い殻が割れ、解決へつながるかもしれませんからね」

エセルが声をあげて笑い、駐在所のほうへ顎をくいと向けた。「そうかもしれないけど、デニスは煉瓦でハシバミの殻も割れなかったわよ」

ドアが音を立てて閉まったあとで、ケンバーはため息をついた。村の住人全員がエセル・ガーナーと同じく辛辣なら、思ったより厄介な聞きこみになりそうだ。腕時計を見る。もう遅い時刻になっていて、先にヘッドリー医師を訪ねなくてはいけないが、もう一度ペンドリー大尉と話してみるのもいいだろうと思った。

午後の遅い時間、リジーとシャーリーとエミリーは、煉瓦造りの長い物置小屋の中を見まわしていた。波状鉄板の天井が平らで低い。その小屋はもともと領主館に付属する建物のひとつで、境界のフェンスと、空軍が来たときに設置された半円形のニッセン式兵舎とのあいだにあった。古い芝刈り機やわずかな道具を収納してあるだけなので、建物は放置され、まともな錠もついていなかった。

「どう思う？」あけ放ったドアのそばでニーヴが三人に微笑む。「まあまあ清潔だし、わたしたちで片づければすてきな婦人クラブになるわよ」

〝ニーヴがいいことを考えたって、これだったのね〟リジーは思った。窮屈な空間がいやなわけではないが、小屋の何かが不安を感じさせる。「どうかしらねえ」防水シートを持ちあげて下を覗く。「正直言って、気味が悪いわ」

「ただの小屋よ」ニーヴが言った。「それに、主棟からあまり離れてないでしょ」

「たしかにね。ところで、将校用のラウンジを使えるのになぜこれが必要なの？」

ニーヴの顔から笑みが消えた。「子供のころ……いつも人気者ってわけじゃなかった。父はわたしが学校でうまくやれていないのを知って、隠れ家として庭に木造のサマーハウスを建ててくれた。わたしが少人数の友達を招いてそこで遊べるようにね」

エミリーが木箱をあけ、蜘蛛《くも》の死骸を見てすぐに閉じた。

ニーヴがつづける。「ここの男たちがよそよそしいって言ってるわけじゃないし、男といっしょにいるのはかまわないけれど、でも、最新の口説き文句を試したり、わたしがとっくに知ってるチェスのルールを教えたがったり、静かに飲むか友達とトランプをしたいだけなのにしょっちゅう割りこんできたり、そんなタイプの将校はいないほうがいい」

「ニーヴの言うとおりよ」シャーリーが錆《さ》びた自転車を点検しながら言った。「自分たちの場所があればありがたいわ」

リジーは吐息をついた。トランプ遊びの熱狂的ファンではないが、立ち聞きされる心配がなく、口出しや批判を受けずにのんびりとおしゃべりできる安息所が必要なのは理解できた。自分がのけ者だと感じるのはリジーにも覚えがあった。家族の大半は自分が大学へ行くことの価値を認めなかった。とくに母親は娘が博士号を取るのをひどくいやがり、ほかの令嬢たちの成功――より裕福な夫をつかまえて子供をつぎつぎ産む――を引き合いに出した。

戸口にいるニーヴの隣にアガタが突然現れた。

「ご婦人がた」アガタがにやりと笑う。「ほんとうにクラブを開くなら、フィズがもっとずっといい場所を見つけたみたいよ」

ケンバーは赤と白の柵があがるのを待ち、ミンクスを砂利敷きの駐車場まで移動させた。変わりやすい天候にもかかわらず敵の軍事行動が活発になってきたので、空軍駐屯地では爆撃にそなえて警戒態勢が敷かれ、ほとんどの休暇が取り消された。トンブリッジ地区警察本部でさえ、高まる緊張と侵攻の脅威にそなえて人員を呼びもどしていた。ケンバー以外の人員を。上司のハートソン警部から目の上のたんこぶ扱いされ、事件が解決するまでスコットニーにいるようにと念を押されたのを思い返し、ケンバーはひとり微笑んだ。

ペンドリーが自分を待っているのではないかとケンバーはなかば期待したが、玄関の階段に空軍警察官の姿はなかった。別にかまわない。空を見あげ、だれもかれも準備でいそがしいのだろうと思った。

「どう？」フィズが言った。「領主館の横に専用の出入口があって、ワインセラーでもシェルターでもない」

リジーはニーヴとアガタとフィズといっしょに細長い部屋にいた。そこは玄関ホールとつながっておらず、正面のドアを出て階段をあがれば外へ出られる。部屋の幅は約二メートルで、奥の壁が湾曲し、右側にあるふたつのドアが別のふたつの部屋に通じている。手前の部屋は正方形だが、奥の部屋ではやはり向こう端の壁が湾曲している。その二部屋は別のもうひとつのドアで行き来できる。背丈が百八十センチぐらいの者が手を伸ばせば天井に指先が届くだろうが、どの部屋も狭苦しいと感じるほどではない。

「完璧だわ」エミリーがふたつの部屋のうちの奥の部屋から出てくるなりしゃべりだした。「細長い部屋では奥の壁にダーツ板をかけてゲームができる。床はけっこうなめらかだから九柱戯《スキットルズ》（木製のボールまたは円盤を転がして九本の木柱を倒す遊び）をしてもいい」

「少しきたないけれど、がらくたは置いてないわね」もう一方の部屋からシャーリーが現れる。「奥の部屋はラウンジになるわ。夏は涼しく、冬はあたたかい。こっちの別室はバーにすればいい」

「あまり賢明とは思えないな」

突然男の声が聞こえたのでリジーは驚き、動悸が少し強くなるのを感じながら息をひそめた。将校が空軍のブーツで石段を踏み鳴らしておりてきて、室内を見まわした。リジーは手首のゴムバンドを弾き、やっと浅く呼吸した。

「だいじょうぶかい」ペンドリーがリジーを見て言った。「少し顔色が悪いな」

リジーはうなずいて目をそらした。「この計画のどこがいけないんですか」そう言って緊張をほぐす。「バー、ラウンジ、遊戯室。女子専用です」

「指揮官は許可してくださいますよね」シャーリーが言った。「わたしたちがここにこっていれば、あまり姿を見かけずにすんで好都合でしょう」

ペンドリーが首を横に振った。「上層部が当局の許可なく民間人を勝手にぶらつかせることはない」

「それならいま許可を求めます」ニーヴが前へ進み出てペンドリーを真っ直ぐに見た。「ここではわたしたちがはいれないさまざまな場所があるのに、男性から離れていられる場所はどこにもありません。わたしたちは自分たちの場所がほしいだけなんです」

ペンドリーが短い笑い声をあげた。「ここは軍事施設であって、ロンドンのウェストエンドではない。ダリントン大佐がかんかんに怒ることぐらいわかるだろう」

ペンドリーがニーヴから離れて歩きまわる様子を、リジーはほかの仲間とともに恐る恐る見守った。本人のボディーランゲージに着目する。のんびりして無頓着かと思えば、つぎの瞬間には冷たい堅苦しい態度に変わり、めずらしく読み取りづらい。

「これはすばらしい考えですよね」リジーはペンドリーがそばを通るときに言った。

「いまのところ優先事項とはいえない」ペンドリーが部屋の入口へもどる。「ドイツ軍がいつ攻めてくるともわからず、緊張は高まっている」

出ていこうとするペンドリーをニーヴが阻止した。「自分たちでなんとかして、お披露目のときは大佐と中佐を招待し、それからなりゆきを見守るつもりです。それまで時間稼ぎぐらいしてくださってもいいでしょう」

「ことわる」ペンドリーが自分の軍服を真っ直ぐに正し、ニーヴの脇をすり抜けた。

こんどはアガタがニーヴと交替する。「でも、口添えはしていただけますよね」

ペンドリーがアガタに向かって大げさなしかめ面を見せたが、そのあとで目尻に皺を寄せ、相好を崩して笑いだすのをリジーは見届けた。「わかったよ、面白そうなのは認める」そう言うと、石段を踏んでもどっていく。「考えておこう」

ケンバーが玄関ポーチの階段をのぼりきり、ドイツ侵攻の見込みについてまだ考えこんでいたところ、領主館の角をまわってやってくるペンドリーの姿が目にはいった。声をかけると、ペンドリーも自身の考え事からわれに返り、顔をあげた。

「ああ、警部補でしたか。もう何人か連れてくるかと思ってました」

ケンバーはペンドリーへ苦笑いを見せた。「戦時体制のせいで一番優秀な警察官が不足し、スコットランドヤードはトンブリッジに残る要員の大半をブレンチリー三人殺傷事件に動員し、地元の巡査部長は村と周辺農場すべての治安維持をまかされている」

「理想とはちがいますね」

「ちがうどころではなく、この状況に長く耐えるしかなさそうだ」

「村の住人はどう受け止めているんですか？」

「予想どおりだね。怒りと不安、激情と虚勢、そうしたものがないまぜになっている。ダリントンはどう思っているんだろう」

ペンドリーが笑みを浮かべた。「自分の駐屯地のだれかがやった可能性をあなたにほのめかされるのは、あまり愉快ではないでしょうね。イギリス空軍に非難の余地はないと思ってますから」

ケンバーは肩をすくめた。「彼が正しいのかもしれないが、わたしとしてはあらゆる場所を調べるしかない。じつは相談があってね。火曜日の夜、駐屯地の要員が村に何名いたのか気になっていたんだ。そうしたことがわかる記録はあるだろうか」

視線が一瞬泳いだのを隠そうとペンドリーが手袋をはめた指で耳の後ろを掻くが、ケンバーは若いころからずいぶん多くの人間に質問してきたので、そんなしぐさには気をとられなかった。

「むずかしいかな」ケンバーは尋ねる。

「いいえ、そんなことはありません」ペンドリーが言う。「検問所では人の出入りを記録してありますから。でも、その女性が殺害されたのはたしか夜間ですよね。夜のそんな時間なら、非番の者は自分の部屋か兵舎で眠っていたと思いますよ。簡単に調べられますけどね。彼女を知っていた者がいるか少し聞いてみます」

「それはありがたい」ケンバーはじっと考えて鼻をこすった。「家族とはうまくいってたんだろうか」

「そのようですよ」ペンドリーが言う。「きょう父親から折り返しの電話がありました。娘が殺害されたと伝えたら案の定取り乱していましたが、それでもこちらからいくつか質問できましたよ。父親が断固として言うには、娘はみんなに好かれていて敵などおらず、自分が知るかぎり村に知り合いはなく、以前スコットニーに行ったことは一度もないそうです。ほかの家族や男友達などについて問い詰めましたが、娘はいい子で交際相手はいなかったの一点張りでした」

「そうか、ありがとう」ケンバーは腕時計をちらりと見た。「供述調書とアリバイ確認の準備をしなくては」

「その必要はありません。もう手配させましたから」ケンバーは仕事に手を出されたときの不愉快な顔を取り繕えなかった。

「いや、出過ぎた真似をしました。申しわけありません」ペンドリーが片手をあげる。

「あなたの領分なのはわかっていますが、こちらはあり余るほどの人数で作業を進められますから、そちらの人員不足のときには――」

「警部補さん！」

ふたりが振り返ると、リジーが急ぎ足でやってくるのが見えた。

「見つかってよかった。わたし、お手伝いしたいんです」

ケンバーの両眉が驚きを表した。飛行士に用はない。「手伝いってなんのことだろう」

「ヘイズ三等航空士は先日わたしに話しかけてきました」ペンドリーが言う。「自分には殺人犯を見分ける特別な力があると思っているようです」

「特別な力ではありません」リジーが言い返す。「技能です。中でお話ししませんか」

ペンドリーは重ねた台帳とイギリス空軍便覧と使い古された聖書を脇へどけ、机に肘をついた。

「おととい、ATAとの初顔合わせでダリントン大佐が例の女性の死亡を発表したあと、ヘイズ三等航空士が廊下でわたしに声をかけてきたんです」ペンドリーは怪しむようにリジーを見る。「きみは捜査の手伝いができると言ったが、なぜそう思う」

リジーはペンドリーのそっけない質問に不意打ちを食らった。ケンバーのネクタイが曲がっているのが気になったが、いっときかけて考えをまとめ、こう言った。「リジーと呼んでください。そのほうが言いやすいですから」両手を膝の上で組んで三度強く握り、万事順調の信号を自分へ送る。脳と体がその合図を認識するのを待って小さく吐息をつき、それからふたりの男を見た。

「何年も研究に没頭した結果、わたしは犯罪者の思考と行動が把握できるようになりました。要するに、彼らがどう動くかわかるんです」

ケンバーはペンドリーをすばやく見てからリジーへ目をもどした。「そいつはすごい。それで、具体的にはどうやって……把握したのかな？」

出鼻をくじかれなかったとわかり、リジーの胸苦しさがやわらいだ。リジーはケンバーに向かって遠慮がちに微笑んだ。「わたしはロンドン大学ベッドフォード校で心理学を学び、犯罪と犯罪者に興味を持つようになりました。そして教授に励まされ、さらに勉強を進めて犯罪心理の実証研究をしました。ベアトリス・エッジェルという名を聞いたことがあるかもしれませんね。イギリスではじめて、どこの大学からも心理学の博士号を認められた女性です」

ケンバーもペンドリーも無表情だ。リジーは両手を握り合わせ、金属板を切りそうな鋭い視線を向けて話をつづけた。

「このような見識高いかたたちとお会いできてとても光栄です」そして、勝手に暴れだす不安を苛立ちの下に埋める。「わたしは犯罪者と犯罪、彼らの生い立ちや考え方を研究し、彼らを犯罪へ向かわせたものの核心へ迫ろうとしました」

ペンドリーが咳払いをした。「それが成功したとどうしてわかる」

「成功したとわかるのは、博士号を取得したからです」〝博士号〟と聞いてふたりが驚きの表情を浮かべたので、リジーは胸のすく思いがした。「スコットランドヤードには異常者扱いされましたが、オックスフォード市警察とオックスフォード刑務所はおおむね協力的でした。当局がわたしを無害と見なしたので、だいたいだれとでも話ができ、好きなだけ資料を読ませてもらったものです。一風変わった研究が多少警察官の注意を引き、意見を求められることもありました。わたしが提供した四つのプロファイルのうち、はじめのひとつは不正確でしたが、進歩を重ねるうちに仕事の精度があがりました」

ごくりと唾を呑みこんだとき、リジーはペンドリーの食い入るような視線に気づいた。「それはオックスフォードでの話だ」ペンドリーが言う。「今回も効果があるとどうして自信をもって言える？　それに、プロファイルとはいったいなんだ」

〝もっともな質問ね〟リジーは思った。「ラヴィニア・スコットの殺害現場で、わたしは警部補さんと話そうとして無視されました」ケンバーの片眉がぴくりと動き、視線が泳ぐ。「わたしはあの場面をもとに、事件に関与した人間のタイプについて一次予測ができたかもしれません。見えたかぎりでは、ラヴィニアの遺体はどうも不自然でした。ポーズをとらされているようでもありました。だから、行き当たりばったりの犯行ではないと思ったんです。おふたりはほかにも奇妙な点を見つけたかもしれませんね」ケンバーの視線がすばやくリジーへもどり、その目が細くなったのを見て、リジーは自分が正しいとわかった。すわったまま姿勢を変える。「複数の殺人が起こったとき、そこには類似性が表れます。ふたつの比較が可能になれば、犯罪者の心理学的プロファイルと性格描写の提供はもっと簡単です。ひとつの殺人とひとつの異常性だけでも見極めはできますが、確実性には欠けるでしょうね」

ペンドリーが心配そうな顔で身を乗り出した。「どうもわからないんだが、専門家としての自覚があるなら、なぜ精神科の診療医にならない。なぜ警察にはいらなかった。警察にも女性は大勢いるだろうし、婦人補助警察隊だってある」

「わたしは精神科医《サイカイアトリスト》ではありません。心理学者《サイコロジスト》です」リジーは首を振って否定した。「それに、警察で女性が男性と同等の仕事をまかされるころには、わたしはお墓の中です。わたしには犯罪者の逮捕を助ける能力がありますが、与えられる仕事は運転とタイプ打ちとお茶くみだけでしょうね」痛いところを突かれてケンバーが顔をゆがめたのにリジーは気づく。「空を飛びはじめるまでは、どこかの裕福な貴族と結婚するはずでした。いまでは強情すぎて夫が見つからないと思われています」そう言って苦笑いをした。

ケンバーも笑みを返した。「いまひとつ理解できないんだが、きみが手伝えると思っているのはどんなことだろう。報告書めいたものを書くことでどうして犯人逮捕につながるのかな」

「わたしのお願いは事件のファイルを写真も含めて見せてもらうことだけです。犯行現場の光景から犯人特有の行動がわかれば、そうした行動を取りそうな人間についてささやかな見解をお伝えできるかもしれません。先ほど言ったように、わたしは自分のしていることがとても得意です。ラヴィニアの遺体はポーズをとっているように見え、殺人犯は気まぐれでそうしたのではありません」

ケンバーは指で机をいっとき叩いていたが、やがて立ちあがった。「申しわけない、ミス・ヘイズ。きみの申し出には感謝するが、率直に言ってこの手のインチキは役に立たず、判断を誤らせる」

「でも――」

「それに、上司の警部がきみの関与をぜったいに認めないと思う。彼は堅実な警察業務とたしかな捜査指針の上にキャリアを築いてきた。そして、いわゆる心霊研究、占星術、タロットカード占い師、予言者といったものが大きらいで、催し物会場での娯楽にすぎないと思っている。わたしも同意見だ」

口をあけたのに、リジーは話せなかった。決まり悪さと怒りで頬に血が押し寄せ、ふたりからどうせそうだろうと思われているにちがいない、感情的な女のように顔が赤くなった。そのためケンバーを憎んだ。

「もう行かなくては」ケンバーはペンドリーへ言うと、リジーに向かってきちんと会釈した。「時間を割いてくれてありがとう、ミス・ヘイズ。たしかに非常に面白かったが、結局役に立たないな。われわれにもわかる仕事に専念して軍事活動を支援しようじゃないか。きみは飛行機を飛ばし、われわれは殺人犯をつかまえる」そう言うと、灰色のフェドーラ帽の狭いつばを持ってかかえ、部屋を出てドアを静かにしっかりと閉めた。

6

また一日が過ぎ、気の滅入る夜が来た。

ヘッドリー医師は多忙のあまりラヴィニア・スコットの検死解剖をおこなえず、埋葬すべき遺体を受け取れない気の毒な家族は悲しみにうちひしがれていた。その夜、ケンバーは事件と証言を頭の中で何度もひっくり返してみたが、煉瓦があっても建物を組み立てることはできなかった。ペンドリーの情報によれば、駐屯地の全員を除外できそうだし、ライト巡査部長の一軒一軒の聞きこみで得られたのはくだらない噂話だけだった。

少なくともハートソン警部だけは、ケンバーがトンブリッジ地区警察本部から離れた場所にいるので心穏やかに過ごしているようだ。ケンバーは、自分がスコットランドヤードから押しつけられたお荷物だと思われているのは知っていた。やることなすことハートソンの気に染まないので、機嫌を取るのはとっくにあきらめている。近況報告の電話もうまくいったためしがない。現場の人手を増やさず、トンブリッジの本部から支援しないにもかかわらず、ハートソンはこう言った。「この件は二、三日中に片づくんだろうな」ケンバーは愚か者のことを理解できるし、知性というものがうつろいやすいのも承知しているが、傲慢なのはきらいだった。いくつか耳の痛い真実をできるだけうまく伝えようとすると、ケンバーは頭痛に見舞われ、ハートソンは支離滅裂ともいえる癇癪《かんしゃく》を起こすや受話器を乱暴に置いた。

「独房の夜を楽しんでますか？」紅茶のマグをふたつ机に置き、ライトが尋ねた。

ケンバーは恥ずかしさに顔をゆがめた。

「たしかに、あまり快適なベッドじゃない。腰にはよくないよ」

ため息をついた。あなたとは終わりだと妻に宣言されて以来、駐在所の地下にある独居房のひとつが寝室代わりになっている。どちらが出ていくかとどまるか、どちらに所有権があるか、銀行預金をどう分けるか、言い争っても無駄だった。どうやら妻は前々から準備を進めていたらしい。ケンバーの手もとには現金が残り、家とほとんどの家財道具は妻のものになった。そして彼の所持品の大半は、事務室奥のトランクの中かトンブリッジ署の保管庫にある。二、三度深々と息をつくうちに、こみあげる感情で顔が熱くなり、気をまぎらわそうと熱い紅茶をがぶりと飲んだ。

独居房はあまり快適とはいえないが、あたたかくて湿気がなく、それにライト巡査部長が住む二階の警察官用フラットのバスルームでとにかくお湯が使えた。自宅を失って部屋代を惜しんでいたわけだが、ライトにそれとなく言われたので、居候生活もそろそろ限界だろう。

「あのパブに空き部屋があるみたいですよ。短期滞在用ですが」ライトが言った。「食料が配給になる前はこってりしたうまい朝食を出してました。いまでも薄切りベーコンかソーセージがあるときは作ってもらえます」

それを頭に浮かべてケンバーの胃袋が鳴った。「道を渡れば部屋があるってことか。きょうは自分の荷物を取りにトンブリッジへもどり、ついでにたまっている最低限の書類仕事を片づけるが、月曜日にはもどる。その前に、まずロチェスター教区事務局へ電話をかけなくては。どんな人物が宗教と道徳の両面で村の平穏を支えているのか、もっと理解したほうがいいだろう」

前日のじめつく霧が夜のうちに小雨に変わったので、ケンバーはきょうも新しい傘を広げるしかなかった。また湿った服でみじめに過ごすのかと思ったが、青果店での聞きこみを終えて一面に広がる灰色の雲を見あげると、ありがたいことに雨はついにやんでいた。ふたりの住人に質問してまたもや空振りに終わったあと、通りを渡って村役場に近いこぎれいなコテージへ向かい、バラの甘い香りと掘り返したばかりの湿った土のにおいに迎えられた。門扉をあけるなり、茶白のスプリンガー・スパニエルが泥だらけの足でうれしそうに飛びかかってきたので、あわてて後ろへさがった。

「悪さはしませんよ」左のほうから声がした。

顔を向けると、禿《は》げ頭で痩せた体つきのイライアス・ブラウンが、狭い前庭の花壇に膝をつき、口角をあげて小さく笑っていた。

「いやあ、ミスター・ブラウン」ケンバーは言う。「残念ながら犬はちょっと苦手でしてね」人懐こいと言われている犬にひどい目に遭わされてからは、静かで冷ややかな猫のほうがよほどましだった。

「やめなさい、プリンス」ブラウンが命じると、犬はおとなしく向こうへ行った。

「おいそがしそうですが、少しお時間をいただけませんか」ケンバーは言う。「水曜日の朝にお宅の犬が見つけたものについてうかがいたいんです」

「もちろんいいですとも」笑みを消し、曇った顔で花の世話から立ちあがると、ブラウンは手を差し出した。「汚れていて失礼」

ケンバーはとにかく握手した。

「こういう場所でまさかあんなことが起こるなんて思わないじゃないですか。村全体が打ちのめされていますよ。なんでも訊いてください」

ケンバーは教会のあたりに目を走らせた。「遺体発見のいきさつをもう一度教えてください」

ブラウンが額を掻いた。「火曜日の夜にわたしはプリンスを散歩に連れ出し、教会裏の草地までその小道を歩きました。あそこを耕してもっと作物を植えるらしいですよ。とにかく、七時ごろでした。八時までにもどったんですが、そのときはあの若いご婦人はあそこにいなかった」考えこむかのように少し間を空ける。「水曜日、いつもどおり早朝にプリンスを連れ出しました。雲が黒く垂れこめ、また雨が降りだしそうだったので、牧師館のあたりで引き返しかけたんですが――引き返しませんでした。彼女を見たのはそのときです」

いまのところ、ブラウンの話はヘッドリー医師の見立てと一致する。「それからどうなったか話してもらえますか？」ブラウンが手の甲で額をぬぐうのをケンバーは見守った。「ワンピースがまくりあげられていて気の毒だったから、裾を引っ張って身だしなみをちゃんとしてあげましたよ。血が見えて、刺されているのがわかりました。目をかっと開いていてね」

「それから？」気の毒そうな顔をしようとしたケンバーは、ブラウンの淡々とした態度に驚いた。

ブラウンが犬を指さした。「プリンスが駆けまわってにおいを嗅いだりなめたりしていたので呼びもどし、デニスを——ライト巡査部長です——探しにいきました。デニスはすぐにトンブリッジ警察へ一報を入れてから、わたしといっしょに来ました。わたしはプリンスを家へもどしてから、ドクターが着くまで道の封鎖に協力しました」

「とても冷静ですね」ケンバーは感想を述べた。「死体を発見したにしては」

ブラウンはケンバーを見て意を汲んだらしい。「わたしは前の大戦で戦ったんですよ、警部補。悲惨なものを見てきました」

ケンバーは少し決まり悪くなって目をそらした。「あの小道はあまり使われてないんですよね。火曜の夜か水曜の朝にだれかがうろついているのを見かけませんでしたか？」

ブラウンが口をへの字にして肩をすくめる。「わたしは日に二回プリンスを連れて通ります。ほかの人間がわざわざ通るとは思えませんね。たまに子供が二、三人通りますが、その子たちだってそんなには近づかない。森に幽霊が住んでいるという古い言い伝えがある。村の子供たちが幽霊話で疎開児童をこわがらせるんですよ」

「ずいぶんいるんですか？　疎開児童が」

「わたしが知ってるのは四人です」道路でサッカーをしている子供たちの一団をブラウン

が指さした。ひどく空気が抜けたボールを使い、機転をきかせてジャンパーをゴールポスト代わりに置いている。ひとりの少年ともっと幼い少女が脇に立っていた。

「ゲームをながめている子がふたりいるでしょう？　あの子たちはメドウバンク・レーンのグラディス・フィンチのところにあずけられています。ティーショップの店主ですよ。あとのふたりはエイコーン・ストリートです」

ケンバーは園芸作業用のズボンとブーツを身に着けている中年男へ目をもどした。まったく無害な人間に見えるが、外見が当てにならないのはじゅうぶん心得ている。

「被害者の衣服とは別に、遺体周辺のものを動かしたり持ち去ったりしませんでしたか？」

ブラウンはとまどったらしい。「いいえ。なぜわたしがそんなことをするんです？」

「わかりません。だから訊いてるんですよ。何か恐ろしいものに出くわした人間がどんな行動を取るか、まったくわかりませんからね。とにかく、いまのところこれでじゅうぶんです。またお話を聞く必要があるかもしれません。もちろん、ほかにも何かあったらわたしか巡査部長へ伝えてください」

「そうします」

ケンバーはブラウンから離れて通りへもどったが、また雨が降りはじめ、しかも激しい雨だったので小声で悪態をついた。捜査を進めるせっかくの機会がふいになってくさくさし、傘をさして駐在所の乾いた聖域へと向かった。犯人は何をいつすればいいかを正確に把握していたようだ。その結果、非道な行為を目撃されずにやりとげる時間を最大限に利用することができた。

いっとき小止みになった雨の中、ケンバーがパブの外に立っていると、ほっそりした中背の女がドアをあけた。年のころは三十代なかば、ターバンのように巻いたスカーフの下から縮れた金髪がのぞいている。赤い鼻、血色のいい顔、デッキブラシを挑むように持っているから掃除の途中だったのは明らかだ。その女はケンバーをひと目見て気まずそうにあとずさり、エプロンで手を拭いた。

「ミセス・ブラナンですか？」ケンバーはフェドーラ帽を取った。

「ほんとうはミスなんだけど、アリスって呼べばいいわ。ごめんなさいね、その……」彼女はターバンへ手をやってからエプロンをはずす。

「ああ。いや、そんな。悪いのはこっちです。いそがしいのなら出直しますよ」

「ばかなこと言わないで。もう来てるのに。レスに用なの？」興味津々の目でケンバーを見る。

「じつはあなたがた両方に用があるんです。わたしは警部補のケンバーという者ですが、配下の巡査部長によると、こちらに貸し部屋があるそうですね」

「あら、それを早く言えばいいのに」アリスの顔がほころぶ。「どうぞどうぞ。期間はどれぐらいをお望みかしら」

ケンバーはどぎまぎと咳払いをした。「少なくとも二週間。きょうはトンブリッジへ帰るので、もしよければ週明けの月曜日から借りたいですね」

「もちろんかまわないわ」

ケンバーがアリス・ブラナッにつづいてバーへはいると、消毒剤と漂白剤のきつい芳香にもかかわらず、まだ前夜のビールと汗と煙草のにおいがかすかに鼻をついた。彼女はケンバーをこぢんまりした奥の居間へと案内した。ところ狭しと置かれているのは張りぐるみの椅子とソファ、低い木のテーブルに置かれたラジオ受信機、戸棚つき書き物机。四方の壁の棚も暖炉の上のマントルピースも、写真と飾り物でいっぱいだった。

アリスは帳面を開き、契約上の必要事項を記入してもらうためにケンバーへ万年筆を渡した。

「家に男の人がひとり増えるのって楽しみだわ」アリスが言った。「警察官ならとくにね。戦争がはじまってからは滞在客があまり来なかったの。ここを気に入ってもらえるといいんだけど」

「もちろんですよ」ケンバーは署名しながら言った。「お気づきかもしれませんが、わたしは教会のそばで起こった殺人事件の捜査をしています」

「ひどい事件よね」アリスの笑みが消える。「それに、ちょっと近すぎてこわいわ」

ケンバーは重々しくうなずいた。「なぜあの若い女性はこのパブではなく、タプロー姉妹のところで宿を取ったんでしょうね」

「うちは一泊だけのお客さんは受けつけてないからでしょうね」アリスの声がささやき声になる。「ちゃんとした人ならスコットニーで一夜のお泊まりをするはずがないし、レスはこの店に悪い評判が立つのをいやがるから」

「ではタプロー姉妹は？」

「それはまた別よ。アニーとエルシーは玄関からだれが出入りするかしっかり見張ってるもの。あそこでばかな真似はできない」

ケンバーが思うに、タプロー姉妹はラヴィニア・スコットをそれほどしっかり見張っていなかったのだが、その意見はしまいこみ、頭の中のリストにあらたな疑問を記録した。

必要な手続きを終えると、アリスはケンバーに部屋を見せ、「わたしはもう行くわね」と言って立ち去った。

部屋は狭く、隅に小さな暖炉があるほか、ベッド脇のテーブル、抽斗つきのチェスト、衣装ダンスがそろい、窓からはハイストリートを見渡せる。ケンバーは鉄製フレームのシングルサイズのベッドに腰をおろしたが、とてもやわらかくて具合がよく、うれしい驚きを味わった。木綿の枕カバーの生地から鳥の羽根が一、二本はみ出しているから、詰まっているのはまちがいなく羽毛だ。満足してうなずいた。これならうまくいきそうだ。

リジーは大型のベッドフォードトラックの荷台から跳びおりて、若い空軍ドライバーへありがとうと手を振ると、雨に濡れないように領主館へ駆けこんだ。デットリング空軍基地からの帰路、メードストン行きの配送車とパドック・ウッドを通る列車に乗って駅までたどり着き、そこから拾ってもらったのだった。

いつもならATAの輸送機に乗って帰るのだが、きょうばかりは移動許可証を使って引き返すしかなかった。輸送伝票によれば、リジーはデットリング空軍基地からクロイドンへ向かうはずだったが、デットリングが攻撃にさらされていたので任務中止となった。爆撃機と戦闘機がつぎからつぎへと飛来し、ケント州上空がドイツ軍に覆いつくされたかのようだった。飛行士や地上要員のあいだでは、これで侵攻への抵抗が弱まるという話がささやかれた。

スコットニーの駐屯地へもどってみると、リジーがその日最初の帰還者だった。部屋に用具類をしまい、例の地下室へ行った。女性専用クラブへの改修作業はすでにはじまっているが、何週間かのうちにここはドイツ軍の手に落ちるのかもしれない。それでも、リジーは命がけで戦っている若い飛行士たちを信じた。できるならともに空を飛びたいと思った。

駐屯地にいる何人かの航空整備士が、後日の夜一杯飲めるのを当てにして、壁に水漆喰を塗り、倉庫から古い家具を引っ張り出してラウンジやバーへ持ってきてくれた。長いソファは使い古されていて、ふたつの安楽椅子には新しいクッションが必要だった。だれかが置いていった三本脚のスツールがひとつかかえ遊戯室にあったので、リジーは臨機応変にそれをバーのある部屋に並べた。バーカウンターをまだしつらえておらず、ダーツ板も九柱戯の道具も飲み物もなかったが、ATAのクラブについては駐屯地中に知れ渡ったから、きっとそのうち家族や友人たちが必要な備品を差し入れてくれるとリジーは踏んでいた。

シャーリーはさっそくハリウッドスターの額入り白黒写真を何枚か探し出し、エミリーは西棟最上階のあまり使われていない廊下から、風景画と牡鹿を描いたペン画をくすねてきた。作品に統一感がなく、リジーの好みではなかったが、順調にことが運んでいるのはまちがいなく、全体的には悪くなかった。

リジーは金槌を持ってラウンジへ行き、絵を掛ける場所に小さな釘を打ちはじめた。打つ力を強めたそのとき、階段をおりる足音が聞こえたと思った。叩くのをやめて声をかける。

返事がない。

作業にもどり、風景画を所定の位置に掛け、もう一本釘を手に取って打ちはじめる。また足音がしたと思い、叩くのをやめる。振り向くと遊戯室に人影が見えたので、だれがそんなに興味を持っているのかと見にいった。

だれもいない。

石の階段をあがって左右を見渡し、眉をひそめる。

だれかを脅すかのように右手で金槌をきつく握り締めていたことに気づき、持ち替えて指をほぐす。もといた場所へ引き返したとたん、いつもの胸苦しさを覚えた。いままでだれもいなかったのに、煙草のにおいがする。だれかがまだいる。ふたたび金槌を握り締め、石の床をひと足ひと足慎重に歩きながら、部屋から部屋へとめぐって獲物を追い詰める。耳の奥に脈打つ静寂を感じながら一巡して遊戯室へもどるが、だれかがいた形跡は見つからず、リジーは自分の感覚を疑いはじめた。作業にもどることにしたそのとき、はっと動きを止め、体に震えが走った。バーの部屋にあるスツールのひとつに、いままでそこになかった一枚のトランプが置いてあった。

リジーがそっと端をつまんで裏返すやいなや、心臓が喉元まで跳ねあがった。駐屯地の全員がATA専用のバーのことを知っているが、こころよく思わない者がいて警告を発してきたのだ。

それはクラブのクィーンだった。

両目に穴を穿《うが》たれている。

リジーは電話交換手が回線をつなぐ間がもどかしく、作戦司令室のドアへ何度も目をやっては、だれかがはいってきて答えにくい質問をしないように願った。はじめにスコットニーの駐在所へ電話をかけたのだが、出たのはライト巡査部長で、ケンバーはトンブリッジへ行って二、三日もどらないという。

じりじりと待たされたのち、ようやく交換手から接続を告げられ、男の声が聞こえた。

「地区警察本部です。ご用件は？」

頭に不安がみなぎるのを感じながらリジーは尋ねた。「ケンバー警部補とお話しできるでしょうか」

「申しわけありませんが」警察官が答える。「いまいそがしくて電話に出られません。伝言をうけたまわりましょうか？」

がっかりして唇を嚙み、電話の前に考えておけばよかったと思いながら、リジーは自分の頼みがことわられずに確実に届けられるようにことばを選んだ。「はい、お願いします。リジー・ヘイズ三等航空士から電話があったとお伝え願えますか。スコットニー空軍駐屯地での捜査に関係しているのですが、わたしが脅迫と思えるメッセージを受け取ったとかならず伝えていただきたいのです」

少し間が空いた。

「どういった脅迫でしょうか」

「個人的なことなので、ここでは申しあげられません。でも、これは緊急事態ですし、かなり不吉な脅しです」

警察官が言った。「それだけですね」くわしい説明も訊かずにやや唐突に電話が切られたので、伝言が届くかどうかリジーは確信を持てなかった。数日でケンバーがスコットニーにもどるのは知っていたが、それまでに何が起こるかわかったものではないのですぐにライトへ電話をかけ直した。そして、トランプの何が大変な問題かを説明したが、短い沈黙が帰ってきたので、意味が通じていないのがわかった。

「そういうことは警部補が対応すると思いますから」ライトが言い、それを聞いたリジーはトンブリッジ地区警察本部のあのひねくれた内勤の警察官みたいだと思った。「警部補がもどりしだい伝言を伝えますが、でも――」

「知ってます」リジーはライトが先を言う前にさえぎり、やりきれない思いに顔をほてらせて言った。「二、三日もどらないんですよね」

7

たまたま日曜日は雨がひどくて飛行任務が取りやめになったけれども、ケンバーからはなんの連絡もなかった。

リジーはペンドリーの執務室にいて、例のトランプをふたりのあいだの机に置き、表面は冷静を保ちながらも、腹の中は煮えくり返っていた。ペンドリーは最初に選んだ相手ではなかったが——ケンバーとライトがだめだったので彼に会ってくれと言ったのだが——これほどしらじらしい反応が返ってくるとは思わなかった。リジーほか女性一同への脅しを示すたしかな証拠があるのに、それでもペンドリーは道理を無視した。

「クラブのクィーンの両目に穴をあけ、それをわたしたちの地下室に置いたのが、作為的な行為だとは思わないんですか?」リジーは憤慨して頬が赤くなっているのがわかった。

「退屈なときに紙飛行機を飛ばすのが作為的と言うなら、きっとそうだろう」ペンドリーがリジーのほうへトランプを押しもどし、椅子にふんぞり返る。「大騒ぎする意味がわからない」

「こわがらせる気がないのにこんなことをする人間はいません」リジーはトランプをとんとんと叩く。「女性がクラブを開設するのを望まない人間がいるんです」

「きみはタイムズ紙の難解なクロスワードパズルを解きすぎたんじゃないか？　わたしは吸い取り紙に落書きをするし、紙切れを細かくちぎるし、灰皿周辺につもった灰をいつも煙草でつつく。うわの空でやってしまう小さな癖だ。だからといってきみを殺したいとは思わない」

これ以上は無理だ。リジーはトランプをポケットに入れていとまを告げ、自分から窮地にはまる失言を口走る前に執務室を出た。

すでにこわい思いをしている仲間をこれ以上動揺させたくなかったが、それでもケンバーとペンドリーが聞く耳を持たないなら、自分が警告するしかない。ラウンジへはいったとき、安楽椅子のほうから自分の名前を呼ぶ声が聞こえ、リジーの思考の流れが断ち切られた。見渡すと、ジェラルディンが手招きしている。

「気分はどう？」そばへ行くリジーにジェラルディンが訊いた。「少し顔色が悪いけど」

「だいじょうぶです」リジーは弱々しく微笑み、ポケットのトランプを指でさわった。

「いいや、だいじょうぶじゃないね」フィズが言った。「またびくびくしてる。いいからここにすわんなよ。そしてぶちまけちゃいな」

「ちょっとどいて、ティリー」すわっていたソファからシャーリーが駐屯地のマスコットを追い払う。機嫌をそこねた猫が跳びおり、腹立たしげにしっぽを打ち振った。

リジーはシャーリーの隣の空いた場所に腰をおろした。頬が熱くなっているから赤みが首まで広がっているのだろうが、こんな大事なときに自意識に振りまわされるわけにはいかない。みんなが彼女を見ていた。ジェラルディン、アガタ、ニーヴは探るような目を向け、エミリーとシャーリーは心配そうに眉をひそめ、フィズは意地の悪い笑みを見せはじめる。

リジーは咳払いをした。「警察が探している男についてみんなに警告したいの。ラヴィニアを殺した犯人のことよ」

「前にも言われたよ」フィズが一蹴《いっしゅう》する。

「それはわかっているけど、言っておきたいことがあるのよ」

「何を？」

「戦争がはじまる前、わたしは大学で心理学の博士号を取った」リジーは一同がすわったままそわそわと落ち着きを失うのを見た。「心配しないで。わたしは精神科とかその手の施設に人を送りこむ精神科医じゃないから」こんどは全員が真剣に注目する。「人がどのように考え、行動し、反応し、影響し合うか、そういったことを研究したの。とくに犯罪者、犯罪に走る原因の研究が専門分野だった」

「あいつらはみんな頭がおかしいんだ。それが原因だよ」フィズが吐き捨てるように言った。

リジーは手をしっかり組み、体の脇で両手を蛾のようにひらひらさせたくなるのを必死でこらえた。「なかなか納得してもらえないのは当然だけど、何年も訓練を重ねたわたしには確信があるの。ラヴィニアを殺した人間は特定の部類に属する殺人者で、一度やったらまたやるはず。わたしたちのひとりを狙って」これにはみんなが唖然として息を呑んだ。

口が乾いていやな味がするが、リジーは話をつづけた。「犯人が気に入らないのは女であるわたしたち、わたしたちがよしとする物事、つまり女の社会的立場についての古い考えを一掃する物事。わたしたちは犯人がよしとする秩序と犯人個人にとって脅威なので、犯人はわたしたちを排除しようとしている」

エミリーが目を大きく見開いて手を口もとに当てた。

リジーは唇を噛み締めた。「びくびくしながら散歩するのがいいとは思わない。ただ、じゅうぶん気をつけてって言いたいのよ。犯人がつかまるまでは、ひとりにならないほうがいいと思う」

「じゃあ、あんたがえらい学校でつまらない本を読んだせいで、あたしたちはおっかなびっくり歩くしかないってこと？　やめてよ」

ジェラルディンがフィズをきつくにらむ。「実際にリジーの意見は非常に理にかなっていると思います。ひとりきりになるのはなるべく避けましょう。少なくとも当面のあいだは」

アガタが首を横に振った。「わたしたちは輸送飛行士です。飛行中はいつもひとりですよね」

「アガタの言うとおりですよ、隊長」ニーヴが言う。「わたしたちは知らない飛行場へ行き、会ったこともない男たちと口をききます。夜遅く暗い時間にひとりでもどってくることも少なくない。ふたり組で飛ぶのでないかぎり、ほかにどうしようもありません」

「そういう意味で言ったんじゃないのよ」リジーは言った。「犯人はよそではなく、ここスコットニーにいるの。犯人は灯火管制をうまく利用した。それに空襲や田舎の環境や――」

「なぜそんなにびびってるのさ」フィズが口を挟む。「そいつはあんたに何をした？」

「メッセージを置いていったわ」リジーは内心よりも冷静に見えるように、やすらぎのゴムバンドへ指を走らせると、ゴムの下へ差し入れた指を輪にして肌を弾き、口の乾きを忘れることに専念した。「といってもトランプだけど」

フィズが鼻で笑った。「トランプ？　へえ、ジョーカーとか？」

「やめなさいよ」シャーリーが言う。「動揺してるのがわからないの？」

リジーはシャーリーに微笑んで首を横に振った。「ありがとう。気は立ってるけど動揺はしてない」そしてフィズを見る。「いくら笑われてもいいけど、わたしがその意味を理解するのを犯人は知っていた。それはクラブのクィーンで、ピンで両目に穴があけられていた」そしてポケットからトランプを出した。

「こんどはトランプの手品？」フィズが笑った。

「これはわたしたち全員への警告だと思う」リジーはトランプを一同にまわし、友人たちが心配そうに眉をひそめた。

「勝手に想像をふくらませてるね」フィズが言う。「だれかが退屈してなんとなくやったのかもしれないじゃない」

リジーはこぶしを握り締め、爪が皮膚に食いこむのを感じた。「まだわからないのね。ラヴィニアは村で殺されたかもしれないけれど、トランプはわたしが見ていない隙を狙ってわたしたちのクラブに置かれていた。どんな場所でもわたしたちを襲うことができると知らせるために」

フィズはもう笑っていなかった。

「ここでもね」

月曜日も黒い雲が低く垂れこめた大雨だったので、飛行は完全に無理だったが、ケンバーのつぎの聞きこみのさまたげにはならなかった。トンブリッジ警察署の大部屋オフィスの机で、ケンバーは受話器を耳に当て、電話交換手が回線をつなぐのを待った。

「お話しください、つながりました」

「ロチェスター教区事務局のジェニファー・ワードです」

穏やかで艶っぽい声が流れてきたとたん、ケンバーはニュー・スコットランドヤードで犯罪捜査部の部長刑事だった時代を思い起こした。当時ジェニファーは近くにある聖トーマス病院の正看護師で、彼が腰を痛めて治療を受けていた病棟に勤務していた。それまで知らない同士だったわけではない。職務の関係で以前から何度も顔を合わせていた。

「やあ、ジェニー。ジョナサン・ケンバーだ」

「ジョナサン！　ひさしぶりに声が聞けてうれしいわ。謎めいたメッセージをもらったときは驚いたけど」

「すまなかった。まだ捜査中の案件でね」

「そうだろうと思った。それでも、ジャイルズ・ウィルソン牧師について知りたいと聞いて驚いたわ。何かあったの？　彼に問題でも？」

ケンバーはためらった。「そうじゃないんだが、なるべく多くの人間を候補から消したくてね」

「この事務局で受けるような問い合わせじゃないわね。ふつうは犯罪よりも教会に関する質問だから」

ケンバーは笑いだしそうになる。「宗教組織は何世紀にもわたって犯罪を引き寄せ、戦争を起こしてきたけどね」沈黙が訪れる。気を悪くさせたかと心配しながら、ケンバーは先をつづけた。「ウィルソン牧師の人物像がわかるくわしい事情や生い立ちを知っているかい？　彼は何者で、どこから来て、何に動かされるのか」

ジェニーが声をひそめて答えた。「あなたに頼まれたとおり、少し調査をして彼の記録を掘り返した」紙をめくる音がケンバーの耳に聞こえる。「家具商を営《いとな》むまっとうな家の出身よ。学校の成績はよかったけれど高等教育は受けず、父親の跡を継いで家業に専念する気もなかった。兄と妹がひとりずついて、どちらもそちらの方面に非常に興味を持っていたので、父親は彼が家を出て世の中を見るのをよしとした。彼はしばらく商船に乗っていたけれど、当時はまだ若く、責任の重い立場にはいなかった。たしか、アフリカとカリブ海へ何度か航行したはず」

「だからダーク・ラムが好きなんだな」ケンバーはあの蒸留酒を飲んだときの心地よいぬくもりを思い出した。

「え？」

ケンバーはひとりで笑みを浮かべ、電話のコードをいじった。「一杯飲みながら話をしたんだ」

「へーえ」一杯ではすまなかったでしょうという含みをもたせてジェニーが言った。「とにかく、二、三年商船に乗ったあと、彼は聖職者になるための手続きを取った。本人が言うには、航海して異国の地を見てまわり、世界がいかにすばらしいかを悟ったので、神に仕えたくなった」

ケンバーは眉をひそめた。教会は外洋での暮らしとかけ離れている。「牧師になるのは簡単なのか？」

ジェニーの笑い声が湧きあがった。「もちろん簡単じゃないわよ。叙任を希望する者はだれでも三年ぐらいかけて神学を修めなくてはならない。全員が訓練を受け、指南者につく場合もある。地方の教区への献身はよくあることよ。牧師は教区民とふれあい、これが真の天職であることを自身にもほかの者にも証明し、さらに深い信仰を追求しなくてはならない。そうやって、その人物が肉体、教育、精神、宗教すべてにおいて英国国教会の聖職者たりえることを保証するのよ」

いやおうなしに四六時中教会で過ごすことを考え、ケンバーは身震いした。

「彼が模範的な牧師じゃないことを示すものは見つからなかったようだね」

「そう言えるほどわたしは本人のことをよく知らないんだけど、じつはあなたが興味を持ちそうな出来事があったのよ」ジェニーの声が低くささやく。「これは守秘義務に反するんだけど」

ケンバーの耳がそばだった。「頼むよ」

「どうやら彼が商船をおりたほんとうの理由は、けんかをして人が死んだからなのよ」

「だれかを殺したのか？」ケンバーは面食らった。

「残念ながら、あまり記録がないの」とジェニー。「捜査はされたけど逮捕されなかったらしいわ」

「つまりウィルソン牧師は、そのとき殺人の有罪判決を受けなかったのか？」ケンバーにはわけがわからなかった。

「そのあとすぐに神の道へ転向したらしいわ。それに、教会というものは罪をあがなう者をこのうえなく愛するから」

「交換手です。三分が過ぎました」

〝くそっ〟ケンバーは心の中で言った。「ありがとう、ジェニー。とても興味深かったよ」

「役に立ってよかった。こんどロチェスターにランチを食べにいらっしゃいよ」

ケンバーはその誘いを受け流して言った。「きょう話したことは内密にしてくれると助かる」

ジェニファーが笑った。「もちろんよ。ここは英国国教会で、わたしたちが栄えているのは秘密を守って――」

電話が切れた。

ケンバーはダリントン大佐もマットフィールド中佐も信用していなかったが、平時の殺人という事実のおかげでウィルソンが貧弱なリストの上位に浮上した。目をこする。動機、手口、機会。たったいま思いがけないことがわかったが、この三つ全部がそろっている容疑者はいなかった。鍵となる重要な情報がまだ見つかっていないからか、それとも、なんらかの理由でこの短いリストに真犯人がはいっていないからか。前者ならもどかしいだけだが、後者なら恐ろしい話だ。

ケンバーは月曜日の夕方にスコットニーへもどったが、二日間地区警察本部で山のような書類仕事にかかりきりだったせいで頭は朦朧《もうろう》とし、ミンクスの後部座席はトンブリッジの保管庫から救出した私物ではちきれそうだった。自分の持ち物がきちんとていねいに荷造りされていたのでうれしい驚きを覚えた。とはいっても、妻は常日ごろから実利的で、物事がどう見えるかをとても重視するたちだった。結婚は別にして。

車を離れて正面のドアを通り、バーの横の狭い通路を抜け、階段をあがって自分の部屋に着く。その行程を五、六回繰り返し、ようやくすべての荷物を運び入れた。アリスの兄のレスが貯蔵庫にいるのか、酒瓶のふれあう音が聞こえ、アリス・ブラナンが階下で用意している夕食のチーズトーストのにおいがただよう。荷ほどきに取りかかると同時に唾が湧いてきた。

8

火曜日の朝はようやく夏らしい天気になったが、それまでの丸二日間リジーは思い悩み、あのトランプのことが頭から離れなかった。せいぜい思いつき程度だったが、さらなる防御と安全の心得がジェラルディンを通してダリントンから伝えられ、息が詰まった。もう一度ケンバーと話し、事態は彼が考えるよりはるかに深刻だと訴える必要があった。もし彼が、本人言うところの堅実な警察業務に信を置く人間ならば、トランプの一件をイ、ン、チ、キだと疑うはずがない。それでもリジーがまだ迷っていたのは、先日協力を申し出たときに透けて見えたあざけりの表情に傷ついたからだ。

「早くして」エミリーが呼びかけ、リジーの思考をさえぎった。「ジェラルディンがトラックのそばで待ってるんだから」そして白い輸送伝票を振る。

リジーは作戦司令室のほうを指さした。「わかってるけど、ちょっと電話をかけるから」

「ここ二、三日様子がおかしいわよ」シャーリーがいさめるようにリジーの腕に手を置いた。「クラブのことで迷ってるんじゃないでしょうね」

「まさかでしょう」リジーはシャーリーに精一杯穏やかな笑みを向ける。「先に行って。ジェラルディンに叱られるわよ」そう言ってふたりを追い払った。

心配そうな視線にかまわず、リジーはATAの作戦司令室へはいった。急いで受話器を取って交換手が出るのを待ち、スコットニー駐在所へつないでくれと言う。少ししてからライト巡査部長の陽気な声が聞こえ、ケンバーはいないと告げられた。

リジーは卓上の備品を全部一列に並べたいという抑えがたい欲望を解き放ち、緊張をほぐしながらこう言った。「もどりしだい伝言をお願いできますか」

「いいですとも」ライトが請け合った。「メモしておきますね」

「こうお伝えください。ラヴィニアの遺体は特定の場所で特定の時間に発見され、特定の姿勢を取っていました。場当たり的な犯行ではありません。残された者たちへなんらかのメッセージを送ろうとする者のしわざです」

電話の向こうの息づかいに耳を澄ませ、ライトがメモ帳に書きつけているところを想像した。

いっときしてライトが言った。「ほかにもありますか、ミス・ヘイズ」

あのトランプの像が浮かんでリジーの視界が揺らぎ、つぎのことばが喉につかえた。深呼吸をして頭をすっきりさせる。「ATAは領主館の地下室で、女性専用のクラブを近日中に開く予定です。土曜日の夕方、わたしがひとりでそこにいたところ、何者かがピンで目に穴をあけたトランプを置いていきました。無視できない重大な警告です。わたしが自分の技能と経験を活かして捜査に協力したがっているとケンバー警部補へお伝えください。わたしにチャンスを与えても、あなたがたが失うものはありません」

リジーは相手の荒くなった息づかいを聞いていたが、最後に無神経な返答が来たとき、まだ心の準備ができていなかった。

「ご心配ありがとうございます、ミス・ヘイズ」ライトが言う。「いまのもメモしましたけど、警部補は大変いそがしく、無意味な説にあまり時間をかけられないんですよ。ごきげんよう」そして電話が切られた。

リジーは歯を食いしばって受話器を叩きつけたが、ドアロにニーヴがいるのを見てびくりとした。

「何も訊かないで」リジーは言い、好奇の目を向けるニーヴを押しのけるように出ていった。

分散駐機区域へ向かうベッドフォードの荷台に揺られながら、友人たちがじっと目を向けたりそっと横目を使ったりするのに気づいても、リジーは何も言わなかった。どの顔にも緊張と不安と疑念があった。

ジェラルディンがオックスフォードを離陸させると、空にいるときのやすらぎに身をまかせて女たちが落ち着きはじめたので、リジーはほっとした。

機体のエンジン、ゴム、潤滑油、革、帆布のにおいが、新鮮な空気と草原と香水の香りに変わる。オックスフォードが高度をあげ、操縦席にいるジェラルディンとエミリーの会話がエンジン音と振動に掻き消されたが、ニーヴとアガタがリジーのほうを向いて話しかけた。

「あの人たちのために何をやってるの？」ニーヴが騒音に負けない大声で尋ねた。

「だれのためですって？」リジーは叫び返した。

「だから――警察よ。警察が知らないどんなことをあなたは知ってるの？」

リジーの心が沈んだ。けれども、疲れていたので上手な嘘を考える気力がなかった。

「前にも言ったけど、わたしは殺人犯のことにくわしいのよ」しぶしぶ言う。

アガタの目がけわしくなり、信じられないという顔で首を振る。「あなたより警察のほうがよくわかってるはずよ」

リジーはうなずいた。「そうね、でもわたしはほかのことを知ってるの」

オックスフォードが急に傾いて振動し、やがて水平飛行にもどった。アガタがまだリジーをにらんでいる。

「どんなことを？」シャーリーが後ろの座席から声をかけた。

リジーの胸が苦しくなる。こんな言い合いをしている場合ではない。

「どんなことよ」アガタが怒鳴った。

リジーは肩をすくめた。「人がどう考えるかをよ」フィズが大仰に笑ったので、鋭い視線を送る。

「じゃあ、あたしは何を考えてる？」フィズが言った。

「そういうのは無理。超能力とかではなく、もっと……学問的なことよ。人間がどう見えるか、どうふるまうかを観察するの」

「いつもわたしたちのことを見てるの？　観察してるの？」アガタが顔をしかめる。

「まさか、もちろんちがうわ」リジーは首を振って否定した。〝もういや〟内心でつぶやく。〝つぎはどんなことで責められるの？〟

オックスフォードが左へ傾いてリジーの目に地上がわずかに見えたが、やがて翼が水平になり、窓に空がもどった。

「どうしたらそれがわかるの？」シャーリーが尋ねた。殺人犯と」

リジーは唇を噛んだ。「わたしは彼らと話した。

ニーヴが恐怖で青ざめた。「なんですって？」

「彼らがどのように考え、なぜそんなことをするのか突き止めたかった」リジーは言い、
ニーヴの衝撃が興味に変わるのがわかった。

「ブライトン・トランク殺人事件を新聞で読んだけど」ニーヴが言った。「その事件を知ってる？　旅行鞄《かばん》から死体が発見された事件よ。信じられなかった」

「新聞で読んだことしか知らないわ」リジーはこの話がどこへ向かっているのかわからなくなった。

「木槌で殺された男の事件はどう？　あれはひどかったわ」ニーヴがつづける。「名前はなんだったかしら」

「フランシス・ラッテンベリー、ボーンマスで」リジーは肩をすくめた。「その人のことも知らないのよ。調査の大半はオックスフォード刑務所でおこなったから」

フィズが声に出さずに口の形だけで〝変人〟と言い、ニーヴとアガタが向き合って話しながら横目でちらちら見てくるので、自分が話題になっているのはリジーにもわかった。

とにかく、いまは自分の思考という安全地帯に帰還できたので、エンジンの響きに波長

を合わせ、規則正しい呼吸をしてから、意識が最近の出来事をなぞるがままにさせた。自分が殺人者となり、教会の小道でラヴィニアと対峙《たいじ》するところを、地面でポーズを取った遺体を見ているところを想像した。地下室の外で様子をうかがったり耳をそばだてたり、スツールにトランプを置くときには楽しい気分になったりしているところを想像した。

シャーリーが肩に手を置いてきたとき、いまからロチェスターに着陸するところで、自分がシナリオの中で堂々めぐりをしていたことにリジーはようやく気づいた。その時間は無駄ではなかった。想像してみたことで、ケンバーから聞いたにすぎない知識には隙間があるとわかった。ラヴィニアを殺したのがだれであれ、犯人は人を愚弄して苦しめるためにメッセージを残した。あざ笑ったりこわがらせたりする必要を感じたわけだが、それはリジーや仲間たちに効果を発揮する以上に、犯人そのものを表している。

リジーはそうしたタイプの人間を何年もかけて研究し、殺人者の複雑怪奇な心理を明らかにしてきた。犯人は自分が強いと思っているかもしれないが、リジーは自分のほうが強いのを知っていた。

ケンバーは村役場の向かいの店の前で空襲警備員のグリーンウェイを見かけたので、道を渡って近づいた。ふたりの村人が空襲警備員と雑談中だったが、歩いてくるケンバーのほうへひとりが顎をしゃくった。グリーンウェイが挨拶しようと体の向きを変え、村人たちは食料雑貨店の中へさっさと消えた。

「警部補、早いうちに会えると思ってましたよ」

「ミスター・グリーンウェイですね」ケンバーは差し出された手を握った。「少しお話ししたいので駐在所まで来ていただけますか」

「昼食にうさぎ肉のパイを食べにいくところでね。よかったらいっしょにどうです？」グリーンウェイがパブをさした。「肉はほとんど配給だが、このあたりにはうさぎが山ほどいるんですよ」

悲痛なうなりをあげる空《す》きっ腹のせいで、そう言えば朝食を食べていなかったとケンバーは気づいた。「きょう一番のいい考えですね」

しばらくして、ケンバーとグリーンウェイはパブ〈キャッスル〉のラウンジ席に腰を落ち着け、それぞれ一パイントのビタービールを前に、注文したうさぎ肉のパイが来るのを待っていた。

「亡くなったのは補助航空部隊のラヴィニア・スコットという人物です」ケンバーは低い声で言った。「空軍駐屯地で確認しました。先週の火曜日にミス・スコットが村に着いたときのことを何かご存じですか？」

「残念ながら何も。その女性には会った覚えがない。それはそうと、水曜日にふたりの女性がけたたましい音を立てて通っていったな。ひとりはスポーツカーで、もうひとりはバイクに乗って。お気の毒なミセス・ガーナーをいたく動顚《どうてん》させてたよ」グリーンウェイがからかうように片目をつむって見せた。

「でしょうね」ケンバーはげんなりした声で返す。「夜はどうでした？　見まわりの時間帯に彼女を見かけませんでしたか？」

ウエイトレスが料理を運んできたのでいっとき会話が途絶える。うさぎ肉のパイ、ゆでたジャガイモと濃い緑のキャベツ。

「影も形も見えなかった」グリーンウェイはそう言うと、さっそく食べ物を腹に詰めこみはじめた。

〃おさだまりの返答か〃そう思いながら、ケンバーも昼食に手をつけた。ほんのかすかなドアの音が通りを隔てて聞こえるのに、村で見たこともない若くてきれいな女性が、おせっかい焼きや窓から覗く詮索好きたちの目にとまらなかったのは驚くべき現象だった。

「火曜日の夜の十時ごろはどこにいましたか」ケンバーは質問をつづけた。

グリーンウェイが顔をあげて考える。「牧師館の外だな。巡回はあの辺までしかやらない。ふつうは暗くなったら教会にだれもいないからね。ミセス・ガーナーの家のほうへ道を渡ってから引き返そうと思ったそのとき、牧師館から細く光が漏れているのが見えた。めずらしいな、と思った。ミセス・オークスは決められたとおり遮光カーテンをきっちり閉めるからね。だからよく覚えている。いつものように〝明かりを隠せ〟と叫ぶと、すぐにカーテンがもとどおりに閉まった」

「そのあとでだれか見かけましたか？」ビールをひと口飲みながら、グラス越しにグリーンウェイを見る。

「いいや」グリーンウェイがパイの皮を頬張った口で言う。「パブの常連が閉店時間に出てくるのを何人か巡回中に見かけたけどね。足もとがあやういのもいたが、人のいいやつばかりさ。アルバート・ガーナーがアンディ・ウィンゲートといっしょに出てきたな。アンディは修理工場をやっている。どちらも家へ向かった。それぞれ村の端と端に住んでいる」

ケンバーは片眉をあげた。「アルバート・ガーナーが帰るのを見たんですね？」

「そう、帰るのを見た。たどり着いたのは見てない。その日は村役場周辺の安全点検をおこなった。二日に一回おこなうことにしているが、それをやった晩は牧師館へ着くのが十分か十五分遅くなる」グリーンウェイがぶつ切り肉を突き刺す。

「では、教会のそばの小道にだれかいたとしても、あなたの目にふれなかったかもしれないんですね」

グリーンウェイはフォークを口へ運ぶ手を止めた。「そうかもしれない」フォークを置き、顔に皺を寄せて考える。「何も見なかったことが役に立つのかね」

「もちろんですよ」ケンバーは言った。

明らかに納得していないのにさもわかったかのようにグリーンウェイがゆっくりとうなずくので、ケンバーは愉快になり、ビールをがぶりと飲んで屈託のない笑みを隠すしかなかった。まじめな話、グリーンウェイはいままで会ったなかで最高に目端《めはし》のきく空襲警備員には見えないが、見まわりのタイミングは、灯火管制下の犯行時間帯にだれが外にいたかを特定する鍵となる。アルバート・ガーナーとアンディ・ウィンゲートを見かけたこと、牧師館の遮光カーテンの一件、このふたつは犯人に与えられた時間の長さを決める重要な目印だった。

ケンバーが食べ終わった皿にナイフとフォークを置いたとき、ライトがパブにはいってきて、常連から陽気な声があがった。

「おい、ふざけるなよ」ライトが叫ぶやいなや警官用ヘルメットがはたき落とされ、バーカウンターに立っている酒飲みたちの中へ消える。ライトは追いかけるが、その男たちのほうがはるかにすばやく、左右にパスしたかと思うと別のグループへ投げ、あと少しのところでいつもライトの手に届かない。

「全然速くなかったよな、デン」ひとりが言う。「クリケットチームにいたころから」

笑われてライトの頬が赤くなった。「返せよ、この野郎。警察の装備品だぞ」

高齢女性がふたり、ヘアネットとエプロンドレスといういでたちで隅にすわり、半パイントのミルクスタウトを飲んでいた。ひとりが声をあげた。「下品なことを言ってはいけませんよ、デニス・ライト。いまはもうあなたの先生じゃないけれど、ほんとにあなたって子はいけないことばかり覚えてるんだから」

「あなたが真っ直ぐ走るときはかならず転んで膝を擦りむいたのを覚えてるわ」もうひとりが言う。「消毒用クリームは要る？」

「それって去年のことかな」男たちがいっそう浮かれる。

ケンバーはライトを救出することに決め、自分のテーブルに呼び寄せた。

「騒がしくしてすみません、警部補」ライトがグリーンウェイに会釈する。「ブライアンさんも」

「どうせもう行くところだ」グリーンウェイが立ちあがった。「じゃあまたな、デン。警部補も」

グリーンウェイが立ち去ると同時にライトが空いた先にすわり、いわくありげに身を乗り出した。「会えてよかったですよ」深刻な顔で言う。「さっき電話がありました。ミス・ヘイズからです」

「あのATAの飛行士か」ケンバーの気持ちが沈んだ。「こんどはなんだって?」

「あなたへ伝言を頼まれました」ケンバーが読めるようにライトはメモ帳を渡した。「なぜあの人に特別な技能があってわれわれにないのか、ぼくにはわかりません。警察より自分のほうがすぐれていると思う素人探偵の相手なんかまっぴらです。ご婦人の場合はとくに。でも、ぼくが思うにどうも妙なことになってますよ」

ケンバーは几帳面に書かれた伝言メモを曇った顔で二度読み、ライトへメモ帳を返した。素人探偵については巡査部長と同意見で、なんならフリート街の三流ジャーナリストもその部類だが、トランプの一件は不穏な展開だと認めざるを得なかった。それ自体意味があるのかないのかはっきりしないが、もし犯人からのメッセージだとしたら、女性グループへみずから届けるのは、心がゆがんでいるか恨みをいだいている者の行動だ。あるいはその両方。

「警部補?」

ケンバーがライトを見ると、巡査部長が心配そうに首をかしげている。

ケンバーは深く吐息をついた。「ペンドリー大尉へ電話して、ミス・ヘイズのトランプ騒ぎを伝えてくれ。駐屯地のだれかが女をだしにふざけてるのかもしれないし、だれかがなんの気なしにつついて穴があいただけなのかもしれない。いずれにしろ、いまの段階ではイギリス空軍の管轄だ」

「それから、あのう、彼女の例の申し出のほうは？」

ケンバーはきっぱりと首を横に振った。「いまのところ、われわれの捜査に問題はないと思う」そしてライトのメモ帳を指さす。「ほかに伝えることは？」

ふたりの警察官は集めた情報を交換したが、めぼしいものはほとんどなかった。村人の大半が九時以降は家にいたが、それでも最初にまわった数軒の家の男たちは十時までパブにいたと言い張った。そのなかのひとりは妻のはっきりした希望に反して飲んでいた。その男は濡れた布巾《ふきん》で側頭部を二、三発叩かれたが、ライトはほうっておいた。不審なものを見たと言い張る者はひとりもいなかった。

ライト巡査部長を叱った老女がいまはバーカウンターにいて、ひと言も聞き漏らすまいと耳をそばだてている。ケンバーはもう少しプライバシーが必要だと判断し、ライトに店を出ようと合図した。バーの男たちが戸口でライトを取り囲み、背中を叩いたり髪をくしゃくしゃにしたり制服の埃を払う真似をしたりした。

「ふざけただけだよ、デン」

「笑いはだれも傷つけないだろ」

「おまえはいいやつさ」

ケンバーは来たときよりだいぶいい気分でパブを出たのだが、戸口と土嚢をすり抜けて通りへ出たとき、ライトが返してもらったヘルメットを見た。ライトは顔をしかめてビールの澱《おり》と灰皿の中身の混合物をヘルメットから溝へ捨て、代わりに鋼鉄の戦闘用ヘルメットをかぶることにした。ケンバーはパトロール勤務をしていた巡査時代、妻と生まれたばかりの双子を養っていたのを思い出し、笑みを浮かべた。つらいが幸福な日々だった。

ふたりはハイストリートの南端へ向かって歩き、修理工場の外で立ち止まった。

「ラヴィニア・スコットは火曜日の夜、トンブリッジ発の最終列車で着きました」ライトが言った。「駅長のアルフは彼女が一等車両からおりたのを見ていて、切符を渡されたのも覚えています。そして、ガーナーの家から一軒置いた隣にある、タプロー姉妹の宿を教えました」

「どちらの家にも聞きこみにいった」ケンバーは言い、ライトが修理工場の両開きドアの汚れた小窓から中を覗くのを見守った。「エルシー・タプローはミス・スコットが部屋を取るときに本人と話している。ミス・スコットは着任の一日前に到着したのでひと晩だけの宿泊だった。エルシーの話では、妹のアニーはその日の午後から片頭痛のために伏せっていて朝まで現れなかったから、アニーに訊いてもしかたがない。夜の九時半ごろ玄関で物音を聞きつけたが行ってみるとだれもいなかった。二階へ声をかけても返事がない。ミス・スコットに鍵を渡してあったから、出かけるには少し遅い時間とはいえ、きっと散歩にでもいったのだろうと思ったそうだ」

「はい」ライトが修理工場の錠前を調べながら言う。「だれもが怯えきっているのに、まったく収穫がない」首を大きく横に振る。「みんな進んで話してくれるし意見も言うのに、だれも見ていない。店の店主はだれひとりミス・スコットをちらりとも見かけなかったし、よそ者にも気づかなかった」

「つまり、彼女は夜七時にトンブリッジ発の列車で到着して」ケンバーは鉄道の駅を指さしてから、そのまま腕を水平に動かして教会をさす。「それからハイストリートを端から端まで歩いたが、だれの目にもまったくふれなかった」

ライトは修理工場の脇の通路へ足を踏み入れた。「ふつうの人間は通りをうろつくよりも家ですることがいっぱいある。とにかく、夜のあの時間はだいたいみんなお茶を飲みながらラジオでBBCホームサービスを聴いていた。わたしも同じです」

ケンバーが考えこむような顔になる。「まだ行ってない家がどれくらいあるんだ？」

「探りを入れる相手が数人いますが、ハイストリートに関しては」ライトが修理工場の壁を叩く。「ここが最後です」

修理工場の裏の開放されたドアからはいったとたん、エンジンオイルとガソリンと潤滑油の強烈なにおいがケンバーの鼻を突いた。空気さえ油まみれに感じられる。中央を占めているのは一台の農業用トラックだが、周囲の壁には道具類や各種車両部品が収まった棚が連なっている。

「やあ、アンディ」ライトが笑顔で言ったとたん、農業用トラックの下からがちゃんという音と口汚いことばが聞こえた。

アンディ・ウィンゲートの顔が出てきて警察官ふたりを下から見あげた。「このいかれぽんちめ、心臓が止まるじゃないか」怒ったふりをして言う。

「後ろめたいことでもあるのか？」

ウィンゲートがライトを不思議そうに見た。「何が後ろめたいって？」

ケンバーは車の部品や製品や道具類が置かれた棚をながめるふりをしながら、目の端でウィンゲートを見守った。安心できる根城を覗きこめば罪の意識を引き出せるのを、長年の経験で知っている。

ウィンゲートが眉をひそめ、真面目な口ぶりになる。「いいかげんにしろよ、いそがしいんだから。なんの用なんだ」

「きみはなぜ召集されなかったんだね」ケンバーが尋ねた。

「心臓の具合が悪いんですよ」ウィンゲートが自分の胸を軽く叩く。

「あんたの心臓にはなんの問題もないね」ライトがせせら笑う。

「そうじゃないという医者の診断書を持ってるぞ」

ライトが透明な液体のボトルをあけて鼻を近づけ、そのにおいにたじろいだ。「教会のそばで若い娘が殺されたのを聞いてるだろう？」

ウィンゲートがトラックの下から出てきて立ちあがり、ボトルの蓋を閉める。

「ああ、ひどい事件だ。ここの生まれだが、あんなのはいままで聞いたことがない」

ケンバーはボロ布を持つウィンゲートの手にわずかに力がこもったのを見逃さなかったが、一方、この男の目に本物の悲しみがよぎるのも見た。

「いくつか質問がある。型どおりのやつさ」ライトがつづける。「村の全員に聞きこみをしているんだ」

「いいとも」

「さあね」とライト。

ウィンゲートがうながすような目をライトへ向けるが、口を開いたのはケンバーのほうだった。

「先週の火曜日だが、夜の十時にいた場所は？」

「ちょうどパブを出たところだったな」ウィンゲートが言う。「いつも一杯やりながら世間話をするんですよ」そしてライトへ目を向ける。「知ってるよな、デン」

ウィンゲートの緊張が抜けていないのを感じ取りながら、ケンバーはトラックの反対側へ歩いていった。パブの客に訊けばわかるだろうね」

「もちろんです。「バートといっしょだった——アルバート・ガーナーのことです」

「パブを出てどうなったのかね」

ウィンゲートが運転席のあいた窓からケンバーを見つめ、ケンバーも助手席のあいた窓から覗きこむ。「バートとおれはおやすみを言ってから、バートはぶらぶらと自分のねぐらへ、おれもぶらぶらと自分のねぐらへ向かった。途中ブライアンが——空襲警備員ですよ——通りの向こう側を反対方向へ歩いていくのを見かけた。本人が冗談半分に巡回とか呼んでいるものの最中だった」

ライトもケンバーに合わせて歩きはじめる。死期が近い獲物を見つけた二羽のハゲワシさながらだ。「酔っていたのかな？　アルバートのほうは」

ウィンゲートがふっと笑う。「まさか。かみさんに殺される」

ライトも笑みを浮かべた。「何かいつもとちがうものを見たかい？」

「いや、見たとは言えないな。ところで、ふたりとも同じ場所にいてくれないかな。こっちを見たりあっちを見たりじゃ首の筋をちがえそうだ」

ライトは取り合わずに手押しポンプのほうへ歩を進め、足もとにある大型のガソリン缶ふたつを軽く押してみた。空っぽだ。「ここのガソリンはだいじょうぶか？」

ウィンゲートがまた不思議そうな顔をする。「どういうことだよ」

「ガソリンが少しでも消えたことはあるかい？」

「消えた？　いや、あるわけないだろう」

「農場や村でガソリン泥棒が横行している」

ウィンゲートがガソリン缶を移動した。「ああ、そうだな。その話は聞いてるが、うちは二重に鍵をかけて貯蔵してある。うちのを盗もうと思ったら、連中はちょっとした騒ぎを覚悟しないとな。スパナで殴ってやるよ」

「先週の火曜の夜、バートが車の燃料タンクから盗られたんだ」ライトが言った。

「そいつは驚いた」ウィンゲートが間髪容れずに反応する。「錠を点検しておこう。少しでもなくなっちゃ困る。生活の糧だからな」

ケンバーはトラックの正面にまわったとき、ウィンゲートの腕に何かあるのに気づいた。

「それはどうしたのかな?」

ウィンゲートが右の前腕へ目をやった。長い引っかき傷が暴れるように走り、付着している車軸グリースの艶がその傷を目立たせていた。「このポンコツ車のブレーキから空気を抜いているとき、スプリットピンに当たったんですよ。少しひりひりするけどへっちゃらです」

「消毒したほうがいい。化膿させたくないだろう」ケンバーは帰ろうと背を向けた。ウィンゲートには目を光らせておくべきだが、当面はほうっておくしかないだろう。

「おしまいですか?」ウィンゲートが安堵と困惑の入り混じった顔で言う。

「きみから伝えたいことがないのなら」ケンバーはいったん口をつぐみ、ライトを修理工場から連れ出す。「そうは思えなかったがね」後ろへ向かって言った。

その日の輸送任務が終わり、フィズとアガタが冗談を飛ばし合いながら、クラブのラウンジの飾りつけを仕上げていた。ニーヴが赤い敷物を手に入れておいたのだが、どこからどうやって持ってきたかはだれも問わず、少し傷物でも正方形の床にぴったり合ったほか、かなりまともなダーツ板がどこからともなく現れた。エミリーは真新しいバーカウンター

――頑丈なオーク材の本棚をふたつ並べてボルトで留め、床にも留めた代物――の最後の磨き仕事に奮闘中だ。ニーヴとシャーリーはクリスマスツリー用の長いストリングライトを見つけておいたので、それを遊戯室の片方の壁に取りつけ、じゃれたがるティリーに邪魔されていた。

一方、ケンバーに黙殺されたリジーの身中では、触手を伸ばすひと筋の不安が緊張の高まりとともにうずき、一日中背骨に響いていた。ケンバーは専門家の申し出を敬遠し、真剣に意見を聞くまでもないという姿勢を誇示しているのかもしれないが、リジーが許しがたいのはトランプについての伝言を無視されたことだった。あのトランプは貴重な証拠にまちがいない。そればかりか、あれが自分たち全員への脅しだという確信があった。ビギン・ヒルまで飛行機を輸送して帰ってきても、なんの言《こと》づけも届いておらず、クラブ開催に向けた準備だけがトランプの一件をリジーの心から遠ざけてくれた。

リジーはビールの木箱にかかっていた布を取り払った。ビール瓶の代わりに中にしまってあるのは、高さ約二十センチの九柱戯《スキットルズ》用の手製の木製ピン九本と、ゴルフボールとクリケットボールのあいだぐらいの木の球三個だ。チェス、すごろくゲーム、ルドー（戦略ボードゲームの一種）、トランプ五、六組とダーツ二セットと並び、九柱戯は遊戯室には欠かせない道具立てだった。

「あらまあ」シャーリーが九柱戯のピンを見て言った。「地上要員からの差し入れ？　これで遊んだのはずいぶん昔――」

静かになる。部屋が突然真っ暗闇になったのだ。

「どういうこと？」シャーリーの不安げな声が聞こえる。

「停電かもね」フィズが落ち着いて言う。「でなきゃヒューズだよ」

けれども、リジーにはそうとも思えなかった。だれかが来ているような気がして喉が締めつけられる。煙草のにおいがしないかと鼻をきかせてみるが、自分たちでさんざん吸ったあとだった。

突然、悲鳴があがる。

何かあたたかいものにふれてリジーはびくりとした。脈拍が速まって胃が収縮すると同時にパニックが広がりはじめる。

「いまのはどこのどいつだ」フィズがうめいた。

「ごめん」エミリーが甲高い声を出す。「リジーの手にさわっちゃったのよ」

リジーはそばのだれかを見たり感じたりできるのだと想像してみたが、無理なのはわかっていた。貪欲に空気を吸いこんでからゆっくりと吐き、手首にはめたゴムバンドをひたすら弾きながら、恐怖に自動的に反応する体を必死に制御しようとした。

「あのいまいましいボックスはどこ？」

ニーヴがマッチを擦り、ほかのみんなもそれにならったので、壁と天井に奇妙な影が飛び交った。フィズがヒューズボックスを正面のドアを出てすぐの場所で見つけ、シャーリーのマッチの明かりを頼りにそれをあけた。

「やっぱりね。ヒューズのひとつがはずれてる」フィズがわけ知り顔で言う。ワイヤーがネジで固定されているのを確認し、ホルダーを定位置に押しもどした。ふたたび光があふれたとたん、全員が目をしばたたいた。すべてがたちまち忘れ去られたようだが、リジーの心臓の高鳴りはつづいていた。ヒューズはひとりでにはずれたりしない。

「緊急用のろうそくを置いたほうがいいね」フィズがヒューズボックスを閉めた。

エミリーがリジーとシャーリーのあいだに割りこみ、腕をふたりの肩にまわした。「ヒトラーに何を落とされてもこれならだいじょうぶ」そう言ってにっと笑う。

アガタがラウンジから現れた。「ねえ、酒盛りは当日までおあずけだから、上で軽く一杯どう？」

「賛成」とシャーリー。「ところでだれかハンカチ持ってる？　わたし、鼻風邪を引いたみたい」

リジーは自分のを渡し、そのときポケットから出た紙屑が床に落ちる前に手でつかんだ。

エミリーが〝わたしはうつされたくないわ〟という顔をシャーリーへ向けてから立ち去った。みんながにぎやかに話しながら並んで階段をあがるのを横目に、リジーはドアの施錠を確認し、それから急いであとを追った。

9

翌日の朝食、シャーリー以外の全員がリジーと距離を置いた。リジーが騒々しくナイフやフォークの音を立て、磁器のカップを割れてもおかしくないほど乱暴に置いているからだ。ひと切れのトーストが手をつけられないまま、激化するバターナイフの攻撃にさらされて壊滅状態に陥っていた。

〝ケンバーという人は警部補らしいけど、どうして専門家が申し出た協力を無視するほど頭が悪いの？〟

ケンバーが最新の申し出を一顧だにせず拒絶したとペンドリーから伝えられ、それからまだ十分も経っていなかった。彼女のいままでの教育と訓練と経験のすべてが――そのおかげで少なくとも半径五十キロ圏内のだれよりも意見を述べる資格を持っていたが――あっさりとしりぞけられた。女だからだ。仲間の女たちから探るような目で見られても、リジーの気持ちはおさまらなかった。ホワイト・ウォーザンでともに訓練を受け、空を飛ぶのが同じように大好きだとわかって友達になったけれど、みんなから変人だと思われ、たまにぼんやり宙を見つめているのを白昼夢だと決めつけられているのは知っていた。はみ出し者、唐変木、アブナイやつ、という揶揄のことばは耳にしていた。言うのはだいたいフィズで、シャーリーはたしなめてくれるけれど。

ほんとうに怒りに火がついたのは、トランプが重要な意味を持っているにもかかわらず、ケンバーが何食わぬ顔でペンドリーに対応を押しつけたからだ。民間人は捜査に参加できないこともあり、またその逆のケースも多々あることはリジーも承知しているが、自身の伝言を無視されたうえに、トランプ騒ぎの調査をペンドリーにまかせた旨を、ライトとペンドリーのふたりを介して伝えられることにがまんならなかった。

そのとき、リジーはケンバーに手紙を書こうと思い立った。犯人の完全なプロファイリングにはならないが――もっと殺人が起これぱたどるべきパターンを示せるのだが――それでもケンバーを食いつかせるぐらいはできるだろう。

そうなれば、あのほのめかしの意味がとてもはっきりと見えてくるはず。手紙を捨てておいてだれかに何かあったら、それは完全にケンバーの責任だ。

ケンバーは訪問者用の椅子に背を丸め、目をこすって引き終わりの風邪を追い払った。

悪天候のせいでつらい症状が長引いたが、ライトがお茶を手にもどってきたので、しゃんと背筋を伸ばす。

「グリーンウェイとブラウンのどちらの日課もわかっていて、おおよその犯行時刻もつかんでいる」ライトからマグカップを渡されてケンバーは話しだした。「ミセス・ガーナーはご亭主が帰宅してまもなく、怪しい物音なるものを聞きつけ、ガソリンが抜き取られているのを発見した。ガソリンをチューブで吸いあげて盗むときは、ネズミのように静かにしてるものだろう？　怪しい物音など立てない。それから、ウィンゲート、グリーンウェイ、ミセス・ガーナー、ミセス・オークス、牧師、全員の供述が一致している」

ライトが自分の机につき、猫を愛撫するかのように顎ひげをなでた。「ミス・スコットは泥棒に出くわして、口封じのために殺されたんじゃないですか？」意見を述べる。

「それも考えられる」ケンバーは言う。「ただし、必死で抵抗する人間または死んだ人間を引きずって通りを渡り、塀のそばに死体を放置するのはむずかしかっただろうな。ふつうはだれかが何かしら聞いているはずなんだが、ラヴィニア・スコットは最終列車で着いて、駅長とタプロー姉妹と犯人以外はだれも彼女に気づかなかったと見える。エルシー・タプローによれば、ミス・スコットは九時半ごろ外出したらしいから、われわれは彼女がだれかと会う予定だったかどうかを探ったほうがいい。彼女があれほど短時間のうちにだれかと出会い、その相手を信用したなんてことがあるだろうか」

ライトが曖昧に肩をすくめた。「人それぞれでしょうね。パブの主人のレス・ブラナンから糸口になりそうな話を聞き出してみますよ。それから、まだ聞きこみに行ってないところが少しあるのでそこをまわってきます」

「ごくろうさん」とケンバー。「わたしはペンベリーにいるヘッドリー医師に電話して、いい知らせがあるか聞いてみよう。目下、証拠はほとんどなく、凶器なし、動機なし、第一容疑者なし、といったところだ」

この一時間で全隊員が輸送任務からもどり、リジーはケンバーに手紙を書いていた。バイクに乗った配達人がトンブリッジへ行く途中に届けてくれるという。領主館の裏のテラスにひとりですわり、しずかに煙草をくゆらせるが、思考の流れは曲がりくねってラヴィニアへと向かう。リジーの心の目に映ったのは、小道、地面にある死体、行く手をふさいで追い払う警部補と巡査部長。彼らの厳しい表情からラヴィニアの遺体のありさまがじゅうぶん伝わってくる。リジーは犯行現場を見てケンバー警部補と話をする必要があった。

「なぜあなたは殺されたの？」リジーの声が静寂を破る。「犯人は何が目的だったの？あなたを知っていたの？　それはだれ？」

「だれがだれですって？」アガタが尋ね、それと同時にニーヴが紅茶のカップをふたつテーブルに置いた。

ひとりごとを聞かれてリジーは頬を赤くしたが、手を振って前言を打ち消した。「納得できないでしょ、ラヴィニアが亡くなるなんて。といっても、わたしたちは彼女のことをあまりよく知らなかったけど」

「わたしは好きだったな」ニーヴが言う。「ホワイト・ウォーザンに着いたとき、はじめに声をかけてくれたのが彼女だった」

「わたしも好きだった」アガタがしんみりとした顔で手の中のカップへ視線を落とす。

「思い切り泣いてシェリーをぐっと一杯、こんなときはそれが一番よ」ニーヴがそう言ってリジーの肩に手を置いてから、何かを見つけた。「あらいやだ」兵舎のそばにある車庫を指さす。「フィズとエミリーがまたけんかをしてるみたいよ」

リジーが目に手をかざして見やると、シャーリーがあいだに立ってふたりを離しておこうとフィズの腕をつかむが、そのあいだじゅうふたりは怒鳴り合っている。フィズが手を振りほどいて車庫へ向かい、エミリーがつづいた。

「どっちもどっちよね。訓練中からずっと」ニーヴがあきれたように首を振る。

「まずいことになりそう」アガタが言った。

リジーが信じられない思いで息を呑んだのは、車庫からシャーリーの車が飛び出し、フィズがハンドルを握っていたからだ。シャーリーが両手を振りまわして何か叫んだが、フィズは無視し、草地の滑走路の端へ向かって車を走らせた。その直後、リジーがはっとして立ちあがった。エミリーがリジーのバイクに乗ってフィズを追いかけたからだ。

車庫から走り出たシャーリーが、庭を突っ切ってテラスの階段を駆けあがり、顔に怒りと恐怖を浮かべて飛行場を振り返った。「だれかが怪我をするわ」あえぎながら言う。

「あのふたりはいったい何をしてるの？」リジーは訊いた。

「レースよ。互いに相手を侮辱したあげく、きっぱりけりをつけるために、どちらが勝つか勝負することにしたの」

「ばかなことを」リジーはかすれた声で言った。

一同がなすすべもなくテラスから見守る中、遠くの小さな車両の姿が大きくなり、エンジンのうなりが飛行場に響き渡った。勝ち負けはどうでもよく、このままではさらなる逸脱と衝突を招くのが目に見えていた。はじめにエミリーが、つぎにフィズが前に出て、左右にカーブを切って相手を揺さぶるが、どちらが優勢でもない。

車とバイクが格納庫の方向へ加速したとき、フィズがコントロールを失ったらしく、ブレーキを強く踏んで横滑りし、藪へ突っこんだ。フィズのクラッシュを避けようとしてエミリーがノートンのハンドルを急に切った。バイクが前につんのめって倒れ、五、六メートル滑ったが、エミリーは何度も転がって大きな怪我をせずにすんだ。

「なんてことするの！」アガタが叫んだ。

「殺人犯どころじゃない」リジーは言った。「わたしたち同士が殺し合いをしようとしてる」

「やあ、ヘッドリー先生」ケンバーは電話の向こうのぶっきらぼうな応対を受けて言った。

「せっついて悪いんですが、もう少しはっきりしたことが判明したかと思いまして――殺害された例の女性のことですが」

「きみはわたしを奇跡の仕事人だと思ってるようだな」ヘッドリーが言った。

午前中いっぱいかけてヘッドリーと連絡をつけた身としては腹が立ったが、それでもケンバーはヘッドリーの自我と義務感と思いやりの心になんとか訴えようとした。「あなたのことばとも思えませんね、先生。またどれかが殺される前に一刻でも早く殺人犯を逮捕すれば、世の中のためになるんです」

「わかってるよケンバー、最後まで言わせたまえ。検死の全行程をちょうど終えたところだ。衣服の検査やら法医学試料の採取やらいろいろとな。ゆっくり念入りにやっていたのは、死因をグサリと当てるためだ。くだらない冗談だったな」

ケンバーはやれやれと目を上に向けた。「何か興味深いものを見つけたんですか？」

「そうでなきゃこんな仕事をしてない。舌骨《ぜっこつ》という小さなU字形の骨があるんだが、下顎の下あたり、甲状軟骨と喉頭の上におさまっている。その骨には舌の奥のほかにも、いくつかの筋肉がくっついている。舌を動かしたり、ものを飲みこんだり、話したりするのにきわめて重要な骨だ」ヘッドリーがひと息つく。

ヘッドリーの思うつぼだからやめたほうがいいと知りつつ、やはりケンバーは誘いに乗った。「で、興味深いというのは……？」

かすかな〝おっ〟という声がヘッドリーから届いた。「この事例では、舌骨が損傷しておらず、つまり、じゅうぶんな力で圧迫されなかった」

「扼殺ではないんですか？」

「あわてるな。紐が使われたとは考えにくいと言ってるんだ。舌骨は四十年ほど経たなければ硬いひとつの骨にならず、ラヴィニア・スコットはまだ二十三歳だった。その年齢では、甲状軟骨の両端に突き出た小突起が損なわれるほうがふつうで、実際それが砕けていた。鳥の叉骨《ウィッシュボーン》（食事のあとこれを二人で引き合い、長い方を取ると願いがかなうといわれる）に似ているかもしれない。さらに目のまわりの皮膚に点状出血の形跡があり、結膜下出血の兆候も見られた」

「わかるように言ってくださいよ、ドクター」ケンバーが言うと、ヘッドリーのため息が聞こえた。

「皮膚に血斑があり、目がひどく充血していたってことだ。甲状軟骨の損傷と合わせて、この事実はわたしがはじめに現場でくだした扼殺という仮説を裏付けている。予想したとおり、犯人は被害者が絶命したのちにナイフを使用した。首と腹部の傷跡を見ただろう。右手首に初期の打撲傷があるが左にはない。また、股間周辺に浅い刺し傷が複数ある。そこにも左右の太腿にも打撲傷がないから、レイプされていないのはほぼ確実で、綿棒で採取した体液もこれを裏付けている」

「せめてもの朗報です」

「そうでもない」

「なぜですか？」

「被害者のブラウスに精液が付着していたからだ。それはつまり――」

「わかりますよ」ケンバーはヘッドリーをさえぎり、空いている手で目をこすった。「ちくしょう」深く息を吐き、疲労の波と闘う。このところ、自分と同じ人間たちがしきりに誇示する制御不能の狂気のせいで、心身ともに疲れ切っていた。「ヒトラーは狂人かもしれないが、少なくとも世界を支配したがっているのをわれわれは知っている。この怪物はいったいなんの遊びをしてるんでしょう」

「残念だが、わたしも病理学もその問いには答えられない」ドクターがつづける。「遺体のさまざまな部分にたまっていた血液を調べたが、すべてO型で、本人の血液型と一致した」

「容疑者の候補をせばめるものが何かありませんか？」ケンバーはドクターのかすかなためらいを感じ取って尋ねた。

「被害者の左手の爪から皮膚組織と血液を発見したので検査した。それも人間のO型血液だった」

ケンバーの心臓が強い鼓動を打った。「被害者が犯人に傷跡を残したということですか？」

「被害者の体にそれに相当する傷は見当たらなかった」ヘッドリーが言う。「死因とは無関係だが、その奇妙さゆえに気になった点がもう少しある。きみにとってはとてつもなく重要なことだろうな、ケンバー」

混乱の中に一点の希望が光る。「それは？」

「被害者の額に油の残留物のようなものを見つけた」

「油？」ケンバーはわけがわからず、眉をひそめた。「残留物とはどういうことですか？」

「ちょっとした汚れだ。重要なものではないかもしれない。それから、口の中に紙が一枚あり、上の歯茎と頰の内側のあいだに挟まれていた。両面に印刷されていたから、新聞紙だろうと思った」

ケンバーの受話器を持つ手に力がこもった。「それで、そうだったんですか？」

「いや。それは聖書から切り取られた一節だった」

「聖書？　なんて書いてあるんです？」

「調べたよ。ヨハネの黙示録十九章二節。〝その裁きは真実で正しいからである。みだらなおこないで地上を堕落させたあの大淫婦を裁き、ご自分のしもべたちの流した血の復讐を、彼女になさったからである〟」

ケンバーはドクターに見えなくても首を横に振った。「どういう意味でしょう」

ヘッドリーがこばかにするように鼻を鳴らした。「犯罪を捜査するのはきみで、わたしはただの医師だ」

ケンバーがウィルソン牧師を見つけたのは今回も聖具保管室で、積みあがった本、台帳、教会の備品、釣り道具は減っておらず、移動すらされていなかった。物でいっぱいの机の下で頭をぶつける音がした。

「ちっき──しょうもないな」

ケンバーは罵りことばの切り替えを聞いて頬をゆるめた。「だいじょうぶですか、牧師」

「書類の山を落としてしまって」ウィルソンが顔を覗かせ、頭をごしごしと掻く。「際限なく増えていくみたいだ」

「お察ししますよ」ケンバーは言った。

「すわってくださいと言いたいんですが、ごらんのとおり……」ウィルソンが惨状を指し示す。

「かまいませんよ」とケンバー。「相変わらずおいそがしそうですが、少し質問してもいいですか？」

「いいですとも。さあどうぞ」

ケンバーは手帳を取り出し、ラヴィニア・スコットの口腔内にあった聖書の一節をメモしたページを開いた。

それをウィルソンに見せる。「これがわかりますか？」

ウィルソンがうなずいた。「聖書のことばです。ヨハネの黙示録十九章だと思いますが」

「これが犯行現場で発見されました」ケンバーはウィルソンの顔を観察したが、興味と心配しか現れていなかった。「わたしは宗教にうといので文字どおりの意味に受け取りがちですが、もしかしたら別の解釈があるのではと思ったんです」

ウィルソンがもう数秒手帳をじっと見た。「聖書はこう伝えています。背徳の町バビロン、つまり大淫婦が、不品行によって世界を堕落させた。キリスト教徒は異端者として迫害され、人々は偽の宗教にしたがった。神は裁きをくだして町を破壊し、それは適切で正しいと見なされた」

「つまり、悪い者が当然の報いを受けたということですか？」

「少し短絡的ですが、そうとも言えます」

「話は変わりますが」率直な返答が率直な質問からしか生まれないことをケンバーは知っていた。「あなたは船上でいさかいを起こし、ひとりの男が命を落としたそうですね」

「わたしのことを調べたんですね」ウィルソンは悲しげに言ったが、警戒したようには見えなかった。「かまいませんよ。ええ、わたしはある男を殺し、それで神へ立ち返りました。罪をあがなうために」

ウィルソンが落ち着いて罪を認めたのでケンバーは驚いた。「くわしく説明してもらえますか?」殺人は死刑に相当する罪なのに、牧師は明らかに絞首刑を逃れ、ジェニーも有罪判決や長期の服役刑について何も言わなかった。

ウィルソンが深く息を吸ってからため息をついた。「たいして話すことはないんですよ。船上の仕事仲間にけちな与太者がいたんです。そいつは自分より体が小さいか弱そうな者をいじめたり殴ったりしてました。わたしもよく標的にされたんですが、やられっぱなしの者をかばおうと自分が矢面に立っていました。ある日、そいつがあんまりひどかったので、わたしは立ち向かいました。要するに、殴り合いのけんかをしたんです。アッパーカットを食らわすまでたったの数秒でした」

ウィルソンが必死で平常心を保っているのがケンバーにはわかった。自分の経験によれば、冷血な殺人鬼の反応ではない。

「強いパンチではなかったが、相手の頭が隔壁にぶつかった」ウィルソンがつづける。「その男は血を見て狂暴な目つきになり、わたしに向かってきたが、そのとき船が波の谷間にはいって急に揺れた。男はよろめき、甲板の側壁から真下の海へ落ちた。みんなで探したが、見つからなかった」

ケンバーは指で鼻の先をこすった。「落ちたときは死んでいなかったんですね?」

「ええ」ウィルソンの目は自責の念でいっぱいだ。「でも、わたしが殴らなければ……」

けんか好きの乱暴な男も、正当防衛で手をくだしてからおじけづく男も、事故が起こったのは自分のせいだと思いこむ男も、ケンバーは大勢見たことがある。職務中に出会った何人かの男たちを思い浮かべた。「事故の調査はされたんですか？」

「ええ、船長と警察によって。けんかは正当防衛で、溺れたのは事故とされましたが、でもあの男が頭を打たなければ……」

「船から落ちて死んでいたのはあなたでもおかしくなかったと思いますが」とケンバー。

「とにかく、わたしは人をひとり殺したんです」ウィルソンが言った。

ケンバーは聖具保管室のドアをあけて立ち去った。牧師が悔いているのは明らかだ――とはいえ、彼の意見もある意味もっともだった。

机の前で直立不動の姿勢を取り、こちらに向かって壁を真っ直ぐ見つめている女ふたりをジェラルディンはにらみつけた。歯を噛み締めるたびに顎の筋肉が動くのが自分でもわかり、唇がほぼ見えないほど口を引き結ぶ。苛立ちのあまり、ふたりがびくりとするほど机にこぶしを強く打ちつけ、まずエミリーのほうを向く。

「がっかりしていると言ったら、それはわたしの不機嫌をとんでもなく誤解したことばです」ジェラルディンは冷然と言い放った。「腹を立てていると言ったら、それはとびきり控えめな表現です」刺すような視線をフィズへ向ける。「わたしに言えるのは、あなたがたは自分自身と自分の家族の威信を傷つけたということ。この部隊と制服を冒瀆《ぼうとく》したとも言えるでしょう」またエミリーを見る。「何よりも、あなたがたはこのわたしの威信を傷つけたのであり、いかなる事情があろうとこれを容認することはできません。事故の前にふたりで言い争い、反目し合ったのはこれがはじめてではないのは知っています」

「それは——」フィズが何か言いかけたが、瞬時にジェラルディンの視線に打たれ、冷然とした目がフィズの喉を凍りつかせた。

「それは、どうでも、いい」ジェラルディンは一語ずつ区切って言った。「あなたがたのつまらない敵愾心《てきがいしん》などどうでもいい。わたしたちはそれぞれちがうとはいえ、似ていなくもない前歴を持っているのだから、氏育ちや教育の低さを言いわけにしてはいけません。わたしは今回のけんかがロンドンのいかがわしい地区のパブで起こったらどうなっていたか、想像せずにいられません。まちがいなく見苦しい路上の乱闘騒ぎになったでしょうね」

ジェラルディンはエミリーの目の端がぴくりと動いたのでいっとき見つめ、上唇の山形のラインに汗が光っているのに気づいた。フィズへ目をもどす。

「それだけでも恥ずべきふるまいなのに、けんかの道具が個人の車やバイクになったら、とんでもない結果になります。少なくともきょうは一機の飛行機が危険にさらされました」指で机をとんとんと突いて強調する。「駐屯地の要員はもちろん、大佐と中佐の耳にこの一件を入れないようにするのは容易なことではありませんでした」机からリンゴをつかみ取り、おどすように突き出す。「そうするために、わたしは自分の清廉潔白な性格を曲げるしかなかった。それを許すには長い時間がかかるでしょう。わたしは持てるかぎりの狡猾さを駆使し、いつか感謝する日が来ると母に言われた、あの女ならではの策略をできるかぎり実践したのです。これはこんな状況で、しかもスコットニー在任中のこんな早い時期に使いたかった策ではありません」

ジェラルディンはゆっくりと怒りが引いていくのを感じた。楽な人生を邪魔するものはほかにもいっぱいあるのだから、つまらない騒動を長引かせる気にはなれなかった。

「わたしの一任でふたりとも解雇できますが、ATAもわたしも優秀な飛行士を失うわけにはいきません。わたしたちをこの空軍駐屯地から追い出す口実を上層部に与えるつもりはないけれど、だからといって、重大な規律違反になんの罰を与えないわけにもいきません。まず処分を決める前に、こうしたおこないがただちにおさまるという確証が必要です」一見神妙にエミリーとフィズがうなずくのを見たものの、深い失望を覚えて首を振る。「あなたがたの行動はこの駐屯地を危険にさらし、死につながるところでした。棚にあるすべての本をあなたがたに投げつけたいところですが、この輸送部隊のためを思い、今回のことも ここで言ったことも記録に残しません。とはいえ、今後こうしたことが少しでもあれば、ATAから即刻追い出します」

話しだしてからはじめて、ジェラルディンは部下たちの赤面した顔からようやく視線を落とした。そして深く息を吸い、ため息をついた。

「敵の攻撃が日を追って強まり、スコットニーもまもなく標的にされるかもしれません。したがって、作戦に支障をきたさずにわたしがくだせる唯一の罰は——交渉の余地はありませんよ——一カ月間、輸送任務以外で本駐屯地を出ないこと。輸送の際に行き来するいかなる駐屯地または飛行場、またその移動においても、この行動制限は有効です」ジェラルディンは机にあった飛び出しナイフを取ってリンゴを剝きはじめた。「わたしを試すような真似は二度としないように。さあ、握手をしなさい」エミリーとフィズがしたがう。

「行ってよし」

ふたりがそろって敬礼し、部屋を出ようと体の向きを変える。ドアの前でフィズがエミリーの前に割りこんだ。

ジェラルディンはそのやりとりを見て皮を剝く手を止めた。「消えなさい」怒鳴りつける。「ふたりとも、わたしの気が変わって撃たれる前にね」

証人陳述書を読んで整理する、とぼしい法医学的証拠を得る、という実り少ない一日が終わり、ケンバーは仕事を切りあげてパブに腰を落ち着けようかと考えた。ウィルソン牧師から事情を聞き、牧師を容疑者リストの上位からおろしたものの、十字架つきの短剣の問題がまだあり、その線はヘッドリーとともに追う価値があった。もう少し書類仕事を片づけようと決め、自分宛の封筒へ手を伸ばした。切手がないから、直接届けられたのだろう。レターナイフで封筒を切って中の紙を広げると、リジー・ヘイズからの手紙だったのではっとした。

敬愛するケンバー警部補
　捜査に直接協力できるわたしの資質に疑問を感じていらっしゃるようなので、失望しております。けれども、わたしは少し離れたところからでもお役に立てないかと願わずにいられません。なぜなら、ラヴィニア・スコットにしてあげられるのは、力を尽くして犯人を見つけ、本人に代わって裁きを受けさせる……

ケンバーは手紙を封筒へしまい、あとは読まなかった。今夜は自分のいたらなさについてこれ以上人の意見を聞く気になれなかった。朝になったら読もうと思い、疲労の波に押し流されながらそれを机へほうる。妻、家、殺人、リジー・ヘイズ、やけにしつこい風邪の引き終わり。できることは何もなく、今夜したいとも思わない。強いトディー（ウィスキーなどに砂糖や香辛料を入れて湯で割ったもの）を作り、それを飲んでさっさと寝たほうがいい。いつもならその場所は自分のあたたかいベッド、妻の隣だ。

しかし今夜はそれがパブになる。

10

午前中に説明会があり、リジーはマットフィールド中佐が部屋の前方に立って、手に持った制帽をいじりながら想像上の埃をつまむのを見守った。かたわらのペンドリーは微動だにしない。つぎの数分間、リジーは地下室利用に関するダリントン大佐の新ルールが――説明会に召集された理由はこれだ――マットフィールドから伝えられるのに耳を傾けたが、そもそも使用を許可されたことに驚いた。ことばはやわらかくても立ち居ふるまいから察するに、マットフィールドは上司の考えを支持していると思われた。それにはとくに驚かないが、リジーはペンドリーに注目した。ほんのわずかな動きだったのでほかのだれも気づかなかっただろうが、リジーは彼がマットフィールドの話を聞きながら、かすかな、筋肉の微動に近いうなずきを繰り返すのを見た。彼は自分の素振りにまったく気づいていないのだろうか、とリジーは考えはじめた。

気がつけば、マットフィールドが話を終えて立ち去ろうとしている。そのとき、シャーリーが声をあげた。

「もうじきダンスパーティーが開かれるという噂が流れています」期待をこめて言う。

「それってほんとうですか？」

マットフィールドの顔が妙に慈悲深くなった。「指揮官が認める範囲内できみたちが肩の力を抜く機会を設けるべきだとわたしは主張した。最良の判断ではないとしながらも、指揮官は了承した。訊かれるまでもなく、それは土曜の夜に村のダンスパーティーに参加してもいいということだ。ちなみに非番の要員は全員招かれている。しかし、昨今の出来事を思えば、ダンスパーティーのための夜間外出が危険かどうかよく考えたほうがいいだろう。われわれはいわば野放しになったきみたちを全員守れるわけではない。わたしもきみたちお嬢さんがたといっしょに一杯飲んで踊りたいのはやまやまだが、最近明らかに軍事攻撃が頻発しているので、駐屯地から離れることができない。だからといって、きみたちが好き勝手をしていいわけではない。制服を着用すること。以上、肝に銘じるように」

マットフィールドは強調するように両眉をあげてうなずくと、会見室を出た。ペンドリーがジェラルディンにすまなそうな笑みを向け、あとを追った。

ふたりの将校がドアをあけっぱなしにして出ていき、その不作法にジェラルディンが顔をしかめるのにリジーは気づいた。ジェラルディンがすぐに歩いていってドアを閉め、こんどは笑みを浮かべて女たちに話しかけた。

「ダンスパーティーに行けるように指揮官を説得したのは、ほんとうはわたしなんですよ。戦争が近くまで迫っているので、これを逃したら村で楽しく過ごす機会がいつ来るのかわかりません。安全面については中佐が指摘したとおりですが、女はいつも命がけで生きています。また別の男から自由を束縛されるのは、わたしはまっぴらです。判断は各自にまかせますが、村のダンスホールでいっしょに過ごす分にはなんの危険もないはずです。ですから、この機会を利用してここの土地や人々を知って、お互いに親しくなりましょう。ここは農村で、あまり裕福な土地柄ではありませんから、自分の特権的な背景をひけらかさないように」

シャーリーといっしょに村へ来たときの顚末を思い出し、リジーは身が縮む思いだった。

「大佐や中佐の考えはまちがっていません」ジェラルディンがつづける。「大半の村人が最も飛行機に近づいているのは、機体が頭上を飛ぶときですが、だからといって、彼らが愚かなわけではありません。スコットニーは彼らの村であり、わたしたちは外から来た人間です。礼儀正しくふるまい、なかよくすること。わたしたちは味方同士です」

ケンバーは痛む腰を伸ばした。痛むのは駐在所の独房で数晩過ごしたせいだ。こわばった筋肉がパブのやわらかいすてきなベッドのおかげでほぐれはじめていたが、それでも事務室の硬い椅子は年季のはいった腰痛持ちには合わなかった。ライトの机についたとき、封筒からはみ出したリジーの手紙が置きっぱなしになっているのが目にはいる。ケンバーはしぶしぶ手に取って手紙を広げた。

敬愛するケンバー警部補

捜査に直接協力できるわたしの資質に疑問を感じていらっしゃるようなので、失望しております。けれども、わたしは少し離れたところからでもお役に立てないかと願わずにいられません。なぜなら、ラヴィニア・スコットにしてあげられるのは、力を尽くして犯人を見つけ、本人に代わって裁きを受けさせることしかないからです。訓練と経験を積んだわたしの目には、ラヴィニアの遺体の置き方が意図的であり、注意を引くことを狙ったものだとわかります。いままで詳細を教えていただけませんでしたが、彼女がどのようなポーズを取らされていたかに着目してください。それは前もって考えられ、おそらくメッセージを伝えていて、儀式の一部でもあり、わたしたちはそれを解き明かさなくてはなりません。

わたしにできることは非常にかぎられていますが、少なくともふたつのことから——

──さらなる死からではありませんが──明らかなパターンが見えてきました。ともあれ、すでにお知らせしたように、新しい女性専用クラブになる予定の地下室にひとりでいるとき、わたしは傷つけられたクラブのクィーンのトランプカードを匿名で受け取りました。さらにもうひとつ、つながっているはずの電気のヒューズがはずされていました。

ラヴィニアの殺され方は、わたしたち全員への警告でした。トランプの件もさらなる警告であり、残念ながら、これらを無視すればかならず悲惨な結果を招きます。

これは専門家としての意見ですが、犯人はすぐにまた殺します。犠牲者は同様の手口で殺されるはずですが、暴力性は増し、遺体は似たような姿勢で置かれると思います。恐ろしいことに、犠牲になるのはまたＡＴＡの隊員でしょう。

まずはお知らせまで

リジー・ヘイズ

ＡＴＡ三等航空士

ケンバーは机に手紙をほうり出した。ミス・ヘイズがこんなとぼしい手がかりからどのようにこの結論にいたったのかさっぱりわからないが、おそらく大量の仮定の話に当て推量をたっぷり混ぜたのだろう。手紙はきちんとした字でていねいに書かれていて、つぎは自分が殺されそうだと思って怯えながら書いた殴り書きとはちがう。しかしよく考えれば、三等航空士リジー・ヘイズが簡単にこわがったり考えを変えたりする人間には思えなかった。

あくびが出た。

殺人事件が行き詰まる中、午前中は聞きこみのつづきという退屈仕事、疲れた午後にはトンブリッジ地区警察本部で書類仕事が待っている。

長い一日になりそうだ。

たくさんの話し合いと少しの言い合いのあと、ATAの新しいクラブの名前が磨かれた木版に彫られ、ドアの上にかけられた。というわけで、ニーヴとエミリーはその夜はじめての客がクラブ〈ハンガー・ラウンド〉に現れると、よろこびの悲鳴をあげて歓迎した。将校用ラウンジバーとは、飲み物を同じ値段で提供したうえで売れ残りは引き取ってもらうという取り決めをした。だれにとっても損はなかった。アガタはこの日の女主人として、オープン当夜はじめての試みにつけこむ者はいないかと目を光らせる一方、シャーリーとフィズは上級将校たちの注目の的だった。彼らを招いたのは社交辞令以上のなにものでもない。フィズとエミリーは互いに離れているように言われたが、ジェラルディンの訓告がふたりの敵愾心を鎮めたらしい。

ひとりでスツールにすわったリジーは、ようやく満ち足りた気分でクラブの自由気ままな雰囲気にひたった。でも悲しいことに、まもなくマットフィールド中佐がリジーの隣にスツールを引き寄せて邪魔をした。

「よくやったじゃないか、ミス・ヘイズ」マットフィールドが作り笑いを浮かべる。「かんばしいとは思わないが、そして大佐も同じ意見だが、きみたちはここをほんとうにすばらしい場所に作りあげたんだね」

「ありがとうございます」副指揮官に馴れ馴れしくされてリジーは落ち着かない気分になった。「うれしいです……来ていただいて」ダリントンとマットフィールドどちらも招待してあったが、どちらも来ないと思われていた。マットフィールドの参加がいいことか悪いことか、リジーにはよくわからなかった。

「なぜ妙な名前に？」マットフィールドが尋ねた。「クラブのことだが」

「もちろん飛行機の格納庫《ハンガー》にちなんだのと、この地下室の奥の壁が円《ラウンド》いからです。それから、自分たちの場所《ハングアラウンド》でたむろするのがわたしたちの望みだったので」

語呂合わせが伝わり、マットフィールドの口の端があがって半笑いになる。「成功を願っているよ」ライト・エールのボトルからひと口飲む。「知ってのとおり、大佐はきみたちがこの地下室を占拠することに断固反対だった。ペンドリーとわたしがなんとか説得したんだよ」マットフィールドが煙草を差し出したのでリジーは受け取って火をつけてもらい、それから彼が自分のに火をつける。

「どんな具合にしていくのかね。音楽が聴こえないが」

リジーは肩をすくめた。「蓄音機を提供してもらえるんですが、まだ届いてないんです。それにラウンジにはボードゲームとトランプがあります。ときどき男の人たちから逃げ出せればそれでじゅうぶんですから」侮辱されたとは少しも思われないように、穏やかに微笑んだ。

マットフィールドも笑みを返し、完璧な歯並びを見せた。「なるほど。女の子同士でおしゃべりする場所が必要ということか」笑みが薄れる。「仲間が亡くなったが、みんな調子はどうかな」

中佐が煙草を吸って煙に目を細めるのをリジーは見守った。

「それはやはりショックでした」リジーは言う。「けれども、わたしたちはこなすべき仕事を持っている強い女です。思い悩んでばかりはいられません」

「そのとおりだ」マットフィールドが重々しくうなずいた。「捜査担当者だという男と何度か会ったが、駐屯地の外で起こった事件だからあまり協力できなかった。あの男はごろつきを少しは見つけられそうなんだろうか」

「ごろつき？　コソ泥やよくいる窃盗犯みたいだ。リジーはむずかしい顔をしながら天井へ向かって煙を吐いた。「なんらかの進展はあったようですが、本人がわたしに話したようなことは犯罪の証拠とはいえません」なぜ嘘をつこうと思ったのか自分でもわからず、リジーは煙草を見つめた。

「たしかにな」とマットフィールド。「わたしもそう思う」ビールを飲み終えて立ちあがる。「帰る前に、老婆心ながら忠告しよう。面倒なことに首を突っこまないほうがいい。きみたちからの招待をどうするか相談したとき、大佐は死んでもここには来ないと言った。もう気づいていると思うが、大佐はこの空軍駐屯地に女性がいることが気に入らず、ありていに言えば、きみたちを排除するためならなんでもするだろう。この点についてはペンドリー大尉もわたしと同意見だ。おやすみ、ミス・ヘイズ」

マットフィールドはガラスの灰皿で煙草を揉み消すと最後に一度見渡してから悠然とドアへ向かった。

ペンドリーがどこからともなく現れてマットフィールドがいた席にすわっていたので、

リジーは跳びあがりそうになった。

「どうかしたのかな」ペンドリーが尋ね、ブラウン・エールのボトルを口に運んで少し飲んだ。「彼は何を探っていたんだろう」

「めずらしく気遣ってくださっただけだと思います」リジーはそう言って自分の煙草を揉み消した。「捜査について知っているかと訊かれましたけど」

「そんなことをいま？」ペンドリーが出入口を振り返った。また向き直ると、二本の煙草に火をつけ、一本をリジーへ渡す。

身振りは礼儀正しいが、何も考えていない行動に見える。たったいま火を消したのを見ておきながら、もう一本ほしがると思っているみたいだ。ペンドリーは微笑んでいたが、リジーはその厚かましい態度に歯嚙みしながらしぶしぶ受け取った。

「きみはなんと答えた？」ペンドリーがまたドアのほうを盗み見る。

「ゆっくり進んでいるようだけど、ケンバー警部補がわたしたちにくわしく教えるようなことではないと」

ペンドリーがまた振り返る。「あの男もダリントンも少しも信用できない。わたしがきみだったら用心する。近づかないほうがいい」表情がやわらぎ、笑みが浮かぶ。「きみたちは義理堅くあのふたりを今夜招待したけれど、二度としないほうがいいだろう」そして吸いかけの煙草を灰皿に押しつぶし、大事な用を思い出したかのように立ちあがった。

「すまない、急いでるんだ」

いきなり行ってしまったので、リジーは一瞬ぽかんと口をあけた。彼らの警告という名の命令をすわって思い返すにつれ、しだいに腹が立ってきた。これはあの人たちの政治的な駆け引きのひとつ、駐屯地の主導権をめぐる小競り合いだったのだろうか。自分は脳みそのないチェスの駒だと思われたということか。リジーは吸いたくなかった煙草を、男たちの吸殻の中へ腹立ちまぎれに押しこんでつぶした。男性の犯罪者に接した経験から、少なくともこれだけは言える。力を切望するか、自分の力があやういと感じる者は、嘘をつき、だまし、操り、脅し、その力のために人殺しさえするものだ。

11

　二日後、土曜の宵の空から日が沈むころ、リジーはニーヴやアガタといっしょに元気にしゃべりながら、村役場のドアを押してはいった。中にいた全員の頭がいっせいにこちらを向いた。

　哀歌の調べが、低いステージに置かれた蓄音機から流れていた。パブから届いたビールとワインとシェリー酒のボトルが、布のかかった左側の架台式テーブルに置かれ、ゲーム開始前のポケットビリヤードのボールさながら、三角形におさまるように林立している。もうひとつのテーブルには、卓上ナプキンといっしょに並べられた皿の上に、三角のサンドイッチが直立不動で立ち、その脇にはアルコールなしのフルーツパンチの大鉢があった。屋根の梁に結んだ紐からさがっているのは、色とりどりの布を切って作ったたくさんの三角旗だ。右側の壁沿いに椅子が並び、いまのところ参加者のほとんどがそこにすわって活人画のように固まっている。

ATAが一部の村人から胡散《うさん》臭く思われているのには気づいていたが、一同で飲み物のテーブルへ近づいたとき、リジーはその場の空気がさらに冷えこむのを感じた。応対したのは見たところおそらく十五、六歳の少年だが、ニーヴとアガタがしゃべっているのをじっと見る様子をリジーは目にとめ、さらに村の女たち数人が彼女たちの訛《なま》りを聞いて舌打ちをするのも聞き逃さなかった。ニーヴは顎をしゃんとあげて微笑むと、一杯の白ワインを礼儀正しく注文した。

何か言おうとして少年の顔が赤くなり、懇願するような目で、そばのスツールにすわっている年嵩《としかさ》の男のほうを見た。

その男がやってきた。

「レス・ブラナンです」男が名乗る。「道の向こうにあるパブのオーナーで、今夜の飲み物を提供した者です」

顔から笑みが消えていたニーヴは話しかけようとしたが、アガタに腕を軽くつかまれ、驚いてやめた。テーブルに向かってアガタはニーヴの隣に立ち、無表情に少年を見た。

リジーがいままで聞いたこともない強い訛りでアガタが言った。「あした、わたしたち、イギリスの軍用機を飛ばしてナチスを打ち負かす手伝いをする。この国のため、ヨーロッパと世界のため、わたしたち、命をかける。あした、わたしたち、死ぬかもしれない、だから、アイルランド人とポーランド人とイギリス人、今夜を楽しむ。赤ワインを。そして、わたしのふたりの同志に、白ワインを」

　その少年は逃げ出したいらしく、またブラナンをちらりと見たので、ブラナンはそっけなくうなずいた。アガタは頭を動かさずに横目でブラナンを見て、ブラナンも興味深そうに見返した。

　飲み物代を払ってから、一同はステージのほうへ移動した。

「じつはわたし、あの手の待遇には慣れてるのよ」ニーヴが言った。「イギリスはアイルランドをふたつに引き裂いたのに、ヨーロッパがファシズムと戦っているときに南アイルランド人がなぜ中立でいたがるのか理解できないのよね」

「イギリス人は過去にとらわれている」アガタのことばがふつうにもどっている。

「そうかもね。でもわたしの父はアイルランド人よ。それに、新聞は南北のアイルランド人がイギリス軍に加わっているという記事ばかり」

「だいたいのイギリス人は善良だけど、伝統と階級と感傷と習慣に凝り固まってる。二十五年前みたいに戦争はよそでやってると思ってる。フランス、ポーランド、オーストリア、どこでも同じだと。でも、わたしはそれが迫るのを見た。戦争はもうここに、この国に、この村にあるのに、この人たちにはその心構えがない」

ドアのほうから笑い声が聞こえ、シャーリーとジェラルディンが着いたのがわかった。彼女たちも飲み物のテーブルへ来て、それからステージで合流した。リジーはふたりに手を振った。彼女たちは殺風景なダンスフロアの光景にとまどうのを見て、リジーはふたりに手を振った。

「一杯か二杯にしておくんですよ」ジェラルディンが言った。「あしたは飛ぶんですからね」そしてグラスで広間を指し示す。「少し暗い雰囲気ね」

「土曜の夜にしては活気がありませんよね」ニーヴが同意する。「こんなんじゃ踊れない。曲がひどいせいね」

「いまは少し陰気だけど」とリジー。「わたしたちで盛りあげましょうよ」白ワインを少し飲み、生あたたかい酢のような液体に顔をしかめた。

シャーリーが帆布のショルダーバッグを軽く叩いた。「だいじょうぶよ。友達が選んでくれたレコードを何枚か持ってきたから。エミリーとフィズが参加できなくて残念だけど」

「彼女たちは留め置くしかありませんでした」ジェラルディンが冷たく言った。「うちの隊員たちに言語道断の不品行を許すわけにはいきませんからね。わたしたち女はそこその男よりもよい評価を得る必要があります」

「それでも、だれも怪我をしなかったし、わたしの車もリジーのバイクも無事でした」

「いいですか。あの恥ずべき暴走に対してこれしきの罰は軽いほうですよ。わたしは地上要員が騒がないように身を切ってなんとか事を丸くおさめ、問題が広がらないようにしました」

「彼女たちは何をしてるんですか？」ニーヴが尋ねた。

「あとになって大佐と中佐に知られないように、車とバイクから草や泥や小枝をきれいに取り除いているところです」

場の空気がワイン同様不味《まず》くなったと思い、リジーはシャーリーへ顔を向けた。「ねえシャーリー、あなたが小脇にかかえてきたものを見せてくれない？」

シャーリーが微笑んでショルダーバッグからいくつかレコードを取り出し、リジーへ渡した。

「アンドリューズ・シスターズ〈ラムブギ〉」リジーは一番上のジャケットのタイトルを読み、首を横に振った。「聞いたことない」

「そのほかに、グレン・ミラーが三枚、インク・スポッツとヴェラ・リンがひとつずつ」

「曲をかけたほうがいいわね」とジェラルディン。「全員退屈して気を失う前に」

リジーをしたがえたシャーリーが、魅惑的な歩き方でゆっくりと蓄音機のほうへ進んでいくと、そこには十八歳ぐらいの青年がいて、小気味よく揺れるシャーリーの尻に目が釘づけになっていた。

「ごきげんよう」シャーリーがひと呼吸置いた。「もう少しアップテンポの曲はあるかしら」

「い、いいえ」青年が口ごもり、視線がシャーリーとリジーのあいだを行き来する。「な、ないと思います。ミセス・オークスが牧師館から持ってきたんで」

「ちょっと見てみましょうか」シャーリーがにっこりと笑い、レコードのコレクションに目を通しながら、青年が身動きもせずに見守る前でそれをふたつの山に分けた。「まずまずのジャズのレコードがそろってるみたいだから、これならいいわ。こっちをかけてみてね」ジャズの山に指を置く。「こっちではなく」もうひとつの山に指を置く。シャーリーが自分のレコードをリジーから受け取って渡すと、渡された青年の頬が赤くなった。「とても貴重なものなのよ」とシャーリー。「そのレコードをかけてもいいけど、命に替えても守ってね」シャーリーがウィンクをしてから踵《きびす》を返し、リジーはシャーリーの色仕掛けに舌打ちしながらあとを追い、ひとり残された青年は、いまのやりとりと自分のぶざまな姿を人に見られなかっただろうかと、心配そうに広間をうかがった。

ジャズトランペットの響きが湧き起こるやいなや、ニーヴとアガタが中央のがらんとした場所へ進み出ていっしょに踊りだし、村の女たちから非難めいたささやきがあがった。

リジーがまだ注意して見ていると、頑丈な体つきの男が自分のブラウン・エールの瓶を椅子の下に置き、ふたりの女が踊っているほうへ歩いていった。

「いいですか？」男がニーヴへ声をかけた。「アンディ・ウィンゲートです。どうぞよろしく」

アガタがニーヴへ滑稽な顔をして見せ、脇へよけてウィンゲートに場を譲ったが、ほかのだれかの手が腰に添えられたのではっと身を硬くした。

リジーはレス・ブラナンが頭を低くしてアガタの耳に何かをささやいているのを見て、なかなかの男前だと思った。アガタがウィンクをよこし、思い切り踊ることにしたらしいので笑顔で見守った。

「わたしの大好きな曲のひとつですよ」ジェラルディンのそばを通りながら牧師が言った。彼女が手を伸ばして腕をつかんできたので、牧師が笑みを引っこめた。「わたしも好きですわ」ジェラルディンが言う。牧師がこわごわとまた笑みを浮かべたので、ジェラルディンはダンスをしようとその手を取った。

リジーはシャーリーといっしょに横からながめ、手にした飲み物に口をつけながら、音楽に合わせて体を揺らしていた。スコットニー村の女たちの顔は、まるでいやなにおいがはいりこんだと言わんばかりのご面相だ。エセル・ガーナーはいまにもだれかを殺しそうな形相で、夫の腕をきつくつかんでダンスに参加させなかった。ほかにもリジーが目をとめたのは、花柄のスカーフをターバンのように頭に巻き、牧師をちらちらと見ている細い小柄な女、それから、よく似たふたりの——ひとりは丸い眼鏡をかけている——姉妹らしき女たちが嘆かわしいと言いたげに首を振ってすわっていた。広間の片側に寄り集まった村の女たちは、ダンスパーティーの参加者というより葬式の参列者に似ていた。

そのレコードが終わると、シャーリーが青年に指示してグレン・ミラーの曲をかけさせ、彼の手を取った。青年がすばやく手を引っこめる。

リジーは大きく目を見開いた青年のまなざしをとらえ、一瞬心配した——この若い男に共感した。

「どうしたの」シャーリーが言った。「レコードをかけてもらったお礼に踊りたいだけなのに」

「片腕が悪いんだ」彼がうなだれて言った。「だからいっしょに踊れない」

シャーリーが指で彼の顎をあげた。「わたしはけんかじゃなくてダンスがしたいのよ。踊るときにわたしを支えなくていいから」

青年は蓄音機のそばという自分の持ち場をいやいや離れ、ダンスフロアへ移動した。そしてあっというまにシャーリーの動きを真似るようになり、やがてにこやかにリズムに乗って動いた。ATAの女たちが二回目のダンスを終えてふたたび集まったとき、ドアのほうから大きな声が聞こえ、空軍駐屯地から地上要員と陸海空軍協会の女性以下ほかの面々が到着したとわかった。十分前まではがまん大会になりそうだった空気が一変した。

地上要員のひとり、三本線の軍服を着た軍曹が近づいてきたとき、ジェラルディンがリジーを軽くつついた。「エミリーとフィズの不始末のせいで支払うしかなかった代価があれよ」

リジーは意味を理解して微笑んだ。「すごく楽しいですよ、きっと」

「そうみたいね」ジェラルディンが両眉をあげ、軍曹に声をかけにいった。

表向きには、その夜のリジーは踊り、飲み、煙草を吸い、おしゃべりをしてすごした。その裏では、村人たちがどのように交流するかを見ていた。大半の女は男が駐屯地の女をながめるのをながめていたが、だれも行動を起こさない。若い娘たちは糊《のり》付けされたかのようにお目付け役のそばにすわっていた。飲み物のテーブルの奥にいる少年はそこから動かず、見ていられないほどおどおどしている。シャーリーにダンスフロアへうまく引っ張り出された青年は、はじめは気おくれしたのに自分の殻から抜け出し、シャーリーがダンスの相手をしなくても楽しめるようになっていた。

シャーリーのアップテンポのレコード、牧師のジャズの調べ、時折はさまれる哀歌、というぐあいにダンスパーティーが進むうちに、空気がなごやかになった。アルコールのおかげもあるが、村の女たちとATAの女たちの関係がほんとうにほぐれたからだろう。しきりに焚きつけられて、エセルとその夫でさえもスローテンポの曲でダンスフロアを一周した。

ほぼ全員が一度か二度はダンスをしたが、花柄のターバンの女性は牧師を誘う勇気を出せなかったらしく、牧師がそっと立ち去ったと知ってしょんぼりしている。ライト巡査部長とうたた寝中のスプリンガー・スパニエルを連れた男は隅のテーブルに陣取り、ライト・エールのボトルを手にすっかり話しこんでいて、音楽などまったく耳にはいらないらしい。ニーヴとアガタはめいめいアンディ・ウィンゲートとレス・ブラナンにひとり占めされている。友人ふたりの姿が数分間見えないのでリジーは不安に駆られたが、トイレのほうから彼女たちがもどってくるのを見て胸をなでおろした。あたりを見まわしてウィンゲートとブラナンを探すが、こんどは彼らがいない。友人たちへ目をもどすと、彼女たちも探しているところで、ニーヴの顔には失望と困惑が入り混じるが、アガタのほうはあきらめ顔だ。リジーは飲み物を取りにいき、男たちがまた現れるのを待ちながら、少しばかりの心配は抑えつけて肩の力を抜こうとした。ことばや考え方や行動を通して人の頭の中にはいりこむという作業は、いつも思いどおりにいくとはかぎらず、疲労と動揺をともなうこともあった。

数分後、リジーはワインをグラスに二杯もらい、アガタとニーヴのところへ行って渡した。ニーヴが受け取って少し口をつけた。アガタは肩をすくめてグラスを取ると、ふた息で飲み干した。空のグラスを手渡してにっと笑い、寄り目で酔ったふりを見せてからふたたびダンスフロアへもどった。


人ごみにいるときの圧迫感がだんだん強くなってきたので、リジーは分厚い遮光カーテンをすり抜け、村役場の正面のドアを押しあけた。ドア周辺の安全圏からあまり離れないようにしながら通りへ足を踏み出すと、広間の熱気に当てられたあとなので夜気が涼しくさわやかだった。先ごろの嵐が過ぎ去ってよかったと思いながら煙草に火をつけ、ほのかに光る煙がただようのをながめる。強制された暗さに目が慣れるころ、針で突いたような小さな星明かりが吹き流される雲のあいだに現れた。

リジーは凍りついた。

右のほうでだれかが駐在所のほうへ向かう姿をリジーの目がとらえた。息もできずに何秒かが過ぎ、念のためにドアの取っ手を後ろ手で探るが、心臓の高鳴る音が外に漏れてしまいそうだ。また別の動きに気づいて叫び声をあげそうになったとき、肘がドアの取っ手にふれた。

心臓が胸から飛び出しそうになりながら、いままで止めていたことすら気づかなかった息を吐き出したのは、月明かりがさしてグリーンウェイの空襲警備員用ヘルメットの白い〝W〟が光ったからだった。ほっとして笑いだしそうになるのをこらえ、リジーは気を鎮めるために最後の一服を吸って吸殻を足で踏んだが、ちょうどそのとき、スコットニー空軍駐屯地の方角からかすかなうなりが聞こえ、低くなったのちにまた高まった。見ると、グリーンウェイが背を向けて駐在所の壁に取りつけられた箱を解錠している。こんどは別の低いうなりが屋根から聞こえ、もっと大きな音で警報音が起伏した。

グリーンウェイがもう村役場へ向かって走っているとき、リジーの後ろのドアが半分開き、ライトが顔を出して空を見あげた。リジーは遠くで機影を探しまわるサーチライトを見て平常心を保ったものの、航空エンジンの不穏な響きで腕の毛が逆立った。

「シェルターへ。早く！」グリーンウェイが大声をあげてライトのそばを押し通った。

リジーとライトがグリーンウェイにつづいて遮光カーテンを通ったとき、空襲警備員は中のドアを乱暴にあけ、驚いている人々に音楽を掻き消す大音声で怒鳴っているところだった。「空襲だ。明かりを消してシェルターへ行け。奥にいる者はライト巡査部長につづけ。手前にいる者はわたしについてこい」

音楽がやむと同時にライトは一瞬固まったが、すぐにダンスフロアの人ごみを縫うように進み、ステージ周辺の通路から舞台裏のキッチンへ行った。「こっちだ」ライトは叫び、煉瓦造りの地下室へ通じる戸口に立ってみんなを地下へ導いた。

「レス、きみの店の地下室を使いたい」グリーンウェイが大声で呼んだとたん、ブラナンが吸い終わりのくすぶる煙草をくわえたまま、ダンスホールの裏から現れた。

ブラナンは人々を掻き分けてダンスホールを進み、グリーンウェイがあけておいたドアを抜けてパブ〈キャッスル〉へと走った。そしてパブのドアをあけっぱなしにし、中へはいれと怒鳴った。人々はあっという間にダンスホールを出てなだれこみ、バーを通ってパブの貯蔵庫へとおりていく。早くもダンスホールの明かりがすべて消され、人々はライトとグリーンウェイが持つ覆いつき懐中電灯の細い光に導かれていた。リジーとブラナンは、対空砲火と機関銃の音を聞いて上空を見あげた。

「完了!」ダンスホールから最後の村人が駆けこんだのち、グリーンウェイが緊迫した声で叫んだ。

リジーと空襲警備員の背後でブラナンがドアにかんぬきをかけ、三人で地下室へ急いだそのとき、最初の爆弾の鈍い炸裂音が窓を鳴らし、空気を震わせた。

エミリー・パーカーは浸食してくる闇をちらりと見あげた。入り日の最後の血の一滴が西へ落ちていき、東では黒い影も藍《あい》色の空もほとんど見分けがつかない。両手をあげてまずカーテンを閉め、それから遮光カーテンを閉めた。

煙草を持って領主館を抜け出した。黄色い明かりの小片が地面の一画をつかのま照らすが、ドアを閉めるとふたたび闇が押し返す。エミリーには毎日の習慣があった。外を散歩し、その日最後の煙草を吸い、そのあと水を少し飲んでベッドへ行く。

建物から離れてさらに深い暗闇へ、できるだけ前方に注意しながらゆっくりと歩くが、夜目がどんな危険も見逃さないように、中心を少しずらしてながめる。

危険なものはない。

〝リジーって妄想のしすぎよ〟エミリーは思った。犯罪者の行動がわかるとか、犯人は全員を狙っているとか。どうして警察より自分のほうがよく知ってるなんて考えるのだろう。

エミリーが足を止めて黄色い光が顔を照らすと、やがてゆらめく灰色の煙が流れ、マッチのひと振りでいっときの炎が消える。そして庭園を斜め右に突っ切り、芝地の向こうにある長くて低い煉瓦造りの物置小屋へと向かった。

「だれかいるの？」エミリーはささやくように言い、よくわからない物音のほうへむなしく目を凝らした。靴がこすれる音？　餌をあさりにきた動物の足音？　小屋から少し離れたところで立ち止まり、煙草を手で囲って吸うたびに先端が明るく輝く。

フィズと言い争ったのはばかだった。それはわかっている。仲間のみんながダンスを楽しんでいると思うと、うらやましさに胸がうずいた。エミリーが大好きなのはダンス、観劇、映画館でハンフリー・ボガートをながめることだった。

空襲警報のサイレンにエミリーはぎくりとした。起伏する音がしだいに強くなる。先週までほぼ毎晩最低一回はサイレンが鳴ったが、いつも機影が現れないので、今回も急いで避難する気になれなかった。呼応する村のサイレンが聞こえ、空を見ると、遠くでサーチライトがひとつずつ現れて空の敵機を探している。

数秒後には曳光弾《えいこう》の明るい線が見え、まるで空を走る縫い目のようだ。爆撃機がどれほど近くに迫っているかを突然悟り、エミリーは煙草を地面に捨て、足で揉み消すなり歩いてもどりはじめた。

エンジンの轟音が頭上に迫り、爆弾が風を切って百メートル先で爆発した。高射砲がにわかに活気づいて飛行場周辺の戦略拠点からけたたましい音を立て、大音響と華々しい戦闘に拍車をかける。

エミリーはいまになって怯え、心臓の鼓動が激しくなった。連続する爆発のたびに地面が震えるのは、一連の爆弾が二百メートル離れた地点でジグザグに投下されるからで、それが行く手にがれきを飛ばす。物置小屋のそばを急いで通ったとき、だれかに腕をつかまれ、物陰に引きずりこまれた。悲鳴をあげたが、よろめいてパニックに陥った瞬間、強い力でドアの先へ押しこまれた。

さらにそのまま道具類をかすめながら奥へ連れていかれた。エミリーは尻が作業台にぶつかるのがわかった。

「ここにいたら安全かしら」彼女は言い、助けてくれた相手の姿を見分けようとした。

返事がない。

地上に叩きこまれる爆弾のように、胸の鼓動が強くなる。

「だれなの？」声の震えをなるべく抑えて訊く。

エミリーは相手の息を嗅ぎ取った。煙草と酒。アフターシェイブ・ローションがすえた汗のかすかなにおいをほぼ消している。

もしエミリー・パーカーが最期に感じたものを言い表せたとしたら、それは恐怖ではなく、痛みだっただろう。

12

　リジーが会見室へはいると、ジェラルディンは前方の机の端にすわっていた。

「ああ、よかった」ジェラルディンが言う。「あなたのことまで心配になっていました」

　リジーはすわり、ジェラルディンの顔に浮かぶ悲痛を見て不安を抑えた。「どういうことですか？　わたしまでとは」

「知ってのとおり、エミリー・パーカーはけさの礼拝行進に参加しませんでした。じつは、昨夜ここの人員の大半が村のダンスパーティーに行っているあいだに、彼女はいなくなったらしいのです」

　一同が怯えたように視線を交わした。

「まさかそんな」シャーリーが声をあげ、手を口もとへ持っていく。

「残念なことに」ジェラルディンが厳しい顔でつづけた。「けさ、敷地内の小屋の中でエミリーの遺体が発見されました」

いっとき水を打ったような静けさがあり、それから一気に動揺の悲鳴がほとばしった。リジーの目は涙でひりついたが、仲間たちも必死で涙を抑えようとし、肩を落として体じゅうの力が抜けてしまっているのが見て取れた。リジーは鼻から深く息を吸い、口から吐いた。胸に感じる重圧と喉がつまる感覚はそう簡単には消えなかった。

「当初……」悲嘆に暮れてうなだれる者たちを前に、ジェラルディンがりんとした声を出す。「当初、彼女は無許可離隊と見なされましたが、本人の性格上ありえないとわたしが大佐に抗議し、捜索がおこなわれました」急にジェラルディンの顔が実年齢より老けこんだように見える。「彼女は破壊された物置小屋の中で発見されました。そこの壁は倒壊していないけれど、波上鉄板の屋根が一部崩落していました。空襲がはじまったとき彼女は外にいて、それで被弾したのだろうというのが最初の見解でした。小屋への避難がその時点で最良の判断だったのでしょう」

一同は仲間同士でことばを交わしはじめたが、ジェラルディンが声をあげた。

「ところが……」話し声がやむ。「ところが、彼女の死因はナチの爆弾ではないらしいのです」

「どういう意味ですか？」アガタが驚いて叫んだ。「爆弾でないならどうして」

「軍医のデイビスによれば、彼女の体には外の爆撃を死因とする以上の傷があり、中にいるときに屋根の崩落でできた傷とも思えないそうです」

「理解できません」シャーリーが怯えた目で室内を見渡し、またジェラルディンへ視線をもどす。「それってどういう意味ですか？」

「彼女は殺されたって言ってるんでしょう？」フィズが問い詰めた。

ジェラルディンはためらった。「それは警察が調べることです。もう到着していますから、まもなくわたしたち全員が事情聴取を求められるでしょう」

「リジーの言うとおりだった」ニーヴのしゃがれた声に緊張がこもる。「ここに来て日が浅いのにふたりやられた。犯人がつかまる前にわたしたちのあと何人が殺されなくてはいけないの？」

リジーがだれとも目を合わせられずにいるそばで、ジェラルディンが話をつづけた。

「警察の仕事は警察にまかせるしかありませんが、わたしたちにもするべき仕事があり、輸送を待っている飛行機があります」

「できません。きょうは無理です、隊長」シャーリーが異議をとなえた。「わたしたち、ばらばらにならないほうがいいです」

「だめです」ジェラルディンがぴしりと言った。「わたしたちはプロフェッショナルに徹し、必要な場所まで飛行機を飛ばさなくてはなりません。契約を交わしたのだからそれをする。戦争はつづいています。今回のようなことがなくても、危険は承知のうえでした。あなたたちがやりとげるのをラヴィニアもエミリーも望んでいて、そうしなければ失望するはずです。犯人がだれであれ、わたしたちの行動を左右させるような真似をわたしはさせないし、犯人が陰で動くあいだにどこかの臆病な男におくれを取るつもりもありません。四機分の輸送伝票が来ました。残念ながら、ものすごく心躍《おど》る任務ではありません。二名の不心得者の飛行禁止を考えていたのですが、この状況では……」深く息をつく。「決まりきった仕事が少し必要でしょう。シャーリー、アガタ、フィズ、ニーヴ、詳細は作戦ボードを見るように。机から輸送伝票を取って飛行服を着用したら、オックス‐ボックスに集合」

失望と懸念がリジーの胸中で優位を争った。仲間たちが群がって出ていくのを待ってから、問いかけるようにジェラルディンを見た。

「隊長、わたしはどうするんですか？」

立ちあがった上司の顔に影がよぎるのをリジーは見た。

「ペンドリー大尉があなたと話したいそうです」

「どんなことでしょうか」

「曖昧な言い方をしていました。すぐにわかるでしょう」

心臓の鼓動がさらに強くなった気がしたが、リジーは無表情のままでいた。ジェラルディンが射抜くようなまなざしを向けたので、まるで心の中を調べられているようだった。

「輸送任務からもどったら、わたしはケンバー警部補と話さなくてはなりません」ジェラルディンが言う。「ほかの隊員も勤務が終わってからそうします」書類のファイルを机から取り、ドアへ向かった。ドアロで立ち止まり、半分振り返る。「女性であるがゆえに、わたしたちはこの空軍駐屯地でむずかしい立場に立たされています。そしてわたしはこれからも日々大佐と渡り合うしかありません。だから状況がわかれば、とくに部下の女性たちのあいだで何が起こっているか知っていれば、非常に助かります。ヘイズ三等航空士、大尉があなたに望むことがなんであれ、あまりに個人的なことでなければ、つねに知らせてもらえればありがたいですね」

「はい、隊長」リジーは敬礼した。

ジェラルディンが感謝の敬礼を返して立ち去った。

リジーはトイレへ走って個室のドアを閉めると、便座の蓋をおろしてすわり、歯の根が合わないほど激しく震えた。百メートルを疾走しているときのようにせわしなく呼吸し、握り合わせた手の指がはじめは赤かったのが圧迫で白くなった。その痛みが腕に達したのでかなり集中していたのだろう、こんどは便座から見えるネジの数を数えはじめる。十四個まで数えてから最初の一個までひとつずつもどり、それを三回繰り返す。最後の回を終えるころには不安定な呼吸がようやく自然のリズムを取りもどし、ぼやけていた視界の端がくっきり見えてきた。さらに二、三分経つと、指の力が抜けはじめて震えが止まるのがわかった。

リジーは手を伸ばして水洗用の紐を引き、個室を出た。洗面所で手をあえて二回洗い、それからもう一度洗う。洗うたびに緊張が水とともに流されるのを感じる。鏡の中の人間がだれなのかわかりはじめるまで自分の姿を見た。唇を舌でなぞり、乱れた髪のひと房を制服から払うと、ペンドリーに会いにいった。

物置小屋の中で、ケンバーは光をさえぎらないように戸口の片側に立っていた。空襲で崩れた屋根が壁に寄りかかっているが、それ以外の場所へは立ち入ることができた。エミリー・パーカーは広い作業台に仰向けになり、両膝を立てて足は木の台についている。スカートは極限までまくりあげられて、左腕が胸の上に、右腕はそのまま脇に置かれていた。イギリス空軍スコットニー駐屯地の軍医、サム・デイビスがけわしい顔でもうひとつの幅の狭い作業台に寄りかかり、ヘッドリー医師は遺体にかがみこんでいる。

「あまりよろしくないんじゃないか？」ヘッドリーが言う。「二週間で二体だぞ」

ケンバーは小屋の内部を見渡した。さすがはイギリス空軍の駐屯地らしく、備品や道具類は厳しく管理されていて、清潔で油もさしてあり、棚にきちんと収納されている。

「ざっと説明してほしいかね？」ヘッドリーが訊いた。

ケンバーは医師と遺体へ注意をもどした。「さしつかえなければ」

ヘッドリーが顔をあげずに説明をはじめた。「見てのとおり、教会の小道で発見された被害者より、ここではかなり大量の血が流された。つまり、犯人が最初に切りつけたとき、彼女はまだ生きていた。喉を二回切られている」ヘッドリーが首を指し示す。「どちらが致命傷でもおかしくない。幸い意識はなかったかもしれない。頬と目のまわりにある初期の大きな打撲傷と鼻周辺の乾いた血は、ひどく殴られたことを示している」ヘッドリーが顔をしかめて眼鏡越しにケンバーを見る。「あいにく犯人はそこでやめなかった」

目に見える傷を医師が箇条書きで記録するそばで、ケンバーは工具棚をきつくつかみ、必死で集中するが、恐怖にぶつかって頭の中の窓が閉じようとしている。やがてヘッドリーの最後のことばにはっとした。

「……は、子宮がなくなっていることだ」ヘッドリーが顔をあげた。

ケンバーが口をあんぐりとあけてしばし目を閉じると、外でライトが吐く音が聞こえた。

「ちきしょう《ジーザス・クライスト》。ヘッドリー先生、われわれはどんな怪物を相手にしてるんだろう」ケンバーはしわがれた小声で言った。

「たしかにな、ケンバー。ところでジーザス・クライストと言えば、きみはこれに興味を持ちそうだな」ヘッドリーが手袋をはめた二本の指に紙切れを挟んで渡した。

ケンバーは紙の端をつまんで広げ、読んだ。「最初の被害者の口にあったのと同じ一節です」

「そのとおり。同じ場所に入れられていた。これにも気づいた」ヘッドリーがエミリーの額の真ん中についた黒いしるしを指さす。「黒い潤滑油でつけられた十字で、油はエンジン式芝刈り機の歯車装置から取ったにちがいない。最初の被害者の額にもなんらかのしるしがかすかについていたのを覚えている」

「ラヴィニア・スコットの額の汚れですか？」ケンバーは言った。

「そうだ。汚れにしか見えなかったが、最初は十字だったのかもしれない」ヘッドリーが屋根をちらりと見る。「ここなら遺体は守られているが、ミス・スコットのしるしは雨のせいで消えかかっていたんだろう。あのときは天候や死に方のせいもあって、あまり深く考えなかった」遺体へ目をもどす。「この女性の上半身にも、乾いた精液が付着しているようだ」

「ありがとう、先生」ケンバーは増えつづける新事実を前に、これ以上の絶望に順応できなかった。「協力に感謝します」

戸口のほうで呼ばれてケンバーが振り向くと、頬がまだ青ざめているライトが体を横にかしげてドア枠につかまっている。軍医のデイビスがライトの体をとらえた。

「巡査部長、どうしたんだ」ケンバーは言った。

デイビスがライトの肘を持って倒れないように支えた。巡査部長は呆然としているようだ。

ヘッドリーが眉をしかめた。「おいおい、きみは警察官だぞ。死体ぐらい見たことはあるだろう」

ライトはもう一度繰り返す前に胃の中のものをとどめておこうというのか、ぐっと唾を呑んだ。「見たことはありますよ、先生。でも、こういう――」頭をエミリーのほうへ傾ける。「こういう殺し方について以前聞いたことがあるんです」

それを聞いてケンバーは目の色を変えた。「いつだ。最近か？　このあたりで？」

「以前いっしょに仕事をした巡査が――引退して二、三年後に亡くなりましたが――こうした手口についてよく話してたんですよ。巡査になりたてのころロンドン警視庁に配属されていて、当時は切り裂きジャックがうろついていたそうです」

ヘッドリーが鼻で笑った。「切り裂きジャックがこれをやったと本気で思ってるわけじゃないだろうな。やつが十八歳のとき殺していたとしても、いまは——何歳だ——七十歳か？」立ちあがり、手袋をはめた手を布で拭く。「どこをどう考えてもばかげているうえに、余計な騒ぎを広げるもとだ。ここは五十年前のホワイトチャペルではないし、犯人は思わせぶりに警察をもてあそんでいるが、わたしに言わせれば単純な人殺し以外の何ものでもない。とはいっても、わたしが扱うのは医学的事実だ。芝居がかった犯罪はきみたちにまかせるよ」

「こんなものははじめて見た」デイビスが言った。「わたしはここでは軍医かもしれないが、人の怪我や飛行機の応急処置のほうが慣れている」小屋を出ると、振り向いてこう伝えた。「悪いがここはあなたがたにまかせる」

ケンバーはライトを見て、顔に血の気がもどってきたのをたしかめた。「気分はよくなったのか？　巡査部長」

「はい」ライトが言う。「もうだいじょうぶです。いっとき面食らっただけですから」

ケンバーはライトの反応を見て、本人がいいかげんな気持ちで言い出したのではないと納得したが、それでもヘッドリーの意見に賛成だった。ライトの背中を軽く叩いてともに小屋を離れ、あとの仕事は病理学者にまかせた。

「警部補」

ケンバーが芝地の先へ目を向けると、空軍警察の腕章をつけた軍人が近づいてくるのが見えた。

「ベン・ヴィッカーズ曹長です」軍人が自己紹介をした。

「ペンドリー大尉の部下のかたですね」ケンバーはヴィッカーズと握手した。

ヴィッカーズが微笑んだ。「まあそんなところです」頭をくいと動かして領主館を示す。

「あなたが会いたいという A T A の女性が大尉といっしょにいます」

ケンバーはライトにヘッドリー医師のもとにとどまって小屋を見張るように指示した。

ヴィッカーズと芝地を歩きながらケンバーは言った。「ペンドリー大尉は善良な人間のようですね」

いっとき間を置いてヴィッカーズが答えた。「役人としては悪くないですね。物事を型どおりにこなす。いかなる規則違反もよしとしない。正真正銘の警察官ですよ」

二、三歩進んで庭園へ着き、小道をたどって鑑賞池のそばまで来る。

「あなたは昨夜は勤務中だったんですか？」ケンバーは尋ねた。

「そのはずではありませんでした」ヴィッカーズが言い、枝葉が垂れるように茂っている石の鉢をよけて歩く。「しかし、空襲があったので地獄のような大騒ぎでした。サイレンが鳴ったときは自分の兵舎にいて、その後シェルターへ行きました。終わってから一時間ばかり後始末の指示を手伝い、それから休みました」

「不審なものを見ませんでしたか？　あるいは不審な行動を取るだれかを」

「いま言ったように、統制されてはいてもしばらくは大混乱だったんです。西のほうでぼや騒ぎがあったり、来てもいない落下傘部隊を見にいこうとする者さえいました。ばかばかしい」

「七月九日の夜はどうでした？」

ヴィッカーズは庭から踏み段をあがり、上のテラスで足を止めた。「最初の女性がやられた夜ですか？」

ケンバーはうなずいた。

「業務表をお渡ししてあると思ってました」ヴィッカーズが肩をすくめる。「その夜は勤務中でした。いつもどおり巡回して敷地を歩き、見張りの詰所をチェックしたりいろいろと」

「ペンドリー大尉もいっしょに？」

「あの夜はちがいました。大尉はたまっている仕事があったので、わたしがひとりで見まわりました」ヴィッカーズがテラスのドアをあけ、中へはいった。

ケンバーはそのあとにつづきながら、あの夜はヴィッカーズといっしょだったとペンドリーが言っていたのを思い出した。ペンドリーの記憶ちがいか、それとも嘘か。

ケンバーとペンドリーがむっつりした顔で、ATA作戦司令室の机の奥にすわった。ヴィッカーズがドアを閉めて立ち去る音を聞きながら、リジーは反対側の席にすわったが、歓迎されるのか叱責されるのかまだわからない。堅苦しく他人行儀なボディーランゲージから、後者ではないかと思った。

「はじめてきみの手紙を読んだとき」ケンバーがにこりともせずに言った。「信じる気になれなかった」

怯えるつもりはないので、リジーは目をしっかり合わせた。「では、なぜいまになってわたしと話しているのですか？」

ケンバーは少し口をつぐんでから話しはじめた。「きみは手紙で、遺体の置き方が儀式のようだと書いていた。それに、犯人はATAの女性隊員をまた殺すはずで、きみは傷つけられたトランプの絵札を受け取ったとも」

「では、読むことはできるんですね」

リジーはケンバーの口もとが引きつったのに気づいた。

「いかにも……」適切なことばを選んでいるかのようにケンバーが迷う。「……非現実的歯を食いしばりながら、リジーは制服のポケットを探ってトランプを取り出すと、ケンバーのほうへ机越しに弾き飛ばした。「その特別なトランプは目に穴をあけられて、女性が作ったクラブに置かれていましたが、あなたには非現実的に見えますか？」

ケンバーはそのトランプを手に取り、光にかざした。「指紋を調べるから保管しておこう」そう言ってポケットにしまう。「いくつか電話をかけて、きみの経歴を調べた」

リジーは片眉をあげた。「こうして話しているのは合格したということでしょうか」

ケンバーはその質問を受け流した。

「エミリーの遺体はポーズを取らされていたんでしょう？」

ケンバーがペンドリーをちらりと見るのをリジーは見逃さなかった。

「きみに謝らなくてはいけないようだ、ミス・ヘイズ」

〝あら、意外ね〟リジーは思った。

「最近同僚から聞いたんだが、ある侵入窃盗犯がいて、その男は犯行のたびに煙草を一本吸い、現場に吸殻を残していく。世間のことなど気にせず、なんならつかまってもいいと思っているかのように」

リジーはうなずいた。「その煙草は儀式であり、名刺でもあります」

「トランプのように？」

「それはどちらかと言えば警告です」とリジー。

ケンバーはリジーをじっと見た。「もし、われわれが――」ペンドリーのほうへわずかに顎を向ける。「この捜査できみに限定的な役割を与え、きみが言うところの人物像とやらを提供してもらうとしたら、きみに何を用立てたらいいだろう。また、それはきみにとってどんな得があるのだろう」

リジーの心臓が跳ねあがった。ケンバーにこんなことを訊かれるのが信じられなかった。つまり、今後は奇人として拒絶されないということだ。一度のチャンスをぜったい無駄にするまいと、つぎに言うことばをよくよく考えた。

「第一に、エミリーの遺体が片づけられる前に犯行現場を見る必要があります。第二に、教会の小道へ行ってから、そこで撮った警察の現場写真を遺体の写真も含めてすべて見なくてはなりません。最後に、これが一番大事ですが、事件ファイルと医学的または病理学的な報告書を見せてください」

衝撃を受けているらしいペンドリーへ、ケンバーはもう一度目を走らせた。「きみは文官でも軍の警察官でもないのに、ずいぶん要求が多いな」

「全体像を見て探している人間のタイプを解明するには、そうするしかないんです。ああ、それから、これ以上女たちが死ぬのを防ぐ以外、わたしにはなんの得もありません」リジーはケンバーを見据え、避けられている反骨精神を剝き出しにした。

「きみは人間のタイプと言うが」ケンバーが言う。

「はい、警部補。わたしが提供するどんなプロファイルも――お好みならペン画でも――人間のタイプを示して容疑者の範囲をせばめることはできるはずですが、だれを逮捕するべきかはわかりません」

ケンバーが両腕と両脚を組み、物思いに沈んだように見えた。「どうしてきみは、二番目の遺体もポーズを取らされるとわかったんだ」

リジーの心臓がドクンと鳴った。やはりそうだ。儀式はつづいていた。「ある特定の殺人者は、一連の具体的な行動を毎回やりとげずにはいられません。殺人により深い意味を持たせるための儀式です。無作為の、あるいは行き当たりばったりの凶行の話ではありません。これは計画され、長時間考えられ、空想されるのです」

リジーはケンバーがある結論に達したのを感じ取り、見つめられて体があたたかくなるのがわかった。

「きみの言うことを聞きたいところなんだが……」ケンバーが首を横に振る。「あまりにもとっぴだ。殺人事件の捜査はわれわれでやれると思う」

ペンドリーが安堵の息を吐いた。

リジーはいきなり拒絶され、横っ面を張られたような衝撃を受けた。「愚かな女がでしゃばらなくても、ということですか？」怒りをこめて言う。

「そんな意味じゃない」ケンバーは傷ついたらしい。「わたしは訓練を積んだ警察官で、ペンドリー大尉もそうだ。きみはちがう」

「あなたたちの捜査からは生まれない洞察力を、わたしは持っているかもしれません。たとえば――」

「ミス・ヘイズ――」

「――あなたは両腕と両脚を組みました」リジーはかまわずつづける。「腕か脚のどちらかを組むのは、攻撃から身を守るため、自分の権威を揺るがしかねない提案から心を閉ざすためです。腕も脚も両方組むのは、二重の防御です。わたしの申し出を受けたら自分の弱さと無力さがばれるかもしれない、とあなたは感じています。そのような負担から自分を守りたい、あざけりの対象にはなりたくないと思っています」

ケンバーの顔に浮かぶ困惑を見て、ペンドリーが微笑んだ。「一本取られましたね」

「こんどはあなたの番です、大尉」リジーはペンドリーにも食ってかかった。「あなたは警部補のほうへ体を傾け、わたしからは遠ざかっています。机に置いた両腕が警部補のほうへ斜めに向いています」

ペンドリーが笑みを消すと同時に背筋を真っ直ぐ伸ばし、両腕を机から引き寄せた。リジーはつづけた。「あなたは警部補の味方につき、彼をリーダー、親子関係における親だと意識下で認めているんです」

ペンドリーが体をこわばらせ、唇を真一文字に引き結んだ。

「たいした実演だな、まったく」ケンバーが言った。

リジーは両手に目を落とした。「謝ります。不作法でした」

「かまわないよ。それぐらい言われて当然だ」

リジーはこれ以上衝動にさからえず――さらにケンバーを驚かせたのだが――立って机から身を乗り出して彼のネクタイを真っ直ぐに直した。「失礼しました、警部補。すべて所定の位置にないとだめなんです」顔を真っ赤にして言う。雲行きが変わったのを感じ、リジーは小さな好機に乗じた。「捜査に口出しせず、警察の人たちの邪魔もしないかぎり、そちらに損はありますか？」

「何を言ってるのかな」ペンドリーが口を挟んだ。「きみにはＡＴＡ隊員としての役割があるだろう。空軍駐屯地と農村地帯を安っぽいシャーロック・ホームズよろしく走りまわらせるわけにはいかないんだ」

リジーは歯を食いしばった。

ケンバーは思い悩むようにリジーを数秒間じっと見つめた。「上司の警部はぜったい認めないだろうし、わたしもこうする理由がさっぱりわからないから、どんな取り決めもここだけの話にしなくてはならない。その上でさらに、守秘義務については書面にサインしてもらうし、立場は無報酬の助言者だ。この噂が少しでもトンブリッジに届いたらどちらのキャリアも終わる」

「わかりました」リジーは迷わず言った。

警戒するペンドリーの両眉があがった。「でも、ダリントン大佐がなんと言うか」

ケンバーはなだめるようにペンドリーの肩に手を置いた。「彼女は民間人なんだよ、大尉。彼女の隊長はきっと短期間の配置換えに応じてくれるさ」

「エミリーの遺体が運ばれる前に見ておかなくては」リジーは言い、部屋の奥の壁際へ行った。「口述してもらえばここでタイプするから時間の節約になります」書き物机にあるタイプライターを指さす。

「タイプ打ちなんて自分にふさわしい仕事だと思ってるのか？」とペンドリー。

リジーは冷たくにらんだ。

「わかったよ」ペンドリーがあきらめたように首を振った。「さて、やるか」

ライト巡査部長は空軍の警備兵とともに脇へどき、ペンドリーがうなずくのに応えてリジーを物置小屋の中へ入れた。目が薄暗がりに慣れるや、彼女は鋭く息を呑み、遺体から目をそらした。両手を握り合わせ、強く握るたびにリラックスし、やがてそれをつづけていたい欲求が逃げ出したい衝動より強くなる。遺体へ目をもどすと、喉もとにせりあがる胆汁を抑えつけて精神を集中し、遺体の配置と血と傷を頭の中に取りこんだ。

「これは激しい怒りに見えるけど、そうじゃないんでしょ?」穏やかに言う。

「え?」とペンドリー。「なんだかまるで――」

リジーは振り返らずに手をあげ、ペンドリーを制した。「すみません」反論を許さない口調で言う。「犯人の頭の中にはいって犯人のように考えなくてはならないので、よくひとり言を言うんです」いっとき静かになり、視線をすばやく走らせながらエミリーの遺体の隅々まで頭に入れたあと、リジーは握りこぶしをあげた。「あなたは彼女を殴るしかなくて、もちろんそうした。彼女を黙らせるために。したがわせるために」歩きまわって遺体の片側へ行き、こんどは小さな声で静かに話す。「あなたは彼女を殺したかった。殺さなくてはならなかった」ケンバーに向き直る。「彼女はレイプされたんですか?」

突然そっけなく訊かれ、ケンバーはたじろいた。「病理学者が検死解剖をするまでわからない」

「ラヴィニアは？」

「いや。ドクターは被害者の上半身に精液を発見したが、太腿周辺に痣はなかった」

リジーは遺体へ目を向け、やさしく安心させるような声にもどった。「彼女たちをレイプしなかったのは、殺人こそがあなたを興奮させるものだから、でしょ？　そのあとでそばに立ち、そのひとときを、静かな親密さを、あなたは楽しんだ。当然よね。あなたはご主人様だもの」

ケンバーがリジーに直されたネクタイをゆるめてペンドリーを見ると、隣でそわそわして落ち着きがない。

リジーは手で遺体を示した。「これは粗野な行為でも出来心による犯行でもありません。時間をかけ、計画を立てています」周囲に吊るしてある一連の道具類を見渡し、少しの隙間もないのに注目する。「鋭い刃物が必要だったのに、あなたはとっさの思いつきで凶器をつかんだりしなかった。じゃあ、ナイフはどこ？」リジーの曇った顔が、わかったという表情に変わった。「ああ、なるほど。わたしたちに知ってほしいのね。自分が思いのままに行動している、なんでもできるというところを見てほしいのね」

「たしかに思いのままにやってくれたよ」ペンドリーがにべもなく言い、煙草を箱から叩いて出す。「犯人がやりとげたことを見るがいい」

リジーは戸口に立つふたりの警察官の影を見やった。「これは儀式的です。彼女の四肢が展示されているような体勢になっているのがわかりますか？　血痕パターンを見れば、すべてが意図的に配置されたのは明らかです。小屋の中でしばらくは遺体とふたりきりだったから、犯人には仕事をこなす時間がありました」

リジーの説明がいったん途絶えたので、ケンバーは思い切って話した。「ドクターから聞いたんだが、子宮がなくなっている」

リジーの眉が驚きで一瞬あがるが、大事なことが呑みこめたように、やがてゆっくりとうなずいた。「乳房と並んで子宮は女の体で最も女性的な部位です」遺体をもう一度見る。「犯人は被害者から女性らしさを奪おうとしています。だからこそ時間をかけたんです。正しいメッセージを確実に残すために」

ペンドリーが煙を吐いてマッチの火を消した。「それはあくまでもメッセージであって、女を殺したいだけのありふれた精神錯乱男のしわざではないというのか？」

横槍を入れられたリジーは首を横に振り、あらためて周囲をながめて、血痕、道具類、備品、内部の一般的な造りに注意した。「何かなくなっているものや、ふだんとちがうものはありましたか、警部補。遺体は別にして、という意味ですが」

「ドクター・ヘッドリーが、被害者の口の中に聖書を破った紙切れがあるのを発見した」ケンバーが言った。「ラヴィニア・スコットの口腔内にも同じ文面の紙があった。淫婦についての一節だ」

リジーはケンバーへ鋭い一瞥を投げた。「エミリーもラヴィニアも、いわゆるお金のために体を売るという意味での淫婦ではありませんでした。何か別のことが関係しているような気がします。たとえば、犯人にとってすべての女性が穢《けが》れた存在になるような出来事が過去にあったとか」エミリーの顔へかがみこむ。「額にあるのはなんでしょう」

「石油か機械油で書かれた十字だと思う」とケンバー。「ラヴィニア・スコットにもついていた。それもメッセージだろうか」

リジーは小さく肩をすくめた。「儀式が宗教的なものとはかぎりません。さっきも言いましたが、儀式とは犯行のたびにしなくてはならない、犯人にとって意味のある行為です」

そしてエミリーの遺体から離れてケンバーのそばに立ち、友人であり同僚でもあった者が切り刻まれた、その嫌悪と恐怖に翻弄されまいとした。

「心配要りません」ケンバーが大事な説明をなかなか理解できずにいるのを察知して、リジーは言った。「もうひとつの犯行現場と事件ファイルを見たら、また話しましょう。言っておきますが、わたしには範囲をせばめるための案内と援助しかできません。警察の捜査活動と病理学上の調査によって、何が、どこで、いつ、どのように起こったのかは明らかになりました。わたしがほんとうの意味でラヴィニアとエミリーを理解したら、なぜ彼女たちが犠牲になったのかわかり、〝だれが〟についてお手伝いできるでしょう。犯人についで。こういうことをする人間のタイプについて。〝なぜ〟の全容は警察が犯人をつかまえるまでわからないかもしれません」

13

　ケンバーは小屋から出るなりハンカチを取り出し、音を鳴らして鼻をかんだ。青空を見あげると、はるか東の上空に煙の筋のような白い模様が寄り集まっている。雑誌の記事によればそれは最近の現象で、高空で戦闘機同士が戦ったあとの凝縮された蒸気だという。壮絶な空中戦の象徴なのに、不気味なほど美しかった。小屋の中の光景とはちがって。

「わが軍はいそがしいようですね」ペンドリーが言う。「敵に目にもの見せてやればいいんですよ。うろちょろして面倒を増やしている色情狂はわれわれがつかまえればいい」

　リジーは男たちに追いついた。「いいえ、犯人は色情狂ではありません。少なくとも、そのような特徴は見られません」そしてケンバーへ目を向ける。「ここはじゅうぶん見せてもらいました」

　ケンバーは意を汲んだ。「ライト巡査部長、ミス・ヘイズを駐在所へ案内して、ラヴィニア・スコットの事件ファイルを好きなだけ見せてやってほしい」

ライトが眉をひそめたが、それでも手を動かしてリジーへ道を譲った。

ペンドリーがケンバーに身を寄せ、低い声で言った。「ほんとうにいいんですか？　彼女がもっと厄介な問題を引き起こしたり、意図せずにわれわれをまちがった方向へ導いたりしたらどうします？　犯罪捜査などまったくしたことがないんですよ」

「こちらが目を離さなければ害はないだろう」とケンバー。「ところで、空襲のときに駐屯地で非番だった者がどこにいたのか、全員の所在を明らかにしなくてはならない」

「すぐに取りかかります」ペンドリーが煙草の吸殻を草地に投げ捨てる。「しかしなにぶん戦時ですから、昨夜のようなことがいつ起こるともかぎりません」

ケンバーはうなずいた。

「ミス・パーカーがなぜダンスパーティーに行かなかったのか、心当たりはあるかい？」

「まったくありません」とペンドリー。「フェリシティ・ミッチェル三等航空士も行っていませんね。きょう、エレンデン＝ピット隊長は女性飛行士たちの送迎任務についています」

ケンバーは唇をすぼめて考えた。「犯行がおこなわれたのが九時半の空襲より前か、あるいは空襲の最中だったことがはっきりしていて、エミリー・パーカーが生きていたとわかっている時刻は……」

「七時半、女性隊員たちがダンスパーティーに出かけたときです」ペンドリーが言う。

「では、その二時間に絞って調べる必要がある。被害者の親族に連絡してもらえるだろうか。連絡先はそちらに記録があるだろうから。ただし、資料や聞き取り調査記録の写しはほしい」

ペンドリーがうなずいた。「わかりました」

「ありがとう」疲労をぬぐおうと、ケンバーは親指と人差し指で目のあたりをこするが、相次いで命が奪われるという悲劇が重くのしかかった。「来たついでにダリントン大佐とマットフィールド中佐から話を聞いたほうがいいだろう」

「あまり気は進みませんがね」ペンドリーが曖昧な笑みを浮かべて言ったとたん、空襲警報が鳴りはじめた。「でも、あとにするしかなさそうだ」


しばらくして、警報解除信号がまだ鳴り響く中、ケンバーとペンドリーは領主館へ歩いていった。制服姿の男女が急ぎ足で動きまわって任務をこなす一方、遠くにあがる煙幕がほかの飛行場の大きな被害を伝えている。スコットニーは今回は無事だった。

「またきみか」ケンバーが玄関ホールへはいってくるのを見るなり、ダリントンがぶっきらぼうに言った。

「しかたがないんですよ」ケンバーは言い返した。「あなたが女性隊員を失う習慣をお持ちのようですから」

ダリントンの左目が、ちょうどそこにケンバーが唾を吐き入れたと言わんばかりに引きつった。「なんの用かな、ティ、ン、バ、ーくん」

ケンバーの顔がけわしくなった。「できるだけ手短にお話ししたい。あなたを煩《わずら》わせずにすむように」

「そうなれば感謝感激だ」

ダリントンはふたりを先導して階段をあがって執務室へはいると、すぐさまパイプを手に取り、まもなく煙の靄《もや》に包まれた。

「なんだ、さっさと言いたまえ」ダリントンが噛みつく。

ケンバーはダリントンのそばの書棚へ視線を向け、本人を見るのをわざと避けた。「われわれはある根拠により、エミリー・パーカーの殺害時刻が昨夜の七時半から九時半のあいだだったと確信しています。その時間帯に、あなたはどこにいましたか?」ダリントンの鋭い目つきで頬が火傷《やけど》しそうな気がする。

「もちろんここにいた」

「ここととはどこですか?」

「そのたわけた質問の意味はなんだ」

そこでケンバーはしっかりと目を合わせる。「ここはあなたの執務室か、この駐屯地か、シェルターか、ご自分の居室か、食堂か、バーか。どこですか？　正確には」

ダリントンが少しのあいだ口を引き結び、愚かな癇癪を押し殺そうとしているのがケンバーにはわかった。「十九時三十分には執務室にいた。二十時に夕食のために食堂へ行った。食べ終えたちょうどそのときに空襲警報が鳴った」

「それで、シェルターへ行ったんですか？」

「いや、執務室へもどった。仕事が残っていたし、ドイツ野郎のせいで中断したらこちらの負けだからな」ダリントンが開き直ったように唇を突き出した。

「どなたか証人になれる人はいますか？」

その質問にダリントンは顔をしかめる。「食堂へ行く前、マットフィールドとわたしはあいたドア越しに互いの姿を見た。駐屯地の全要員のために、われわれは決まった時間に食事をとるように心がけている。そのあとはだれにも会わずに二十三時に休んだ」

つまりアリバイなし、とケンバーは結論をくだした。「あなたがここにもどったとき、中佐はご自分の執務室にいたんですか？」

「中佐の部屋のドアは閉まっていた。シェルターへ行ったんだろう」

「なるほど、それもそうですね」ケンバーはうなずき、退室のために立ちあがった。「お時間をいただき、ありがとうございました」ドアをあけて振り返る。「ところで、エミリー・パーカーとフェリシティ・ミッチェルがなぜ村のダンスパーティーへ行かなかったのか、心当たりはありますか？」

「あるわけないだろう」

ケンバーは湧きあがる憤りを抑えこみ、非難の意がダリントンにじゅうぶん伝わるまで視線をじっと受け止めたのち、ドアを閉めた。

マットフィールドの執務室の閉じたドアをすばやく見て、そこからの見通しをチェックする。「どう思う？」低い声でペンドリーに訊いた。

ペンドリーが少し考えた。「嘘には聞こえませんね。スコットニー駐屯地で大佐はまったく人付き合いをせず、友人もいないはずだから、たいていの者より多くの仕事をしているように見えます」

「見える？　ほんとうは怠け者だとでも？」

ペンドリーが肩をすくめた。「マットフィールドに劣らず孤独好きなのはたしかですよ」

もっと何か言いたそうなのをケンバーは感じ取った。何も言わずに待つ。

「大佐はATAについて電話で文句を言ったり、彼女たちの隊長の小さなあやまちを責めたり、自分が軽視されたと思いこんで腹を立てたりしていないときは、だいたい眠るか食べるか人目を避けて引きこもっているだけだと思いますよ。でもこれはわたしがそう思うだけであって、ほかのだれにも話すつもりはありませんから」

ケンバーは顔をなでながら思案に暮れた。「長時間ひとりきりで過ごし、エミリー殺害のアリバイはなく、ラヴィニア殺害の容疑は晴れている。さて、マットフィールドからも面白いことがわかるかどうかやってみよう」

「総じてわたしは面白い男ではありませんがね」

マットフィールドの声にペンドリーがぎくりとし、中佐はどこに隠れていてどこまで立ち聞きしたのだろうとケンバーは思った。

「お話しをうかがってもいいですか?」ケンバーは笑ってごまかすのも面倒になった。

ややあって、ケンバーとペンドリーはマットフィールドと相対してすわり、当のマットフィールドが机の真ん中の抽斗をあけた。「ブレンドウィスキーの瓶がたしかここに――」

「いえ、おかまいなく」ケンバーはマットフィールドが言い終えないうちにさえぎった。

「昨夜の殺人事件について二、三うかがいたいのです」机上の分厚い本の上に手榴弾が鎮座している。ケンバーは手に取ってながめた。

「ああ、それですか。よくないことですな」マットフィールドが顔をしかめて抽斗を閉めた。「取り扱いには気をつけますよ、警部補。卵形の爆弾。要は破砕性手榴弾です。ちゃんと爆発しますよ」

ケンバーは急にこわくなり、持ちあげたときよりもよくよく注意を払ってもとの位置へもどした。

マットフィールドがケンバーの手の届かない場所に手榴弾を移した。「一九一八年の年代物で、七秒のヒューズがついています」と説明する。「念のためにね」

「念のためとは？」

「侵攻ですよ」

「ふつう将校は自分の執務室に手榴弾を置いておくものですか？」マットフィールドが椅子にくつろぎ、曲げた片肘を肘掛けに置くのをケンバーは観察した。

「いまはふつうの時代ではないですよ。もしナチスがほんとうに侵攻してきたら、わたしは卑劣漢どもを何人か道連れにするのにやぶさかではありません。天国へ吹き飛ばしてやります」

ケンバーはマットフィールドの視線を受け止めた。「村のダンスパーティーなんですが」と言う。「駐屯地の一部の人間が参加したようですね」

「そうですよ」マットフィールドが前に身を乗り出して煙草を取る。

「しかし、ダリントン大佐は行かなかったんでしょう?」

「あまり社交好きではありませんから」

マットフィールドが煙草をくわえ、その場のふたりに勧めもせずにポケットからマッチを取り出すのをケンバーはながめた。

「あなたもそうですよね」

マットフィールドが手を止めてケンバーの顔をじっと見てから、マッチを擦って煙草に火をつけた。「ご存じのはずですが、イギリス空軍には非常に厳格な指揮系統があり、社交活動においてもそれは変わりません。ダリントンとわたしは下位の者とはあまり気安く交わらず、駐屯地に友人はおらず、それは戦闘機軍団がわれわれの飛行中隊を他の飛行場へ移動させてからも変わりません」

「隊長も含めてATAの女性隊員のほとんどがダンスパーティーへ行ったはずですが」ケンバーは机にあったペーパーナイフをいじりはじめ、眉をひそめたマットフィールドに取りあげられて笑みを押し殺した。「ところがエミリー・パーカーとフェリシティ・ミッチェルは駐屯地に残って参加しなかったんです」

マットフィールドが肩をすくめる。

「なぜだかご存じですか？」

「いいえ」

ケンバーは手帳を見るふりをした。「昨夜の午後七時半から九時半のあいだ、どこにいたか教えていただけますか？」

マットフィールドは煙草を吸ってから煙を天井へ吐き、味方に裏切られたと言わんばかりにペンドリーをにらみつけた。「二十時に夕食のために食堂へ行った以外、わたしは二十三時三十分まで執務室で仕事をしていました」

ケンバーは鋭い目つきで顔をあげた。「夕食の前に大佐を見かけましたか？」

「大佐の部屋のドアがあいていて、こちらのドアもあいているときだけ、大佐が机についている姿が見えましたよ」

「夕食のあとはどうでしたか。大佐とともに席を立ったのですか？」

「ダリントン大佐といっしょではありませんでした。大佐はわたしの上官であって、友人ではありません」

マットフィールドの口調の根底には、ダリントンへの敵対意識が感じられた。上官への単なる苦手意識を越えた根深いものがある。「でも、いっしょに食事をしたんですよね」

ケンバーは食いさがった。

「将校がともに食事をするのは決まり事なんですよ、警部補。食堂の従業員も含めて全員がシェルターへ避難し、わたしはカップ一杯のお茶を持って執務室へもどりました」

「シェルターではなく？」

マットフィールドが煙草を吸い、煙を吐きながらしゃべる。「わたしは爆弾はどこかよそに落ちるものだと思うようになっていたし、それでなくても領主館は頑丈でそう簡単には壊れません。空襲は四十分程度つづいたが、散発的なものでした」

「少しでも大佐を見かけませんでしたか？」ケンバーは尋ねたが、そろそろ手詰まりだと感じる。

「いいえ。食堂からもどってきたとき、大佐の執務室のドアは閉まっていて、わたしも自分のドアを閉めましたから。きっとシェルターへ行ったのだろうと思いましたが、あとになって大佐のドアが開閉する音が聞こえ、その直後わたしも部屋を出ました」

いくつかボタンを押す頃合いだとケンバーは考えた。「あなたはダリントン大佐とうまくいってますか？」

マットフィールドがケンバーを二、三秒見つめてから、ペンドリーを一瞥した。「これは内密だぞ、ペンドリー」

ペンドリーが無言のまま表情を変えない。

「われわれは、あくまでも仕事上の間柄にすぎません」マットフィールドが言った。「ただ、正直に言えば、この空軍駐屯地はもっと強い意志を持つ人間が統率したほうがいいと思うこともあります」

「あなたのような人間ですか？」ケンバーはマットフィールドを見て野心の片鱗を探すが、まったく見えない。

「まさか、ちがいますよ」マットフィールドが鼻で笑いそうになる。「わたしはいまの立場で満足です。わたしが言いたいのは、ダリントン大佐は空威張りが過ぎ、口では立派なことを言うが、行動するときはどうも道義心に欠けるようだ、ということです」

突然のあからさまな非難にケンバーは衝撃波を食らい、目の端にペンドリーの固まった姿が映った。「ずいぶんはっきりとおっしゃいますね。たとえばどんなふうに？」

マットフィールドは身を乗り出して机に肘をついた。「たとえばATAの女性隊員たちのことですよ。彼女たちの配属をわたしは大変よろこんでいるが、ダリントン大佐は何週間も前から大騒ぎをして、空軍省の友人とかいう面々に電話をかけまくった。なんの効果もありませんでしたよ。それでも彼女たちは来たんですから。駐屯地に女性を置くことの是非についてほんとうに強い思いがあるのなら、もう少し具体的で効果がある手を打ったでしょうね」

「そうしたのかもしれませんよ」ペンドリーが淡々と言った。

マットフィールドは椅子の背にもたれて煙草を長く吸い、煙をたっぷりと吸いこんだ。

「わたしが言いたいのは、ここは男の世界、戦う男のイギリス空軍であるということ、それだけです。とくにいまは戦時ですからね。ATAが来たため、だれにとっても非常に複雑な日々になったんだが、ダリントン大佐はそのことでむきになっている」

マットフィールドの視線を受け止めながら、どことなく違和感を覚えた。何がどうとは言えないが、なんとなく引っかかる。マットフィールドが目をそらし、くすぶっている吸殻を押しつぶした。

ケンバーは両手を両腿に打ち合わせた。「大尉からほかに質問は？」

ペンドリーが首を横に振った。

ケンバーは手をついて体を起こし、立ちあがりながら腰を伸ばした。「ではこれで」

「だいじょうぶですか、警部補」

ケンバーはいつわりの気遣いに薄い笑みを返した。「お時間をいただいて感謝します、中佐。とても助かりました」

「お役に立ててよかった。恐ろしいことです。ほんとうに」

ケンバーは一回うなずくと、ペンドリーを連れて執務室を出た。

ドアを閉めて声が届かない場所まで来てから言った。「たとえマットフィールドが十一時半に部屋を出る前にダリントンのドアの音を聞いたにしろ、九時半に空襲がはじまってからはだれもふたりを見ていないのだろうから、依然としてどちらかが犯人である可能性はある。ダリントンがＡＴＡの女性隊員をいやがった件はどう思う？」

「そんなのは公然の秘密ですよ」とペンドリー。「でも、それが人を殺すじゅうぶんな動機になるでしょうか」

14

警報解除の音が鳴り、リジーはスコットニー駐在所地下のシェルターから出たあと、警察官が食事や休憩や会議や容疑者の取り調べのために使う奥の部屋へ通された。壁の掲示板に貼られた公示をざっと見ると、現行の方針と手順や、指名手配犯への注意喚起について書かれている。デイリー・スケッチ紙の切り抜きが〝勝利のために耕そう〟と勧め、隣のポスターは〝どこへ行くにもガスマスクを忘れずに〟と謳《うた》っている。もうひとつのポスターには〝パパのようにママをつなぎとめて《キープ・マム》（余計なことを言うなという意味もある。情報漏洩を防ぐためのプロパガンダ）〟とあり、リジーはうんざりして引き剝がしたくなる気持ちをこらえた。掲示板の横にある黒板では、以前書かれた文字がところどころ消えている。同じ壁に沿って大型トランクが置かれ、取っ手についたラベルから持ち主がわかった。〝J・N・ケンバー〟

リジーはラヴィニア・スコットのファイルから書類と写真を全部出してテーブルにきちんと並べ、冷たい決意をもって集中すると、まず目撃者の証言を細心の注意を払って読みはじめ、それから警察の報告書とラヴィニアの人事記録へ移り、ときどき手帳にメモを取った。悲嘆を脇へ置いたまま一時間が経ち、これ以上感情を抑えきれなくなったので、いっとき心の痛みに身をまかせた。涙が頬を伝って鼻水が流れ、目は赤く腫れた。

ドア口に現れたライトがその様子に驚き、うろたえた。リジーは気を取り直し、動揺したところを見られて決まりが悪かったので、ほうっておいてくれと手を振って伝えた。にもかかわらず、ライトが自分の知っている究極の癒しの手段に頼り、ポット一杯のお茶を淹《い》れた。まもなくリジーの前に湯気の立つカップが置かれ、これでいなくなったとリジーが思っていたら、こんどはソーサーにひと切れのブレッドプディングを載せてライトがもどってきた。濃い色のぽってりした塊から果物とスパイスの香りがして、リジーの口の中に唾が湧いてきた。

「グラディスが焼いてくれたんで」ライトが言った。「ティーショップのですよ」急いで付け足す。「でも、ぼくには多すぎるから」自分の腹を軽く叩いた。

ライトが立ち去るときに惜しそうに振り返った様子から、最後のことばは嘘だろうとリジーは思った。それでも、そんな気遣いがありがたく、あっという間にごちそうを平らげた。煙草に火をつけて静かにすわり、頭に吸収したものについてじっくりと考えた。

お茶を飲んでひと休みすると、カップとソーサーを洗って、取っ手の方向がほかのカップとそろうようにもどし、もう一度手を洗ってからまた書類を並べた。すべてを所定の位置に置いてから作業をつづけた。

リジーはヘッドリー医師の検死解剖の病理報告書に注目し、そのくわしい内容に心を奪われた。数々の傷、油でつけられたしるし、聖書の一節を切り取った口腔内の紙。写真を引き寄せて報告書や自分のメモとくらべると、腕を組んで目の力を抜き、テーブルを透視しているかのような体勢で精神をほぼ瞑想状態——学校時代に〝習慣的白昼夢〟とよく教師の報告書に書かれた状態——へと移行させる。こんどはラヴィニアの像の焦点がすんなりと合い、彼女がうまく連れ出されて押さえこまれ、絞め殺されるところが見えてくる。ぐったりとした体が地面にくずおれる光景から、そのときの興奮を想像する。横から声が聞こえたけれど、空襲警備員だろうか。濃い影に囲まれるや、リジーの心は殺人者のそれに変わり、自分が儀式をやりとげているのを感じる。

「きみ、だいじょうぶか？」

リジーはびくりとして椅子を倒し、書類が床に散らばった。

「リジー？」

緊張したぎこちないケンバーの声が、リジーを放心状態からいきなり呼びもどす。視界がはっきりすると同時に心の靄の中からケンバーの顔が現れた。室内がふたたび明るくなり、荒い呼吸音が自分のものだとリジーは気づいた。

「放しなさい、リジー」

見ると、ケンバーの喉を自分の右手がつかんでいる。ケンバーが両手でリジーの腕を持ち、そっと下へ押して放しやすくする。リジーが指の力を抜いてあとずさると、そこには咳きこんで首をなでているケンバーの姿があった。

「いったいなんの真似だ」解放されたケンバーが声を荒らげた。

「ああ、なんてことを、ごめんなさい」リジーは両手をあげ、申しわけないと思う一方、恥ずかしさで身の置きどころがなかった。

「警察官への暴行は重罪だ」ケンバーが荒い息で言う。

「あなたを攻撃したわけじゃないんです」

「そうとしか思えなかったがね」また喉をなで、顎をあげて首を伸ばす。「どうかしたんじゃないのか？」

「どうかした――？」リジーはかがんで書類を拾い、感じた痛みを隠した。それは心理学を専攻すると決意したあとで家族から言われたことばだった。また、良家の令嬢はもっとしとやかな趣味を持つべきだと考える学生や講師からも、リジーをただの〝かわい子ちゃん〟だと思っているオックスフォード刑務所の看守からも。

「自分の仕事をしていたんです。あなたを手伝うために」リジーは言った。

ケンバーが椅子を起こした。「正直言って、きみの仕事とやらも、それが窒息に値するのかもいまだにわからないな。もううんざりだ……」

「ほんとうにすみません」リジーは小さな声で言い、おずおずとテーブルの証拠書類や報告書を片づけながら、ケンバーに見られているのに気づいた。息づかいが聞こえるが、立ち去る気配はなく、何も言ってこない。書類をファイルへもどしたとき、ケンバーのため息が聞こえた。

とうとうケンバーの声が沈黙を破った。「それで、どんなことをしていたんだ」

リジーは最後のファイルを捜査資料の一番上に置いた。「これは犯人の目で見る方法なんです。本人の人間性を自分で感じることが。白昼夢を見たことがありますか？」

「いまは見ないね。そんな暇はない」

「それを極端にしたものをわたしは見ます」思い切ってケンバーの顔を見る。「正確にはしくみがわからないので、うまく説明できませんけど」

「あまり昔じゃなくても魔女として火あぶりにされただろうな」ケンバーが苦笑いをして言う。「扼殺をくわだてたからには、夢見は成功したんだろう？」

「あと少しなんです」リジーの頭にある考えがふと浮かんだ。「わたしの喉に手を置いて」

「なんだって？」ぞっとしたようにケンバーが言う「ことわる」

「お願いです」リジーは目をしっかり合わせ、ケンバーがためらいながらも慎重にそこに立つと、やさしくうなずいた。

ケンバーがじりじりと近づくにつれ、背後のテーブルがリジーの脚の付け根あたりに食いこんだ。リジーは頭をそらしてケンバーの顔をながめ、そこにさっきと同じ疑念を感じ取った。

ケンバーが片腕をあげ、指でリジーの喉にふれた。

「まるでわたしを絞め殺したいみたいですね」

「きみを傷つけるつもりはない」

「わかってます」とリジー。「でも、そのままでいてください。わたしは右利きで、あなたもそうです。思い切り力を出せばあなたを殴れます」右手を見せる。「この手で攻撃されたらどのように防ぎますか？」ぶつふりをするが、ケンバーがひるんだのでぴたりと動きを止める。リジーは眉をひそめ、やがてケンバーが気を取り直したとき、彼の左手で手首をつかまれてそれが無理やりおろされるのがわかった。「どんなふうに感じますか？」

リジーは言った。

「感じる？」ケンバーは混乱しているようだ。「妙な感じ……かな」

「わたしはテーブルに寄りかかった不安定な姿勢で、あなたはわたしの首を手できつく押さえて大声を出せないようにしている。あなたがわたしの手首をつかんでいるので、わたしはもう一方の手であなたを叩くしかない。転んでしまうので蹴ることもできない。あなたはすべてのカードを握っている。あなたはコントロールできる。全権を握っている」リジーはささやき、呼吸が早く浅くなる。「これがあなたを興奮させる。たとえいっときでも支配すること。過去に受けた侮辱に報復すること。でも、セックスは望まない……望むのは、命が消えたわたしの体をさらし、わたしのような者がどうなるかを見せつけること。男の世界にいる女たちに」

リジーが小声で何か言うが、ほとんど聞き取れない。

「なんだって？」

ケンバーがもう一度身を寄せて耳を傾けるのをリジーは知っていた。「あなたはこれにも、つぎに起こることにも興奮する。そうやってあなたのファンタジーはかなえられる」

ふたりは無言のままその姿勢を保ち、顔は数センチしか離れていない。

それから、リジーはケンバーの右手の甲をつねった。

「いたっ」ケンバーがあとずさり、われに返る。「いまのはなんの真似だ」リジーを放して手をこすった。「放してくれと言えばいいのに」

「感じましたか？」リジーは尋ねた。

「ああ、すごく痛かった」

リジーは首を横に振った。「気持ちを感じましたか？」探るようにケンバーを見る。

ケンバーはためらった。「ああ、たしかに感じた」

「それを百倍すれば、殺人犯の気持ちがわかります。犯人が感じるのは圧倒的な力の強さ、この女になんでもできると思うときの高揚感です。どんな女に対しても」

「なぜいまなんだ？」とケンバー。「なぜいまになって殺しはじめる」

リジーはラヴィニア殺害の現場写真を一枚選んだが、そこでひと呼吸置かなくてはならなかった。「犯人が以前に殺したことがないとはとても思えません。こういうことをする男はどこかでやりはじめるのですが、鳥や小動物など小さなものからはじめる傾向があって、それでどんな感じがするか試し、技を磨きます。ほとんどの場合人を殺すまではいきませんが、それ以外の者にはつねにその衝動があり、衝動は吐き出されるのを待っています。犯人は二週間で二回殺したのだから、なんらかの出来事があったにちがいありません。何かが起こって極端な反応を引き起こし、長いあいだ抑圧されていた感情が放たれたのです」

リジーは写真をテーブルに置いた。

「犯人がそんなに興奮しやすいなら、また殺すかもしれない」ケンバーが言った。

リジーはうなずき、手帳のページを破いて鉛筆ですばやく略図を描いた。「首をつかんでと頼んだとき、あなたは無意識に利き手、つまり右手を使った。ラヴィニアの首の痣から、犯人は右手で首を絞めたことがわかります。検死解剖では、彼女の左手の爪に人の皮膚と血液があったと報告されています。あなたがわたしの喉をつかんでいるとき、わたしは自由のきく左手であなたの手をつねった。これが現実の場面だったら、生きたい一心、逃れたい一心で、死に物狂いにあなたを引っかいたかもしれない」

「引っかき傷はめずらしくない。田舎ではとくにね。きみは犯人の顔に引っかき傷があると思うのか？」ケンバーの両眉が驚いたようにあがっている。

リジーは肩をすくめた。「そうとはかぎりませんが、顔、首、腕、手、とくに右側に傷跡がある人間を除外するべきではないでしょう」

リジーは冷たい泥にまみれて小道に横たわるラヴィニアの写真をもう一度見て、重いものが押し寄せて腹に詰まり、胸が締めつけられるのを感じた。

「だいじょうぶかい？」ケンバーが尋ねる。「少し目が赤いようだが」

リジーは顔をそむけ、口蓋に舌を押しつけて涙を引っこめた。〝もちろん真っ赤でしょうよ〟そう思って上着を着た。〝友達がふたり亡くなったんだから〟

「平気です」リジーは答えた。

嘘だ。平気なのは捜査に加わっているとき、警察にはない特殊な技能を活かしているときだ。けれども、心理学者でも捜査協力者でもなく、友人や同僚として写真を見ると、あまりの惨状とむなしさが胸に迫り、彼女たちに二度と会えないのだと痛感する。まばたきをして涙を払い、落ち着きとプロ意識を取りもどした。男たちがどう思おうと彼らはリジーを必要としていて、リジーはラヴィニアとエミリーのためにこうするしかなかった。

ドアを通って略図をポケットにしまうと、リジーは後ろへ向かって言った。「彼女が死んだ場所を見なくては」

「これはまた、警部補さん」ミセス・オークスが牧師館の庭の小道から声をかけた。

「ごきげんよう」ケンバーは挨拶を返したが、余計なおしゃべりをする気分ではなかった。鼻をかもうとハンカチを取り出すと、また頭がずきずきしはじめる。新鮮な空気も台無しだ。

「こんにちは」リジーが言った。「牧師さまはご在宅ですか？」

ケンバーは困惑してリジーを見た。彼女は牧師と話したいとは言わなかった。「いまは教会にいらっしゃいますよ」ミセス・オークスが警戒した口ぶりで門まで歩いてきた。

「相変わらずとてもおいそがしいんですよ。何かご用ですか？」

リジーは上着から略図の紙を取り出して渡した。「これの意味がわかりますか？」

ミセス・オークスが二、三秒それをながめて眉をひそめた。「十字架？　どういう意味かだれでも知ってますよ」紙を返そうとする。

「ええ、でもこの十字は逆さまのようですが」リジーは指でその十字を軽く叩いた。

ミセス・オークスがもう一度見る。「あらほんと、これはペトロ十字、聖ペトロの十字だわ。聖ペトロはローマ人に処刑されるとき、自分はイエスと同じ方法で磔刑《たっけい》に処せられる価値がないとして、逆さまの十字架にかけてもらったのよ」

「価値がなかった」リジーはうなずいた。「興味深いですね。ありがとうございました」

「どういたしまして」ミセス・オークスが少しとまどった顔を見せた。

ケンバーはフェドーラ帽のつばにうやうやしく手をやってから、リジーを追って道を引き返すが、彼女がなんの相談もせずにいきなりへまをやらかしたのが気に障った。

「いまのはどういうことだ」詰問する。「質問ならわたしがする」

リジーが略図を見せた。「十字が逆さまなんです」

「だから？」

「聖ペトロはイエスと同じ死に方をするだけの価値が自分にはないと考えた、とミセス・オークスが言いました。犯人は女には価値がないと考えたのでしょうね。聖書の淫婦の一節もそれで説明がつきます」

ケンバーはリジーに向かって顔をしかめた。「興味深い説だが、つぎからは先にどうするつもりか知らせてもらったほうが、わたしは自分の仕事ができる」

リジーが視線を落とした。「すみませんでした」

数秒間の沈黙が訪れた。

「要するに、ここではとにかくわたしが警察官なんだ」ケンバーは言ったが、相手に話をさせるためにだまっておくという自分の技を彼女に使われたことにたちまち腹が立った。「いいか、仕事をつづける前に言っておくことがある」

リジーがなんだろうという顔を見せる。

これから話すことをリジーがどう受け止めるかわからず、ケンバーはためらった。「ライト巡査部長はエミリーの遺体を見て妙なことを言い出した。似たような殺人事件の話を思い出したらしい」

「どれぐらい似ているんですか？」

「ほとんど同じだ。ライトの知り合いの巡査がいて、いまは亡くなっているが、はじめはロンドン警視庁勤務で、一八八八年にホワイトチャペルの殺人課に配属されていたそうだ」

リジーが驚愕の表情を見せた。「切り裂きジャック？ 冗談でしょう」

ケンバーは首を振って否定した。「ライトが言うには、その年老いた巡査は女たちが何をされたかを見たそうだ。ライトはエミリーも同じ運命をたどったと信じている」

「でも、そんなのはばかげてる。ジャックは七十歳を超えてるはず。その年齢の男がこうした殺人を犯すのは無理でしょう。それだけの体力も行動力も性的魅力もない」

「それはそうだ」とケンバー。「だが、だれかが模倣し、切り裂きジャックの仕事ぶりを手本にしているかもしれないだろう」

「ありえますね」リジーが認めた。「その点について考えてみます」

ケンバーは道の先を指さした。「ところで、ラヴィニアが殺されていた場所を見たいんだったね。ミスター・ブラウンが犬の散歩の途中、イチイの木の陰で発見した。死亡推定時刻は夜の灯火管制中だから、ここに立ってじっと見据えでもしなければ、何かを見かけるなどほぼ不可能だっただろう」

リジーが事件発生地点まで道を歩いていく。「報告書によれば、抵抗の痕跡はなかった」

「そのとおり」ケンバーは言った。「不意打ちだったんだろう」

リジーが塀に寄りかかった。「突然襲われたのかもしれないけれど、引きずった跡がなかったのだから、彼女はここまで歩いてきたはず。別の場所で襲われたのなら、そこが道の一番奥まった片隅でも目撃されたでしょう」

ケンバーは道を見渡した。「あっちは野原しかない。そもそも若い女がなぜこんなところにいるのか」

「彼に会うためです」リジーの声には確信があった。「彼女は何かのきっかけで彼と知り合った」

それがどの程度可能なことか、ケンバーにはまだ見当がつかなかった。「彼女はあの日村に来たばかりだった」

「わたしはラヴィニアを知っていた。ホワイト・ウォーザンとハンブルでいっしょだったんです。わたしの見立てでは、彼女は少し気まぐれで、無責任なときもありました。小さな規則違反をしては油を搾られていた。地上要員のだれかと逢引するためにいなくなるのはしょっちゅうでした。夜のうちに駐屯地を抜け出して、朝早くに帰ってくるんです」

ケンバーは好奇心をそそられた。「出入りはどうやって？」

「検問所の監視員のひとりが彼女にべたぼれだったので、何があろうと外出できた。ボーイフレンドが何人かいたけれど、気を持たせても決して一線を越えず、魅力を振りまいてほしいものを手に入れていた。心得ていたのよね。男の扱い方を」

「男遊びが激しかったわけだな」

リジーがいきなり食ってかかる。「つき合い上手だからふしだらな女だと決めつけるんですか？」

「いや、そういうわけでは――」

「男はいつも戯《たわむ》れに恋をするけれど、少しもそんなふうには思われない。どうして女は娼婦呼ばわりされずに楽しむことができないの？　彼女が何をしようが、どんな装いをしようが、どんなふるまいをしようが、殺されるいわれはなかった」

「もちろんそうだとも」ケンバーは必死になって前言を打ち消した。「中傷はしていない。なんとかして本人の性格を知りたいんだ。おそらく犯人は彼女のふるまいをまちがって解釈し、与えてもらう以上のものをほしがったんじゃないかな。言いたくはないが、ノーという返事を受け入れない男もいる」

リジーが目をそらす。ケンバーは手を伸ばして彼女の腕にふれた。

「きみの話によれば」ケンバーはつづけた。「彼女はすでに知っているだれかと会ったか、非常に短い時間でだれかと知り合いになった。道路を北へ進めば空軍駐屯地にぶつかるから、大勢のよそ者がスコットニーを通過するとは考えにくい。だから、犯人はこのあたりの者にちがいない」

リジーがもはや聞いていないのに気づき、ケンバーは話をやめた。聞いていないどころか、あの小屋のエミリー・パーカーの遺体を前に繰り広げた奇妙なやり方で、リジーは語りはじめた。まもなく、ケンバーに向かって話しているのではないとわかった。

「あなたは笑い声をあげたりジョークを飛ばしたりしていない。だって人に聞かれるもの。遅い時刻に人と会うために抜け出してきたのだから、静かにしなくてはね」リジーがうなずく。「ティーショップやパブで会うわけにはいかない。人目が多すぎるし、いっしょにいるところをだれにも見られたくないし、彼女と親交を深めたくないし、まわりの人間からいろいろ訊かれたくない」リジーはラヴィニアの遺体があった場所にしゃがむ。「あなたは彼女が発見されるのを知っていた。つまり、自分がしたことをわたしたちに知らせたかった。わたしたちに戒めを与えたいの？　道を示したいの？」リジーの顔が曇る。「あなたはエミリーを殺したけど、彼女はラヴィニアとはまったくちがった。大事なのは力、支配、コントロール――それだけ。そういうことなら、あなたは日常生活に不満を感じているはず。単純に殺すだけでは物足りない。これは示威行動、力のバランスを取りもどすためのもの」

リジーがひとり言を言うあいだ、ケンバーは彼女の思考の流れを断ち切りたくないのでだまっていた。いまは一時中断したので、隣にしゃがんだ。

「だいじょうぶか?」

はじめ、リジーはケンバーへ顔を向けたまま宙を見つめていたが、ゆっくりと目の焦点が合い、過去の戦慄《せんりつ》から現在の静かな恐怖へといやおうなく引きもどされた。

「あなたが探しているのがどんな男か、わかったと思います」

15

翌日、ケンバーはスコットニー空軍駐屯地の蒸し暑い会見室にすわっていた。今年一番の、しかも群を抜いて暑い日で、踏ん切りがつかない夏がついに大きく前進したあかしだ。ジャケットはとっくに脱ぎ捨ててあったが、面会人の長い列のしんがりが終わるまで、チョッキは身に着けておくしかなかった。その日は期待していたほどの成果はなく、駐屯地の要員が一名ずつ入室して、ふたつの事件の発生時にどこにいたかを告げて退室した。ほとんどの者が両方の事件に対してアリバイがあり、それ以外の者も少なくとも一方にアリバイがあった。

ケンバーは目をこすり、砂粒のようにはいりこんだ疲労を取り除こうとした。ノックの音が響き渡り、ペンドリーが目の前の机にあるタイプされた名簿を見た。

「つぎは一級警備兵のトマス・ハモンドです」ペンドリーが言う。「はいれ！」

空軍省の警備員がつかつかとはいってきてふたりの前で直立不動の姿勢をとり、認識番号と階級を述べた。

ペンドリーが名簿から顔をあげる。「休め、すわってよし」

ケンバーはハモンドがすわるのを待ち、かすかなガソリンのにおいを嗅ぎ取ったが、さっそく質問に取りかかった。「七月九日の火曜日の午後九時半から真夜中まで、きみはどこにいたのかな？」

ハモンドが迷わず言った。「二十三時まで、フレデリック・ステイプルトンとともに検問所の警備業務に当たっていました」

「警備中に何か変わったもの、あるいは不審なものを見ただろうか」

ハモンドがテーブルに視線を落とした。「いいえ、何も見ませんでした」

「どんな理由であれ、駐屯地を出入りした者はいただろうか」

ハモンドがふたたび目をあげた。「マットフィールド中佐が少しのあいだ外出し、二十二時ごろもどられました。検問所の記録にあるはずです」

ケンバーはハモンドの自信がふくらんでいくのを感じ取ったが、その底には緊張感、または何か不透明なものが隠されているような気がした。目を合わせようとするがうまくいかない。

「ステイプルトンについてはきみが保証するんだろうね」

ハモンドがちらりとペンドリーを見た。「もちろんです。われわれは検問所で勤務したのち、寝る前に残りものを取りにいきました」

ケンバーは眉をあげた。「残りもの？」

「食べ物です。夕食のことです」

ケンバーは納得してうなずいた。「先週の土曜日の夜、七時半から九時半のあいだはどうだっただろう」

「われわれは——自分とステイプルトンですが——検問所の勤務にもどっていました。同じ監視時間です。ここ二週間は人手不足なので、通常の八時間ではなく十二時間交替制でした」

「何か報告することは？」

「ドイツ兵が友好的なメッセージをほんの二、三発落としました」ハモンドがにっと笑う。

ケンバーとペンドリーは笑わなかった。

「空襲のあいだ、きみは持ち場についていたのかな？」とケンバー。

「はい」

「ステイプルトンといっしょに？」

ハモンドがまたペンドリーをちらりと見るのにケンバーは気づいた。

「はい、もちろんです。あのう、やつが何かまずいことをしたんじゃないですよね」

ケンバーはペンドリーへ顔を向けた。「ほかに質問は？　大尉」

「わたしからはありません」ペンドリーが言った。「もういいぞハモンド、以上だ。行ってよし」

ハモンドが立ちあがり、気をつけの姿勢をとって敬礼し、まわれ右をして退室した。

ケンバーは机にペンを置いて椅子にもたれた。直感と経験が告げる。おそらく言われたことより言われなかったことのほうが多かった、と。

「わたしのやりとりを見て、だれが嘘をついてだれが真実を言ったかきみなら嗅ぎ分けられるだろう」ケンバーはうまく言えないが、いまの男の反応が気になった。「ハモンドは緊張していて、少しずる賢いところがあると思った」

「少しずる賢い？」ペンドリーがうっすらと笑った。「それは公式の人物描写ですか？」

「目を合わさずにテーブルを見つめるのを見ただろう」

ペンドリーが肩をすくめた。「検問所の記録はもうチェックしました。駐屯地を出入りする者は全員記録に残ります。そうするのは安全と法律上の理由のためで、それがあるから攻撃された場合に何名の遺体が見つかっていないかを把握できます。空襲用のシェルターでも実際は同じです。その場の責任者が避難者のリストを書いて容器に入れ、できるだけ遠くへ投げます。シェルターが直撃されれば、その容器を見つけて死亡者のリストを手に入れるんです」

「すばらしい」ケンバーが顔をしかめた。

「実用的でしょう」ペンドリーが手もとの名簿に目をやった。「つぎはハモンドの相棒ですよ。二級警備兵のフレデリック・ステイプルトンです」

ケンバーはうめき声をあげた。二十人以上から聴取して、もううんざりだった。

ちょうどそのとき、ノックの音がステイプルトンの到着を告げ、まもなく本人がふたりの警察官の前にすわった。ケンバーはほかの者たちにしたのと同じ質問を繰り返し、やがてペンドリーがステイプルトンを解放したので、やれやれと深いため息をついた。

「相棒に劣らず怪しいな」ケンバーは力なく言った。頭の中が枯渇し、ささやかな平安と静けさと冷たい飲み物を求めてどこかへ行ってしまいたかった。

「どんなところがですか?」ペンドリーが尋ねた。

「汗をかいて呼吸が不規則、喫煙中につかまった不良少年みたいだ。それに、日にちを勘違いしたときの不安そうな目つきを見たか? 具合の悪い質問に答える練習をしてきたかのようだった」

「ステイプルトンは挙動不審には見えませんでしたがね。チビでずんぐりした、やや短絡的な男です。熟練した犯罪者だとは考えにくい」

ケンバーはペンドリーを見た。「だが、共犯者ならうってつけだ」

リジーは一日中タイガー・モスの剝き出しの操縦席にすわり、三機を輸送した。疲れて喉が渇いて空腹だったが、バーへ立ち寄るよりもまず部屋へ行って、一刻も早く飛行服とブーツを脱いでしまおうと思った。体からハイオク・ガソリンのにおいがしていたが、夕食前に入浴しようという考えが消えたのは、階段のあがり口に着いたとき、広間の向こうからケンバーがペンドリーと話しながらやってくるのが見えたからだ。

「ちょうどよかった」ケンバーが声をかけた。

リジーは微笑み、頰が熱くなるのを感じた。「わたしが書いたプロファイルを受け取りました？　けさ置いておいたんですけど」

「じつは――」ケンバーは返事をしかけたが名前を呼ばれて中断し、見るとテラスの仕切りから広間を横切ってひとりの従卒が近づいてくる。

その伍長はペンドリーに敬礼したが、ケンバーに向かって話した。「申しわけありませんが、ライト巡査部長が例の物置小屋まで急いで来てもらえないかとのことです。われわれのひとりがあるものを発見したので見ていただきたいのです」

ケンバーとペンドリーがすたすた歩くあとから小走りで追うしかないのは腹立たしく、ライト巡査部長が入口を見張る小屋へ一同が着いたときも、リジーはまだ面白くなかった。イギリス空軍のつなぎを着て壁際で退屈そうに煙草を吸っている作業員ふたりをちらりと見たが、このふたりが重大な発見をしたのはライトの顔つきから明らかだった。友人がまたひとり血まみれの死体になって中に横たわっているのではないか、そう思うと喉が締めつけられ、リジーは気を鎮めるために手首のゴムバンドを弾いた。

「見せたいものとはなんだ、巡査部長」ケンバーが訊いた。

ライトが作業員たちを親指で示した。「屋根の修理にやってきたこの連中が中を片づけているときに折り畳まれた紙を見つけたんです。大型の芝刈り機の後ろに落ちていて、五ポンド紙幣みたいに見えたのでちょっと覗いたそうです。わたしが呼ばれたのはそのときでした。中身を確認するまで信じられませんでしたよ。紙は中の作業台に置いてあります」

リジーはライトの心配そうな視線をとらえ、紙に何が包まれているのか、恐ろしい予想を脳裏にめぐらせはじめた。

小屋の中の一部が片づいていたので、ペンドリーとリジーが中に立ってながめるスペースはたっぷりあり、ふたりはケンバーがていねいに畳まれた白い大きな紙を平らに伸ばすのを見守った。紙は色刷りのポスターの裏面だとわかり、一匹のカタツムリが灯火管制の中をゆっくり進んでいく絵が描かれている。〝暗くなったら気をつけて行こう〟一番上にそうある。一番下の〝目指すところまで〟の文字は×印で消されていた。

包まれていたのは身分証明書だった。ケンバーが証明書のカバーを開き、眉間に皺を寄せてリジーに見せた。

「どういうこと？」リジーは叫んだ。

それは彼女のものだった。

複製にちがいないと思ったが、思えばきょう一日だれからも身分証明書の提示を求められなかった。仕事では輸送伝票ひとつでだいたい通用する。ふだん証明書類をしまってあるポケットをあわてて探るが、移動許可証と飛行許可証しかなかった。

「いったい犯人はどうやってこれを盗ったの？」リジーは納得できず、ペンドリーをひたと見据えた。「しかもなぜこんなところに、すぐそばには……」

ジグソーパズルのピースがあるべき場所におさまり、リジーの胃がねじれた。犯人が成功した独立心の強い女を憎んでいるのはまちがいなく、彼女が警察に話して協力を申し出たことは知れ渡っていた。彼女に、つまり自分の獲物である女に狩られること、まったく価値がないと思っている相手に追い詰められることが、徐々に犯人の心を食い荒らしているにちがいない。

リジーはケンバーとペンドリーにつづいて外へ出た。

「エミリーの死はまちがいでした」リジーは言った。

「まちがい？」ケンバーが聞き返し、足を止めた。「大したまちがいだな」

「一連の流れの中でまちがっている、という意味です。エミリーがつぎの標的だったとは思えません。おそらく、つぎはわたしの番でした」

「それはどうかな」ペンドリーが何をばかなと言いたげに顔をしかめた。「あのときされは駐屯地にいなかった」

リジーはにべもない態度をとるペンドリーをにらみつけ、身分証明書をかかげた。「これは個人に向けた警告です」そう言いながらも、真相に近づきつつあるとわかったことで少し安心する。「犯人はわたしに注目を向けました」

「きみやほかの隊員たちをもっと警察で保護する必要がある」ケンバーが言った。「大尉に取り計らってもらおう」

「冗談でしょう？」ケンバーがとっさに守ろうとしてくれたのはうれしかったが、リジーは自分の声から皮肉の色を消せなかった。「警察もイギリス空軍も二件の殺人を止められなかったのに、どうやって三件目を防ぐんでしょう。空軍駐屯地は世界一安全な場所のはずなのに、それでもエミリーを救えなかった」

「それもそうだな」ケンバーが同意した。ペンドリーに向かって言う。「ATAの女性隊員をホワイト・ウォーザンへ避難させることはできるだろうか。侵攻と爆撃が予想されるとか、なんでも好きな理由をつけて」

「ばかなことはやめて」リジーは一蹴した。「いまは戦時で、わたしたち女はあなたがたを守るための軍用機を運んでいるところなの」ケンバーに指を突きつける。「たいして危険じゃないと思うなら、あなたがやればいい」

ケンバーの顔が憤怒の形相を帯びた。

ペンドリーがリジーに、これでも最大限の努力をしているのだと目で伝えた。「ビギン・ヒルもここと同じで侵攻への準備をしているが、連絡を入れてもう数人警備兵をよこしてもらえるか聞いてみよう」

リジーは息をつき、なるべく穏やかな声を出した。「夜は部屋の外でぜったいひとりにならないようにすれば、何事も起こらないはずです」

そう言いながらも、リジーは自分のことばを信じていなかった。だれかが部屋にはいって身分証明書を盗んだばかりか、自分が殺されていたはずの犯行現場にポスターとともにそれを置いて警告とした。いままではともかく、今回は個人への警告だ。

「二十四時間体制でひとりの人間を保護する人手も権限もわたしにはありません」ペンドリーが腕時計を見る。「それに、ほかの問題もかかえていますから。行きましょうか」

ケンバーもペンドリーと肩を並べてさっさと歩いていくので、リジーはまたもやあとを追うしかなかったが、こんどはライト巡査部長がいっしょだった。

「わたしが置いておいたプロファイルを読んでくれましたか？」リジーはケンバーの背中に話しかけた。

「時間がなかった」ケンバーが歩きつづける。

「言わせてもらえば、あんなのはまったくのたわ言ですよ」ライトが鼻に皺を寄せて話に割りこんだ。

「そのとおりだ」ペンドリーがリジーへちらりと振り返った。「あの小屋の遺体にあそこまでしたんだから、きみが当て推量でつかまえられる相手じゃないだろう。犯人はそんなにばかじゃない」

「当て推量じゃありません」リジーは言い、拒絶されたときのいつもの失望を味わった。

「たしかにだれを追えばいいかはわかりませんが、探している人間のタイプを示すことはできます」

「犯人はすでに自分が思いのままにできることを示そうとしています」

「それがなんの役に立つんだ？」ばかにしたようにペンドリーが訊く。

「犯人は万能だときみに伝えている」

「犯人は万能のふりをしているんです」リジーは正した。

　後ろで急ぎ足で歩くばかりで聞いてもらえないという態勢にうんざりしたので、リジーはケンバーとペンドリーのあいだに割りこみ、ペンドリーが急に立ち止まるや、庭園へつづく踏み段に立って行く手をふさいだ。

「どこへ行くにもやたらと急ぐのはやめて、少しは耳を傾けてもらえませんか？」叫び声に近かった。

「見くだして言うわけじゃないけれど、あなたにはどんな資格があるのかな」ライトが訊いた。「こっちは十八のころから警官をやってるんだ」

「わたしはロンドン大学で博士号を――」

「博士なのかい？」驚いてライトの両眉があがる。

「心理学の博士号で、専門は犯罪心理よ。あなたたち警察は指紋や目撃証言のような事実に頼る。わたしは行動パターンや可能性の高さをもとに基本的な人物像を作る。だから、つかまえた人間にそのすべてがあてはまるわけではない」

「それじゃあほとんど役に立たない」ペンドリーがそう言ってリジーを脇へどかし、庭を押し通るようにしてテラスへ向かった。「きょうの飛行任務が終わったのなら、結果を報告しにいかなくていいのか？」

腹が煮えくり返ったままあとから領主館へはいったリジーは、別れの挨拶は男たちにまかせ、ケンバーの車がある駐車場まで歩いた。ドアをあけられないように、運転席側に寄りかかって待つ。

ケンバーとライトが玄関ポーチに現れるや、ふたりがすばやく目配せしたのを見て、リジーは臨戦態勢にはいった。

「ペンドリーのことは気にしないほうがいい」ケンバーが言った。「彼もいろいろ苦労が多い。わたしたちにかかわるほかに、ダリントンとマットフィールドの機嫌も取らなくてはならないからね」

リジーは和解の申し出を無視した。なだめてもらう気分にはなれない。こうした男たちに自分の考えを一枚の紙で伝えるのは最良の方法ではないと悟り、一番いいのは面と向かってケンバーに説明することだと判断した。

ふたりだけで。

「あなたは時間を見つけられないようだから、いまここでやるしかありません」

「リジ――」

「聞いて。ほかの隊員たちはまだもどってないし、だれかに妙な質問をされるのも気が進まない。だから、クラブ〈ハンガー・ラウンド〉へ行きましょう。トランプが置かれていた場所を見せてあげます」

好奇心に突き動かされる生き物は猫だけではない。ケンバーがまもなくライトを車に残してクラブを視察しにくるのを、リジーは知っていた。

ケンバーは以前の地下室の状態を見たことがなかったが、快適な安息所に生まれ変わったのは疑いようもなく、そのみごとな仕事ぶりに感銘を受けた。ざっと案内されてから、リジーが語るトランプとヒューズボックスの顚末に耳を傾けたが、彼女がここに誘いこんだのにはまだ理由があると踏んだ。長くは待たなかった。

「殺人犯とその被害者のほとんどは男性ですが、ふつうは知らない者同士です」リジーが頭の中の会話をつづけるかのように話す。「ほとんどの被害女性は男性に殺され、ふつうはその男性と面識があります。ラヴィニアとエミリーも犯人とすでに顔を合わせていたのかもしれません。あのトランプはわたしがクラブでひとりのときに置かれたのだから、どう考えてもわたしが発見することになっていた。そして、こんどはわたしの身分証明書が警告用ポスターに包まれた状態で発見された。犯人がわたしを選んだのはだれの目にも明らかでしょう」

リジーが香水のにおいがわかるほどケンバーへ近寄った。

「そのことでわたしがどんな気持ちになるかわかりますか？」とリジー。「自分を殺したい男に会ったことがあると知って」

「自分を殺したい男に、わたしは会ったことがある」ケンバーは言うが、なにげない無神経な発言に気づいて渋い顔になる。

「それはついカッとなったんでしょうね」

ケンバーはリジーの妙に遠い目を見た。ケンバーではなく、ケンバーを突き抜けた向こう側を見ているかのようだ。

「でも、その人はあなたを狙って計画したわけじゃない」

それはケンバーも認めざるをえない。

「どれほど親しいはずか、考えてみて」リジーがささやいた。「手を伸ばして相手の首に手や刃物をふれさせるには、どれほど親密にならなくてはいけないか」

ケンバーが奇妙な緊張を感じたのは、リジーがジャケットのポケットに手を入れてきて、じっと目を合わせたままペンを取り出し、短剣のように先端を下へ向けて握ったときだった。

「たまたま逆上して凶行に及んだのではありません」

リジーが何度も刺す真似をし、突然やめてはまた突然はじめるので、ケンバーはたじたじとなり、彼女が一歩さがったときはほっとした。

「いたるところに血が飛び散ったはずです」リジーがケンバーのペンを振って、床や天井や壁を示す。「犯人は時間をかけて人目につかない暗い場所を慎重に選び、武器を用意し、殺して遺体を展示した。ナイフは見つかりましたか？」

「まだだ」ケンバーは正直に答えた。

「犯人がつかまるまで見つからないかもしれません。ナイフが犯人愛用の私物でなければ、本人の仕事と関係があるか、それとも、犯人はナイフに別の大事な意味を持たせていたのかもしれない。たとえば護符のような」

「幸運のお守りかい？」ケンバーは鼻で笑った。「ライト巡査部長なら、そんな犯人をたわけ者と呼ぶだろうな」

リジーがケンバーをにらみつけた。「とんでもない、たわけ者だなんて」

ふたたびリジーが近寄ってきてペンを肉切り包丁のようにかかげるので、ケンバーは後ろへ少しずつさがるが、壁があるのでさがりきれない。ペンが喉にすっと線を引いた瞬間、ケンバーは息を呑んだ。

「犯人は切りつけなかった」ペンが線を引いていき、胸部で曲線を描く。「犯人は切り分けた――慎重に、こまやかに。エミリーの体から細心の注意を払って臓器を取り除いた。なぜ犯人がラヴィニアをあんなふうに切り刻んだと思いますか？　なぜわざわざエミリーの子宮を切り取ったのでしょう」

「サディストだから？」ケンバーは言ってみたが、首を振るリジーの失望の表情に気づいた。

「犯人は女性らしさを攻撃し、消しているんです。心の中で彼は芸術家です。自分の作品とその意味をわたしたちに認めさせたいんです。自分は弱い男になっていたからこんどは均衡を正しているのだと世の中に知らしめている、というところでしょうか」

ケンバーが必死で考えをまとめようとする一方、リジーは体を押しつけてくるが、彼女の行動に性的なところはまったく感じられない。そこは自分の場所だからことわりなくどかしたと言わんばかりの態度なので、ケンバーはどうしていいのかわからなかった。

「何を考えてますか？」リジーがささやいた。「どんな感じがしますか？　頭ではなく、お腹の中で、心で感じてください。わたしがあなたをいまここで殺せないと、ほんとうに思いますか？」

ただのペンとは知っていても、ケンバーは突然無防備になった気がし、リジーがまた後ろへさがったのがありがたかった。すぐ近くにいるとき、リジーは魅力的だが威圧的でもある。少し離れると、うわの空に見えるが専門家らしくもある。同じ人間の両面と話をしているようで、ケンバーは怖気《おじけ》づいた。どちら側も危険をはらんでいる。

「わたしはそんなふうに感じています」リジーが言い、またすばやくケンバーを見る。

「もちろんあなたのことを言ってるわけじゃないけど、それでも……」ケンバーにペンを返した。「儀式は宗教と関係ないとわたしが言ったことを覚えてますか？　あんなふうに切り裂いてさらすことで、犯人がつねに示さなくてはならない個人的な不足と欲求が満たされる。なぜなら、それがファンタジーをかなえる方法だからだ、と言ったのを」

「もちろんだ。しかし、聖書の紙切れが……」ケンバーは強調の意味をこめて肩をすくめた。

「宗教は無視してください。象徴に着目しましょう。たしかに、聖書には淫婦や報復について書かれていますが、犯人の妻や母親や姉妹が淫婦だったのでしょうか。そんなふるまいをしたのでしょうか。エミリーの額には逆さ十字があり、おそらくラヴィニアも同じでしたが、彼女たちはほんとうに価値がないのでしょうか。しかも何についてでしょう」

「つまり、別の手段を使った中傷だと？」ケンバーは言ったが、彼女の不満顔を見てすぐさま叱られた気分になった。

「ちがいます。あれは重要な手がかりです。人があなたについて言う、根も葉もない最悪のことはなんですか？　嘘つき？　妻を殴る男？　脱走兵？　汚職警官？」

ケンバーはなるべく笑い飛ばした。「もっとひどいことを言われたよ」

目に怒りをちらつかせながら、リジーはケンバーの胸を指で突いた。「もしだれかがあなたを汚職警官呼ばわりしても、ほんとうは組織や警察全体のことを言ってるんじゃないですか？　一個のリンゴが腐っていたから樽ごと腐っていると言われたら、どんな気がしますか？」

彼女の言うとおりなのは、認めたくないがわかっている。ひとりの警官が賄賂をもらったために仲間全員が同罪になるのが、ケンバーにはがまんならなかった。

「おそらく犯人は過去になんらかのトラウマを受けたために、女性すべてが価値のない淫婦だと考えている」リジーがつづける。「犯人はいま、殺し、裁きをくだし、報復をしているところですが、それが臨界点に達しました。もう止まりません」

「では、色情狂を探すのか？」訊いたとたんにまたまちがったと気づいたが、リジーは頬を赤くし、低い声で言った。

「犯人は計画を立て、追跡し、処刑することで高揚感を覚え、だからこそ性的に興奮して

「……」そこで両手を握り合わせ、震えがちに息を吸ってから、閉じた唇の隙間から吐き出した。「けれども、色情狂ではありません。重要で力のある人間のわざだとだれもが確信するように、犯人は遺体を置いて見せた」

「犯人がそういう人間だときみは思うのか？」ケンバーは言った。

リジーが口もとを引き締めた。「そういう人間だと犯人が信じています。中心にあるのは力と支配。過去のある時点で、犯人は自分の力が及ばない出来事で心に傷を負い、それがきっかけで女性をひどく憎むようになった。彼女たちを殺すだけではなく、全女性に自分が支配者だと示さずにいられないのです」

16

リジーは会見室のドアの外で逡巡《しゅんじゅん》し、手を握り合わせてなるべく頭をすっきりさせた。根底に潜む非論理的な恐怖感が表面に現れてのさばろうとしている。

制御できないものに振りまわされている場合ではなかった。用意した心理学的プロファイルは、自分とまわりの女性たちを救うはずだ。それでも、中で待っている三人の警察官がこの分析と結論を批評してこきおろすのをリジーは知っていた。信頼を得て捜査を進めるためには最善を尽くすしかないが、わかっていても調子は悪くなる一方だった。

リジーは過呼吸を起こしはじめ、唾をぐっと呑みこもうとすると喉が詰まった。これ以上悪くなりようがなく、こんなありさまでは話すこともできないのでますます笑いものになり、いっそう屈辱を味わうことになるだろう。そう思うといっそう喉が詰まっていくようで、まるで脳が現実の体から遊離して好き勝手にグルグルとまわり、その回転運動から自由になれないか、自由になるのをいやがっているみたいだった。

こうした場に足を踏み入れるのは、本来の身の処し方とは正反対だった。発作の原因になりそうなものから遠ざかることで、いつもは症状が緩和されていた。たとえばソリティアのような集中力をつかうトランプゲームをしたり、クロスワードパズルを解いたり。けれども、いまそれをするのは無理だ。使える対抗手段がひとつあり、たまたま鼻風邪を引いている最中にパニック発作に襲われて発見したのだが、それは咳止め用塗り薬のヴィックスヴェポラッブのにおいを思い切り嗅ぐことだった。

リジーはポケットに手を突っこんでコバルトブルーの小瓶を取り出した。蓋をあけ、心の準備をしてから嗅ぐ。鼻にツンとくる樟脳《しょうのう》とユーカリ油とメンソール入りの、頭をすっきりさせるカクテルが脳を直撃し、不自然な呼吸のリズムを吹き飛ばす。リジーはあえいだ。

「どうかしたのかい？」

心配そうなケンバーの声を聞いたリジーは、小瓶をポケットにしまって咳払いをし、一歩踏み出して完全に姿を見せた。

「こんなことをして役に立つんだろうね」リジーがさっそうと会見室へはいるなり、ペンドリーが言った。「必要な話は全部終わったはずだが」

立たせずにすわらせようと思って配置しておいた椅子に三人ともすわっていたので、リジーはほっとした。これで彼らは正面に立つ彼女より低い位置におさまり、彼女の場所が優位になる。

真剣に取り合ってもらおうと奮闘をつづける日々にリジーは疲れはじめていたが、ついにケンバーがいやがる大尉を連れてくることを承知した。詮索好きの目をかわし、狭い駐在所から離れた正式な会見室に一同を集めたのは、自分の考えを聞いてもらうための専門知識を生かしたやり方だった。

ケンバーとライトは期待を寄せているようだが、ペンドリーの本心がよくわからない。両手を膝においてゆったり構えているが、目もとに怪訝《けげん》そうな皺を寄せている。すみやかに説明しなくてはならない。

「大変おいそがしいところ、わたしのために十分間割いていただいてありがとうございます」リジーは言った。「わたしは殺人犯の詳細なプロファイルの作成をお約束し、けさ警部補のもとへ届けましたが、それを簡潔に要約すればお役に立つと思いました」

「簡潔ならね」ペンドリーが言う。「ダリントン大佐がまた妙な考えに取り憑《つ》かれているから、どうにかしなくては」

リジーはゆったりと歩きだして三人に動きを追わせ、注意を引きつけて意識を一点に集めた。「みなさんは警察官ですから、集めた事実に推測と仮定と経験を当てはめます。わたしの広範囲の研究経験と認識は犯罪心理学に関するものですが、みなさんと同じことをし、犯人についてつぎの結論にいたりました」

こんどは男たちを直接見る。

「犯人の標的は女性ですが、これは性犯罪ではありません。憎悪の誇示です。この手の計画殺人は若い男の得意とするものではなく、体力のない高齢男性には実行がむずかしく、既婚男性も犯行を隠しきるのが困難です。犯人は三十代後半か四十代前半、未婚者、まちがいなくひとり暮らしでしょう」リジーはさっと黒板に向かってこう書いた。

男性、三十五—四十五歳、独身、女性を憎悪

「犯人はおそらく社会性に乏しいので、孤独を好む傾向があり、飲酒で憂さを晴らしていると思われますが、だからといって風采があがらないわけではない。外見のよさを利用して被害者をたぶらかしたのかもしれないけれど、権威や責任のある立場にいる可能性も無視できません。権力そのものに人は引きつけられますから」そう言ってリジーは書いた。

孤独好き、酒飲み、ハンサム、権力

「犯行現場には秩序と正確さが見られ、あわてて散らかした様子はありませんでした。このことから、犯人は仕事に自信を持っていて、こざっぱりとした隙のない身なりをしていると思われます」リジーはまた書いた。

自信、身だしなみがよい、几帳面

「犯人はその場に溶けこんでいるのでだれにも気づかれません。目をカッと見開いた狂暴な男ではないのです。まわりの環境の中で堂々としていて、その場所にとてもくわしく、好きなだけ出入りしてもだれからも不審に思われない。このあたりに住んで仕事をしているのでしょう」リジーは書いた。

この土地で仕事／住んでいる

「犯人は被害者が孤立してひとりでいるときに、灯火管制と空襲を利用して襲撃を隠蔽しました。ラヴィニアは灯火管制の中、犯人とふたりきりのときに村の戸外で殺されました。

エミリーは駐屯地の敷地をひとりで散歩して空襲がはじまったときに殺されました」リジーは書いた。

灯火管制／空襲

焼き焦がさんばかりの三人の視線を感じて、リジーはいったんことばを止めた。

「最後にもうひとつ。このタイプの殺人犯がトロフィーを――つまりそれぞれの殺しを思い出して追体験するための記念品を――取っていくのは珍しいことではありません。ラヴィニアとエミリーの身分証明書は彼女たちの証明書類の中から見つかりませんでしたから、いまのところ犯人は身分証明書を集めているようですが、その収集にあまりスリルを感じなくなったらもっとエスカレートするでしょう。だからこそ、わたしは自分の身分証明書を発見して震えあがったのです。エミリーの殺害はラヴィニアのときより過激でしたが、ほんとうはわたしが殺されるはずでした」リジーは書いた。

トロフィー

あのつらい症状を追いやったので前より楽になったとはいえ、強迫神経症が生み出すしつこい心の声がパニックに取って代わり、〝おまえが話していた遺体は不潔だから手を洗わなくてはいけない〟と言ってくる。ばかげているのは知っているが、この感覚を消すためにはしたがうしかないのも知っていた。取りあえずリジーは手を握り合わせ、反応を待った。

おぞましさを秘めた犯人像に一同がじっと向き合う中、ケンバーは腕を組み、室内の緊張とどんより重くなった空気を手に取るように感じ取った。頭の片隅で治りかけの鼻風邪と闘いながら、横にすわっている男たちに目を走らせる。ペンドリーの頰が余計に赤みを増す一方、ライトの顔からは血の気がほとんど引き、リジーは両肩に世界の重みがかかっていると言わんばかりの顔で立っていた。

ペンドリーが笑い声をあげ、膠着《こうちゃく》状態を破った。「この土地にいる人間、ハンサム、スーツを着た中年の独身者、酒は好きだがパーティーはきらい」とペンドリー。「きみの理想の夫像じゃないだろうな。それとも警部補のことかい？」

リジーがペンドリーをにらみつけた。「その程度しかわからなかったのなら、理解できるまでくわしく説明しましょうか？」

勘弁してくれといわんばかりにペンドリーが両手を少しあげた。「そんな必要はないよ。とにかくわたしはけっこうだ」

「たしかに検討する価値はある」ケンバーは言った。「諸君、ミス・ヘイズはこの捜査の取っ掛かりを示してくれた。ここは大きな町や市ではないから、大尉は賛成しなくても、黒板にあげた項目で当地域の大多数の人々を除外できる。犯人はわれわれの手の内を見抜いたと思っているだろうが、いまはわれわれが犯人の手の内を見抜いたことに気づいていない」

「それでもまだ広範囲だと思いますが」ペンドリーが言った。

ケンバーは首を横に振った。「これぐらいの村なら、調査対象は十五人程度に絞れると思う。駐屯地のほうは、きみが該当者を割り出したほうがいいだろう」ペンドリーの顎が引き締まるのがわかる。「それから、ラヴィニアの爪の中に皮膚と血液が残っていた」ケンバーはつづける。「犯人の体のどこか、手、手首、腕か首、顔などにはっきりとした引っかき傷があるはずだ。しかし二週間が経っているからいまでは薄れているだろう。薄れた傷も永久に残るわけではない」

「その様子だと、目星がついてるんですか？」

ケンバーはうなずいた。「何人かの人物に着目している」ドアへ目を走らせて安全をたしかめる。「まず、ダリントン大佐だ。たしかに、検問所の記録によればラヴィニア・スコットが殺された晩に大佐は駐屯地を離れておらず、部下の証言では十一時ごろ寝室へ行ったとされている。それでも彼は駐屯地にいる女性たちへあからさまな憎しみを見せ、いま思えば右手に引っかき傷があった」

「わたしならマットフィールド中佐をリストに加えますね」ペンドリーが言った。「こう言うと気が引けますが、中佐がダリントン大佐と考え方がちがうとは思えないんです」

「わたしもそう思う」ケンバーは言い、ペンドリーがようやくリジーの仕事を受け入れたらしいので安心する。「ATAが彼の型にはまった日常と安全意識を揺さぶったのかもしれない。村のパブで夕食をとったのは認めているが、しかし検問所の記録によれば、ラヴィニア・スコットが殺される前にもどっている。両者とも、エミリー・パーカーが死んだ夜に外出した記録はない。じつは、ダリントンと同じくマットフィールドもダンスを好まず、近辺に友人がおらず、しかも右手首に引っかき傷がある。空襲のあいだ執務室にこもり、ダリントンが十一時に出ていく音を聞いたとマットフィールド本人が言っているにすぎない。どちらも儀式用の軍刀や短剣を持ち出せる。そういえば、装飾を施した十字架が教会の聖具保管室にあったが、実際は中に短剣が仕込まれていて、十字架本体はそのさやだったな」

「警部補」ライトが眉をひそめた。「聖職者が関与しているとは思えませんが、牧師はエミリー・パーカーの殺害時にアリバイがありません。ダンスパーティーにいたのは覚えてますが、空襲がはじまったときは姿が見えませんでした」

「ジャイルズ・ウィルソン牧師のことを話そうと思っていたところだ」ケンバーは言った。「宗教の要素についてリジーの見方は正しいかもしれないが、しかし、聖書のことばと油でつけられた十字は無視できない。彼はラヴィニア・スコット殺人事件当夜のアリバイが弱く、本人は教会のバラの棘のせいだと言うが、右手に引っかき傷があった。過去には暴行事件も起こしている。商船にいたときにけんかをして、相手の男が死んだらしい」

「そんなことが」ライトが言う。

「けんかは正当防衛で、その男は頭を打ったあとで船外へ落ちたそうだ」

「それなら殺人ではありません」リジーが言った。

「たしかに」とケンバー。「昔からの友人を介して本人の過去を調べたところ、告発はされていないとわかったが、その一件は気になっている」三本の指を折って数える。「ほかに容疑者になりうる人間は？」

ライトがすわったまま姿勢を変えた。「アンディ・ウィンゲートがいます。修理工場に訪ねていったとき、やや挙動不審でした。いま思えばよくあることですけどね。人様のパイにいつも汚い指を突っこんできたやつですから。農場の女たちとねんごろになって、その相手が未婚とはかぎりませんでした。それに、小さな盗みと盗品売買の常習犯です。人の財産に近づくのが女をたぶらかすおもな目的かもしれません。内気な孤独好きには見えませんが、パブの隅でよくひとりで——だいたいはビールですが——飲んでいて、油とナイフと切削工具がいっぱいある作業場でひとりで仕事をしています。右腕に傷がありましたが、本人はスプリットピンに当たったからだと言ってました。ただの悪党で、人殺しをするような男じゃないと思いますが、まだ除外はできません」

ケンバーはもう一本指を折ってウィンゲートを人数に入れ、さらにふたり加えた。「あとふたり入れよう。ペンドリー大尉とわたしとで駐屯地の要員に質問をしたところ、気になる者が二名いた。トマス・ハモンドとフレデリック・ステイプルトン、どちらも空軍省の警備兵で、事件の夜はふた晩とも警備の任務に当たり、口で言う以上のことを知っていそうな感触を得た」

「大尉はこの見解に全面的には賛成していないが」ケンバーはペンドリーが口を開いて何か言おうとするのを見て、手で制した。「ハモンドに質問したとき、本人はちらちらと下や左を見て、目が合うのを何度も避けた。わたしの経験によれば、それは嘘をついているということだ」

「言ってみれば古典的なしぐさですね」リジーが言った。「嘘をつくときは下を向く。記憶をたどるときは目をあげる。警備任務のおかげでふたりはどちらの事件についてもアリバイがありますが、彼らが本来よりも警戒を怠っていたらどうでしょう。失礼なことを言うつもりはありませんが——」ペンドリーへ顔を向ける。「——検問所は一般に思われているほど警備が厳重ではないのかもしれません」少し考えてから、真っ直ぐケンバーを見る。「シャーリーとわたしが初日に到着したとき、わたしたちはステイプルトンを見ました。彼はひとりで検問所に詰めていたのですが、通過するときにわたしがバックミラーを見ると、だれかがはいっていくのが見えました」

「ハモンドにちがいない」ペンドリーがすわり直して言った。「やつには目を光らせておこう」

このように容疑者が幅広く浮上したので、ケンバーは現状突破の前に必ず立ちはだかる、いつもながらの失望と責任の重みを感じた。背筋を真っ直ぐにして痛む筋肉を伸ばし、背中をそらして肩をまわす。家に帰ってホット・トディーで長引く風邪をなだめ、早めに休みたいと思っていたが、その見こみは急激に失せていった。

警察署に置いてある旅行用トランクと、パブの部屋のことを考えた。

家などどこにあったんだ？

疲労が忍び寄り、ケンバーは目を閉じたが、そのとたんに頭と目の奥がうずく。少し経って目をあけると、うずきはまだあるものの頭はすっきりし、まわりの者が心配そうな目でつぎの指示を待っていた。

ケンバーは深く息を吸い、リジーの隣で立ちあがった。「ペンドリー大尉がダリントン大佐とマットフィールド中佐の軍務記録を、できればハモンドとステイプルトンの分も含めて手に入れてくれたら助かる。アンディ・ウィンゲートの過去についてはライト巡査部長も知らないから手の打ちようがないが、引きつづき見張っておく必要がある。巡査部長、最近やつがかかわった農場労働者を突き止め、駅長と郵便配達人からもう一度話を聞いてくれないか。何か思い出したかもしれない。わたしは例の十字架と短剣についてヘッドリー医師に訊くことがあるが、ペンドリーとわたしが早急に話をしなくてはいけない人間がまだひとりいる。ATA三等航空士のフェリシティ・ミッチェルとエミリー・パーカーはなんらかの理由で村のダンスパーティーに参加しなかったが、そのあとでエミリーが死体となって発見された」

リジーが息を呑んだ。「フィズがエミリーの死にかかわっていたと言いたいんですか?」

「そういうことじゃない。しかし、彼女はエミリーの生きた姿を最後に見た人間かもしれないし、彼女たちが土曜の夜になぜ駐屯地にとどまっていたのかを知りたい」リジーの体がこわばったので、ケンバーはあとでこっそり訊こうかと思ったが、しかしこれは殺人事件の捜査であり、警察官としての長年の経験が迷いを制した。「リジー、彼女たちがダンスパーティーへ行かなかった理由を知っているのか？」

リジーが不安そうにペンドリーへ目を走らせ、すぐにペンドリーが怪しむのをケンバーは見た。

「それは言えません」リジーが言った。

「なぜだ」ペンドリーが詰問する。

「わたしが言うべきことではないからです。ATAには階級があります。エレンデン＝ピット隊長に訊くのが筋ですが、正直なところ、その件が事件と関係があるとはとうてい思えません」リジーが静かだが挑戦的な態度でふたりを見返した。

「わかった」ケンバーは室内の緊張を断ち切った。「きょうはこれで終わるが、あしたもう一度簡単に話し合いをしようと思う。この駐屯地で」

ケンバーはミンクスをゆっくりと道路へ乗り入れ、村がある南へ向かった。バックミラーを見ると、検問所の柵が完全にさがり、現実と象徴ふたつの意味で自分とライト巡査部長を駐屯地から切り離したのがわかる。途方もない一日となったが、いまは自分の考えを思う存分さまよわせてもろもろの意味を把握するいい機会だった。容疑者のリストを作ることで大きく前進した気がするものだが、今回の場合はスタートラインに立ったにすぎないのだろう。ケンバーは犯人が被害者と話したことのある人物だと踏んでよそ者を除外し、リジーのプロファイルのおかげでその範囲が狭まった。しかし、ペンドリーの主張ももっともだ。スーツか制服を着てスコットニーに気軽に立ち寄る、条件にぴったりの中年男は大勢いるはずだ。それでも、自分の部下ふたりと将校ふたりが候補にあがってペンドリーは不安そうだった。聖職者と修理工場の機械工を加えたのも荒唐無稽さを際立たせた。

「何を考えてるんですか？　警部補」ライトが尋ねた。

　ケンバーはライトを見てある考えを思いついた。「わたしの経験によれば、巡査や巡査部長というものは、幅広い人脈を持っていることで有名だ」

　ライトは何も言わない。

「もしわたしが、ある軍人の過去を少し知りたいと思ったら、どこをつつけばその人脈にはいりこめるか、きみは多少なりともわかるだろうか。もちろん口外無用だ」

「わかるかもしれません、警部補」ライトが言った。

「そうだろうと思ったよ」ケンバーは微笑んだ。

「スコットランドヤードにひとりふたり知り合いがいて、彼らには友人がいて、そのまた友人がいます。意味がわかりますかね」

「その中のひとりにペンドリー大尉の軍務記録をつかんでもらうことは可能だろうか」ケンバーは尋ねた。「それから、ベン・ヴィッカーズ曹長のも」

ライトが顎ひげのあたりを掻いた。「戦争のせいでみんなびくびくしてますがね。でもまあ、やってみましょう」

「助かるよ。それから、きみの昼間の仕事を考えるとこれはむずかしい注文なんだが、スコットニー空軍駐屯地の検問所を今晩見張ってもらえないだろうか。重要参考人のだれかが駐屯地を出入りしたり、検問所で落ち合ったりしていないかを知りたい。これが捜査の鍵だとは言わないが、だれかが咎《とが》められずにすり抜けているとしたら、何か理由があるはずだ」

「お安いご用ですよ、警部補」とライト。「でも、どうしてさっきの報告会で言わなかったんです?」

ケンバーはためらいがちに言った。「大尉の前ではあれ以上何も言いたくなかった。駐屯地の全員がまだ容疑者候補だと考えているにしてもだ」

ライトがわけ知り顔でうなずいた。「大尉はミス・ヘイズのお手並みにあまり魅了されてないようですね。気持ちはわかりますが」

ケンバーは苦笑いをした。ケンバーがリジーを受け入れ、彼女の技能への信頼が増す一方、同僚たちは逆の見方をするらしかった。リジーに会見室で言われるずっと前からケンバーがいだいていたもうひとつの懸念は、犯人が灯火管制と爆撃の脅威を利用して犯行を隠し、リジーへ脅迫のメッセージを残したことだ。つまり、夜が来るたびに、サイレンが鳴るたびに、空襲があるたびに、犯人はあらたな殺人へと駆り立てられ、そしてつぎに狙われるのはリジーだろう。

数分後に村へ着き、ケンバーは駐在所の外にミンクスを駐車した。

「やかんを火にかけますね」ライトが言い、ふたりは中へはいった。

ケンバーは事務室へ行ったが、上着を脱ぐ暇もなく電話が鳴った。受話器をつかむ。

「いったいきみは何をやってるつもりなんだ」

上司のハートソン警部の声にケンバーの心臓が胃まで沈みこんだ。

「二件の殺人事件を捜査しています、警部」

「ふざけるな、ケンバー」ハートソンが一喝した。「そんなことはやめるんだ」

「それはどういう――」

「翼の下にどこかの女を入れたな。民間人だ。そして警察官の真似事をさせている」

「ほう、お聞き及びでしたか」ケンバーは受話器をいじくりながら言った。

「ああ、聞いたとも」ハートソンが怒鳴る。「くそったれの警察署の全員、くそったれのスコットランドヤードもな。決まってるだろう」

〝そうなんだろうな〟ケンバーは思った。〝こんなに叫んでるんだから〟

「ダリントン大佐がそれについて口頭で苦情を述べた」ハートソンがつづける。「だから、全員の時間を無駄にするのはただちにやめたまえ！　大佐が書面で苦情を出す前に」

「彼女は犯罪心理学の専門家です、警部。資格を持つプロの人間が見識を与えてくれるんですよ。しかも無料で」

「プロだと？」ハートソンが吐き出すように言う。「どういう見識だ。きみのせいでこっちはいい笑いものなんだぞ、ケンバー。そのえらそうな女を引き連れてケント州を歩きまわらせるわけには──」

「彼女はそんな人じゃ──」

「おまけにその女はくそったれの証人だ」

「彼女には実績があるんですよ」ケンバーは言い張った。

「たとえその女が国王から手紙を授かっていようが関係ない」ハートソンが言う。「彼女はイギリス空軍と空軍省の保護下にある民間人飛行士という立場で、被害者になりうるし、証人にもなりうる。くそったれの証人にな、ケンバー！」

ケンバーは厳密に言えば自分がまちがっていて、いくら説明しても勝ち目がないのはわかっていた。むしろハートソンの厳しい叱責に耳を傾け、本人の口ひげが震えてうねるのを想像し、激しい怒りが爆発するのを待ち構えた。ハートソンにやかましく責め立てられても、ケンバーはもうリジーのやり方を採用すると決めていて、捜査にここまでかかわらせた以上、彼女を見捨てることはできなかった。

「こんど警察署長から電話があったらきみのキャリアは終わる。わかったな」

ハートソンの最後のことばと受話器を叩きつける音がケンバーの耳に突き刺さった。ライトが開いたドアから物問いたげな顔を覗かせるのを横目に、ケンバーは受話器をしっかりともどした。

「ハートソン警部はミス・ヘイズの捜査協力のことで非常に動揺している。ダリントン大佐が苦情を訴えたらしい」

17

翌日の午後、ケンバーは時計に目をやりながら領主館の広間に居すわってつのる苛立ちを抑え、ATAの一日の活動報告が終わるのを待ち構えていた。好天つづきでその日は女性隊員たちが早朝に飛び立ったので、ケンバーは彼女たちが輸送任務からもどるまで、日中の大半は村で待っていた。従卒に案内されて広間を出たときはうれしくてほっとし、おとなしくATAの作戦司令室へ通されたが、そこでは電話を一本取っただけだった。

「巡査部長か」とケンバー。「何かわかったのか？」

「わかりましたよ、警部補。言われたとおり、先ほどウィルソン牧師のところに立ち寄ったんですがね。空襲の前に村のダンスホールからいなくなったのは、ダンスがあまり得意じゃないからだそうです」

「きみは牧師がダンスをしたと言わなかったか？」

「言いましたよ、警部補。ATAの隊長といやいや一回だけ踊ってました。少しあとでこっそり牧師館へ帰ったのは、ミセス・オークスからダンスの誘いを受けないようにするためで、空襲のサイレンが鳴ったときは教会の地下へ避難したそうです」

〝ちくしょう〟ケンバーは思った。もちろん目撃者はいないだろうから、そのもっともらしい説明は頭の隅にしまいこんだ。

ライトに礼を言い、広間へもどって待っていると、シャーリーとニーヴとアガタがおしゃべりをしながら会見室から出てきたので、ケンバーは入室した。部屋の奥にフィズとジェラルディンがいて、そばの椅子を勧められたのですわる。ハートソンの電話の件ではまだむしゃくしゃしていた。リジーの非公式の採用についてほかに知るのはペンドリーだけなので、彼が何か言ったにちがいない。空軍警察官としての苦しい立場はわかるが、ともに捜査をする仲間なら、少なくとも事前にひと言ことわってくれてもよかったはずだ。

ケンバーはそのことをなるべく頭から追い出して目の前の問題に集中しようとしたが、捜査が膠着状態で待ちくたびれたうえに風邪っぴきとあっては寛容の度合いがさがり、苛立ちを隠すことができなかった。

「会ってくれてありがとう、ミス・ミッチェル。ケンバー警部補です」

「はい、知ってます」フィズが浮かない顔で言った。

「単刀直入に訊きたい。エミリー・パーカーが亡くなった夜、なぜきみはほかの女性隊員たちといっしょに村のダンスパーティーへ行かなかったのかな?」

フィズがジェラルディンをすばやく見たので、ジェラルディンがうなずいた。

「あたしは不品行への罰として、駐屯地の外へ出ることを禁じられていました」フィズが言った。

「くわしく説明してもらえるかな」

話すには覚悟が要るらしく、彼女はもじもじした。「エミリーとあたしはホワイト・ウォーザンの訓練初日で会ったとたんに口げんかをしました。衝突はしょっちゅうでしたが、たいていはすぐ終わりました。でもあのときにかぎって以前からの敵対意識が燃えあがって頂点に達したんです。口論がエスカレートしたあげく、ついカッとなって勝負をすることにしました。あたしはシャーリーの車、エミリーはリジーのバイクに乗りました」

「車を盗んだ?」ケンバーは口を挟んだ。

「ちがう!」フィズは仰天したらしく、鋭い視線がケンバーとジェラルディンのあいだを行ったり来たりする。「あたしたちはどっちの操縦がうまいか決めようとして、飛行場を走りまわるために車とバイクを借りたんです。愚かな行為で、結局ふたりとも運転に失敗しました」

「それで、あなたは知っていたんですか?」ケンバーは非難めいた口調でジェラルディンに訊いた。

ジェラルディンがきっぱりとうなずいた。「知っていましたが、いかなる懲戒処分を下すにせよ、ATAの内々にとどめておくことに決めました。わたしにはそうする権利があります。今回の件で上層部はわたしたちの配置換えを要求して騒ぎ立てるかもしれず、そうなればATA全体の評判を落とすことになります。彼らの女性に対する感情は非常にはっきりしていますから」

それまで堂々と胸を張っていたフィズが肩を落としたのにケンバーは気づいた。

ジェラルディンの顔が厳しくなった。「それに、どこもお互い様ですから、こちらの問題でよそから叩かれるいわれはありません」

「どういうことでしょう」ケンバーは不意を突かれた。

「あなたはうちの隊員のひとりをご自分の目的のために使い、彼女のキャリアを危険にさらしています。ダリントン大佐とわたしはただでさえ良好な関係ではありませんから、大佐はわたしを叱責することでこのうえない喜びを味わいました」

ケンバーはばつの悪さに身をすくめた。「捜査のせいで気を悪くなさったのなら申しわけない。上司の警部からダリントン大佐の意見は聞いています」

「でもわたしの意見はまだでしょう。ヘイズ三等航空士は協力したくてたまらないのかもしれませんが、あくまでわたしの指揮と監督のもとにいます。彼女にはきつく言っておきました。この狂暴な犯人がつかまるのは全員の望むところですが、ここでのわたしたちの立場をあやうくする真似はどうかやめてください。殺人犯が女性隊員を狙っているという理由で、ダリントン大佐は今回もわたしたちを排除しようとしています。空でも地上でもわたしたちが毎日死と向き合っていることをだれもが忘れているようですが、それでもこれは、飛ぶことが大好きなわたしたちが少しでも軍事活動を支えるべく進んで選んだ仕事です。わたしたちには任務があり、ここを離れたい者はひとりもいないので、空軍警察には強く保護を要求します。あなたはご自分の仕事をなさってください」

ケンバーはジェラルディンの視線をいっとき受け止めてからうなずいた。くやしいがすべてがもっともで、返すことばがなかった。フィズが面白そうに見つめているのに気づき、彼女へ注意をもどした。

「あの晩ミス・パーカーを最後に見かけた時間は？」ケンバーは尋ねた。

「九時半ごろです。あたしが今夜は早く寝ると言ったら、彼女はいつもどおり散歩をして煙草を吸うために外へ行きました。そうすると頭がすっきりするんだそうです。あたしが部屋へ行って数分後に空襲警報が鳴りました」

「大佐か中佐を見かけたかな？」

フィズが視線をはずして考えこんだ。「夕食のときにふたりを見ました。空襲の前です」

「ふたりはシェルターにいたのかな？　ミス・パーカーはどうだった？」

フィズが首を振り、〝いいえ〟の代わりに顔をしかめた。「別のシェルターへ避難したんだと思ってました」

ケンバーは質問をやめ、一度深呼吸をして少し考える時間を持った。率直に言ってもっと期待していたのだが、どうやらフェリシティ・ミッチェルのエミリー・パーカーに対する敵意は、無謀なレースで競う程度のもので、殺人を犯すにはほど遠い。しかも彼女はその時間シェルターにいて、とにかくあの空襲の夜、ほかのだれかを見かけなかった。

ケンバーは苛立たしく唇の裏側を噛み、立ちあがった。「ありがとう、ミス・ミッチェル。それで終わりだ」

ジェラルディンがとまどった顔を見せた。「このことを上に報告しないのですか？」

「わたしの管轄ではありませんから。犯罪が起こったとは聞いていませんし、その騒動はわたしの捜査と直接の関係はないようです」帽子を手に取る。「そちらで対応なさったのだし、痛ましい結果を考えると、せっかく積んだリンゴをひっくり返す機会をだれかに与えたくありません」帽子をかぶり、敬意のしるしにつばに手を当てながら敬礼をする。

「お時間をいただいてありがとう。ではこれで」そう言って会見室をあとにした。

クラブ〈ハンガー・ラウンド〉のラウンジにただよう死の静寂が、ふたつの殺人がATAの女性隊員たちにどれほど重くのしかかっているかを表していた。悲しみはリジーの胸を締めつけ、ことばにはならなくても体の兆候となって現れた。アガタはフィズの隣にすわってさっきから新聞の同じページを十分間も読みつづけ、フィズはリズをじっと見つめ、目が合うたびに視線を落とした。一方ニーヴとシャーリーは食堂から持ってきたお茶のマグを持っているが、ほとんど飲んでいなかった。

リジーがATAの打ち合わせで警告を発してからというもの、フィズは心理学の研究や犯罪の調査について質問を連発し、まるで口頭試問さながらだった。さらに、警察の聞き取りからもどるやいなや、リジーがジェラルディンに叱られたことやケンバーに協力していたことを全員に広めた。これが仲間によく思われるはずがなく、重苦しい空気が目に見えていっそう重くなった。そのうえ、フィズはけんかを売りたくてたまらないらしい。

フィズはすわったまま身を乗り出し、肘を膝に置いてリジーの目線の先にはいりこんだ。

「わからないのは、なぜあんたみたいなのが助けになるって警察が考えたかだよ」すでに話の途中のような言い方だ。

リジーは腹立ちまぎれのため息を呑みこんだ。「警察はわたしの意見を求めている、それだけよ」きっぱりと言う。

「なんについて？　大学でどんな本を読んだかについて？　それがなんになるの？」

「本を読んだだけじゃないのよ。前にも言ったけど、調査をしたの」

「へえ、そうなのね。調査をしたの」フィズが口真似をする。「あの人は上級職の警官で、あんたは飛行機乗り。お互い惚れ合ってもラヴィニアとエミリーを殺したやつはつかまらないんじゃないの？」

「ばかなこと言わないで」リジーはすばやく言い返し、不安が一気にこみあげるのを隠した。「わたしは人間の行動とその過程を見ることで、心を読み取る方法を学んだ。それはほかのすべての技能と同じく、たとえば飛行機の操縦のように、学んで訓練すれば身に着く。わたしの意見ではあるけれど、それは知識と経験に基づいた意見なのよ」

フィズが首を横に振った。「一度言ったけどまた言うね——あんたってまともじゃない」

〝何か新しいことを言いなさいよ〟リズは思った。

「もう終わりにしなさいよ」シャーリーがいたたまれずに手を払ったせいで、灰と煙が空中に模様を描く。「怪物をつかまえるのに役立つなら、なんだっていいんじゃないの？」

けれどもフィズは引こうとしなかった。「頭がおかしい人間の意見は別だよ。あんたは人のことがわかると思ってるんだよね。じゃあ、あたしの心を読んでみて」

リジーは悲しい気持ちで首を横に振った。「ねえ、あなたがわたしたちのように怯えているのはわかる。だって警察が犯人を見つけられず、エミリーが殺されるのを止められなかったんだもの。それで自分の怒りをわたしに向けてるのよね。わたしがどこか異質に思えるから。でも、あなたが言ったように、そんなことをしても犯人はつかまらないんじゃない？」

フィズが緊張したのを見て、飛びかかってくるかとリジーは身構えた。けれどもいまのことばが的を射たらしく、フィズは口をつぐみ、言われたことの真意が伝わって傲慢な態度がわずかにしぼんだ。

「男はだいじょうぶで、殺されるのはわたしたちなのね」アガタがそっけなく言ってテーブルへ新聞をほうった。

「そのとおり」ニーヴがマグを勢いよく置いた。「わたしたちはお互いに自分たちで用心するしかない。ここを離れたほうがいいのかもね」

「なんのために？」シャーリーが言った。「どこへ行っても撃たれたり爆撃されたりするのに」

「それでも切り刻まれたりはしない」

「いいこと教えてあげる」フィズがにんまりとした顔で言った。「隊長は逃げも隠れもしなかった。あの警部補にもっともな説教をしてたよ。あたしたちはこなすべき任務があるからそっちをやっつける。警部補は自分の仕事をもっとちゃんとやりなって。あの空軍警察の大尉も槍玉にあげられてた。大尉はあの場にいなかったけど、みんなをもっとちゃんと守るべきだって隊長は言ってたから、こんど会ったら大尉はただじゃすまないよ。隊長が直接大佐に訴えてもあたしは驚かないね」

「でも、大佐はわたしたちをここに置きたくないのよ」ニーヴが言った。

「だとしても変わらないよ」フィズが肩をすくめる。「空軍省は空軍省のやりたいようにするから」

「わたしたちが出ていったら」リジーは言った。「しばらく犯行は止まるかもしれないけれど、犯人はぜったいつかまらない。それはだれにとってもよくないことよ。犯人はつぎに送りこまれた女たちを襲うでしょうね。それが終わったらまたつぎを。わたしとしては、つぎの殺人の前に犯人を止めたい。だからここを離れないわ」

アガタが煙草に火をつけ、それを口の端にくわえて話すので、煙草が上下に向きを変える。「身を守るべきはこの部屋にいる五人。それと隊長ね」

「そうね。みんな離れないようにしなくちゃ」シャーリーが新しい煙草に前の残り火で火をつける。「犯人はわたしたち全員を狙ってるんだから」

ラウンジにまた静寂がもどり、シャーリーのことばが本人の吐く煙さながら宙にとどまった。リジーがフィズを見ると、彼女は向かいのソファの隅でむっつりと背を丸めている。アガタは物思わしげに煙草を深々と吸い、天井で光輪となった分厚い煙の雲をさらに厚くしている。彼女の平然とした態度のどこまでが空威張りなのだろう。ニーヴはマグを手にしていたが、さっきより強めに持ち、少し飲んで生ぬるくなった液体に顔をしかめた。シャーリーはスカートの裾のほつれを指でいじり、数日前に村役場でダンスを楽しんでいた若い女とは正反対の、立てつづけに煙草を吸う影と化していた。

リジーは額のあたりに緊張を感じ、片頭痛を起こしそうで心配になった。制服のポケットに手を入れて、ひりつく目をぬぐおうとハンカチを探したが、指がふれたのは以前見つけて忘れていた紙屑だった。

それを広げ、小さな紙片に印刷された文字を読むやいなや、リジーはあえぎ声をあげて立ちあがった。いっせいに問いかける周囲の声を無視し、自分の手回り品をつかんで階段を駆けあがり、ケンバーへ電話した。

ライト巡査部長のくぐもった声、それから受話器を手渡すときの雑音が聞こえた。

ケンバーの声が聞こえると同時にリジーは言った。「わたしです」

「きみなのは知っている」ケンバーが言う。「ライト巡査部長から聞い――」

「わたしなんです。思ったとおりでした。犯人はわたしを標的にしたのにとらえられなかったからつぎの獲物であるエミリーに向かい、空襲に乗じて犯行をやりとげ――」

「だまりたまえ」ケンバーが断固とした口調で言った。リジーがだまる。「きみが捜査にかかわったことでお互い厄介なことになっているのは知っているね？」

「わたしはクビになってもかまいません」とリジー。「手遅れになる前に犯人をつかまえるほうが大事です」

「わたしでは手遅れになるとでも？」ケンバーが言い返す。

「そんな意味じゃありません」リジーは言うが、心臓の速い鼓動に合わせて頭がずきずきと痛む。ケンバーは自分のキャリアが台無しになるのが心配なのだろうが、それでも、正しいことをしたいと思わないなら、ぜったい自分を捜査に協力させなかったはずだ。

「わかってる。だが慎重にやろう」とケンバー。「さて、何があったんだ？　ゆっくりでいい」

リジーは息をつき、安堵の波に包まれた。「わかりました。ゆっくり言います」返事というより、自分に言い聞かせるつもりで言った。「先週、新しいクラブをオープンする前のことですが、わたしたちは準備をすっかり終えて地下室を出るところでした。シャーリーにハンカチを渡すとき、一枚の紙切れが出てきました。わたしは紙屑だと思ってまたポケットに押しこみました。たったいままた気がついたので、見てみました」

リジーはそこで中断し、ケンバーが察するかどうかをうかがった。

「つづけて」とケンバー。

リジーはもう一度深呼吸をして呼吸を落ち着かせ、紙を広げて読んだ。「こう書いてあります。〝その裁きは真実で正しいからである……〟もっと読みますか？」じっと待ち、電話の向こう側の息づかいに耳を傾けた。

「そのクラブにあったのか？」ケンバーが訊いた。

「いいえ、わたしのポケットの中です。わたしがトランプを見つけたあとで犯人がこっそり入れたんだと思います。つぎはおまえだと脅していたんです」

「しかし、つぎはきみじゃなく、エミリーだった」

「そうですが、これは機会の問題なんです」リジーはもう一度何もかもひと息に話したくなったが、混乱する思考の手綱を引き寄せ、自分の考えとその重要性をケンバーに伝えられるように整理した。「犯人が襲いかかるには、満たすべき一定の基準が必要で、たまたまラヴィニアとエミリーが真っ先にその基準を満たしたんです。犯人は自分を主張しつづける必要があるのですが、偶然とはいえ、わたしは犠牲者の立ち位置にいなかった。犯人はトランプでわたしを愚弄して、おまえがだれか知ってるぞ、何をしているか見えてるぞと伝え、聖書の一節で、油断したらいつでもつかまえるぞと脅しました」

いっとき沈黙があり、やがてケンバーが言った。「わかった。すぐにペンドリーに知らせて見張ってもらうといい。あしたの朝一番に迎えにいく」

「それはだめです」リジーは憤然として言った。

「これ以上灯火管制中に惨劇を起こしたくない」

「わたしはだいじょうぶです。ちょうどいまほかの隊員たちと話し合いました。わたしたちはどこへも行きません」

ケンバーの憤懣《ふんまん》やるかたない息づかいが聞こえる。「ぜったいひとりにならないように」

ケンバーの要求は善意によるものかもしれないが、ペンドリーに守ってもらえという指示に劣らずえらそうだとリジーは思った。そして、あとのぎこちない沈黙をケンバーが破ってくれたのでほっとした。

「きみがその紙にさわって、数日間ポケットに入れてあったのなら、犯人の指紋は残っていないかもしれないが、それでも安全に保管してくれたらあした受け取ろう」

「わたしもそう考えていました」リジーは気を鎮めて言った。「読んだとたんに知らせたくなったんですけど、仲間とぴったりくっついていればだいじょうぶです。心配しないでください」

本心より平然と聞こえるように言って、リジーは電話を終えた。ケンバーにガラハッド卿（円卓の騎士のひとり）の真似事をされてみんなの前で決まりの悪い思いをするのだけは避けたい。とくにフィズの前では。だからといって、恐ろしくないわけではなかった。犯人が大胆になるにつれ危険も増し、いまは彼女の警察への協力を知らない者はいない。リジーは第一の標的だった。

18

飛行機の音でケンバーは思いのほか早く目覚め、一瞬ここはどこだろうと思った。それから一気に記憶がよみがえる。

ごろりと仰向けになってあと十分眠ろうとしたが、パブで一日のはじまりの音が聞こえた。瓶がふれ合う音、鼻歌の調べがドアの下からはいりこみ、水が金盥《かなだらい》に当たってきれいな音を奏で、盥がいっぱいになると深い響きになる。ケンバーはベッドから抜け出し、遮光カーテンをあけて部屋に光を行き渡らせた。あくびをしてから朝の身じたくに取りかかり、ようやく朝食をとりに木の階段をきしらせながらおりた。

「あら、おはよう」アリスに陽気に声をかけられて、ラウンジのテーブルにつく。「絶妙なタイミングね」

アリスが湯気の立つオートミール粥《がゆ》がはいった碗をケンバーの前に置き、甘みを加えるための濃厚な蜂蜜と一杯の紅茶を添えた。運がいい日のフライ料理はけさはないが、ケンバーは粥を数分できれいにたいらげた。火傷しそうに熱い紅茶はもう少し時間がかかり、おかげでその日の予定をじっくり立てられたが、することはあまりなかった。

もう一度ベッドへもどろうかと本気で考えたあと、使い終わった食器をきちんと置いて、奥の部屋で仕事中らしいアリスへ大声で礼を言った。

「どういたしまして」アリスの返事が聞こえた。

ケンバーはパブのドアを閉め、ふたりの学童がハイストリートをうろついて、空襲のときに散らばった薬莢《やっきょう》や爆弾の破片を探しているのを避けて通った。重いブーツの靴音が聞こえたので顔をあげると、村の北端から地元の国防市民軍兵が行進してきたので楽しくなって微笑んだ。二日前に地域防衛義勇隊の寄せ集めが改名され、新品の制服を着ているが、自前の散弾銃、スポーツ用ライフル、前の大戦時の拳銃など、種々雑多な装備のせいでちぐはぐに見える。

「ぜんたーい、止まれ」軍曹の三本線をつけた背の低い小太りの男が号令をかけた。

男たちが足踏みをぴたりと止め、ケンバーがながめていると、村役場からイライアス・ブラウンが出てきて先頭までつかつかと歩き、大声で言った。「全隊、右へならえ、速足進め」

ケンバーは男たちが通り過ぎるのを待ち、道を渡って駐在所へ行った。ライトがむくれ顔で挨拶し、あくびを噛み殺した。

「われわれが二件の殺人事件に取り組んでいるのにまるでおかまいなしですよ」ライトが不平を言った。「地域防衛義勇隊への入隊申し込みに駐在所に押しかけられるだけでも大変なのに。ブラウンと仲間の間抜けどもに新しい大仰な名前をついたものだから、連中は村役場をあらかた乗っ取っていまいましい司令本部にしたんですよ」

「どんな活動をするんだい？」ケンバーは尋ねた。

「きょうはこれから新しい三つの小型シェルターを分捕るところです」ライトはケンバーがぜったいくだらないと思えるような言い方をした。「ひとつは道路と川にかかる鉄道橋を監視するため、ひとつは南の進入路の交差点、ひとつは傾斜地から駅までつづく野原を見張るため」

ケンバーがすわっているそばでライトはティーポットを搔きまわし、ふたつのマグに湯気の立つ薄い液体を注いだ。

「国防市民軍兵はきのう抗侵攻防衛対策を終えました。グライダーや落下傘部隊を阻止するために、尖らせた竿を何本も牧草地に立てたんです」ライトがつづける。「イライアスは夜明けから夕暮れまで、小型シェルターと交差点の要所に人を配置するようにという命令を受けています。あとは、侵攻があった場合に通告後十五分で動ける態勢をとっています」

「行き届いてるじゃないか」ケンバーはそう言ってライトからマグを受け取った。

「そうかもしれませんけど」ライトがまたあくびを嚙み殺して涙目になる。「でも、調子に乗ったブラウンがますますでかい顔をして、あのでかさはいまじゃラグビーボール顔負けだ。どういう風の吹きまわしか――たぶん世界大戦に行ったからでしょうけど――司令官になったんですよ。ロイヤル・ウェスト・ケント連隊第二十一トンブリッジ大隊スコットニー中隊、というそうです。こう言っちゃなんだけど、ちょっと舌がまわらないな。いまじゃ本人はブラウン隊長と呼べと言ってます」

「なるほど、たしかにそんなふうに見えるな」

ライトは笑い、首を横に振った。「駅長のアルフとまた話したんですが、目新しいことは何も聞けませんでした。残りの農場労働者たちともどうにか話ができました。全員鉄壁のアリバイがあります」

「やはりな」

「それから、ミスター・ペンドリーからの言づけで、頼まれていた軍務記録が手にはいったそうです」

「そうか」とケンバー。「早かったな。まあいい、会いにいこう」

「もうひとつあるんです」ライトが言う。「ゆうべは言われたとおり検問所を見張ったあと、ウィンゲートのあとをつけたんですよ」

「どおりであくびが出るわけだ」ケンバーはお茶をひと口飲んだ。

ライトは壁に貼ってある地図のほうへ歩いていった。「毎日修理工場を閉めたあと、ウィンゲートは自分のトラックを鉄道橋近くの小さなおんぼろ納屋の中に入れます。以前、駐在所の裏に停めてある古い警察車両のウーズレーで尾行を試みたんですが、あまり接近するわけにもいかず、行き先は突き止められませんでした。やつはトラックからおりると、荷台に載せてあった自転車をこいでどこかへ行き、小一時間でもどってくるんです。農場へ盗みにはいるつもりにちがいありません。それはともかく、やつは昨晩十時ごろ、修理工場裏の自宅を出て、トラックに乗って走り去りました」ライトが位置を示す。「尾行しましたが、ここで見失いました」指で別の地点を軽く叩く。「どうしようかと困っていたところで、やがてあることを思い出しました。その小道はずいぶん昔に家畜の通り道だったんですが、スコットニーの領主館の古い西門付近でマナー・レーンの近くを通ってるんです。西門のアーチはとっくに撤去されましたが、いまは空軍駐屯地の検問所になっています。とにかくいったん引き返し、もう一度検問所を、こんどはマナー・レーンから見張ることにしました」

ライトは軽く咳払いをしてつづけた。「車で行けるだけ行ってから、反対側の生垣沿いに歩いて近づきました。ハモンドとステイプルトンが勤務中でした。ふたりが口論しているのが見え、やがてハモンドが検問所を出て、ひと目を避けるように姿勢を低くして小走りでどこかへ消えました。別の出入口でもないかぎり、駐屯地から出たはずがありません。やつは一時間も経たないうちにもどってきて、検問所へはいりました。ふたりはもう少し激しい口論をしましたが、やがておさまり、まったく口をきかなくなりました。何をたくらんでいるにせよ、持ち場を放棄したハモンドは有罪です」

獲物を追う興奮が急にケンバーの胸でうずいた。「ハモンドが持ち場を放棄したのとウィンゲートがその小道をドライブしたのが同じ夜だというのは、偶然にしては出来すぎだな」

ケンバーは立ちあがり、ウィンゲートがとったと思われる地図上のルートを指でたどった。これが待ち望んでいた大発見なのだろうか。

「疑問が三つある」ケンバーは言う。「ハモンドとウィンゲートが会ったとしても、連中はどんな犯罪に――多少なりとも犯罪だとして――かかわっているのだろうか。ハモンドが駐屯所から出ず、ウィンゲートが一歩もはいっていないのなら、死んだ女たちとふたりの関係は？　ハモンドまたはウィンゲートはなぜラヴィニアとエミリーを殺したいのだろう」

ライトが肩をすくめた。「ラヴィニア・スコットは何かを目撃し、口封じのためにウィンゲートに殺されたのかもしれません。エミリー・パーカーも駐屯地で何かを見て、同じ理由でハモンドに殺されたんでしょう」

戦争は最悪の人間の中にある最悪のものを引き出したが、ケンバーが知るかぎり、あのふたりが冷酷な殺人鬼とは思えなかった。リジーが犯人のプロファイルを提供してくれたときもこうした見方が強まるばかりで、単独犯を追うべきだという彼女の主張をいまも信じているが、それでもどんな手がかりもありがたかった。

「よくやった、巡査部長」ケンバーは言った。「悪いがもうひと晩働いてもらうことになる。ウィンゲートが何を考えているにせよ、現場を押さえる必要がある。作戦はきみにまかせるから、あとで打ち合わせをしよう。だがその前に、村の住人からもう一度話を聞く必要があると思う」

ケンバーとライトはハイストリートをゆっくりと渡り、赤い縁取りがある濃紺の郵便局の制服を着た男のほうへ向かった。男は支局が置かれた食料雑貨店の外で身をかがめ、真っ赤な円柱形のポストから手紙やハガキを出して、ベージュ色の帆布の肩掛け鞄に入れているところだ。郵政省《GPO》支給の赤い自転車が壁に立てかけられ、GPOの文字がはいった戦時用の鉄のヘルメットがハンドルにかかっている。ケンバーはライトを軽くつついて紹介をうながした。

「やあ、コーキー」ライト巡査部長が声をかける。

郵便配達員がすっくと立ちあがったので、身長は百八十センチを優に超えるだろうとケンバーは思った。

「何度言ったらわかるんだ、デニス」配達員がため息をついた。制帽を取り、短く刈りあげた白髪交じりの薄毛に手を走らせる。「コーキーじゃなくてジムだ」

ライトはにっと笑った。「こちらがジェームズ・コーコラン、村の郵便配達員です。そしてこちらはスコットランドヤードのケンバー警部補だよ」

ケンバーはきちんと会釈をし、不本意な呼ばれ方がいかに腹立たしいかわかっているので苦笑いを見せた。〝スコットランドヤード〟ということばが一部の人々に与える影響も知っていたが、ジム・コーコランの態度は平然としたものだった。

「警官ってのはどれも似たり寄ったりだな」コーコランが笑みを浮かべて言う。「でもまあ、昔のデニスより少しはましに見えるがね。おれはこいつが半ズボンとソックス姿のチビのころから知ってる」

「それはいいよ、ジム」ライトがぼやいた。「こいつはあのころから丸ぽちゃの坊やだった。ケーキに目がないやつと言ったらデニスのことだった」ケンバーにウィンクをする。「グラディス・フィンチのティーショップへかよっているところを見ると、いまでもそうらしい。もっとも、興味があるのはケーキのほうじゃないのかもな」

ケンバーはライトの狼狽《ろうばい》ぶりに思わず微笑んだ。悪意のないひやかしは巡回中の警察官が避けて通れないものだ。まあまあ失礼だったとはいえ、それは警察官が頼みとするレベルの親しみと信頼を示していた。村の住人全員がライト巡査部長をよく知っていて、幼馴染の者も多いのだろう。こうした人間関係がきわめて貴重だということをケンバーは肌で感じていた。

「ところで、捜査は進んでいるのかい」コーコランが尋ねた。

「まあまあ順調です」ケンバーは曖昧に答えた。

「それ以上は言えないってことか」

「いまのところは。あなたが配達中に妙なものを見かけていれば別ですがね」

「デニスにはもう言ってあるが、まったくないね」とコーコラン。「検問場所と小型シェルターを勘定に入れるなら別だがね。それから、馬を怯えさせるスピットファイアもな」

ケンバーはうなずいた。「配達の邪魔をしましたね」歩いていくふたりに向かってコーコランが投げかけたことばに、ケンバーは笑みを浮かべた。「グラディスによろしくな」

ライトが自分の机の前にすわるそばで、ケンバーは上着と帽子をコート掛けに掛け、ドア付近の訪問者用の椅子に腰をおろした。

「アルバート・ガーナーのガソリンをだれが盗んだのであれ、そいつは殺人犯が外にいたのとほぼ同時刻にうろついていたにちがいない」ケンバーは言った。「ガソリンを抜くのにかかる時間は、ええと、五分か十分程度か？」

「そうですね」ライトが言う。「そんなもんでしょう」

ケンバーは机からちびた鉛筆を取ってから警察の配布物を裏返し、ざっと線を引いて村の略図を描いた。

「あたりは暗く、見る角度も完璧ではなかったが、その泥棒は殺人犯を目撃したのかもしれない。アルバート・ガーナーがアンディ・ウィンゲートとパブの外にいて、ふたりがそれぞれ別方向へ帰っていったのをグリーンウェイは覚えているが、ガーナーが家に着くのは見なかった」

ライトが眉間に皺を寄せた。「グリーンウェイはまずそっちの方向へパトロールに行ったと言いませんでした？　ガーナーを見たはずですよ」

「グリーンウェイの話では、その晩は村役場周辺の安全点検をおこなった。ときどきやるが毎晩はやらないそうだ」ケンバーはその動線を鉛筆で記す。「だから牧師館へ着くのが十分か十五分ほど遅れた」

「殺人犯がことを終えるにはじゅうぶんな時間ですね」

「おそらくな。修理工場は反対方向だから、グリーンウェイはウィンゲートが自宅へ着くのも見なかった。そのうえ、遮光カーテンがきちんと閉められたのは見たが、牧師館の近くでだれも見かけなかったし、ミセス・ガーナーにも気づかなかった。ミスター・グリーンウェイは観察眼があまり鋭くないんだろうか」

ライトが沈んだ面持ちで言った。「だれもが自分の用事にかまけていて、ほかのことは気にもとめなかったようですね」

「自分の殻に閉じこもるのは人間の性《さが》だよ」

「町や都市ではそうかもしれませんが、こういう村は別です。ここでは全員が全員の事情を知ってるんですから」

ケンバーはにわかには信じなかった。たしかにエセル・ガーナーのような者もいるし、郵便局のゴシップクラブでは噂話が共通通貨だが、どの村にもブライアン・グリーンウェイのような男や、静かな暮らし以外何も望まない人々がかなりいる。犯罪者たちははいりこめる陰をつねに探して見つけるものだ。

ライトが顔をしかめて考えこんだ。「ブライアン・グリーンウェイはバート・ガーナーがアンディ・ウィンゲートと別れるのを見かけ、ウィンゲートは真っ直ぐ帰宅したと思われ、エセル・ガーナーはバートが帰宅したと言う。ガソリン泥棒と対決するために外へ出たエセルはブライアンが大声で呼びかけるのを聞き、ウィルソン牧師と家政婦のジェシー・オークスもそれを聞いた。ダリントンとマットフィールドについては駐屯地にいるのを見た者がいて、しかもミス・スコットが教会付近で殺害された時間帯に外出していないのは、検問所の記録ではっきりしている。ハモンドとステイプルトンは監視任務中だったけど、ハモンドが持ち場を離れ、ウィンゲートがあの道まで車で来るのはわかっている。たぶんハモンドとウィンゲートは会っています。全員が証言したとおりの場所と時間にいるわけではなく、しかもあちこちで数分のずれがあるとしても、この人たちは捜査対象として適切なんでしょうか。犯人はこのあたりの人間じゃないかもしれませんよ」

ケンバーは目蓋《まぶた》をこすった。風邪は少しよくなったが、寝不足のせいで目に砂粒がはいったような感覚がある。「きみの苛立ちはわかるよ、巡査部長。しかし、国中がナチの侵攻にそなえて警戒態勢にはいっているのに、知らない者を見かけたという報告はこの近辺のどこからも受けていない。だれかが嘘をついているんだ」腕時計を見る。「もう行かなくては。ペンドリーから例の軍務記録を受け取ってから、ウィルソン牧師について電話で問い合わせをしなくてはならない」立ちあがって帽子と上着に手を伸ばす。「それで思い出した。わたしの留守中にきみの人脈をたどってそれ以外の者の軍務実績を探ってほしい。それから、ヘッドリー先生があの十字架と短剣について何かわかったか確認してくれ。そろそろ調べ終わるころだ」

19

　ケンバーはミンクスに乗って領主館へ行った。ハンドルを切って職員用の車の横に停めるとき、タイヤが砂利できしり、新雪をブーツで踏んだときのような音を立てた。まもなくペンドリーの執務室の来客用の椅子にすわると、すぐにこの空軍警察官が抽斗をあけて中身が半分はいったブースのジンを取り出した。

「残念ながらトニックなしです」

　ケンバーは陰気な顔でうなずいた。

　ペンドリーが少量のジンをふたつの磁器のマグに注ぎ、ひとつをケンバーに渡した。

　ケンバーは少し口をつけた。「悪くない」

「戦争前に取っておいた最後のやつですよ。トニックと氷とレモンがあれば少しは盛りあがりますが、これを持っているのをほかにだれも知りませんし、わたしはそのままにしておきたいんです」ペンドリーがマグの中の透明な液体を一気に飲み干す。「受けつけないアルコール類はありますか？」

「いまのところないと思う」ケンバーは歯を食いしばり、眉間に皺を寄せたが、これ以上抑えきれなかった。「リジーの協力のことをなぜダリントン大佐に話したのか、訊いてもいいだろうか」

ケンバーはかすかな動揺がペンドリーの目蓋をよぎるのを見逃さなかったが、それ以外はふだんと変わらない顔だった。

「いやあ、話すつもりはなかったんですが、なにぶん指揮官への義務がありますし、それに大佐もマットフィールド中佐も疑っていて、女性隊員たちがとにかくおしゃべりでしたから。うまく嘘がつけなかったんですよ」そう言ってジンをひと口飲む。

「大佐がわたしの上司の警部に知らせることを、きみはわかっていたはずだ」ケンバーは責め立てた。

ペンドリーは困っているようだ。「どうしようもなかった。自分の仕事をしただけです」

ケンバーはハートソンの電話以来胸の内で繰り返してきた非難のことばを呑みこんでぐっとこらえた。「たとえば、事前にひと言伝えてくれてもよかったろうに」

「もちろんそのとおりです」ペンドリーがしょげた様子でうなずく。「申しわけありません」

「申しわけないのは、ラヴィニア・スコットが殺された時間帯に見まわり中だったという嘘についてもじゃないか？」

ペンドリーが目をぱちくりさせて驚いたので、本人からいつもにじみ出ている妙な冷静さにひびを入れたことに、ケンバーはわずかな興奮を覚えた。

「日にちをまちがえたのかもしれませんが、わざとじゃありません。たしか、塀の周辺をしょっちゅう歩くと言ったような気がします。毎晩じゃなく。勘違いさせてしまったのだとしても、それは単なるミスです。それだけです」

「もちろんだ」ケンバーは言い、ゆったり構えているように見せかけた。「自分の仕事をしているだけだよ」

ペンドリーが意を汲んで微笑み、マグの中身を飲み干した。「一本取られました」そして別の抽斗へ手を伸ばして大きなマニラ封筒を出し、とめてあったボタンと紐をはずした。

「わたしが頼まれたものを手に入れたと知ったらよろこんでもらえるでしょうね」そして、大切に紙のフォルダーに挟んである四つの薄いファイルを取り出した。ペンドリーはケンバーに向かって机に置き、名前が見えるように広げた。

ケンバーはすわったまま身を乗り出した。「これをわたしに？」

ペンドリーが片手を広げてうながした。「どうぞご自由に。削除されている部分が多いのですが、要点はわかるでしょう」

ケンバーはダリントンのファイルをあけ、読んだ内容を声に出した。「育ちは上流階級。よくある経歴。第一次世界大戦でイギリス陸軍航空隊に所属。ちょっとした空の英雄だな。殊勲飛行十字章をさずかり、以下云々」

「そのまま読み進めてください」ペンドリーが言った。

つぎの項目でケンバーは止まった。「ほう。お手本どおりの経歴に傷がついてるぞ。〝職務中に女性への憎悪をつねに不合理かつ声高に表明〟」

どうしようもないというあきらめ顔でペンドリーが言った。「そういう育ち方をしたんですよ」

ケンバーはファイルを軽く叩く。「さらにその件で訓告を受けた。駐屯地に女性がいられなくなるような迷惑行為をしていた、とここに書いてある。かなりの性差別主義者だな」

「まだ序の口ですよ」ペンドリーが言う。

ケンバーはペンドリーの視線を数秒間受け止めて、ダリントンはどんな不品行に及んだのだろうと思い、空軍警察官の目の奥を見てつぎに何がわかるのかこわくなった。もう数ページめくり、別の項目で目が止まった。これは不品行を超えている。

「わたしもいままで知りませんでした」とペンドリー。「実際知る立場ではありませんから」

「大佐がなぜこんな片田舎に配属されたのかわかったよ」ケンバーはうんざりした。「ここに来る前の配属先で婦人補助空軍《WAAF》の女性に対し、平手打ちをするぞと言って脅してから、練兵場を十周走らせた」

ペンドリーが目をそらした。「軍事訓練で男にそれをしても咎められないでしょうけど、でも……」声が尻すぼみになり、あらためて咳払いをする。「ひとつ言っておきますが、いまは戦時であり、すべての軍人はどこの所属であろうと命令には即刻かつ忠実にしたがうしかないんです。命がかかってますから」

ケンバーはたじろいだ。「言いわけをしてるのか？」

「まったくちがいます」ペンドリーがきっぱりと言う。「そういうものだと言っているだけです」ケンバーがあらたな情報を消化するそばで話をつづける。「女は引っぱたかれれば正気にもどると大佐は思っているか。イエス。女の居場所は家庭だと大佐は思っているか。イエス。男には男の、女には女の仕事があると大佐は思っているか。イエス。そしてこれも忘れてはいけない。こうした考えは大半の男たちやまずまずの数の女たちの意見とちがうか。ノー。要するに大佐は殺したいほど女を憎んでいるか。想像もつきません」

「ずいぶん強烈だな。最後のひと言まで」ケンバーはペンドリーから目をそらさずに言った。

ペンドリーが肩をすくめた。「ダリントン大佐は自分の駐屯地に女を入れたがりませんが、戦闘機中隊が本拠地に使ったときはそうもいきませんでした。WAAFの女性たちが作戦室や通信室で仕事をしていて、いくら怒鳴っても追い出せなかった。戦闘機軍団が引きあげさせるまで彼女たちはここに残りました。ATAが来るとわかったときも大佐は同じように騒ぎました」

つぎに〝しかし〟が来るのを感じて、ケンバーは吐息をついた。

「しかし」予想どおりにペンドリーが言う。「ファイルにはいろいろ書いてありますが、この駐屯地では、大佐はつねに礼儀と敬意をもって女性隊員に接しています。面と向かっているときには。誤解しないでください。大佐は咆《ほ》えて嚙みつくばかりじゃなく、前の大戦を経験して、軍隊には休養と回復と士気が大切だとわかっているんです」

ケンバーは机にそのファイルをぽんと置いた。ペンドリーから賛否が入り混じる評価を聞き、この空軍警察官がダリントンを軽蔑しているのかひそかに称賛しているのか決めかねた。マットフィールドのファイルに手を伸ばす。「勇ましい中佐はどうだろうか」

「ごらんになればわかりますが、こちらの経歴のほうがずっと込み入ってますよ」

ケンバーはざっとファイルに目を通した。「イギリス陸軍航空隊へ入隊、操縦を学び、すぐに実戦へ。一九一八年の最後の交戦で撃墜される。森林上空を偵察飛行中にドイツの戦闘機に撃ち落とされて不時着。イギリス歩兵隊とドイツ哨戒隊の接近戦に巻きこまれる。どう転んでもむごたらしいな。血まみれで生還したただひとりの生存者。それ以外のイギリス歩兵隊とドイツ哨戒隊は全員死亡」ケンバーは顔をあげた。「これは立証されたのか？」

「はい、まちがいなく」ペンドリーが言い、パッケージから煙草を一本出す。「マットフィールドも殊勲飛行十字章をもらっています」

マットフィールドをきらいだったにもかかわらず、いつの間にかケンバーは感銘を受けていた。「怪我をしたんだろう？」

「軽い擦り傷でした。医者は応急処置をして飛行中隊へ送り返したんですが、いつも空から戦争を見ていた若い男にとって、接近戦が心に与えた影響は大きかった」ペンドリーはマッチを擦った。「何度か悪夢にうなされ、それが仲間の恐怖を煽った。さいわいなことに、指揮官は戦争神経症から回復中の同胞をかかえ、ことのほか同情を寄せた」煙草に火をつけて一服吸う。「指揮官は休養と回復のためにマットフィールドをイギリスへ送り返した」

ケンバーはペンドリーをじっと見た。「その指揮官の名前はわかるのか？」

ペンドリーは革手袋が焦げる前にマッチを吹き消し、微笑んだ。「ダリントン」

「冗談だろう？」ケンバーは驚愕した。

「療養したあと、マットフィールドはもといた飛行中隊へもどり、大戦直後にイギリス陸軍航空隊からイギリス空軍となった組織にとどまりました」

ケンバーはページをめくった。「海外の戦闘でもうひとつ殊勲飛行十字章をもらったと書いてある。二度の授与。勇敢な男だ」

ペンドリーがうなずいた。「一度酒をおごる機会があって、なぜイギリス空軍にはいったのか訊きました。いつも空を飛んでいたいのと、ふつうの生活で自分に向いているものが何もないからだ、と言ってました。あと、仲間との絆も好きだと」

「そうだろうね」ケンバーも警察でこの感覚をいいと思ったことがあった。

「それに、遠くから殺せるから、と」

ケンバーはペンドリーの視線をとらえた。「それを聞けば彼が本命だと思わないか？」

ペンドリーが肩をすくめる。「中佐は女性隊員に愛想がいいけれど、日ごろ親しいわけではありません。じつを言うと、最近はだれとも親しくない。本人自身が言うように、ダリントン大佐もマットフィールド中佐も自分なりの一匹狼なんです」

「だからこそ、ふたりともリジーのプロファイルと一致する」空軍警察官がわざとらしく息を呑んだのを見て、ケンバーは眉をひそめた。「きみはあのプロファイルが役立つと思わないのか？」

ペンドリーはまだなんとも言えないという顔をした。「遺体や犯行現場を見て人間性を判断できるかは疑問です。そのうえ、その人物の人となりやつぎの行動を予測するなど……」首を横に振る。「人をそう簡単に分析できるとは思えません」

「たしかにわたしも小ばかにしていた」ケンバーは言った。「だが、聞けば聞くほどそれが合理的に思えてくる。リジーが言ったとおり、彼女のプロファイルは学術的な調査と科学的な研究に基づいている。ライト巡査部長が言う〝まったくのたわ言〟ではない」深々と煙草を吸う様子から、ペンドリーがまだ納得していないのがわかる。「聞き取り調査のメモを見て目星をつけてみたんだが、われわれが絞りこんだ容疑者には全員引っかき傷があった」

これにもペンドリーは半信半疑だった。「全員にちゃんとした理由がありましたよ」

ケンバーは親指と人差し指で目をこすった。「だれかが、あるいは全員が嘘をついているのかもしれない。いずれにせよ、ダリントンとマットフィールドは孤独好き、ウィンゲートはパブで飲んで女性関係が派手なようだが、それでもひとり暮らしだ。ウィルソン牧師は牧師に思いを寄せる家政婦と住んでいるが、本人の言によれば、彼女と踊らずにすむように村のダンスパーティーから早々に抜け出した」

ペンドリーが小さく笑った。「そういう経験はわたしにはありませんね」

「それはよかった」ケンバーは言った。「ハモンドとステイプルトンのほうは何かわかったかな？」残ったふたつのファイルを手に取ると、ハモンドのファイルが上になっていた。

ペンドリーは煙を吐き出した。「ハモンドはどう見ても少し問題があります。しょっちゅう規律を乱してはきつく叱られ、罰を受けています。罰が厳しくなったのは、陸海空軍協会の貯蔵庫からくすねた品を売ったのがばれたときです。あの男は小さな抜け道を見つけようとするばかりで、懲りるということがない」

ケンバーの口が真一文字になり、眉間に皺が寄った。「ライト巡査部長はハモンドが何かたくらんでいると踏んでいる。ライトはハモンドが検問所での夜勤中に持ち場を離れたのを見届けたんだが、これはウィンゲートの夜の外出と関係があるらしい」

ペンドリーの態度がよそよそしくなる。「見張りを立てる話は聞いてませんでした」

「まあまあ」ケンバーはなだめた。「たったひと晩のことで、それも二時間ほどだ。ライトの説では、ウィンゲートは駐屯地の外で悪事を働いている現場をラヴィニア・スコットに見られたので、彼女の口を封じるしかなかった。同じような理由でエミリー・パーカーは駐屯地の中でハモンドに殺された」

ペンドリーはもう一度少量のジンを、もはやケンバーには勧めずに自分のマグに注ぎ、ひと息で飲んだ。「もしそうなら、ハモンドはわたしが吊るしあげます」

ケンバーは相手を落ち着かせようと両手をあげた。「あくまでも仮説だから、そこまで決めつけるつもりはない」

「彼を逮捕するべきでしょうか」

ケンバーは首を振って否定した。「ハモンドとステイプルトンが今夜任務につくから、ライトとわたしはウィンゲートを見張る。きみのほうで検問所を監視してくれれば事情がわかるかもしれない。両者の動きにつながりはなく、犯罪じゃない可能性もある」

「わかりました。すぐに曹長に手配させます」

ケンバーはハモンドのファイルを一番下に滑りこませた。「ステイプルトンはどうかな」

「ステイプルトンはふつうの新兵です」ペンドリーが言った。「たいていいつも下ばかり向いていますが、ハモンドとは学校時代からの知り合いで、どちらも覚えているかぎりずっと相棒だったようです」

ケンバーは目をあげた。「前にも言ったが、共犯者にうってつけだろう？」

ペンドリーが首を横に振る。「それはどうでしょうか。あの男はふたりのうちの弱いほうで、簡単に言いなりになります。ハモンドについしたがってしまうだけの男に悪党のレッテルを貼るつもりはありませんが、本人は重罪になるような悪事にはかかわらないと思います。リンゴが盗まれても見て見ぬふりをする。悪いと言ってもその程度ですよ」

ケンバーは急にひらめいた。「この駐屯地の燃料集積所はどこにあるんだ？」

ペンドリーは立ちのぼる煙のリボンで身動きが取れないかのように、じっと煙草を見つめた。「一方を爆撃されたときのために、二カ所あります。各給油タンクへは地下のメイン集積所から燃料が送られるんですが、それは東側の分散駐機区域のほうにあります。もうひとつもっと小さい予備の集積所があって、それは西側の低林付近、車道のすぐ北にあります。どちらも領主館と作戦区域から安全な距離が置かれています」そしてケンバーを見る。「なぜですか？」

「どちらが境界のフェンスに近いだろうか」

「近いわけでは、いや、予備の集積所のほうは明らかに近いですね」ペンドリーが思案顔で言う。「何を考えているんですか？」

要点を言うべきなのはわかっていた。「ガソリンの残量はどれくらい頻繁にチェックしている?」

「地上要員に訊いてみるしかありませんが、おそらくメイン集積所の計器は毎日確認しているでしょう」ペンドリーがガラスの灰皿に煙草の灰を落とす。「必要に応じて何バレルかは、メインに入れるより先に予備集積所に貯蔵されます。あるいはメインが爆撃されて直接予備から給油する場合にはそうなります。戦闘機がスコットニーを去ってから燃料はあまり要らなくなり、使うのは臨時の着陸があったときとオックス－ボックスを飛ばすときぐらいです」

「オックス－ボックスとは?」ケンバーは訊いた。

「ATAが隊員の送迎に使っているエアスピード・オックスフォードのことです。とにかく、メイン集積所の燃料をわずかしか使わないので、予備集積所の残量は何カ月も確認していないでしょうね」

ケンバーは何も言わずに無表情のままペンドリーを見つめ、この空軍警察官が明らかなつながりを口にするのを待った。

「何を考えているのかわかりますよ」願いに応じてペンドリーが言い、煙草を揉み消した。

「ハモンドがガソリンを盗み、それをウィンゲートが修理工場で売っている」

「そういう理屈になる」ケンバーは同意した。「自分のところのガソリンに軍の燃料を足して稼ぐのは簡単だ」

「しかし、八十七パーセントのハイオクガソリンだから、たいていのエンジンは焼けてしまいます」

「二種類混ぜ合わせればハイオクの性質をやわらげられる。この近辺でガソリン泥棒が横行しているが、地元警察はだれもつかまえられなかった」

ペンドリーは立ってドアのほうへゆっくり歩き、後頭部を掻いた。「満タンのガソリン缶はとんでもなく重い。盛土で囲まれて地上から半分埋まった場所に保管されている。それに、だれかがひとつでも動かそうとしたら大変な騒ぎになる。どうしたらそんなことができるのかわかりません」

「わたしもわからない」ケンバーは言った。「そして、これも認めざるをえないが、殺人がこれにどう当てはまるのかもわからない」

堂々めぐりをしている気がしたので、立って自分の持ち物を集めた。「残念だがもう行かなくては」ファイルをマニラ封筒へ入れる。「これをあずかってもいいだろうか」

「お好きなだけどうぞ」ペンドリーが言った。「ほんとうはまずいんですが、でも、警察官を信頼できないならだれを信頼すればいいんですか」

20

名前を呼ばれてリジーが振り向くと、ケンバーが歩いてくるのが見えた。顔が赤くなるのがわかり、つとめて笑みを浮かべながら髪を耳にかける。

「だいじょうぶか？　見つけた紙切れはどこにあるんだ。きみは無事だったのか？」

「何度も言ってるでしょう、わたしはだいじょうぶだって」床板がきしる音がして顔をあげると、ダリントンとマットフィールドが二階の階段付近にいるのが見えた。リジーはケンバーの肘に手を添えて、ときどき事務室として使われている部屋へと誘導し、ドアを閉めた。

「ゆうべ話したように、わたしは一週間前にあの聖書の一節が書かれた紙を発見しました」リジーは言う。「トランプが置かれてから三日後のことです。そのときは紙屑だと思って忘れてました。きのうまで見もしなかったんです」

ケンバーが眉をひそめた。「犯人が二度警告してきたというのに、きみはそんな紙があっても気にとめず、三度目の警告かどうかをたしかめもしなかったのか？」

「もちろん気にとめるべきでした」リジーは言った。「自分が狙われているのは知っています。わたしたち全員が狙われてるんです。でも、わたしの捜査協力が知れ渡った以上、犯人を怒らせてしまうのは避けられません。わたしに怯える様子がないので、犯人は混乱しているはずです。主導権を握っていなくてはならないのに、わたしがそれを奪っているからです」

ケンバーがドアの取っ手に手を伸ばした。「われわれはきみを確実に保護する必要がある」

「だめです」リジーはシッと指を口に当ててドアに耳を澄まし、振り向いた。「わかりませんか？　それこそ犯人の思うつぼです。どこへ行くにも付き添いがいたら、わたしの行動は制限されます。犯人はわたしをつかまえられないでしょうが、わたしも犯人をつかまえられない。ふだんどおりがいいんです。もうじき犯人はぼろを出します」ケンバーが持っているマニラ封筒に目をとめる。「ところで、ここへはなんの用事で？」

「頼んでおいた軍務記録の件でペンドリーを訪ねた。きみにも見てもらいたい」ケンバーが封筒を差し出した。「外部に漏らしたとわかったら逮捕されかねないから、極秘扱いの非公開ということで。ペンドリーとわたしには自分なりの意見があるが、きみの専門家としての……」

「いまごろ専門家扱いですか？　大転換ですね」

ケンバーが肩をすくめた。「やや大まかな内容で、安全保護上の理由とかで一部削除されている」

リジーは勇気をふるってケンバーの目をじっと見つめ、なんとか仲直りをしようと思った。

「目を通すあいだ待っていてもらえますか？　警備補」

「そうしたいところだが、時間がない。それから、もしよければケンバーかジョナサンと呼んでくれないか」

リジーは封筒を受け取ったが、彼が仕事仲間みんなにそう呼ばせているのか、それとも、これは仕事上の関係が一歩前進したことの表れ、しだいに受け入れられてきたしるしなのか、どちらとも測りかねた。

「ケンバーってよく聞く名前じゃないですね」リジーはふと口にしたが、一瞬にしてケンバーの気分が変わるのが感じられた。

「父の話では、アングロサクソンの名前で王家の砦《とりで》を意味するそうだ。一方母の話では、わたしの後頭部の髪が突っ立ってるのはふたつあるつむじ《ダブル・クラウン》（クラウンは王冠の意）のせいらしい。学校でうっかりそう言ったらいじめっ子たちが大喜びし、わたしのミドルネームを聞いたときはその喜びが倍になった」

興味をそそられたが、声に苦々しさがあったので、リジーは封筒をぽんと叩いた。「あの人は除外したんですか？ ええと、ウィンゲートでしたか」

「まだだ」とケンバー。「やつはハモンドとグルになって備蓄品を盗んでいるのかもしれない。たぶんガソリンだ。今夜張りこんで連中のもくろみを突き止め、現行犯で逮捕する」

「じゃあどうぞ気をつけて」ケンバーがにらむのを無視してリジーは言った。「ところで、ナイフの出どころはわかったんですか？」

ケンバーは鼻梁《びりょう》を揉んだ。「残念ながらまだだ。容疑者の全員が刃渡りの長いなんらかの刃物を手に入れられる。ケント州のこの地域は農場や果樹園が多いから、切る道具は簡単に手にはいる。農業用の器具、庭仕事の道具、食肉処理用の大包丁、魚おろし用ナイフ、キッチン包丁、屋根ふき用工具。銃剣や空軍と国防市民軍兵が使うナイフを除いてもこれだけある。それから、教会の聖具保管室に展示されていた短剣入り十字架もだ」

「そちらのほうはもっと何かわかったんですか？ 教区牧師のことですけど」

「きみとたいして変わらないが、ただ、ウィルソン牧師はどちらの殺害時刻にも鉄壁のアリバイはなく、長い刃のナイフを手にすることもできた。動機はわからないが、だからといって完全に除外したわけでもない。ヘッドリー医師の分析結果を待っているところだ」

「あくまでわたしの意見ですが、やはり牧師はちがうと思います」リジーは腕時計をちらりと見た。「もう行かなくては。ジェラルディン隊長とダリントン大佐がまだわたしに目を光らせていて、それにもうすぐ隊員たちがもどってきます」ドアを細くあけて隙間から覗き、それから大きく開いた。「そうそう、忘れるところでした」リジーがポケットを探ったのでケンバーが立ち止まる。「これはあなたが持っているほうがいいですね」

リジーは畳んだ紙を取り出して見せた。

「つぎはわたしかもしれないので」

アガタがつかつかとラウンジへはいってきて、飛行用ヘルメットを低いコーヒーテーブルへ投げだし、肘掛椅子へどっかと腰をおろした。「あの連中、わたしたちがいったいどっちの味方だと思ってるのかしら」

リジーは向かいの椅子にすわって手を伸ばし、ゆっくり通りすぎる猫のティリーの顎をくすぐった。「相手の身にもならないと。遠くに黒い点が見えたら、無線の使用が禁じられている飛行中にどうやって相手の正体をわかれっていうの？」

「そういう問題じゃないって。連中は認識用の図表を持ってるんだから。その証拠にスピットファイアはイギリスの高射砲には狙撃されない。わたしみたいな者を死なせるのはあなたみたいな人たちなのね」アガタがここぞとばかりに指を突きつけた。

リジーは顔を引きつらせた。「わたしを責めないでよ。わたしだって銃撃されたのよ」

アガタが悲しそうに首を振るところへ、シャーリーとニーヴとフィズがやってきた。

「毎日ハリケーンに追いかけまわされ、地上から狙撃され、ドイツの戦闘機からも撃たれ、風に煽られ、霧に囲まれる。もしこの戦争を生き抜いたら、正真正銘の奇跡ね」

「真っ直ぐ撃てるのがいなくて運がよかったよ」フィズが言った。そして手を振ってバーテンダーに合図する。「あのボトルはまだ残ってる？」バーテンダーがフルボトルのシェリー酒をかかげた。フィズは渋い顔をしたが、持ってくるように合図した。「全部飲んじゃおうよ」

ニーヴが手で顔をこすった。「きょうは三機運んだわ。もうくたくた」

「わたしは二機だけど、修理に出される機体だからちょうどよかった」アガタがしかめっ面で言った。「イギリスの銃であけられた穴を直してもらえばいい」

「あたしはものすごく楽しかった」フィズがゆがんだ笑みを浮かべた。「運んだのはタイガー・モス二機だからね」

「とにかく気をつけましょう」シャーリーが言った。「けさはドイツ軍の一斉攻撃があったわね。戦闘機の飛行場と沿岸地帯がひどくやられたらしいわ。戦況が激しくなっている」

「たぶん、それで砲手たちがぴりぴりしてたのね」ニーヴが言った。

そこへシェリー酒のボトルとグラス五つがテーブルに運ばれたので、話が中断した。

「これは大尉からです」バーテンダーはそう言うと、自分の居場所へ引きあげた。

五人一同がちょっとした驚きをこめてバーカウンターを見やると、ペンドリーがスツールにすわっていた。

「ありがとうございます、大尉」アガタが部屋の端から呼びかけ、ペンドリーがグラスをかかげて応じた。アガタが振り返ってボトルをつかむ。「わたしが注いであげる」

「わたしはモスを一機届けた」シャーリーが言った。「ほんとうは二機のはずだった。ひとつは軍用機、ひとつは練習機よ。だけど急に目まいに襲われて、どうしていいかわからなくなったの。熱があるから操縦してはいけないって駐屯地の軍医に言われた」

「そう言われてみれば、少し具合が悪そうね」リジーは友人の顔色がひどく悪いのに気づいた。「インフルエンザとか流行ってるのよ」

「何にかかってるか知らないけど、あたしにはうつさないでよ」フィズがのけぞってシャーリーから離れたのでその場に小さな笑いが巻き起こった。「モスで新鮮な風にがんがん吹かれたせいだね」

「相変わらず思いやりがあること」ニーヴが言い、シェリー酒のグラスをシャーリーへ渡そうとする。

シャーリーは手を振ってことわった。「せっかくだけどやめとくわ、ダーリン。そんな気分じゃないの。早めに休んだほうがよさそうだから、夕食をとったらすぐに寝る」

「あなたらしくないわね」ニーヴがそのグラスをリジーに渡した。「あんたたちはどうするか知らないけど、あたしは何か食べにいく。行く？」

フィズが立って腕時計を見た。

ニーヴとアガタは自分たちの飲み物を手に、フィズにつづいて食堂へと向かった。シャーリーはとどまり、リジーの腕をつかんだ。

「だいじょうぶ？」リジーは尋ねた。

「ほんとうのところ？」とシャーリー。「あまりだいじょうぶじゃない。あしたのミーティングには出席できそうにないわ。夕食もパスしようと思う。少し悪寒がするから」

「何か食べればよくなるかもしれないわ」リジーは元気づけた。

「ありがとう、でもほんとうに、休めばよくなるから。あなたは行って楽しんでらっしゃい。わたしにかまわずに」

リジーはシャーリーを抱擁した。「朝になったら軍医の先生にかならず診てもらうのよ」

21

ケンバーはあくびをし、親指と人差し指で両目をこすった。警察車両のウーズレーの車内にライトとこもってまだ半時間だが、暗闇と静けさが目蓋を重くする。夕日があざやかなつづれ織りとなって西の空に沈むころ、ふたりは国防市民軍兵が小型シェルターと検問場所から帰ってくるのを待ち、それから自分たちのミッションに取りかかった。東の地平線が青い色から少しずつ深みを増す中、青白いサーチライトの指が空を探りはじめ、曳光弾が光の線を描く。雲が月にかかるたびに、ランバーハースト・ロードの道筋を見分けるのがむずかしくなった。ライトは牧草地へはいってすぐのところに車を停めていた。入口には五本の横板が渡されたゲートがあるが、蝶番《ちょうつがい》がひとつはずれて壊れかけているので簡単にはいることができた。大きな藪と覆いかぶさる木の枝のおかげで、そこは隠れるのに格好の場所だった。

あわただしく変化する最近の出来事がケンバーの脳裏に渦巻くが、ほとんど意味をなさず、また頭痛がはじまりそうになる。灯火管制の導入によって、十代の不良少年が夜道でひったくりをし、スリが防空壕の家族を狙い、押しこみ強盗は怯えて防空壕へ逃げこんだ人々の家を荒らすようになった。国中で犯罪が急激に増えたので、人手不足と取扱件数増加のためにトンブリッジへ呼びもどされるまであとどれぐらいだろうと考えた。

そんなことを思ううちにまたリジーのことが頭に浮かび、なじみのある恐怖心が胸中に居すわる。彼女が危険にさらされているのはふたりともわかっているのに、それでも本人は警察の保護をことわった。彼とハートソン警部のあいだの緊張はペンドリーの介入以来いっそう高まり、ケンバーがスコットランドヤードからの出向職員でなければ、ハートソンは即刻彼を捜査からはずすか降格していただろう。

暗闇にまたひとつあがっていく遠くの曳光弾の筋を、ケンバーはフロントガラス越しに見つめ、リジーから離れて田舎道を張りこんでる以上何があっても彼女を助けにいけないのだと気づいて、胃がむかむかとしてきた。下唇を噛み締め、動揺の激しさに驚く。理屈に合わない。彼女は安全だ。それでも張りこみをやめようと決め、村へ帰りたい一心で今夜はここまでにしようと言いかけるが、ライトが指を一本あげた。ケンバーは耳を傾けてうなずき、近づいてくるエンジン音に心と聴覚を研ぎ澄ます。上着のポケットに手をふれ、ライトが携帯すべきだと言い張った六連発のウェブリーのふくらみを確認した。ライトも警察支給のリボルバーを用意していた。

二本の光の帯が、ヘッドライトに管制灯火用カバーがかかった薄暗い光だが、それがスコットニー村の交差点のほうから上下に揺れながら近づいてくる。荷台の輪郭が黒っぽい小山に見えるトラックが張りこみ場所を通過し、ライトがまちがいないと親指をあげた。ライトはいっとき待ってからウーズレーのエンジンをかけ、無灯火でゆっくりと道路へ乗り入れた。

見つからないように距離を置くが、青白い月明かりがあるので少し離れていてもじゅうぶんあとを追える。ライトがウィンゲートのトラックを見失わないように尾行し、トラックは森へ抜ける道へと曲がった。五、六分進むと、その道はほかでもない、昔家畜用に使われていた道になっていた。金属の輪をはめた木製車輪の轍《わだち》があるので、車が激しく弾んで中の人間を揺らし、前方のウィンゲートのトラックとそっくりの動きで踊った。およそ十五分後にウィンゲートのトラックが止まり、ライトは道の脇の一番暗い場所に車を寄せた。

ライトが身を寄せて、ケンバーの耳元で話した。「ここは駐屯地の境界付近で、メインゲートを過ぎたあたり、領主館の北西です。ここからあそこの木立までだいたい二十メートルです」

ケンバーはトラックから人影が現れて歩き去るのを待ってから、ドアをそっとあけ、ライトが前をまわりこんで森へ隠れるように手招きで指示した。木立からただよう甘酸っぱい香りと、腐った古い落ち葉が湿った地面で発するかび臭いにおいがケンバーの鼻腔を満たした。ゆっくり忍び寄っていくと、心臓が胸から飛び出しそうになり、静寂が耳の中で鳴り響く。

足を止めると同時に、遠くでエンジンがうなるような音をとらえた。車でもトラックでもなく、航空機のエンジン、いくつものエンジン音だ。

そのとき、スコットニー空軍駐屯地のサイレンが、あがったりさがったりを繰り返す聞き慣れた音で鳴りはじめ、ドイツ空軍の襲来を知らせた。

食事中のおしゃべりがリジーの頭のまわりを飛び交って鼓膜をつつき、いまにも頭痛が起こりそうだった。聖書の文言について前日の夜ケンバーと話したあとも気になってよく眠れず、きょうの午前中に会えたけれど、はやる心は少ししか落ち着きを取りもどせなかった。午後になると、時間が疲労の霧の中をのろのろと進んでいるように感じられ、疲労といえば、修理のために運んだ使い古しの飛行機も似たり寄ったりだった。夕食後に〈ハンガー・ラウンド〉で夜のひとときを過ごしても、気分はあがらなかった。陸海空軍協会の女性が何人か加わって、彼女たちの熱狂ぶりが壁一面の騒音に溶けこみ、どんなにニーヴに説得されてもシェリー酒で夜を過ごすのが必要とは思えなかった。それに、飛行のために頭をすっきりさせておくべきで、〝飲んだら八時間は操縦しない〟という規則は絶対だ。こめかみに明らかな圧迫感があり、理髪店のサインポールが及ぼすのと同じ錯覚が視界の隅に現れてくると、それは片頭痛が起こる予兆なので、リジーは早く休むという友人のやり方がうまくいくと判断し、おやすみの挨拶をした。

階段の最下段に足を載せるよりも前に、悲しげなサイレンの音があらたな空襲を告げた。ふたつの考えのあいだでリジーは揺れ動いた。狭苦しいシェルターでまたひと晩すごすのは気が進まず、片頭痛の痛みと吐き気に耐えながらではなおさらだ。けれども、領主館にとどまるのが安全かどうかはわからない。いままで日中の空襲でも爆撃をまぬがれてきた。シェルターを直撃されればほぼ確実に死ぬ。そこでリジーは心を決め、将校と職員が反対方向へ急ぐ中、階段をあがってシャーリーの様子をたしかめてから自室へもどった。

こみあげる吐き気をケンバーがこらえるあいだ、グリーンウェイが鳴らした村のサイレンが駐屯地のそれに呼応した。空襲は殺人鬼が再犯を繰り返すうってつけの機会だから、リジーが分別ある行動をとってほかの者とともにシェルターへ急げばいいがとケンバーは思った。ウィンゲートのトラックのそばで不安と恐怖に翻弄されていたら、見咎められて作戦が台無しになりそうだ。いまはどうにもならないことに気を取られている場合ではないので、首を振ってリジーのことを頭から追い出した。

防水シートの端を持ちあげると、ガソリンのきついにおいが喉を刺激し、シートの下にはまちがいなくドラム缶の形をしたものがあった。シートの端をもとどおりにしてその場を離れ、アンディ・ウィンゲートらしき人影が這いつくばって匍匐《ほふく》前進していくのをじっと見た。

ウィンゲートは境界のフェンスまで行き、腹這いのまま頭を周辺の草むらの上に出した。少ししてから腕を前に出し、金網から何かを突っこんだように見えた。それから腹這いのまま後ろへさがり、木と藪で覆われた場所まで行くと、立ってトラックへもどった。

フェンス付近の巻かれたゴムホースが伸びていき、だれかが草地のむこうの予備集積所へと引っ張っていく。ホースはいっとき動かなくなったが、やがて急に引きが来て、それがウィンゲートが待っていた合図らしかった。ウィンゲートはホースの端を持ってトラックの荷台へあがり、防水シートを跳ねのけた。ホースを手押しポンプへ取りつけ、ノズルをドラム缶へ差し入れる。早くも最初の爆弾が飛行場の東に落ちたが、ウィンゲートは足を荷台の床板に置いて両手でハンドルを握り、ポンプで汲み入れた。

リジーの体に震えが走った。

自室のドアが閉まりかかっているのが見えるが、完全には閉まっていない。さっき閉めて鍵をかけたかどうか、なるべく確実に思い出そうとする。そのとき、煙草の煙のにおいに気づき、〈ハンガー・ラウンド〉でトランプを見つけた瞬間へいきなり引きもどされて、冷たい恐怖が両肩を覆った。

リジーはできるだけ壁に体を寄せ、ドアの細い隙間から中を覗こうとした。片頭痛でゆがんだ視野のまま中を見るには、隙間の幅はじゅうぶんではない。靴の先で軽く押すと、ドアはかすかなきしみをあげて大きくあいた。

だれもいない。

そっと足を踏み入れたので、靴音はほとんどしなかったが、耳の中で血管が脈打つ音が、だれかに聞かれるかと思うほど大きい。歯を食いしばって息を止め、かがんでベッドの下を見た。

自分の靴があるだけだ。

ばかばかしい疑いにほっと笑みを浮かべると、ドアを閉めてからベルトをゆるめ、上着のボタンをはずし、ベッドの端にすわった。アスピリンを二錠飲んで大きくあくびをし、靴を脱いで足を揉む。こわばりと痛みがゆっくりと消えていくのを感じながら、リジーは心も揉みほぐしたくて、意識が勝手にさまようにまかせた。単なる記憶と心に残る思い出、よくあることとそれなりの出来事、ことばのやりとりと一瞬を切り取った場面、そうした寄せ集めの中を気ままにたどる。行きつく先はきまってケンバーと殺人犯と失った友人たちのことだった。

物思いは止まらないけれども、またあくびが出た。首のタイをほどいて立ち、上着を脱ぐ。衣装ダンスの扉に手を伸ばしたとき、それがかすかな音を立ててあいたのでリジーは仰天した。

逃げようと後ろを向き、叫ぼうと息を吸うが、扉から手が飛び出して口をふさぎ、もうひとつの手が喉を探って絞めあげた。リジーが肘鉄を食らわすと、痛みにもだえる声が聞こえた。それでも手は力をゆるめない。リジーは爪で手を引っかくが手応えがないので裸足の足で後ろへ蹴りを入れた。向こう脛《ずね》に当たってかかとに鋭い痛みが走ったが、おかげで望んだ効果が得られ、背後からまた苦痛の声が聞こえる。口を覆う手から革と煙草とウィスキーのにおいがかすかにするが、その手が上へ動いて鼻を覆った。窒息させられると思い、パニックの波が押し寄せる。

リジーは目をえぐるか髪をむしってやろうと後ろ手で探るが、あと一歩のところで顔に届かない。ふたたび肘で突いて足で蹴るが、こんどはびくともしなかった。しっかりとつかまれ、力は自分よりはるかに強く、襲った目的は明らかだ。こんな死に方はいやだが、焼けつく肺は呼吸をしたくて悲鳴をあげ、頭は朦朧とし、目の前で真っ赤な光が踊っている。

皮肉なことに、リジーの命を救ったのはドイツ軍だった。

スコットニーの高射砲は精一杯の善戦をし、空は曳光弾が描く点線と曳火《えいか》砲撃によるあざやかな赤とオレンジ色で埋め尽くされた。サーチライトが仕様をうわまわるがんばりで闇を探り、標的を発見すると、死に物狂いの集中砲火がドイツの爆撃機へ浴びせられた。爆弾が飛行場のいたるところに落とされて、そのたびに地面が揺れ、爆風のたびに胸郭が共振した。ウィンゲートは一度も顔をあげずにポンプを押しつづけ、空軍のドラム缶から自分のガソリン缶へと燃料を送りこんでいた。

さらに散発的な攻撃が二十分つづいたあと、ドイツ軍は引き返し、危険が弱まった。もう二十分が過ぎ、駐屯地と村のサイレンが警戒解除を告げたが、ウィンゲートがポンプでの注入作業を終えてホースをはずすまで、ケンバーはじっと待った。金属の蓋が閉まる音を聞き、ウィンゲートが荷台から跳びおりるのを見届ける。

鋭く警笛を吹いたのはそのときだ。ケンバーはすっくと立ちあがって叫んだ。「警察だ！　逮捕する」

ウィンゲートが振り向き、境界へ向かって走るが、それに合わせるかのように警笛が鳴って厳しく問いただす大声が聞こえ、フェンスの内側の共犯者が逮捕されたのは明らかだった。

ライトが物陰から出てきてウィンゲートの行く手をふさぎ、ウェブリーで本人の胸を狙う。「警部補が言ったように、おまえを逮捕する。聞こえなかったのか？」

ウィンゲートが後ろを見ると、ケンバーもウェブリーを構えていた。

最初の爆弾が領主館の近くに立てつづけに落ち、至近距離からつぎつぎと爆風に見舞われたので、窓枠から窓が吹き飛ばされそうになった。襲撃者がほんの一瞬ためらった隙に、リジーは身をよじり、残っていた力を振り絞って蹴り、肘で突き飛ばした。後ろへ突く力が勢い余ってベッドと窓のあいだの床に倒れこむ。肘に激痛が走り、部屋が暗くなった。気絶したのかと思ったが、とにかく息はしている。空襲だから照明のスイッチが切られたのだとようやく気づく。視界にあるのは理髪店のサインポールの薄れゆくまたたきだけだ。部屋のドアの耳慣れたきしみが聞こえ、つづいてカチリと閉まる音がする。自分ひとりだと感じた。

リジーはベッドにあがり、肉体と感情両方のショックで震えながら、ベッド脇のろうそくをどうにか灯《とも》した。小さな炎が淡い光を発し、部屋のドアは閉まっているが衣装ダンスの扉が大きくあいているのが見える。襲撃者は逃げたあとだった。

リジーは安堵のあまりいっときむせび泣いたが、やがて近くの爆発音で弾かれたように立ちあがり、あの男がまた来たのかと思ったが、やはり部屋にはだれもいなかった。

ケンバーに電話しようかペンドリーを見つけようかと考えたが、空襲は最高潮に達していた。ドイツの爆弾の激しい炸裂音が窓をがたつかせ、高射砲の耳障りな連射音や轟きと、ずきずきするひどい頭痛に合いの手を入れる。リジーは空襲がもうじき終わるよう願ったが、たとえ警察官でも今夜は何もできないと知っていた。だれもどうにもできない。ATAをやめるか、毎晩部屋のドアを警備してもらうかしないかぎり、危険を承知でほかの隊員たちとこの駐屯地でやっていくしかないだろう。

それでも、自分でできる安全対策がひとつあった。衣装ダンスを閉めて部屋のドアに鍵をかけると、リジーは椅子の背の一番上の横木をドアの取っ手の下にはめこみ、椅子の脚をちょうどいい位置まで足で押して固定した。少しは満足してろうそくの火を消すと、爆撃で天井の漆喰が落ちてきても平気なように枕を持ってベッドの下へもぐり、もう一度あるかもしれない不穏な夜に備えた。

22

リジーは早い時刻に目を覚ました。警報が解除されてベッドへもどったのによく眠れなかった。はめこんだ位置に椅子が固定されているのを確認してから、炉胸のほうへ行って暖炉の内側に手を伸ばし、人目につかないように細い石造りの突起に載せておいたマニラ封筒を探った。ベッドにすわって軍務記録を取り出し、手前に並べる。ハモンドとステイプルトンのファイルから読むが、たいして興味を持てなかった。それからマットフィールドのファイルを開き、特定の個所に指を走らせて最後まで読んだ。

ファイルを閉じると、目の力を抜いていつもの白昼夢の状態にはいった。一九一八年の西部戦線で、撃墜されたあとドイツ兵と戦うマットフィールドを思い描く。頭の中で大砲の音を聞き、身をすくめる。死闘の恐怖、生き延びたときの高揚、間近で死を見たときの寂寥《せきりょう》を感じる。

リジーはまばたきをし、無理やりつぎのファイルを見た。

ダリントンの軍務記録をときどきうなずきながら読み進めるが、婦人補助空軍《WAAF》への仕打ちについての詳細には衝撃を受けた。リジーはダリントンが過ぎ去った時代の人間だと思っていた。伝統のある学校へ行き、大英帝国、紳士クラブなど、自分たちが名誉だと思うものにどっぷり浸かっている。リジーはそんな人間がきらいだったが、世の中にはそんな男たちがごまんといる。きらいではあったが、彼のATAへの態度は合理的に説明できた。場違いで極端な騎士道精神、いたいけな婦人を害悪から守りたい気持ち。ばかを見るのは女だ。

リジーはいつもより早く部屋を出てシャーリーの様子を見にいった。まだ眠っていたので休ませておくことにし、階下へ行く。はじめにきょうの予定を見たくて作戦司令室へ寄ったが、輸送伝票がないので驚いた。朝食後、襲撃の件をペンドリーに知らせるために、ダリントンの執務室まで本人を追いかけた。最初はペンドリーが出てくるのを待つつもりだったが、自分が立ち聞きできる場所にいることに突然気づいたそのとき、ペンドリーとベン・ヴィッカーズ曹長が前夜の作戦とガソリン泥棒の末路を報告しているのが聞こえてきた。

報告への反応から、ダリントンが上機嫌でないのがわかる。リジーは無規律がダリントンの悩みの種だと知っていたから、窃盗事件が引き起こす憤激が推測できた。マットフィールドと思しきもうひとりの声が、閉じたドアのせいでくぐもっているが、短く何か言ったあとで電話が鳴った。リジーはダリントンが一方的に話しているように聞こえる会話に耳を傾けたが、やがて受話器が音を立ててしっかりともどされ、マッチを擦る音が耳に届いた。近くで物音がしたのでリジーはあたりを見まわしたが、自分だけしかいないとわかると、ふたたび執務室内の会話に集中した。

「わたしの祈りが聞き届けられたぞ、諸君」ダリントンが言った。「すべてではないがな」

「どういうことですか」マットフィールドが尋ねた。

「アクスブリッジの第十一飛行群のキース・パークからの電話だった。彼はベントレー修道院の戦闘機軍団にけさ電話した。そしてスタッフィーと話した」

「ヒュー・ダウディング卿と？」マットフィールドは驚いたようだ。「何について？」

「おそらくこの駐屯地について。ここは完全に作戦行動可能な拠点へと復帰した」

「それはすばらしい。しかし、すべてではないというのは？」

「飛行中隊は常駐しない」ダリントンは説明した。「ここは前線の飛行場となる。飛行中隊は夜明けに到着し、緊急発進にそなえて待機、夜間ビギン・ヒルへ引き返す」

ダリントンの自己満足のしずくがしたたり落ちる音がいまにも聞こえそうで、リジーは話につづきがあるのを感じ取った。

「もっといい知らせがあるんですか？　大佐」ペンドリーの声に揶揄の色がにじみ出ていたので、リジーは驚いた。「それで全部ではないという印象を受けますが」

ダリントンはもったいぶって咳払いをした。「空爆が増えたので、スタッフィーの予想では、ドイツ兵は昨夜の攻撃のあともふたたび報復にやってくる。したがって、いたいけな女性が空を飛ぶのはあまりにも危険だと上層部は判断した。いずれにしろ彼女たちはスピットファイアとハリケーンを輸送できないから、わたしに言わせれば役立たずだ」リジーが息を呑む一方、ダリントンは勝ち誇った声で言った。「わたしはあのいまいましい女どもを地上待機させるよう命じられた」

しばしただよう沈黙がドアの下からしみ出し、やがてペンドリーが尋ねた。「彼女たちは移転させられるんですか？」

ダリントンは不満げに言った。「残念ながらちがう。任務を一時休止してさらなる指示を待てという命令だ」

リジーがやりきれない気持ちでドアに背を向けたとき、ボトルとグラスがふれあう音と、ダリントンの気取ったしゃがれ声が聞こえた。

「乾杯しよう、諸君。追放への第一歩だ」

スコットニー駐在所の奥の部屋で、ウィンゲートはケンバーとライトの真向かいにすわっていたが、テーブルを挟んでどちらにも歩み寄りは見られなかった。

ウィンゲートがここにすわるのがはじめてでないのをケンバーは知っていた。窃盗、押しこみ強盗、盗品の受け取りなど、数々の前科があり、どうせいつもどおりの処罰だろうと高をくくっているふしがこの男にはあった。服役は危険な仕事にともなう労働災害だと考えている。唇に薄笑いを浮かべて椅子にふんぞりかえっているところを見ると、ウィンゲートは自分が主導権を握っていると思っているようだ。その思いこみを打ち壊すのが先決だ。

「この手錠をはずしてくれないかな」ウィンゲートが静かな声で言った。

ケンバーはその声を無視し、膝に置いた厚紙ファイルの書類を見つづけた。金持ちと権力者は自分のペースで物事を進め、自分以外の者がしたがうべきだと思っていることは、とっくの昔に学んでいる。金や情報や権威や力を持っていたら、こちらのつごうに合わせて人を待たせておけばいい。きっかりもう一分が過ぎた。ケンバーはファイルの書類の一番上を軽く叩いた。

「窃盗罪の刑法についてはよく知っているんだろう？　ミスター・ウィンゲート」顔を下

に向けたまま、視線だけあげる。「きみときみの共犯者はケント州警察官二名と空軍警察官数名という多数の者に監視される中、手押しポンプと長いゴムホースを使ってガソリンを抜き、トラックの荷台に載せたたくさんのガソリン缶とドラム缶に入れた。闇市で売るか、自分の修理工場のタンクを満たして前庭の給油ポンプでドライバーに売りつけるのが目的だ。そんなところかな？」

ウィンゲートは参りましたというしるしに肩をすくめた。「はいはい、認めますよ。現行犯でつかまったんじゃしょうがない。でも、やったのははじめてだ」そしてドアのほうへすばやく目を走らせたが、そこではライトが鼻で笑いそうになるのをこらえていた。

「あまり雄弁ではないが、わたしの同僚が伝えようとしているのは、はじめてじゃないのはとうにお見通しということだ。ライト巡査部長はきみのトラックへ行って、ドラム缶三個とガソリン缶十四個を見つけ、どれにも目いっぱいガソリンがはいっていた。きみの修理工場をざっと調べたところ、さらに八個の満タンのガソリン缶が見つかったが正規の仕入を証明する書類はなかった。わたしは純粋な好奇心から、きみがゆうべのように夜のお忍びに出かける前にトラックを停めておく古い納屋を調べた。何を見つけたか思い切って当ててみるか？」

ウィンゲートはケンバーをじっと見返した。「馬の糞、豚の糞、雌牛の糞。田舎のにおいだ」

ケンバーはウィンゲートへ冷たい笑いを投げた。「それもあったが、じつはなんと、三十五個ものガソリン缶を発見した。おそらく、調べてみれば八十七パーセントがハイオクタンだとわかるだろう。つまり、航空機の燃料だ」

「おれのじゃない」

「指紋を調べればきみのだとわかるかもしれない。ぜったいつかまらないから手袋なんて面倒なものは要らないときみは思ったんじゃないか？」ケンバーは待ち、その甲斐あってウィンゲートの顔にかすかな不安がよぎる。「七月九日の夜はどこにいた」

質問の矛先が変わってウィンゲートはとまどったようだ。「パブにいた」あまり横柄な声ではない。

「そのあとは？」

「バートといっしょに店を出た。バート・ガーナーだ。あいつは自分の家へ向かい、おれも自分の家へ帰った」

ケンバーは首を横に振り、薄笑いを作った。「では、パブ〈キャッスル〉を出たあとは自宅以外どこへも行かなかったというのか」

「そう言っただろう。空襲警備員のブライアン・グリーンウェイが知ってるよ」

置いた。
「こういうのを見たことがあるか？」ケンバーは指紋が写っている一枚の紙をテーブルに置いた。

ウィンゲートがちらりと紙を見る。「もちろんあるさ」

「ここにあるのはミスター・ガーナーの車から採取された指紋を調べた結果だ。それによると、これらの指紋はガソリンを全部盗まれた翌朝、タンクのキャップに付着していたもので、きみの指紋と同じだ」

ウィンゲートはぐっと唾を呑みこんだが、平然とした顔を崩さない。「それがおれの指紋なのは、バートが給油にきたときにおれがキャップをはずしたからだよ」

ケンバーはとても信じられないという顔をした。「ガーナー夫妻は修理工場へ寄ったあと、車を洗って磨いたと断言したんだがね。ほかにはだれも車にさわらなかった。本人たちの指紋はドアとトランクの取っ手にあったが、それ以外の外側にはなかった。見つかったのがキャップについたきみの指紋だけだ。ああそうだ、ゴムホースにもついていたな」

ウィンゲートの虚勢は影をひそめたようで、姿も実際より小さく見えた。ケンバーは口の端をぴくりと動かしたが、笑みは浮かべないようにした。

「トンブリッジ警察署は報告されたガソリン窃盗事件すべてを調べ、ほかで見つかった指紋ときみの指紋を照合するだろう」ケンバーは指紋が載った書類を回収した。「それだけでも、きみは大変まずいことになる」少し間を置く。「だが、それだけではない」

ウィンゲートは困惑して眉根を寄せ、口を開いた。「どういう意味だよ、それだけじゃないって。それだけに決まってるだろう。おれを何にはめようとしてるんだ」

「航空機の燃料はイギリス空軍のものであり。彼らはこの国を侵攻から守って戦っている。敵を助けて扇動する行為、あるいはイギリスの軍事活動をさまたげる行為は、なんであれ重反逆罪と見なされうる。実際、こうした場合にそなえて背信行為法の制定が今年可決された」

ウィンゲートは唖然とした。「冗談だろう？　おれは臨時収入を得ようとしただけで、ドイツ人を助けたわけじゃない」

ライトは押しだまって取り調べの調書を取っていたが、身を乗り出して軽蔑の顔をあらわにし、うなるように言った。「戦時では、どんな犯罪もドイツ人を助けるんだよ」

ライトがすわり直すそばでケンバーはテーブルにもう一枚書類を置き、ウィンゲートを揺さぶりすぎないようにしようと思った。「ここに、ラヴィニア・スコットのくわしい検死結果がある。彼女は七月九日、きみがミスター・ガーナーの車からガソリンを抜き取った場所から道路を隔てたちょうど向かい側で殺害され、時刻もほぼ同じだった」

言わんとする推測が信じられないというように、ウィンゲートは首を振った。

「おそらく、ラヴィニア・スコットはきみがしていることを見て、やってきてそれを咎めた。きみはだまらせようとして、偶然にしろ怒りにまかせたにしろ、彼女を殺した」

ウィンゲートは手錠がかかった両手を懇願するようにあげた。「ちがう」激しく首を振る。

「わからないのは、なぜそのままにしておけなかったかだ」

ウィンゲートははじめて前へ身を乗り出し、手錠がついた両手をテーブルに置いた。

「おれじゃないって。ほんとうだよ。前科の記録を見ただろう。おれは泥棒だ。盗品を売る。だれも痛めつけない。けんかだって一度もしたことがない」皺を寄せた額に汗が光り、呼吸が速く浅くなった。

ケンバーは書類をファイルへもどした。「きみの修理工場と自宅を捜査し、見つかるだけのナイフと刃物類を押収する。少しでも血痕があったり、ほかにラヴィニア・スコットが殺害された夜に彼女といっしょだった証拠が少しでもあれば、われわれは背信行為法に頼るつもりはない」

ウィンゲートの口が動いたが、声が出てこないので、ケンバーは立ちあがってドアをあけた。部屋の外へ出るときに、ライトへ向き直る。「わたしがもどるまで独房へ入れておくように。面会は禁止だ。だれとも話してほしくないし、ペンドリーとわたしが駐屯地で仕事を片づけるまでトンブリッジへ移送されたくもない」

「わかりました、警部補」ライトが承諾した。

ケンバーは建物の正面ドアへ手を伸ばし、このあとの取り調べで頭がいっぱいだったが、そのとき機関銃のようにけたたましい音で電話が鳴った。奥の部屋のほうを見やると、ライトがウィンゲートを急がせようとうまく言いくるめているところだったので、事務室へ行って自分で電話に出た。

「昨晩は首尾よくいったそうですね」ケンバーが電話に出ると、前置きなしにリジーが言った。

ケンバーは声をあげて笑った。「たしかに田舎はニュースが伝わるのが速い。そう、ガソリン泥棒の連中をつかまえた」

リジーはケンバーの取ってつけたような笑い声を聞いて、自分に劣らず疲れているのだろうと思った。

「それっていいニュースなんでしょう?」リジーは言った。

「一応そうだが、まだ殺人犯をつかまえていないから、首尾よくいったとは言えない」

リジーは捜査が進まずにケンバーが苦労しているのを知っているので、さらに重荷を背負わせるのは避けたかったが、それでも自分の災難は打ち明けるしかないと思った。

「じつは……」リジーはためらった。

「何かあったのか？」ケンバーが訊いた。「無事なんだろうね」

「まったくなんともないから、こんなこと言っても心配しないでくださいね。じつは昨夜の空襲のとき、部屋で襲われたんです」

「まさかそんな――」

「犯人は爆弾が近くに落ちたときに逃げました」リジーはそう言って息苦しくなり、ゴムバンドを弾いて気を落ち着かせた。

「これが限界だ」ケンバーの声が変化し、いまは完全な警戒態勢にはいっているようだ。「ペンドリーはなんと言った？　きみは早急にスコットニーを去ったほうがいい」

身の安全を心から心配してくれているのがわかり、嘆きの乙女を救わんとする馬上の騎士の気配は微塵も感じられなかったが、それでもリジーはケンバーの勧めをことわった。

「わたしがそれをできないのは知っているはずです」有無を言わせない口調で言う。「わたしたちはひとりもここを去りません。そうでなければ犯人の勝ちです」

「いまからそっちへ――」

「必要ありません」リジーはぴしゃりと言った。

「わたしの仕事だ」とケンバー。「いずれにしても、けさはハモンドとステイプルトンの取り調べのためにペンドリーと会う予定だ。指紋も採取しなくては」

「ペンドリー大尉とはいつ会うんですか？」

ケンバーが沈黙し、リジーは彼が腕時計を見るところを想像した。

「一時間以内に」

「大尉には何も言わないでください。先にわたしとテラスで会えますか？」突然口が乾いて唾を呑みこむ。「軍務記録を読みました」

「会えるとも」ケンバーが言う。「二十分後に着くよ」

緊張が高まってくるのを感じ、リジーは心の減圧弁を開き、話しながら机の文具を並べ替えた。「よかった。もう行かなくてはなりませんが、あとひとつ。きょうは特別な説明会があって、どんな内容かは察しがついています。ダリントン大佐とマットフィールド中佐の会話が耳にはいってきたので。スコットニーはビギン・ヒルの前線飛行場になります。したがって、ATAは地上待機となりました」

「それを聞いて残念に思うよ」とケンバー。「だが、この状況ではかえってよかったと思うしかない。きみの安全のためにも」

とことん相手のためを考えての発言だとわかっていても、つねに男は守り女は守られると言いたげな口調にリジーは腹が立った。

リジーが何も言わないので、ケンバーが沈黙を埋めた。「イギリス軍が空中戦で勝利をおさめるまでの話じゃないか。そのあとで、航空機の輸送はまた必要になる」

「わたしたちには戦闘機を飛ばすことが許されていません」リジーは棘を含んだ声でケンバーに思い出させる。

「軍はやがてまちがいに気づく。きみたち女性はすぐれたパイロットで、どんな飛行機も完璧に乗りこなす能力がある」

お決まりの褒めことばとわかっていても、彼に言われると気分がやわらいだ。受話器をもとにもどしたとき、はっきりしないが心に引っかかるものがあり、気づくと指のささくれをむしっていたが、そんなことをしてもおなじみの胸の圧迫感は避けられなかった。呼吸が浅くなり、さらに速くなると、リジーは部屋へ引き返して接近中のパニック発作の兆候と戦った。

23

フィズやほかの隊員たちから余計な冷やかしを受けたくないので、ケンバーが着きしだいリジーは詮索好きたちの目と耳から逃れ、庭園のはずれの気に入りの場所へと警部補を連れていった。

「ほんとうにだいじょうぶか？」ケンバーが尋ねた。

リジーは警部補の顔に刻まれた憂慮を無視した。「それを言うのは十回目ですよ」相手のしつこさに苛立つ。「そして、だめです。これ以上警察の保護は要らないし、避難するつもりもありません」

「しかし、空襲のたびにこれでは――」

リジーは手のひらを見せてことばを止めた。「犯人はしくじったから、もうわたしを襲おうとしないでしょう。わたしが対処法を知っていて、しかも、あなたがわたしを切り離せないほど緊密な協力関係を築いていることを、犯人は承知しています」ポケットから煙草のパッケージを取り出し、低い石塀に腰かける。「とにかく、ペンドリー大尉に言ってはだめです。大尉はダリントン大佐やマットフィールド中佐といっしょに、わたしたちの運命を決める話し合いに参加していました。動機がなんであれ、わたしたちをやめさせる理由をこれ以上与えたくありません」

ケンバーは相変わらず立ったままで、心配と不満で顔をこわばらせながら手帳を取り出した。「なんの保証もできないし、ライト巡査部長には伝えるしかないが、いまのところは内密にしておこう。空襲の前と最中に何があったか、覚えていることを全部話してもらおうか」

「じつは、少し曖昧なんです」リジーは煙草のパッケージをいじりながら言った。「シャーリーの様子を見届けたあと自分の部屋へもどったのは、片頭痛がしていたからです。光の点滅が見えて、頭が痛くて、症状はいろいろです。目も頭も混乱するので、あまりくわしくは伝えられません」煙草をポケットにしまう。「自分の部屋のドアが少しあいていたので、とても妙だと思った。サヴォイホテルの広々したスイートとはわけがちがうから、室内やベッドの下にだれもいないか点検した。アスピリンを二錠飲んで上着をハンガーへかけようとしたとき、そいつが衣装ダンスから飛び出してきた」

「衣装ダンス？」ケンバーは訊き返し、眉をあげた。

「ええ」とリジー。「直前に物音が聞こえたので振り向いて逃げたけれど、首をつかまれて大声を出せなかった。たぶん、シェルターへ行かなかったのはシャーリーとわたしだけです」

「犯人について何か言えることは？　どんなに些細なことでもどんなに大まかなことでも参考になる」

「男だったのはたしかです。わたしより背が高く、力があった。上着の感触から、たぶん制服を着ていたと思います」リジーは思わず身震いをした。「煙草と革とお酒のにおいがしたけれど、無言だった。わたしが蹴ったらうめき声をあげたから、向こう脛に痣があるかもしれない」

ケンバーは頬をふくらませて息を吐いた。「ここにいる男たちの大半に当てはまると思わないか？　それに、全員にズボンをたくしあげてくれとは言えないな。わたしはフリーメイソン（入会儀式でズボンから左脚を出す）ではないんだ」

リジーは笑いを押し殺し、膝のマニラ封筒を指で叩く。「ファイルを読んで、知っていることについてよく考えてみました。ラヴィニアが犯人に会いにいったのは明らかですが、ハモンドとステイプルトンとウィンゲートは彼女が好む上品で洗練されたタイプではありません。牧師はハンサムですが、ラヴィニアは信仰には興味がありませんでしたから、それはないでしょう」

「エミリーも犯人に会いにいったとは思わないのか?」

リジーはケンバーの声に不信を聞き取った。

「もちろん思いません」とリジー。「夜の散歩と喫煙という習慣が空襲と合わさって、犯人に絶好の機会を与えたのです」

「それでも、彼女もラヴィニアも何かを目撃したために殺されたという可能性もある」ケンバーが言う。「人はたった一ガロンのガソリンのために殺すこともある」

リジーはもう少しで笑うところだった。「殺人の動機には驚かされますね。あなたは驚かないでしょうけど。でも、ラヴィニアはそうした危険と出遭うほど村に長くいませんでした」

「ハモンドをどう思う」ケンバーが訊いた。「最初に尋問するつもりだが」

リジーは髪を耳にかけてからケンバーに封筒を渡し、すべての動作を見られていることに気づいた。

「ハモンドでないのはたしかです」眉をひそめて言う。「しっくりこないですね。彼の素性はわたしが連続殺人者《シリアル・マーダラー》について知っているものと一致しません」

「連続殺人者?」ケンバーがいぶかしげに言った。「そんなことばは聞いたことがない」

「大量殺人犯《マス・マーダラー》という呼び方は好きではありません。この手の人間は一度に大勢ではなく、数日、数カ月、数年にわたって連続で殺すからです。被害者ふたりでは連続というほど多くないのはわかりますが、偶然にしては類似点があまりにも際立っています」

「不正直な人間が切羽詰まって人を殺すこともある」

「でも、二週間で二度も切羽詰まるんですか？」リジーは首を横に振った。「ハモンドの罪は権威への反抗と食料を主とした小さな窃盗ですね。これは貧困の中で育った者の典型です。容貌は悪くありませんが、ラヴィニアを誘い出し、どちらの女性も圧倒するような高い教養に欠けています。女性への天の恵みだと自分では思っているかもしれませんが、もし彼が殺人犯だったら驚きです」

リジーは煙草を吸おうかと思ってポケットの中のパッケージを探ったが、そのあと気が変わった。ここは自分だけの孤独な喫煙場所だ。ケンバーがいるのに火をつけるのは、なぜか場を穢《けが》す行為に思えた。

「ハモンドが警備の任務からこっそり抜け出しているのなら」ケンバーが言う。「ステイプルトンは知っていて彼をかばっているにちがいない。ステイプルトンは共犯者ということだ。きみの意見を聞くが、ふたりのうちどちらかでも別の犯行の真っ最中に見つかったら人殺しができるだろうか」

「だれでも人を殺すことはできます」リジーは言った。

ケンバーを真っ直ぐ見て数秒間そのままでいたが、だれかが呼びかける声が聞こえて魔法が解けた。振り向くとペンドリーがテラスに立っている。

「邪魔がはいったようだ」とケンバー。「あとでお茶でもどうかな」

「いいですね」リジーは承諾したが、ペンドリーにどう思われたか想像して顔が赤くなった。

領主館の比較的狭い一室で、ハモンドが机の前にすわっていた。机の向かいではケンバーもペンドリーもせかす気配がまったくない。ひとりの空軍警察官が壁際の収納式書き物机についていて、帳面を置いて取り調べを記録するために扉の部分を倒してある。もうひとりはドアの内側に立って出口を固めている。ハモンドが鼻の下に浮いた汗をぬぐってから、規定どおりの短い頭髪へ指を走らせた。タイプされた書類をペンドリーが読むのをながめるふりをしながら、ケンバーはその落ち着きのなさに気づいて満足を覚えた。

「共犯のアンドリュー・ウィンゲートとはもう話した」ケンバーはようやく口を開いたが、ふつうの口調を保つ。ハモンドが唇をなめて唾を呑みこんだ。乾いた口、これもいい兆候だ。

ハモンドの目はケンバーとペンドリーのあいだを行き来するあいだも眼窩の奥でおののいているように見えたが、やがてケンバーへ心得顔の笑みを向けた。「現行犯でつかまっちゃあ、さすがにくすねてないとは――」

「窃盗で逮捕されたと思うのか?」ケンバーは空威張りの目を摘もうと思い、口を挟んだ。「きみが空軍のガソリンを売ったせいで空軍が防衛できなければ、ドイツ軍は好きなときに侵攻できる。きみは裏切り者の第五列員(味方の集団の中で敵を利する行動をとる人々。スペイン内戦時が由来)よろしく、総力をあげた軍事活動を下から突き崩している。まあ、重反逆罪と言ってもいいだろう」

どういうことかわかったとたん、ハモンドが動揺した顔でがっくりと肩を落とすのをケンバーは見た。

ハモンドがか細い声で言う。「ちょっとくすねただけですよ」

ペンドリーをすばやく見てから、ケンバーはつづけた。「ちょっ、い、い、とくすねた、だけでどうして女を殺したくなるのか、そこがわからない」

ハモンドの体がこわばった。「え?」目がペンドリーに懇願し、喉が咎を堰《せ》き止め、顎が音もなく上下する。

ペンドリーは静かにすわったまま、口もとを引き締めてハモンドの顔を冷たく見据えていた。

ケンバーはもう一枚の書類を見た。「きみは検問所からウィンゲートを駐屯地へ出入りさせたのか？」

ハモンドが首を振って否定したが、目の色が一瞬変わるのをケンバーは見逃さなかった。「持ち場を放棄するたびに駐屯地を離れたのか？」

「ちがう」ハモンドがまた首を激しく振り、声はささやき声ぐらい小さくなった。

ケンバーは身を乗り出して机に肘をついた。「もしどちらの供述もほんとうなら、最初に殺されたラヴィニア・スコットはウィンゲートを目撃したので、口封じのためにウィンゲートが殺害した、と思うしかない。そして、きみがエミリー・パーカーをやはり口封じのために殺したことになる」

ハモンドは泣き出さんばかりで、目にたまった涙がきらめいている。「おれじゃない。そんなことやれるわけがない。女相手に。女じゃなくてもだ。ガソリンを少しばかり横流ししただけで」すすり泣きと同時に両頰に涙がこぼれる。「人を殺したことなんかない」

ハモンドはハンカチ代わりの四角い灰色の布切れを取り出して目もとをぬぐった。

ペンドリーがはじめて前へ身を乗り出し、ケンバーがいままで聞いたことのない低い力強い声でこう言った。「ガソリンのことで知っていることを話したら、助けてやれるぞ」

ハモンドは鼻をすすり、ペンドリーの強い視線を避けて机をじっと見つめた。「アンディ・ウィンゲートとは、仲間といっしょに村へ行ったときパブ〈キャッスル〉で出会いました。少し酔っぱらってしまって、気づいたときには、予備集積所からガソリンを抜く手伝いを引き受けてました」また鼻をすする。「やつが言うには、ちょっとした儲け仕事をやっていて、車やトラックからガソリンを抜いて自分の修理工場のタンクに注ぎ足すんだそうです。協力してくれたらしこたま儲かるから山分けにしようって」そこで中断する。

「それでどうした」ケンバーが穏やかな声でうながした。

ハモンドは唾を呑みこんだ。「やつが言うには、紐のついたホースを金網から通すから、おれはその紐を引っ張ってホースを集積所へ届かせ、ガソリンのドラム缶のキャップを取ってホースを差し入れ、準備ができた合図にホースを強く引くだけでいい。作業がすんだらやつが強く引くから、おれはホースを抜いてからまたキャップを閉める。そのあとやつが金網越しにホースを引っ張って回収する」

ハモンドが顎をあげたので、ケンバーは目を合わせた。「エミリー・パーカーは気づいたのか、それともきみを目撃したのか？」

「だから言ったでしょう。おれはガソリンをくすねただけだって」

「ステイプルトンもかかわってるんだろうな」

ハモンドが不安そうに身じろぎし、ケンバーは内心の葛藤を読み取った。

「ええ、まあ」ハモンドが低い声で言った。「ステイプルトンはおれがやろうとしていることを知っていて、いやがってました。おれはだまって目をつぶっていたら分け前を少しやると言って」

「それで言うことをきいてくれたのか？」

「はじめはいやだと言ったが、とにかくおれは出かけました。もどったとき、やつは怯えていた。どうしたんだと咎められて、おれが下痢気味でトイレへ行ったと嘘をつくしかなかったって。おれが引き入れたんだよな。おれをかばったから、あいつも共犯になった」

ハモンドは口をつぐみ、左のほうを見て目が合うのを避けた。ケンバーには見覚えのあるしぐさだった。

「ほんとうにそれ以上は知らないんです」ハモンドが哀れっぽい声を出す。「ガソリンを少しもらっただけです」

ハモンドがじつにつらそうなので、いまのところこれ以上聞き出せないのがケンバーにはわかった。そこでペンドリーを見て眉をあげ、ドアへ目を走らせた。

「もういい、ハモンド」ペンドリーが厳しい声で言った。「独房へもどれ」警備の警察官にうなずき、警察官がハモンドを部屋から連れ出してドアを閉めた。

ケンバーは立って伸びをした。窓辺へ行き、アリのようにせわしなく動きまわる男たちをながめる。飛行場を整備し、爆弾であいた穴を埋め、土嚢を点検し、対空砲の装備を改善している。窓敷居へ尻をあずけ、ペンドリーへ顔を向けた。

「ウィンゲートがリーダーシップを発揮し、ハモンドはしたがうタイプらしい。ハモンドより格下がステイプルトンで、無理やり引きずりこまれた」ケンバーは片脚がしびれたので顔をしかめた。立って太腿をさする。「ハモンドに人殺しができるか」口をへの字に曲げて首を振る。「われわれがその線で押したらびっくりして縮みあがり、さらに押したらいよいよパニックになった」

ケンバーは膝をさすって感覚を取りもどそうと体をかがめたが、そのとき、ハモンドがすわっていた椅子のそばに丸められた紙があるのに気づいた。「そこにあるのは？」床から拾いあげ、机の上で広げると、タイプされたことばが見えた。

「だまっていろ」ペンドリーが読んだ。「あの男は脅されているのか？」

ケンバーは強い苛立ちを覚え、指で机の上をつついた。「帰る前にダリントンに会わなくてはならない」立ちあがってドアをあけ、部屋の外にいる警備の者に話すと、その男が用件を受けて立ち去った。「ステイプルトンに会う前に脚のストレッチをしなくては」ペンドリーに言う。「十五分後ではどうだろう」

ペンドリーが腰をあげた。「いいですよ」

リジーはシャーリーのあとからラウンジへはいろうとしたが、ちょうどそのときケンバーが廊下の反対側から現れた。まずはじめに彼のネクタイが曲がっているのに気づき、手を伸ばして直さないように自制心を掻き集めなくてはならなかった。

「お茶には少し早いけれど、かまいませんよ」リジーはそう言って微笑んだ。

ケンバーが笑みを返す。「申しわけないが、いまは無理なんだ。まだ取り調べ中でね。ウィンゲートとハモンドはガソリンを盗んでいただけらしい。それに、どちらも人殺しの素質はなさそうだ。これからステイプルトンを尋問するんだが、どう見ても軟弱な若造だ。どう扱うべきか、きみの意見を聞きたいんだ」

ケンバーにアドバイスを求められ、いつもながら職業的好奇心が直接刺激を受けたので、リジーは顔をそらして考えた。向き直ったとき、彼女の頭脳は関連情報の検索と処理を終えていた。「本人の軍務記録によれば、彼はふたりの中では弱者です。ハモンドがリーダーで、アイディアを出してそれを実行するのでしょう。ステイプルトンがしたがうのは忠誠心から、友達がほしいから、好かれたいからですが、勇気や忠誠心から殺人を犯すとは思えません。そもそも何かにかかわるとしたら、窃盗のたぐいでしょう。ハモンドは見た目はたくましいのですが、本人の学校の友達と同じぐらい相棒の助けを必要としています。

ステイプルトンは感情面と精神面で崩壊する可能性が最も高いと思われますから、注意が必要です。重圧をかけられて動揺しはじめたら、それは話したくないのではなく、防御のために心が停止して話せないんです。ハモンドには深刻な結果をちらつかせれば効果があるかもしれませんが、ステイプルトンにはうまいことばでやさしい訊き方をしなくてはなりません」

ケンバーは驚いてリジーを見た。「すごいな。どこからそんなことがわかるんだ？」

リジーは頬を赤らめ、目を合わせられずにケンバーの胸もとを見た。「ものをよく覚えてるんです。とくに興味のあるものは」

「そうか、きみが興味を持ってくれてよかったよ」とケンバー。「じゃあまたあとで」

「その前に」リジーはこれ以上がまんできずに手を伸ばすと、ネクタイに指を添え、ケンバーが驚くのもかまわず真っ直ぐに直してつぶやいた。「乱れているのがきらいなんです」

ステイプルトンはハモンドよりはるかにびくびくしていた。カッと見開いた目で室内を見まわし、怯えた子供のように手を震わせ、頬は赤い切手さながらに紅潮している。ケンバーは気の毒になった。軍隊でも人間関係でも犯罪の世界でも、食物連鎖の底辺にいる男だ。底辺にはどうやらステイプルトンのような者が――恵まれない、無防備な者が――かならずいるらしく、彼らは気に入られるように、へまをしないように、なんとか生きていけるようにがんばっているが、結局うまくいかない。

リジーと話し合ったあと、ケンバーは穏やかな路線で責めることでペンドリーの同意を得た。勧められたお茶をステイプルトンは受け取ったが、あたたかい、濁った茶色の飲み物は机に置かれたままで、表面に皺の寄った被膜が浮いた。はじめて見たときより今回のほうがずっと学校の男子生徒に似ているとケンバーは思った。制服を着ていても少しも一人前の男には見えず、遊戯室の衣装ケースから借りてきたばかりという印象を受ける。

ステイプルトンはハモンドの供述とほぼ一致する内容をたどたどしく話していった。しばらくすると、無言で口を開いたり閉じたりして唇を舐め、逃げ道を探すかのようにあらぬほうを向く。ケンバーはこれぐらいにしたほうがいいと感じ、取り調べはほぼ通常どおりできたのではないかと思った。

ステイプルトンはそっと体を揺らしはじめた。「おれは何もしてないし、何も見てません。ほんとうです。ずっと検問所にいてちがうほうを見てました。ハモンドが口止め料だと言ってときどき金をくれました。ほしくなかったけど、あいつが上着のポケットに突っこんでくるんです。その金は使ってません。持ってってください。マットレスの下の袋に全部はいってます」

ケンバーが身を乗り出してその男の前腕にやさしく手を置いたが、若い兵卒はさっと腕を引き、ペンドリーを探るような目で見た。

「いいんだよ、それはそのままにしておこう」ケンバーがあらためてやさしい声をかけた。

「だいじょうぶか？」

ステイプルトンの目に涙がたまった。

ペンドリーの合図で警備の者がステイプルトンの腕を取り、部屋から連れ出した。ドアが閉まる前にペンドリーの配下の別の空軍警察官がノックし、ペンドリーの指示で入室すると、茶色の紙袋をケンバーへ渡した。

「ステイプルトンの部屋のマットレスの下にこれがありましたが、ハモンドの部屋では何も見つかりませんでした」

ケンバーは袋の中をすばやく見てから言った。「ごくろうさん」

その警察官が立ち去るのを待ってから、ケンバーは紙袋を逆さまにし、中身を机に広げた。

ペンドリーは一ポンド紙幣の小さな束を手に取った。「はした金ですね。大それた計画にかかわったにしては少額だが、見て見ぬふりをして口を閉じさせておくためにこれだけ払ったんなら、ほかのふたりは相当儲けたにちがいない」

「かなりの額だろうね」ケンバーも同意見だ。そして、紙袋にいっしょにはいっていた小さな白い紙切れをつまみあげ、それを広げた。白紙に見えたが、裏へ返すとそこにはタイプされた文字が並んでいた。だまっていろ。ペンドリーへ手渡す。「見てくれ」

ペンドリーが大きく息をついた。「ハモンドのと同じです」そっくりの紙切れをケンバーのほうへ滑らせる。「俗に言うと、凄みをきかせるってやつですね。まだダリントン大佐を疑ってるんですか？」

ケンバーは肩をすくめた。「疑っている相手はまだ多いが、その範囲は狭まっていて、ほかより怪しい者も何人かいる。われわれは確実な証拠が見つかるまでは薄氷を踏むことになるだろう。行って大佐に事の次第を伝えたほうがいい」

24

ケンバーとペンドリーは勧められた椅子にすわったが、ウィスキーは辞退した。ダリントンが腕時計を見てためらい、ボトルを戸棚へもどす。そして向き直ると、両手を腹に置いて指を組み合わせた。ダリントンがじゅうぶん注目するのを待ったのち、ケンバーがあえて数秒間余計に沈黙すると、やがてイギリス空軍将校の目に怒りがちらついた。子供っぽい満足を覚えて内心で微笑んでから、ケンバーは言った。「ふたたびお邪魔する用事ができて残念です、大佐」

「わたしもだ、警部補」大佐がちらりとペンドリーを見るが、ペンドリーは無言で見つめ返し、手袋の甲をいじっている。

「ご存じだと思いますが、検問所に詰めていた二名の兵士が昨夜駐屯地で逮捕され、ガソリンを盗んだ罪で告発されました」

「ああ、それなら知っている」明らかに関心がないらしく、ダリントンの目つきがどんよりしている。

「われわれは昨夜もうひとり逮捕しました。境界のフェンスの外にいた民間人で、同じ盗みを働いている最中でした」

「話の要点は？」

早くもダリントンの態度を不愉快に感じていたケンバーは、こみあげる怒りと戦った。気を鎮めようと、ダリントンの背後の書棚をながめた。整理されたさまざまな書物を目で追うと、端のほうにきちんとおさまっていないのが二冊ある。ケンバーは立ってズボンの腰のあたりを軽くなでると、ダリントンの憤慨ととまどいの形相を楽しみながら部屋の奥へ移動し、額縁入りの絵を鑑賞した。

「要点はですね」ケンバーはやっとことばを継ぎ、筆のタッチを調べるかのように前傾姿勢を取る。「あなたの監督する駐屯地から大量のガソリンが、あなたの目と鼻の先で盗まれた。強いて言うならば、高位の者が事情を知っていたのかどうか、という疑問が生じます」

ダリントンが怒って口から唾を飛ばさんばかりに言った。「わたしのことを言ってるんじゃないだろうな、警部補」

ケンバーはその質問には答えなかった。「そもそも、だれかが目をつむっていなければ、この企て全体が不可能だったと思いますよ」

「いいかね、きみ……」

ケンバーは絵から離れ、壁に沿ってゆっくりと慎重に歩を進めた。「ペンドリー大尉とわたしは三人の男を取り調べ、別の問題にぶつかりました。どうやらだれかが彼らを脅して口止めしているらしく、なかなか口を割らないところを見ると、わたしはそれが上級将校ではないかと思っています」

ダリントンの顔が赤くなり、いまにも怒りを爆発させそうだ。ペンドリーを見ると、拳銃がおさまったホルスターに手をかけている。

「こんなばかげた話は聞いたこともない。われわれはいやしくもイギリス空軍の紳士であり、いやしい犯罪人とはちがう」

「ほとんどのかたが立派な経歴をお持ちだと承知しています」婦人補助空軍の一件を思い浮かべはしたが、ケンバーはダリントンにていねいに頭をさげた。「ただ、大尉とわたしが発見した証拠を無視するわけには――」

ダリントンが椅子から弾かれたように立った。「どんな証拠だ。見せたまえ」

「どうかすわってください、大佐。申しわけありませんが、いまの時点では証拠の性質についてて明らかにできません。あえて言えば、そのおかげで空軍省のふたりの警備兵がいささか苦境に追い込まれているとわかりました」

ダリントンが頭に血をのぼらせたまま、ゆっくりと腰をおろす。「どういった苦境だ」

ペンドリーへ目を向けるが、ペンドリーはわれ関せずのていだ。

「おそらくこの将校は窃盗を見かけたので、あのふたりの警備兵を脅してだまらせるか、本人がほかの仕事に取りかかっているあいだ、ふたりを使ってばれないようにしようと決めた」

ダリントンが眉根を寄せた。「ほかの仕事とはどんなものだ」

ケンバーは乱れた二冊の本のほうを向いた。「いいですか?」

ダリントンがそっけなく手を振って承諾した。

ケンバーが書棚から一冊抜くと、それは過去の犯罪事件を扱ったずっしりと重い本だった。棚にもどすと同時に別のを取る。心臓が止まりそうになり、うなじの毛が逆立った。必死で無表情を保ち、ページをめくっていく。

「ほかの仕事とは? 警部補」

ケンバーは咳払いをして感情を隠した。「この将校が駐屯地と村を自在に動きまわり、ラヴィニア・スコットとエミリー・パーカーを殺害したと信じる根拠が、われわれにはあります」

ダリントンの口がはたはたと開閉し、それから声が絞り出された。「部下の将校のひとりが？　だれだ」

「容疑者は何名かいますが、しばらくのあいだはご内聞に。この駐屯地は前線飛行場に復帰すると聞きました。複雑な気持ちですが、とにかくおめでとうございます。たいへんおいそがしいでしょうから、ご自分の仕事に集中なさってください。もちろんペンドリーとわたしも自分の仕事をして、経過をお知らせします」

ダリントンの顔は青ざめ、さっきの居丈高《いたけだか》な態度がなりをひそめている。これが本心か演技かケンバーにはわかりかねたが、後者ではないかと思った。

ダリントンに向かって例の本を手で示す。「これをお借りしてもいいですか？」

「なんだって？」ダリントンは呆然としているようだ。「だめだ、だめに決まっている」

拒絶されてケンバーはあっけにとられた。「なぜだめなんでしょう」

「知らない者に自分の私物を貸す習慣は、わたしにはない」

「けれども、わたしは警察官なんですよ」

「そのとおり。きみはイギリス空軍の軍人ではない。わたしはきみのことをまったく知らない」

ケンバーはここまで抵抗されるとは思っておらず、堅苦しい官庁用語で要求を通すしかなくなってうんざりした。「失礼ながら、わたしはケント州警察官としての公的資格に則《のっと》り、あなたの所有物、つまりこの本を、進行中の捜査の関係で短期間借りることを要請します」

「どういう意味だ、捜査の関係とは」

「これを読みましたか？」ダリントンが目を見開いているばかりなので、ケンバーは質問を繰り返した。「この本を、読んだんですか？」

「なんだって？ ああ、そうそう、読んだとも」ダリントンが言う。「なかなか面白い本だ。自分の書棚に読んでいない本や役に立たない本を置くわけがないだろう」

ケンバーはペンドリーが大佐をじっと見ているのに気づいた。「同感です、大佐。母がよく言ってました。すべてのものには置くべき場所があり、その場所にあるべきだ、と」

「わたしもそう思う」ダリントンはまだ混乱しているらしく、自分のせいではないのに叱られて、やはり自分のせいかもしれないと考えている幼児に似ている。「やれやれ、こんなものを読みたいなら、ただそう言えばいいんだ」

ケンバーは本を小脇にかかえ、フェドーラ帽を手に取った。「言いましたよ」帽子をかぶり、つばにそっとふれる。ペンドリーがそれを合図に立ちあがり、ふたりはドアへ向かった。「ごきげんよう、大佐。またお話しすることになると思います」

ペンドリーの執務室へはいると、ケンバーは自分の感情を抑えきれなかった。ペンドリーがすわるやいなや、本をテーブルに置いた。

「あれはいったいどういうことですか？」ペンドリーが言い、ジンのボトルに手を伸ばした。身振りでケンバーにも勧めるが、ケンバーが首を横に振ったので、少量をマグひとつに注いだ。

「大佐を動揺させたかったんだ」ケンバーはそのときの感覚を反芻《はんすう》した。仕事でこれほど満足感を覚えたのはひさしぶりだ。

ペンドリーが眉をあげた。「うまくいきましたね。大佐が心臓発作を起こすか、そうでなければあなたを撃つんじゃないかと思いましたよ。誤解しないでほしいんですが、ダリントン大佐やマットフィールド中佐が不安で身もだえさせられたとしても、わたしはなんとも思いません。その点をもう少しわかってくれてもよかったのに」

ケンバーは考えこんだ。「そうだね。悪いと思ってるよ」そして、畳んである清潔なハンカチを取り出すと、振って広げ、それを使ってテーブルの本にさわる。「だが、それなりの理由があったんだよ」そう言って本の向きを変えた。

ペンドリーの目が見開かれた。「なんだこれは」大声をあげてから、声に出して読む。

「『切り裂きジャック、あるいはロンドンが恐怖の中を歩んだ時代』」テーブルに置かれた薄い本へ手を伸ばすが、ケンバーに引きとめられた。

「すまない」ペンドリーの傷ついた表情を見てケンバーは言った。「これを検査に送ろうと思う」

ペンドリーがかすかな笑みを浮かべながら目をあげた。「じゃあ、やったのはダリントン」

「そんなふうに見える。前にもこの題名の本や似たような本を見た。あのホワイトチャペルの数々の殺人事件の一部始終をすべてつなぎ合わせたら、かなりすばらしい絵ができあがる。われわれはライト巡査部長にあやまらなくてはいけないようだ。彼は今回の殺人事件が切り裂きジャックの犯行に似ているとはじめから言っていた」ペンドリーが何か言おうとするのをケンバーは手をあげて止める。「切り裂きジャック本人ではないが、だれかが模倣しているのはたしかだ」

「それがダリントン大佐だとしても、どうやって証明するんです？ 状況証拠しかなく、しかもわれわれが大佐を疑っているという照明弾をあげてしまったんですよ」

ケンバーは顔を曇らせた。「指紋の検査のためにこれをトンブリッジへ送ろう。だれがこれにさわったか、公式に確認したい。あとでダリントンが自分のものではないと言い出して指紋も出てこなかったら、やりきれないだろうな」

ペンドリーが手を差し出した。「うちの配達人を使いましょう」

ケンバーは手を振ってことわった。「ダリントンの執務室に出入りした者全員の指紋を採り、この本の指紋と照合する必要がある。わたしがトンブリッジから持ちこんだ採取用キットがライト巡査部長のところにまだあるはずだ。彼をここに呼んで指紋を採らせてから、それを本とともにトンブリッジへ届け、そこからスコットランドヤードへ送ってもらえばいい」

「それはいいですね。ライトが会見室で準備を整えてくれたら、わたしがダリントン大佐とマットフィールド中佐を連れていきますよ。腹を立てるでしょうが、軍の法規をあらためて言って聞かせれば、いやがって騒いでもしたがうしかありません」

「楽しみにしているみたいだな」

ペンドリーが微笑んだ。「たまに優位に立つのはいいものですよ。夜リッツの映画館に出かけるようなものです」

ケンバーは笑みを返し、本を指さした。「これを入れるものがあるかな。指紋を残しておけるようなものが」

ペンドリーが抽斗をあけ、内部配送用の茶封筒を出した。数字つきの欄にいくつか名前が記入されているが、届いたときに取り消し線が引かれている。ペンドリーはペンを取って最後の欄に書かれた自分の名前を二本線で消すと、本へ手を伸ばした。

しかしケンバーは封筒を取って、開いた封筒へ本をそっと入れ、蓋の部分を閉じた。

「電話を使ってもかまわないか？」

ペンドリーが電話機の向きを変え、ケンバーはスコットニー駐在所の番号にかけた。

「いまやるしかない」

リジーはケンバーが午後のお茶に来なくてもしかたがないと思った。ペンドリーといっしょに尋問やほかの捜査にかかりきりのはずで、ずいぶん時間がかかっている。思いがけず失望している自分に腹が立った。もう一度がっかりするぐらいはよくあることだ。

ケンバーが大あわてと言ってもいいほどの勢いでラウンジにやってきたので、たちまちリジーは気分を変えたが、それでもなるべく無関心を装い、そこへケンバーが騒々しく椅子を引いてすわった。

ケンバーが話そうとしたが、まずはケンバーもリジーも椅子に深くかけ、そのあいだ給仕が盆にふたり分のカップと受け皿、ポットにはいったお茶、小さなミルク入れを載せてテーブルへ運んだ。四枚の簡素なビスケットが大きすぎる白い皿にわびしく載っている。

ケンバーがあらためて身を乗り出したのでリジーも思わず体を傾けると、彼は低い声で話した。

「訊かれる前に言っておこう。ライト巡査部長が指紋採取用キットを持ってこちらへ向かっているところだ。ハモンドとステイプルトンとウィンゲートを尋問した結果、連中がただの窃盗犯だという見立てに変わりはないんだが、あの三人はだれかに脅されている」

長く待たされてまだ機嫌が直っていなかったが、リジーはいやおうなく引きつけられてケンバーを注意深く見つめた。

「だれなのか連中は言おうとしないが、将校にちがいない」ケンバーが取り調べの流れをかいつまんで話すあいだ、リジーはお茶を注いだ。

リジーは慣れた手つきでカップをケンバーの前に置いた。

「わたしはあれからさらに考えました」ケンバーが微笑んだので、リジーは言った。「いったん頭の中で何かがはじまると、スイッチを切れないんです」

「つづけて」ケンバーが励ます。

「連続殺人者が単独で犯行に及ぶのは、一部始終を知る人間を信用できないからです。その将校《オフィサー》（オフィサーは警察官のことでもある）が年嵩で上級職なら納得できますね」

「わたしを指さしているように聞こえるな」ケンバーが言い、お茶を吹いて冷ました。

リジーはビスケットの端を齧りながら、いっとき考えた。「動機は犯人の生い立ちと関係があると思います。だれに機会があったかを突き止めるのはあなたにおまかせしますね」

ケンバーはラウンジをこっそり見まわしてからビスケットを半分に割り、お茶にひたした。「ダリントンもマットフィールドも、さらに言えばペンドリーもウィルソン牧師も、鉄壁のアリバイはなく、それ以外につかんだものは状況証拠のみだ」

「では、ペンドリーもリストに加えるんですね」リジーは言った。「プロファイルと一致するとあなたが考えるなら」

ケンバーのふやけたビスケットがお茶のなかでばらばらになったので、リジーは笑いを嚙み殺した。

ケンバーは顔をしかめ、茶色の残骸をティースプーンですくい取った。「どう考えればいいのかわからない」リジーをちらりと見る。「きみは犯人と格闘し、さわり、においを嗅いだ。ペンドリーだったかもしれないと思うか？」

「彼は感じがいいときも助けてくれるときもありますが、じつを言うと、わたしは研究の過程で非常に好感の持てる悪人に何人も出会いました」リジーはケンバーの不安を感じ取った。「彼だとは思っていないんでしょう？」

ケンバーはため息をついた。「正直な男に見えるんだが、わたしときみの取り決めをダリントンに漏らしたのは彼なんだ。それが自分の義務だと言っていた」

「そうなんですね。彼は第一に軍人で第二に警察官ですから、忠誠心ゆえの背信行為は理解できます」リジーは首を振って疑念を振り払った。「きっとそれだけですよ」そして、なるべく安心させられそうな笑みを浮かべた。

「わたしの直感ではダリントンなんだが、以前直感がちがっていたことがある」ケンバーが言った。

「わたしの経験では、直感的な反応は先入観から生まれます」リジーはケンバーの射すくめるような視線を無視した。「とにかく、ダリントンはこの駐屯地の指揮官なので自分の思いどおりにする権限があり、それで安心感を得ています。本人なりの見解を持っていますが、仕事はこなしています」

「だとしたら」とケンバー。「マットフィールドはどうだろう。ペンドリーとわたしが質問したとき、彼はダリントンのことをあまりよく言わなかった。しかもなんと、ダリントンは前の大戦のとき、イギリス陸軍航空隊でマットフィールドの指揮官だったとわかった」

リジーは肩をすくめた。「マットフィールドはまったく種類のちがう人間です。自分の殻にしっかり閉じこもり、仕事の上ではわたしたちに礼を尽くしますが、どことなく冷ややかです。完全に主導権を握れないのは、ダリントンにはある権威と人脈が彼にはないからです。そのせいで彼の立場はむずかしくなっています」

「いかなる指揮命令系統においても、すべての将校及び警察官に当てはまることだ」ケンバーは苦笑いをしてお茶をひと口飲んだ。

「そうかもしれないけれど、マットフィールドの場合はたいていの人より経歴に強い影響を受けていそうです」リジーはティーカップ越しに送られてくるケンバーの探るような視線を避け、ティーカップとティーポットとミルク入れの取っ手を同じ向きにしながら、これ以上緊張しないようにつとめた。

「どういう意味だい？」ケンバーが言う。「戦争神経症のことか」

「それはわかりませんが、マットフィールドが哨戒中に心的外傷を負い、それが軽いものであったはずがありません。休養と回復のために国に送り返されたのですから」

「ダリントンがやったことだ」

「仲間ゆえの過剰反応です」リジーはビスケットの屑を指で一列に並べた。

「マットフィールドのファイルに重度の戦争神経症に関する記載はないが、本人はバーでペンドリーと飲んでいるときにうっかり口を滑らせて、空軍にはいったのは遠くから人を殺せるからだと言ったそうだ」

リジーは鋭い視線で見あげた。「いまになってそんなことを？」

ケンバーはティースプーンをもてあそんだ。「マットフィールドはほかにもこんなことを言ったそうだ。ほかに得意なことが何もないからふつうの生活にはもどれない、と。その理由のほかに、仲間との絆が好きで飛行機乗りにもどったそうだ」

リジーは眉をひそめた。「友人をほとんど持たない人が言うのは妙ですね」

「ダリントンだってそうだ」とケンバー。「それを言うならペンドリーも」

あることを思いついてリジーの目が見開かれた。「そういうことね！」

「何が？」

「男は生まれつき女を憎んでいるわけじゃなく、何かのせいでそうなる。彼の女嫌いもそれかもしれず、だからふつうの生活を避けて女性がほとんどいない空軍へはいった。戦闘機のパイロットは単独飛行で、あなたが言ったように遠くから人を殺し、抑えがたい欲望を満たすための合法的な手段を空軍は与えてくれる」

「飛行機乗りは全員サイコパスだと言ってるのかい？」ケンバーが困惑して浮かない顔になる。

「もちろんそんなことはないけれど、それでも空軍には機構があり、そこには基地や社会基盤や階級制が全部そろっていて、殺人犯がいても目立たない。空軍は彼がいままで知った中で最も家庭や家族に近い存在なんです」

そのとき、三機の戦闘機が領主館の上空に飛んできて、ラウンジにいた全員が折り畳み式のフランス窓のほうへと引き寄せられた。ケンバーとリジーは、もう一機の戦闘機がイギリス空軍の丸い紋章を日の光にきらめかせながら、轟音をあげて他の機体に加わるのをながめた。

「ハリケーンよ」ニーヴが興奮して両手をこすり合わせる。「たぶんビギンからね」

「まずいことになるわよ」アガタがきっぱりと言った。

「あら、いままで以上に?」シャーリーが言う。「あとどれだけ爆弾を落とされるの?」

神経質な笑い声がやがて咳の発作に変わった。

「嘘じゃない、もっとやられる」アガタが首を横に振る。「いまじゃ飛行中隊がいるから、ここはより大きな標的なのよ」

ハリケーンがさらに二機飛んでくると、機体を傾けて旋回し、向かい風で着陸態勢を取る。最後の機体が態勢を整えて進入するころ、はじめの機体が揺れも跳ね返りもせずに着陸した。女性隊員たちは最後の機体が地上におりたのを見届けると、居心地のいいソファの席にもどった。

「わくわくするね」リジーとテーブルへもどってくるなりケンバーが言った。

リジーは怪訝な顔をした。「だれがわくわくするの？　あなたが？」

「きみはちがうのかい？」ケンバーは腑に落ちないようだ。

リジーは大きくかぶりを振った。「あれぐらいわたしたちにも操縦できるし、スピットファイアだって飛ばせるけれど、わたしたちが飛行機を壊すと思って上層部が許可しないんです」

ケンバーに目を向けると、何かをためらって皿に載った食べ残しのビスケットを見つめている。リジーは心配そうに首を傾けて尋ねた。「どうかしたんですか？　妙に静かだけど」

「全部正直に言ったわけじゃないんだ」ケンバーが言った。

〝こんどは何？〟リジーの息が詰まり、心が沈んだ。

「ここでお茶を飲む前から、わたしはきみの意見を変えかねないある事実を知っていた」

〝それを教えて〟と言う印にリジーは両手のひらを上に向けた。

ケンバーは唇をなめて唾を呑んだ。「ペンドリーとわたしはもう一度ダリントン大佐と話したんだが、そのとき、執務室の書棚にきちんとおさまっていない本を二冊見つけた。大佐を少し苛立たせたかったので、わたしは近づいて本を見た」

リジーはようやく息をし、彼が本の話をしているのでなぜか安心した。

「一冊は切り裂きジャックの本だった」

リジーの目が大きく開く。ただの本ではなかった。いまのところは。

「わたしが貸してくれと言ったらダリントンはしぶったが、ことわりきれなかった。もうすぐここに指紋採取用キットが届く。容疑者全員の指紋を採取するつもりだ。ダリントン、マットフィールド、ハモンド、ステイプルトン、ペンドリー。それからベン・ヴィッカーズもだ」

リジーの声が出るようになった。「すごい発見だけど、ヴィッカーズを疑ってはいないんでしょう?」

ケンバーは手を払って否定した。「ダリントンが自分だけ特別扱いされたと思い、怯えて逃げ出すのだけは避けたい」

「そういうことですか」リジーは納得してうなずいた。そのあと両手を握り合わせたのは、胸が締めつけられる感覚があり、それが例の兆候だと知っていたからだ。「でも、なんとなく引っかかるんです。わたしのプロファイルでは、統計値と仮定と概算から起こりうることが引き出され、精度が完璧ではありませんから犯人に当てはまらない特徴も中にはありますが、大半は当たっているはずです」強く握っているため、リジーの指関節から血の気がなくなる。「部下たちはダリントンを大口叩きだと言っています。彼は歯にきぬを着せずにものを言い、頑固ですが、内心ではマットフィールドのことを、昔見せられたもろさのせいもあって怪しいとにらんでいるのかもしれませんよ。一方マットフィールドは秘密主義で自分を表に出さず、ダリントンに感情的な負い目がありますね」

ケンバーはうなずいた。「あのふたりに関する情報を考えれば、犯人はそのどちらかだと言えなくもないが、しかし、あの本が見つかったからには……」

リジーはしばし椅子の背にもたれるうちに、ケンバーのためにどうにかしたいというやむにやまれぬ思いに駆られたが、自分の専門知識も能力も限界に達していた。

彼女はケンバーの目をひたと見つめ、悪だくみでもするように身を寄せた。「犯人を当てようとするのではなく、犯人のように考えてみてください。〝本人だったらどうする〟ではだめです。それでは距離が縮まらない。犯人について知っていることを呑みこみ、犯人の身になるんです。〝つぎはだれを殺そうか。どうやって。どこで。いつ〟というふうに。わたしを一度殺そうとしたから、わたしが第一の標的でないのはわかっています。それでも、警察官ではなく、犯人のように考えなくてはだめです」

「言うは易くおこなうは難し」ケンバーはため息をついた。「それに、正直言ってそんなことをしたいかどうか。これはきみの専門分野で、わたしはただの警官で満足だよ」

「わかりました」とリジー。「犯人は殺人と遺体の展示によって自分が渇望する支配力を誇示しています。全女性に対して家庭へもどれというメッセージを送っているんです。わたしたら女は工場や国防軍や民間防衛隊、警察や空襲警備隊や消防隊で働き、犯人はそれをひどくきらっています。戦争が勃発したのは去年ですが、最初の殺人はＡＴＡが来るまでは起こりませんでした。わかりませんか？　わたしたちが引き金だったんです」

「だから、脅迫がいつもＡＴＡだけに向けられたわけか」ケンバーがゆっくりとうなずく。「ということは、きみはいつも危険にさらされていたんだな」

リジーは驚いた顔で言い返した。「わたしは女ですから、生まれたときから危険にさらされてますよ」

二時間後、ケンバーはリジーのことばを頭に刻みながら、会見室をいらいらと歩きまわっては足でコツコツと床を叩いていたが、その長い待ち時間がついに終わった。ダリントンが喉からしわがれ声を出して渋面《じゅうめん》で挨拶をしたが、その目に急に不審の色がよぎったのをケンバーは見逃さなかった。ペンドリーとヴィッカーズは両脚を少し開いて手を後ろにやる休めの姿勢で立っているが、顔にはこの状況の気まずさを示す困惑が浮かんでいた。ライトは仕事に徹して片側にぴんと立っている。マットフィールドは明らかに退屈しているようだ。

「時間を割いていただいて感謝します、大佐」ケンバーの声が皮肉を帯びた。「急を要する相談事がありまして、ペンドリー大尉がこの会見室の使用を親切にも手配してくれました」

「早くしてくれ」ダリントンが吐き捨てるように言った。「わたしとわたしの部下たちを仕事から引き離すほどの用とはなんだ」

ケンバーはダリントンのけわしい目を見返した。「任務にもどりたいというお気持ちはよくわかりますが、これがわたしの仕事でして、納得していただけるはずですが、現状では最も重要な仕事であり、しかもほんの少し時間がかかります」必要以上に間を置き、ダリントンの口の端が引きつるのを見て満足する。「ご存じのとおり、わたしとわたしの部下は二件の殺人事件を捜査中でして、その二件は関係があると考えています。それどころか、ひとりの男の犯行だと考えています」

ダリントンが思案顔でうなずいた。「だれなのかまだわからないのか?」

ダリントンが同意してうなずいたのか、それとも知っていたからうなずいたのか、ケンバーは気になった。「われわれはいいアイディアを思いついたのですが、実行するには物事を四角四面に進めることになります。だからこそ、大佐にお会いする必要がありました」

　ダリントンが傲然と顎をあげた。「用があるなら早く訊け。ひどいやり方だ。じつにひどい」

「われわれのもとには指紋の検査を必要とする証拠品があり、これを鉄道便で今夜ロンドンのスコットランドヤードへ送りたいと思います」

「そうかそうか、ごくろうなことだ」

　ケンバーは笑みを浮かべそうになった。大佐を苛立たせたのがわかる。「われわれは容疑者から指紋圧痕を採取しましたが、大佐ご自身とマットフィールド中佐とペンドリー大尉とヴィッカーズ曹長の圧痕も必要です。これには容疑者を特定すると同時に、他の人間を容疑からはずすという二重の目的があります」

　ダリントンがケンバーをにらみつけた。「ペンドリーとマットフィールドは容疑者なのか？」

　自分が含まれていることは問題にせず、ヴィッカーズのことも気にとめなかったことにケンバーは気づいた。「その人物ではありえないとわかるまでは、全員が容疑者です。われわれは男女を問わずこの駐屯地の数十人の人間から指紋を採取し、回収した物品のいずれかに彼らがふれた可能性を排除しました」

ダリントンは手前のテーブルにそろえられた指紋採取用の備品を一瞥した。事情を理解した顔になる。「ほんとうはわたしの指紋がほしいんだな？」

ケンバーはその返事として首を傾けた。「さしつかえなければ」

ダリントンの傲慢で挑戦的な態度が多少もどってくる。「いやだと言ったら？」

「殺人事件捜査の妨害及び公務執行妨害で逮捕できますが、わたしとしては進んで協力していただいたほうが大変助かります。そうすれば、あなたもつぎの空襲が来る前にご自分の仕事にもどれますよ。これがいやなら、あなたと中佐がいなくなってほんとうにさびしくなるでしょう」ケンバーは無理をして弱々しげに微笑んだ。

ダリントンは唇を突き出して顎をあげ、喉の筋肉を伸ばした。ポケットから空のパイプを出して歯でくわえたが、気を変えてぶつぶつ言いながらまたポケットへもどす。「さっさとやろう」

ケンバーがはっと驚いて左を見ると、ペンドリーも眉間に皺を寄せている。ふたりはダリントンがはっきり拒絶すると思っていた。ダリントンはなんらかのゲームをしているか、あるいは脅迫状には本人の指紋がないかのどちらかだ。みぞおちで疑念が渦巻く。もしダリントンがかならず手袋をはめていたら、スコットランドヤードが照合できるものは何もないかもしれない。本の指紋が見つかっても持ち主が判明するだけで、そもそも私物であることをダリントンはまったく否定しなかった。

「いいかな、巡査部長」ケンバーはライトに言った。

ライトは前へ進み出ると、インクパッドとカードをダリントンのそばへ動かした。「失礼します、大佐」ライトが言う。「正確な指紋採取のために、本官が大佐の指に手を添えます」

ダリントンがうめくように言った。「やってくれ」

ライトはダリントンの右手の指を一本ずつインクパッドへ載せていき、それからカードに押しつけた。その作業を左手と両手の親指でも繰り返し、そのあと湿った布を渡し、ボウルを指さした。

「どうぞこれで手を拭いてください。もどられる前にきちんと洗いたければ、あちらに石鹸とお湯とタオルを用意してあります」

ダリントンはインクの大部分を指からぬぐい取って脇へどくと、マットフィールドが先にやれと言うようにペンドリーに向かって顎をしゃくった。ペンドリーがお先にどうぞと手のひらでテーブルを示したが、マットフィールドがつぎは空軍警察官だと言って譲らず、後ろへさがって脇で待った。

ダリントンは勧められたとおり手を洗ってからケンバーへ向き直ると、襲いかかる寸前の蛇のようににらみつけた。「これでじゅうぶんだろう、警部補」

ケンバーは手を差し出して和解の握手を求めた。「ご協力ありがとうございました、大佐。今後お手数はかけることはありません」

ダリントンは鼻を鳴らし、差し出された手を無視した。「ぜひともそう願いたいね」そう言って手拭きタオルをテーブルへほうると、つかつかと出ていった。

ペンドリーは自分の番が終わるやいなや急いで手袋をはめ、マットフィールドがしかめ面で指紋を採られるのを唇を引き結んで見守った。

ケンバーは微笑んだ。指紋を採られて楽しいのは子供だけだ。そんな大人は見たことがない。たとえ無実の人間でも、いままでよろこんでしたがっていた人間でも。

ヴィッカーズの番が終わり、ライトが指紋採取用キットを片づけて、インクパッドや予備のカードを粉や刷毛《はけ》、使用説明書がはいった大きな木の箱へしまっているとき、ケンバーは言った。「ありがとうございます、みなさん。よく協力してくださいました。ライト巡査部長がつぎの鉄道便で全部スコットランドヤードへ郵送します。わたしはトンブリッジとヤードの部署に電話して発送を伝え、速く調べてもらえないか説得してみます。重ねて言いますが、この検査は現段階では容疑をはずすためのものです」ケンバーはなるべく説得力のある笑みを浮かべた。

「役に立ててうれしいね」マットフィールドが冷ややかに笑い、ヴィッカーズへタオルを投げるなり立ち去った。

ケンバーはペンドリーに向かって眉をあげて見せた。「意外にスムーズだったな」そう言って微笑む。「これで事態が動くぞ」

リジーは寝る前に友人を見舞いにいった。シャーリーは仰向けに寝ていたが、顔をドアのほうへ向け、弱々しく微笑んだ。リジーはそっと部屋にはいってドアを閉め、ベッド脇のテーブルに近い木の硬い椅子にすわると、炎が揺らめいているろうそくを動かして、水のはいったグラスを置いた。

シャーリーのまばゆい魅力にもかかわらず、室内には女性らしい気配がほとんどなかった。衣装ダンスの少しあいた扉から、夜のあいだきちんとハンガーに吊るされているATAの制服が見える。ベッド下に並んだ靴は磨きあげられて、翌朝選ばれるのを待っている。野生のデイジーが三本、夜明けまで閉じている花ではあるが、窓敷居のグラスのふちからうなだれている。煙草のパッケージとマッチ箱が値の張りそうなハンドバッグから覗き、香水と煙草の香りがかすかにただよう。小さな暖炉、高価な衣装ダンス、手工芸品のチェスト、そうしたものがあっても、部屋は本来の部屋に見えた。イギリス空軍駐屯地の宿舎。

リジーは靴を脱いで足を揉んだ。「ああもう、足が痛い。あなたの具合はどうなの？」

「ドイツの爆弾にやられた気分」シャーリーがつぶやいた。

「ここに泊まってほしい？」

「べつに」

シャーリーの声は疲労と苦痛に満ちていたが、リジーはその底に恨みを感じて驚いた。

「わたし、何か悪いことをした？」リジーは訊いた。

「考えていたのよ」シャーリーが言う。「あなたはある種の技能を持っていて、だから特別なんだって言ってた」

「そんなこと言ってない」〝ほらはじまった〟リジーは思った。〝まともじゃないってことでしょ〟「わたしは、ある特定の人たちがどう考えるかについて学んだと言ったのよ」

「あらそう、何を持っていると思おうが、何を学んだと思おうが、それでエミリーが殺されるのは防げなかった」

「そうね。防げなかった」リジーは平手打ちをされたような感覚を覚え、頬が焼けるように熱くなり、胸にいつもの痛みが広がった。

「あなたはその技能を使ってエミリーを守るべきだった」

リジーは衝撃で息を呑んだ。それこそ自分がしようとしていたことだが、大の親友がこんなふうに思ったのなら、ほかの仲間はどうだろう。「出ていってほしい？」

シャーリーは答えず、すでに目を閉じていた。

「とにかく、しばらくここにいるわね」

シャーリーがゆっくりと眠りに落ちていくのを見守り、後悔の涙を払いながら、リジーは友人の言うとおりだと自覚した。自分が何者で何ができるとさんざん言ったけれども、ふたりの女性が死んだ。きょうの出来事をあれこれと振り返るうちに、一時間近くもそこにすわって自分の目蓋もさがっていたことにようやく気づき、腕時計を見た。頭を振って目を覚まし、親指と人差し指を舐めてからろうそくの炎をつまんで消した。

目が暗闇に慣れると、銀色のかすかな光がカーテンの隙間から忍びこみ、ベッドカバーに切り傷のような筋をつけている。リジーが驚いて窓を見ると、一枚一枚の窓ガラスに縦横に貼られたテープの影が見えた。軽く舌打ちをする。シャーリーが遮光カーテンを閉めるのを忘れている。リジーは窓辺へ行き、カーテンをしっかり引いた。

ドアの下から漏れる光の帯がわずかに明るくなり、リジーの心臓は止まりそうになった。影が通りすぎてからまたもどり、やがて止まった。まるでだれかがシャーリーの部屋の外に立っているかのようだ。リジーは息を凝らし、頭の中で取るべき道を探った。思いついたのはたったふたつだ。こんども襲われるのを待つか、こちらから打って出るか。身を守る道具は何もないが、声が嗄れるまで叫ぶつもりだ。ドアの取っ手をつかんで勢いよく引いた。

そこにはだれもいなかった。

リジーは眉をひそめ、混乱した。たしかに何かを見たのに。耳の中で血管が脈打つのを感じながら、恐る恐る廊下へ出ると、貧弱な電球がシャーリーのろうそくと似たり寄ったりの薄暗い明かりを灯している。廊下の一方を確認したが無人のようだ。明かりの消えたありふれた照明器具が、壁のくぼみに置かれた二脚の安楽椅子と低いテーブルのそばに立ってにらみをきかせている。廊下のもう一方にも壁のくぼみがあり、こちらは備蓄品がはいっていると思われる箱が壁沿いに積まれている。たぶん事務用品だ。リジーは手首のバンドを二度弾き、二、三回深呼吸をした。両手が震えているが、犯人が領主館の中で無謀にも再度襲ってくるなど、そんなばかなことはありえない。部屋までもどって靴を持ち、非常識なことを考えるなと自分に言い聞かせた。最後にシャーリーをちらりと見てから小さな音でドアを閉めると、すぐにその場を去り、そっと裸足で歩いて自分の部屋へ帰った。

25

まばらな雲を太陽が焼き払って正午に差しかかるころ、飛行場に鐘の音が鳴り響いた。叫び声がしたのでリジーが分散駐機区域のほうを見やると、この日はじめての緊急発進の合図に兵舎からいくつもの人影が走り出て、ハリケーンへと向かっている。飛行士たちがそれぞれの操縦席に滑りこむなり、力強いマーリンエンジンの爆音が芝地に鳴り響き、地上要員が車輪から輪止めブロックをはずす。リジーは彼らの勇気に心から称賛を送りながら、戦いから全員はもどれない悲しみも感じていた。エンジンが出力をあげて轟く中、ハリケーンは離陸地点をめざして弾み、翼を揺らし、突進する。三機のハリケーンがV字編隊で離陸し、もう三機がそれにつづいた。

空襲警報のサイレンが鳴ってリジーがシェルターへ急ぐと同時に、別の兵舎からさらに人影が出てきてスピットファイアのほうへと走った。ハリケーンが空の点となってまだ見えるうちに、スピットファイアの飛行中隊も敵の接近を妨害するために飛び立った。シェルターのほうを見ると、ペンドリーが足を止めて待っている。

「われわれはまた休業のようだね」ペンドリーが言った。

「そうなりますね」リジーは認めた。「ダリントン大佐とマットフィールド中佐はさぞかしご活躍でしょう」そう言って顔にかかった髪を払う。

「ダリントン大佐は喜色満面だ。けさ朝食で会ったときは、サッカー賭博で勝ったみたいに浮かれていた」

「ある意味勝ったんでしょうね。大佐の大好きな戦闘機が帰ってきたから、わたしたちはお払い箱になりそうです」

「そうはならないと思う」

叫び声が聞こえたのでふたりが振り返ると、シャーリーが息を切らしてやってきた。膝に手をついて前かがみになり、あえいでは咳をしている。「やってられない」ひと息ついてからシャーリーは言った。

「だいじょうぶ?」リジーは心配して友人の肩に腕をまわした。「まだ具合がよくないんでしょ」

「ほんと言うと、ちょっと朦朧としてる。煙草を吸ってもだめみたい」ようやく真っ直ぐに立つ。「よくなったわダーリン。ほかのみんなもこの中?」

「もうはいってるわよ」

「狙い撃ちされる前に、おなじみのコンクリートの棺で肩を寄せ合ったほうがよさそうね」

「言えてるな」ペンドリーが南東の方角を見て言った。「あと二、三分でドイツ軍が来るだろう」

リジーは友人の手を引いてコンクリートの階段をおり、職員用の狭いシェルターがある冷え冷えとした場所へ行った。長い壁に沿って椅子が何列か並んでいて、突き当たりの布のカーテンの向こうにトイレ用のバケツがひとつ置かれ、直撃された場合に備えて点呼が取られた。何もかもがあまりにも非現実的に思えるが、それでもやはり恐ろしい。警報解除信号を聞くたびに、外へ出て新鮮な空気を吸えるのはありがたいが、またこうして安全のために地下へおりていくのは何度目かわからなかった。

駐在所の地下室で、ケンバーは胸の高さに並ぶ書類棚を背にすわっていた。棚で区切られた狭い空間は、小テーブルひとつと椅子二脚でほぼいっぱいだ。地下室の奥には、数年前農場で窃盗事件が相次いだ折に設置された独房がふたつあり、ひとつの房の鉄格子の向こうでウィンゲートが低い寝台に寝そべっていた。ケンバーは、パブへ場所を移せばこの男と共有するのを避けてきた幸運と出遭えるだろうかと考えた。

貧弱な電球が照らす薄暗がりで、昨夜熟読したファイルから抜き出した事件資料が目の前に並んでいる。スコットランドヤード宛の小包はロンドン行きの最終便に間に合ったが、苛立たしいことに、ペンドリーとヴィッカーズの軍務記録を手に入れるライトの試みはまだ成功していなかった。例の短剣に関するヘッドリーの調査報告では、血液反応がないことが判明した。実際、刃には古い汚れが薄くついているだけで、数百年間未使用であることがわかり、牧師の潔白はいっそう明らかになった。

ウィンゲートが空襲警報のサイレンに身動きし、両脚を寝台からおろした。寝台の端にすわって両膝に肘を置き、両手に顔をうずめているので、ケンバーの目にはまた眠ったかに見えた。やがてウィンゲートが顔と首をこすり、手のひらの付け根で両目を押さえて咳をした。さっき持ってきた一杯の熱いお茶とマーガリンを薄く塗った一枚のパンの朝食が、鉄格子の外に置いたままになっていて、いまではお茶がぬるくなり、パンも反りかえっている。ケンバーはウィンゲートが朝食を食べられるようにしてから、万年筆で音を立てた。

ウィンゲートがはっとした。「まったくもう、びっくりするだろ。そんなところに隠れて何をしてるんだよ」

「すまないね」ケンバーは思いやるふりをした。「よく眠れたかい？」

「いいや。寒いし寝台は硬いし、いっしょにいるのは最高の相棒じゃないし」

ケンバーはだまってながめ、なんの悩みもなさそうにすわっているこの男に女を切り刻むことができるかどうか、判断しようとあがいた。ウィンゲートがいかにもまともで屈託がないので、ケンバーは見れば見るほどわからなくなってくる。ライトはあまり評価していないが、ウィンゲートは一部の者からハンサムだと思われているらしく、その魅力で無防備な若い女の愛をものにしてきたのだろう。しかし、人を殺すだろうか。

ウィンゲートはあくびをして歯に詰まった食べかすをせせり、ケンバーをちらりと見て顔をしかめた。「何かご用でも？　警部補さん」

「ドイツ軍が空を飛びまわってるあいだに書類仕事を片づけようと思ってね」

「しつこいやつらだよな」

「何かを奪い取ろうとする連中はそういうものだ」

ウィンゲートの顔が弱々しい笑みに変わった。「だよな」

ケンバーは話を中断し、あとは経験上知っている沈黙の効果にまかせた。

「おれは殺してない」しばらくしてウィンゲートが言う。

ケンバーはうなずくというより、頭をかすかに動かした。

ウィンゲートは唇を噛んで鼻をこすり、首の後ろを掻いた。腕を組んでから右足で床を軽く叩き、深くため息をついてケンバーへ目を走らせる。「たぶん……」

何かを決めかねて苦しんでいるらしいウィンゲートをケンバーは観察した。まさか自白をするとは思えないが、どんな突破口でも大歓迎だ。

ウィンゲートはケンバーと目を合わせられないかのように、頭を上へ向けて天井を見た。「たぶん……」ごくりと唾を呑む。「たぶん、あの夜だれかを見た」

電流に貫かれたようにケンバーの体がぎくりとしたが、うわべは平静を装った。

「教会の道で。バートの車からガソリンを抜いてる最中に」

ケンバーは沈黙したままウィンゲートの顔から目を離さず、爆弾が落ちてこの瞬間が壊れないようにと願った。

ウィンゲートは目を閉じ、ほんとうにどこか痛むかのように顔をゆがめた。「だめだ、言えない。言ったらおれがあの世行きだ」悲しそうに首を横に振る。「おれははめられたんだ」

「だれを見たんだ？」

ウィンゲートはまた首を振り、寝台に寝転んだ。

ケンバーは食いさがった。「きみは月曜日の午前中にトンブリッジで裁判にかけられるから、捜査に協力することでつぐなうならいまのうちだぞ。ガソリン窃盗事件は終わったから、きみがかばっている人物はきみたちをほうっておくだろうが、われわれが阻止しなければそいつはまた別の女を殺す。だれなのか教えてくれれば逮捕できる。きみとハモンドとステイプルトンの安全は保証する」

ケンバーは焦燥に駆られて唇を噛み締めるが、ウィンゲートは膝をかかえ、壁に向かってごろりと横になった。もう少しのところだった。

ケンバーは手で顔をこすった。ハートソンは、スコットランドヤードから出向してきたケンバーの受け入れにはっきりと難色を示したものだが、すぐに介入してくるヤードに対して影響力を及ぼせるという利点はおおいに歓迎した。ヤードが地元の手順や慣習を蹴散らして乗りこみ、たいていは地元警察がほとんどの仕事をしたあとで手柄だけ持ち帰ることに、ハートソンは憤慨していた。それでも警部は成果を望んでいて、いつまでも待ってはもらえないだろう。

事件の覚え書きを見て、安易な考えも気力も消えていった。脅迫状、脅し、指紋、遅れ、遅れ、戦争、遅れ。ケンバーは考えをまとめようとして目を閉じた。

言えば殺されるとウィンゲートが思いこんでいる相手は、ハモンドとステイプルトンを脅迫した男と同一人物なのか。そして、自分がいよいよ近づいてきた殺人犯なのか。

警報解除信号が空襲警報のおよそ半時間後に聞こえ、シェルターにいたリジーとまわりの者たちは困惑して顔を見合わせた。いままでの空襲はもっと長くつづいた。今回外へ出てみると、煙も破壊の跡もなく、ハリケーンとスピットファイアはまだもどっていないから、戦闘はどこか別の場所でつづいているのだろう。

リジーはシャーリーの腕を取り、ふたりは領主館まで歩いた。「ほんとうにだいじょうぶ？」

シャーリーは半分閉じた生気のない目を向けた。「すごく疲れてお腹も痛いの」

「インフルエンザかしら」リジーは心配して友人の顔をじっと見る。インフルエンザで死ぬこともある。とくに胸膜炎になった場合は。

「わからない。体に合わないものを食べたのかも。ここ二、三日でひどくなったのよ」

リジーは自分が医学博士でないのを呪った。「お茶とビスケットはどう？　お腹が落ち着くかもよ」

シャーリーは首を横に振って苦しそうに息をした。「でもラウンジで少し休みたい」

リジーはシャーリーをソファへ連れていき、そこに落ち着くのを見届けてから予備の毛布を取りにいった。五分後にもどると、うたた寝をしている友人を毛布で覆って肩まわりにたくしこみ、自分はそばの椅子で読書をした。

「ゆうべあんなこと言ってごめんなさい」シャーリーがつぶやいた。

リジーはどきりとした。「気にしないで」

「あなたがどこかちがうのは知ってる」

〝まともじゃない〟

「あなたは物事をちがう目で見る。わたしたちにはできないことよ。だから警察はあなたに注目するべきだった。エミリーが死んだのがあなたの責任じゃないのはわかってる」

「もう忘れて」リジーは喉の奥に塊ができたような気がした。「とにかく休まないと」

「すまないと思ってるのをわかってもらいたかっただけ」シャーリーが不明瞭な声で言う。

「わたしにとてもよくしてくれた」

その日の午後のなかばごろ、ケンバーがいっそうの遅れに苛立つうちに、ようやく駐屯地と電話がつながった。リジーへの襲撃の件は口外しないと約束したものの、何もしないではケンバーの気がおさまらなかった。約束を破らないまでも、リジーの安全がますます重要になっている旨を、対策をじゅうぶんに講じられる人間に伝えておく必要があった。

残念なのは、該当する人物に対するケンバーの評価が下落したことだ。ペンドリーがこっそりダリントンの側について以来、ケンバーは彼を完全には信頼していなかった。ペンドリリーの事情は理解できるが、同じ警察官としての絆を信じていた。それは以前、自分がないがしろにした信念だった。

　こんなときにペンドリーには五分の時間さえ割いてもらえず、さらに苛立ちがつのったが、一方ケンバーはリジーとも話したかった。空襲の情報が常時無線で伝えられて時間がのろのろと過ぎていくが、とにかく状況を知らなくてはならない。

「そっちはどうなってる？」彼女が電話に出るやいなやケンバーは言ったが、声にこめた心配はまぎれもなく本物だ。

「わたしはまったく平気です」リジーが答えた。

　それを聞いて、ケンバーは肩に張り詰めた緊張がほどけるのを感じた。

「シャーリーのことは心配だけど」とリジー。「ここ二、三日具合が悪いから、インフルエンザかもしれません。さいわい空襲はまぬがれたけれど、マンストンとホーキンジとほかにもやられたところがあるらしいです。ドーバーも爆撃されました」

「どんな暗雲にも輝く銀の内張りがあるっていうじゃないか」ケンバーが言う。「残念ながら、どんな銀の内張りも反対側は暗雲ってことだが」

「そう言えば、捜査はどうなりました？」

〝相変わらず切り替えが速いな〟ケンバーは思った。〝さっそく仕事の話か〟

「ウィンゲートはラヴィニア・スコットが死んだ夜に、アルバート・ガーナーの車からガソリンを抜いたことを認めた」とケンバー。「また、教会の道でだれかを見たことも認めたが、話したらあの世行きだそうだ」

「理由を言いましたか？」リジーが尋ねた。

「いや……」これから言うことを彼女がどう受け取るかわからず、ケンバーはためらった。

「あの本や切り抜きや脅迫状の指紋がダリントンのものと一致し、われわれが彼を逮捕すれば、ウィンゲートもほかのふたりもきっと安心して話すだろう」

沈黙が訪れて、三分の通話時間の貴重な何秒かが無駄になり、ケンバーは回線が切れたのかと不安になる。「ちがうだろうか」

「いやな予感がしてきました」リジーが言った。「たしかにダリントンは傲慢ですが、隠し立てをする人間ではありません。マットフィールドは物静かですが秘密主義です。どちらもここに友人はおらず、どちらも女性が家庭にいるほうを好みます。だからといって、彼らが殺人犯である根拠にはなりません」

「あのふたりは容疑者リストのトップにいたのに、いまになってきみは彼らではないと思うのか？」彼女の不安がケンバーの心に疑念の種をまきはじめた。

リジーは吐息をついた。「そんなことは言ってませんけど、でもわたしたちはあまりにも偏見にとらわれてはいませんか？　この駐屯地には多くの要員、多くの将校がいるのに、わたしたちはいきなり上層部の人間だけを疑ったんですよ」

「たしかな根拠がある」受け流せばいいものを、ケンバーの警察官としての意地がそうはさせなかった。「すべてがダリントンを指しているのに、何が問題なんだ」

電話の向こうで受話器を持ち替える雑音が聞こえ、ふたたびリジーが話しはじめたが、立ち聞きされるのを恐れているのか、さっきより静かな声だ。「ではお尋ねします。あのふたりについてあなたが知っていることをもとにした場合、はじめにわたしが提供したプロファイルの中でふたりのどちらかを除外する項目がありますか？」

ケンバーは慎重に考えた。「覚えているもののなかにはない」

「そして、わたしはプロファイルが犯人像と完全に一致するわけではないと忠告しましたが、どちらかの人間についてあなたが知っていることで明らかに一致しない点はありましたか？」

「いいや」ケンバーは認めた。

「あなたが扱うのはある人間を特定するための動かぬ証拠ですが、わたしが手がけるのはそのタイプにありがちな人格です。ある方向を有力とするあなたの手法ではさまざまな解釈が可能であり、その幅の広さは別の方向を有力とするわたしの手法と同程度です。ですから、なぜほかのだれかだと思うかをわたしに問うのではなく、なぜほかのだれかではありえないのかを、あなたは自分自身に問うべきではないでしょうか」

ケンバーは口答えばかりする学童が校長の前に連れていかれたときのように、訓示を与えられた思いがし、またたくまに変わった会話の流れに情けない気持ちでいっぱいになった。彼女の安全を気遣い、助けが必要ではないかと思って電話をかけたのに、根拠に関する講義を聞かされた。

リジーがまた吐息をついた。「ごめんなさい、もう行かなくては。ウィンゲートとは会話をつづけたほうがいいと思います。ご存じでしょうけど、たくさん話すほど口を滑らせる可能性が高くなりますから」

電話交換手が制限時間の終了を告げ、ケンバーは受話器を置いたあとも数分間じっとすわっていた。たしかに、彼女が言ったすべてをほとんど疑問を持たずに受け入れ、やがてダリントンについて自分なりの結論にいたったのは事実だ。だが、彼女のプロファイルに助けられてここまで来たのも事実だ。それがなければ、スコットニーの半径八キロ圏内に住むか仕事を持つ、容疑者かもしれない数百人の人々の中でいまも四苦八苦していたかもしれない。

ライトの机について親指と人差し指で目をこすった。しばらくライトを見かけないが、日々の警察の職務に加えて〝戦時労働〟——空襲時に起こる窃盗やほかの犯罪の防止——にもいそしんでいるのだろう。スコットニーがそうした犯罪の温床というわけではないが。

ケンバーはあいたドアからはいってくる鳥の鳴き声に耳を傾け、遠くで子供が大声をあげるのを聞いた。これが本来のイギリスの夏だ。静かで、平穏で、ありふれている。爆撃に怯え、リジーが言う連続殺人者とやらの探索に費やされる季節であってはいけない。数分後に立ちあがると、警報解除のあとに書類を運んでおいた奥の部屋へと引き返し、独房の寝台に寝そべってトンブリッジへの移送を待っているウィンゲートはほうっておいた。

自分は悔恨の霧の中を進むうちにリジーのプロファイルを受け入れることにしたのではないか、そう思ってケンバーは悶々とした。過去一年間妻の話に聞く耳を持たなかった後ろめたさ。出ていってと言われたあの瞬間がいまだに脳裏を刺激し、それにともなう挫折の重みが骨身にこたえた。夫として、愛する伴侶としての挫折、父親としての挫折。つねに仕事が最優先で、家庭生活は二のつぎだった。息子が大英帝国の空で戦い、娘は婦人補助空軍で役目を果たしているので、子供たちが父親の望みどおりに育ったという自負はあった。どこまでが父親のおかげかは議論の余地があるだろう。ほとんど関係ないと妻子一同言いそうだ。

ケンバーはため息をつき、リジーの話に耳を傾けたのは、妻に対して長年つごうよく目をつむり、耳をふさいできたことへの埋め合わせだったのかもしれないと思った。自分の判断はこの魅力的な女性によってそこなわれたのだろうか。ダリントンへのこだわりは、以前の杓子《しゃくし》定規な自分へもどって正しさを見せつけようと、振り子が反対に振れたせいなのか。

彼女はほかのだれもが笑い飛ばしそうな奇妙な理論を持ちこんだ。自分は証拠に頼る経験豊富な警察官だ。

それなら、自分が正しいはずじゃないか？

ちがうのか？

また灯火管制の夜が訪れ、そろそろ寝ようと思ったリジーは、シャーリーの部屋のドアをそっと叩いてあけ、中へはいった。

思いやりのこもったまなざしをシャーリーへ向ける。「頭痛はどう？」

「頭が割れそう」シャーリーがつぶやいた。「体じゅう痛くてろくに動けやしない」

「何か食べた？」

「さっき二、三口食べて水を一杯飲んだけど、ずっと吐き気がしてる」シャーリーががんばって目を閉じまいとしているのがわかる。「ペンドリーが藪医者の軍医を呼びにやったわ。医者はインフルエンザだと言って痛み止めと鎮静剤をくれた。何時間か意識を失うはずよ」

リジーはシャーリーの髪をなでた。「ひと晩ぐっすり眠ればよくなるわ」

「軍医が病気休暇をくれて、あしたも様子を見にくるって」

「わかった」リジーは友人の赤らんだ顔にかかる湿った髪のふさを梳いた。「おやすみなさい」

シャーリーが微笑んで目を閉じ、呼吸がゆっくり、深く、規則正しくなるにつれ、リジーに見守られながら穏やかな眠りへと落ちていく。リジーはベッドカバーを友人の肩まで引きあげ、明かりを消した。

一瞬だが、ふいに迫る闇と、薬がもたらすシャーリーのまどろみがひとしくなった。どちらも深く、肌で感じられる。リジーは昨夜を思い起こし、ドアの下の光の帯を確認した。

今夜は心配ない。

静かにシャーリーの部屋を出て、自分の部屋へ帰った。

26

マーリンエンジンの鼓動が胸に轟くのを感じられたらとリジーが夢想するのをよそに、一群のスピットファイアが着陸し、駐機場付近に控えている弾薬トラックと燃料補給タンカーに向かって進んでいった。朝の陽光の中、明るい青空にくっきり浮かぶ白い雲の筋をリジーは最後にもう一度目を細めてながめ、それから煙草を揉み消し、またパッケージにしまった。

リジーは最後に着き、ジェラルディンのあとから会見室へはいった。いつもの場所を見つけて椅子へすわると同時に、隊長は薄いファイルをテーブルに置き、輸送部隊の前に立った。制服も髪もいつもどおり完璧だが、リジーの目には最初の会合のときの輝きと熱意が失われているように見えた。周囲に目を走らせ、ほかの隊員たちも変化に気づいているのが顔つきからわかった。

「作戦司令室の掲示板の日程表を見ればわかると思いますが」ジェラルディンが口を開い

た。「わたしはホワイト・ウォーザンへ確認しました。残念ながら変更はありません」

不満の声が部屋にただよう。

フィズが舌打ちをした。「お偉方はあたしたちが雨の日に飛ぶのをいやがり、こんどは晴れの日も飛ばせまいとする」

「そんなばかな」アガタが言った。「新しい飛行機が必要とされていて、わたしたちは全員戦闘機を飛ばせるのに」

「そうよね」リジーは言い、みぞおちに失望がたまるのを感じる。「ハリケーンやスピットファイアにできれば乗りたいけれど、でもいまはどの飛行機だろうが乗れば役に立てる」

「とにかく、地上待機になったのは戦闘のせいじゃないわよね」ニーヴが苦々しい口調で言う。「男たちが来たとたんにこのありさま。こんな不公平ってないわ」

「聞きなさい」ジェラルディンの鋭い声が会話に切りこんだ。「わたしたちが戦闘機を輸送できるようにポーリン・ゴアが上層部を説得しているところですが、こう空中戦がつづいてはなかなか話が進みません。わたしたちは命令にしたがって指示されたものを飛ばし、指示されたとおりの場所と日時に送り届けるのみです。あなたたちは全員訓練を受けたから、上の人間がわたしたちに飛行機の飛ばし方まで指示しかねないのはわかるでしょう」

「彼女は成功するでしょうか」フィズが訊いた。

「そう願っています。見こみはじゅうぶんにあります」ジェラルディンはアガタを見た。「しかし、飛ぶのを禁じられたからといって好き勝手をしていたらろくなことにはなりませんよ。わたしたちは男性の二倍、行動を慎み、安全に注意し、規律を重んじなくてはなりません。不公平？　もちろんそうですが、それがいまの世の中です」ジェラルディンは笑みを浮かべた。「もっと心が軽くなる話をしましょう。聞くところによると、二重操縦での教官が足りないため、中央飛行学校の飛行士が戦闘機への変更課程を終えられないでいます。まだ確定していませんが、来週のいまごろには戦況がどうなろうとあなたたちはまた飛んでいるでしょう。でもそれは前線からかなりしりぞいた場所になりそうです」

室内は話し声で沸いた。

ジェラルディンは指関節でテーブルを叩いて一同を静かにさせた。「いいですか、みなさん。いずれにせよ、あなたたちはふたたび空を飛びます。全員がオックス‐ボックスとアンソンを監督者なしで飛ばせるように、あなたたちには今年中に三等級以上の変更課程を履修することを希望します」そして、飛行士たちを見てとまどう。「ところで、シャーリーはけさどこにいるの？」

「インフルエンザにかかりました」リジーが言った。「よく眠れるように軍医が鎮静剤を処方して、一日病欠にしてくれました」

「あら、そうだったのね。すぐに様子を見にいきます」

金切り声が領主館のどこかから聞こえ、全員がドアへ顔を向けた。いっせいに椅子から立って部屋を飛び出し、災《わざわ》いのもとを探す。女性隊員たちが大広間へなだれこむと、陸海空軍協会の制服を着た、女学生といってもいいほどの小柄な女性が二階の階段の手すりにもたれていた。

「あの女の人が……」彼女はそれだけ言うと、全身を震わせて唇からうめき声を漏らし、涙が頬を伝い落ちた。

リジーとジェラルディンが一段ぬかしで階段を駆けあがり、その女性が転がり落ちるのをなんとか止めた。ふたりは廊下のテーブル付近の安楽椅子に彼女をすわらせた。

「どうしたの？」ジェラルディンが尋ねても彼女は泣きつづける。「どこか痛いの？」

ATAのほかの女性隊員たちと空軍の兵士たちも集まったころ、リジーはその女の顎にそっと手を添えて顔を自分のほうへ向かせた。

「いったいどうしたの？」リジーはなだめるように言った。「わたしたちが助けてあげましょうか？」

「だれも助けられやしない」女はむせび泣きながら言い、痛みに耐えるかのように顔をひどくゆがめた。「あの女の人の具合がよくないから部屋まで朝食を持っていくようにと、食堂の給仕に言われたんです」

「だれのこと？」リジーは訊いた。ショックで大きくなった目でジェラルディンを見る。

「シャーリーだわ」

リジーは階下からやってきたペンドリーを押しのけると、ジェラルディン以下一同をしたがえて廊下を進み、ATAの宿泊区画に着いた。シャーリーの部屋の前に来るなり、あいたドアのそばに、盆を落として散らばった食べ物と割れた食器類が見えた。

一同の目に映った光景に、ジェラルディンの手がさっと口へ行く。

「ああ、神様」室内の惨状にリジーは息が詰まりそうだった。

ふたりのあいだから覗いたニーヴが後ろを向いて吐いた。

衝撃を受けている女たちのあいだをペンドリーが押し分けて進み、「ヴィッカーズ曹長」と大声で呼んだ。そして食器の破片をブーツで片側へ寄せてから、ドアを引いて閉めた。

「はい？」後ろで声が聞こえる。

ペンドリーは首をめぐらせて部下の曹長を見た。「この部屋に見張りを立てろ。女性全員をラウンジへ連れていって何か強いものを飲ませるように。だれに訊かれてもわたしの指示だと言え――気つけ薬だと」

「はい」ヴィッカーズは一団の中をゆっくりと通りながら早くも軍服姿の伍長に話し、すぐに伍長は数人の女たちを階段のほうへと導いた。

「もう手遅れなのに、なぜドアに見張りを立てるんですか？」リジーは怒りをたぎらせた。

「なぜわたしたちは守ってもらえなかったんですか？　あなたはケンバーに約束したでしょう」

ペンドリーの顔は石のようだった。「ただならぬ戦時下ではドイツの侵攻を防ぐのに手いっぱいで、避難を断固拒否する女たちの世話まで焼いていられないからだ」

リジーは昂然と顎をあげたものの、もっともな指摘が胸に刺さった。

ペンドリーはヴィッカーズのほうへ振り返った。「この現場は軍と民間双方の管轄だ。わたしがケンバー警部補へ連絡する。わたしがいいと言うまでこの部屋は立ち入り禁止だ。ダリントン大佐とマットフィールド中佐もだ。わかったな」

「はい」

リジーはペンドリーに導かれるまま大勢につづいて階段をおりたが、一番下の段で向きを変えた。ふたりの女が男たちになぐさめられていたが、一階に着くころにはだれがだれを支えているのか曖昧になった。

顔になった。

「あの部屋にもどらなくては」リジーはそう言ってうるんだ目に決意をにじませ、厳しい
「まだだめだ」ペンドリーの声は低いが確固たるものがあった。

引き返したいという気持ちを痛いほど胸に感じ、リジーはペンドリーの腕に手を置いた。

「あの部屋に何があるにしろ、早く理解するほど早く一部始終を見ることができるんです」人差し指でこめかみをさす。「この中で」

「それでもケンバーが来るのを待つしかない。彼のチームが仕事を終えたら、きみが必要なことをなんでもすればいい」

「一分経つごとに時間が無駄になります」ペンドリーが折れるようリジーは目で懇願した。

ペンドリーは態度を変えなかった。「だったらきみがしなければならないのは、即刻わたしにケンバーへ電話をかけさせることだ」

リジーは食いさがるような視線をゆるめ、顎を引いた。「たしかにそうですね」自分の熱い手がペンドリーの冷たい指で腕からやさしくはがされるのがわかった。

「行ってほかの人たちといっしょに何か飲むといい」ペンドリーがうながした。「警部補が来たらすぐに知らせる。きみがはいっていいと警部補が言うなら、それは彼の責任だ」

ラウンジでは人々が少人数ごとに群れ、多くは無言だったがささやき声もあがっていた。従卒たちがせわしなく動きまわり、悔やみのことばとともに飲み物を配っている。猫のティリーがかまってくれる人間を探して歩きまわるそばで、ATA隊員たちはいつもの場所にすわり、静かなグループのひとつとなった。

ソファの上で両脚をたたんだニーヴは頰を濡らし、何かに取り憑かれたように黒っぽい目を見開き、信じられずにときどき首を振っている。アガタの鋼《はがね》の精神と決断力はすっかり吸い出されてしまったらしく、彼女は捨てられたひと山の衣類さながらニーヴの隣にくずおれ、こわばった右手指には火のついていない煙草がきつく挟んであった。フィズは安楽椅子で背を丸め、たび重なる悲痛な事件に涙を流しているが、それを隠そうと下を向いていた。別のソファに脚を組んですわるジェラルディンは、トランス状態の人間のように無表情で、目は宙を見つめ、取り返しのつかない事態に顔色は真っ白だった。

リジーはジェラルディンの隣にすわって小さなグラスからウィスキーを少しずつ飲んだが、最初のひと口で喉がただれた。安物のアルコールは苦痛をやわらげもしなければ気つけ薬にもならず、ショックを与えて後悔を呼び覚ました。自分には思ったほどの賢さはなく、犯人を阻止できず、ケンバーに自分でなんとかできるとさえ言った。彼の考えに任せていたら、いまごろこの怪物をつかまえていたかもしれない。自分が邪魔をして、彼を警察の職務から遠ざけた。

そしていま、二階でシャーリーが横たわっている。命をあんなに無惨に、あまりにも若いうちに奪われて。

リジーは唾を呑みこもうとしたが、塊が喉に詰まっているみたいだった。吐き気とむなしさを同時に感じ、外側の感覚が麻痺して内側がひりひりと痛んだ。

いつもの刺激で回復するのではないかと左手首のゴムバンドを弾く。けれども、感じているのは不安ではなかった。パニックでも強迫神経症でもない。これは出口のない、自分だけの、深くて二度と癒えない、いままで一度も出遭ったことがない悲痛、純粋で素朴な悲痛だった。

そして、二階でシャーリーが横たわっている。

〝ダーリン〟の呼びかけも鈴の音《ね》のような笑い声も二度と聞くことはない。ハグしたりともに煙草を分け合うことも二度とない。〝ちょっとへべれけ〟になること〈ハンガー・ラウンド〉で夜を過ごすことも二度とない。リジーはしみる目とひりつく頬から涙をぬぐった。シャーリーとは姉妹といえるほど親しかったのに、引き離されてしまった。

赤くなった目で見あげると、怯えてうちひしがれた友人たちの姿があり――これこそが犯人が望んだものだ――それがリジーの思考力を奮い立たせた。疑いと自己批判の迷路をどうにか進むうちに、ふたたび視界が開けてきた。あと少しで犯人を見つけられるのはわかっていた。なぜなら、意識の奥のつかみづらい何かが、いまも靴の中の砂粒のように気になってしかたがないからだ。潜在意識がうまく働くには時間が必要なこと、じっくり考えれば考えるほどはっとひらめいて答を発見しそうになるが、それがするりと逃げていくことは経験上知っていた。

でもはじめに……リジーは残ったウィスキーをぐっと飲み、強烈な刺激で喉が焼けるのを感じた。何をするべきかわかった。あの部屋を見るしかない。

ケンバーは到着すると、なるべく早くリジーの検分に付き添うと本人に請け合ったが、まずはしたがうべき手順があった。そんな手順はエミリーの遺体を見せてもらったときはおかまいなしだったではないか、とリジーは反論した。それに対しケンバーは、ラヴィニアとエミリーのときもヘッドリー医師が自分より先に遺体を調べた経緯を持ち出し、シャーリーの場合もほかのだれかが部屋へはいる前にヘッドリーに優先権があるのだと言い聞かせた。リジーは折れ、ほかの者たちとともにラウンジで待つことを承諾したが、子供のように説き伏せられるのは大きらいだとはっきり言った。

ライトに階段の下を見張らせて、ヘッドリー医師が着いたらいつでも上へ通すよう指示してから、ケンバーはペンドリーのあとから凝った装飾の階段をあがり、ATAの部屋が並ぶ廊下を進んだ。ドアの外に見張りが立ち、割れた食器の破片が幅木の近くに寄せられているのに気づく。証拠が動かされたのは気に入らなかったが、電話でペンドリーから状況を説明されていた。

「ダリントン大佐とマットフィールド中佐はこれについてなんと？」ケンバーは尋ねた。

「報告を聞いて衝撃を受けているように見えましたが、抑制しているとでも言うんですかね。ふたりともいつでも面会に応じると言ってます」

ケンバーは笑いだしそうになった。「それは感心だな」

ペンドリーが微笑んだが、目は面白がっていなかった。「軍医のデイビスは首を突っこんでおきながら、まったくの畑ちがいだと言い張りました。あの男は滑走路からストロベリージャムをはがすのには慣れてるんですが、情けないことに室内をひと目見て真っ青になりました」見張り番にうなずいて脇へどかせる。「言っておきますが、気持ちのいい光景ではありません。ずたずたに切りさばかれているようです」

ケンバーはペンドリーが大げさに言っているのだろうと思ったが、部屋にはいるなり考えが変わった。シャーロット・ローワン＝ピークの切断された遺体が血の海の中心にあり、それはケンバーが仕事で見てきたどの犯行現場にもまさるおびただしい量の血だった。吐き気の波に襲われ、手の甲で口を覆った。残酷な死を何度も目撃してきたから、犯人が殺害直後に野蛮な解体作業に取りかかったことぐらいはわかる。甘ったるい金気《かなけ》くささの中に別のにおいが混じっているのに気づいた。何かが燃えたにおい。身を乗り出して暖炉を見ると、火格子の中に黒焦げになった衣類の残骸があった。もはや耐えられず、ケンバーは退室してドアを閉めた。

ペンドリーがすぐそこにいて、部屋を顎で示した。「われわれはどんな怪物を相手にしてるんでしょうね」

嫌悪感に胃をむかつかせながら、ケンバーは首を振った。「つかまえなくては。とっくにつかまえているべきだった」階段のほうへ歩きながら、必死で落ち着こうとする。「ヘッドリーがこちらへ向かっている。もう着くころだ。あの部屋にはだれかはいったのか？」

「いいえ」

「リジーは？」

「彼女もです」ペンドリーはケンバーを階段のおり口へ導いた。「あなたが来るまで待つしかないとわたしが言ったので、彼女はあなたが着きしだいすぐにあなたのもとへ行ったんです。はじめにちらりとドアから覗きましたけどね。少し動顚していました」

「正直言ってわたしも動顛した」ケンバーは言った。「彼女がどうしてもと言うならきちんと見せてあげよう。だがヘッドリーが調べ終わるまではだめだ」

「さて、その女性はどこだ?」下から声が聞こえた。

ケンバーとペンドリーが階段の手すりから見渡すと、ヘッドリー医師が正面玄関を通って大広間を大股で歩いてきた。

「噂をすればなんとやら」ケンバーは言った。

ヘッドリーが顔をあげてにらみつけ、重い足取りで階段をあがる。「不注意にもほどがあるぞ、ケンバー。これで何件目だ。三件か?」

「相変わらずていねいで思いやりのあるご挨拶痛み入ります、先生。戦争でいい思いをなさってるんですか?」

「たいてい食事中に邪魔がはいるから慢性の消化不良、加えて怪しい牡蠣《かき》のせいでウイルス性胃腸炎になった。だから、いまのところ戦争はあまりよろこばしくない。さて、わたしのために何を見つけてくれたんだね」

ペンドリーがシャーリーの部屋まで案内し、食器が散らばっているほうとは反対側のドア付近に置いてある清潔なウェリントンブーツを指し示した。「これを履いたほうがいいでしょう、先生」

ヘッドリーは問いただすように眉をあげたが、ケンバーの暗い表情から答を察するや、磨きたての靴を抜いでブーツへ足を入れた。上着を脱ぎ、大きな鞄から小さな鞄を出すと、ドアへ向かった。

ケンバーはヘッドリーの腕にふれて言った。「心の準備をしてください」

ヘッドリーの目の中で、感情を切り離して保っていた平常心が不安に変わるのをケンバーは見た。ケンバーがドアをあけると、ヘッドリーは室内の惨状に息を呑んだ。

「ああ、神よ」ヘッドリーは静かな声で厳粛に言った。

外科手術用のマスクと手袋をポケットから出して身に着け、すぐに専門家としての診断に移る。「血のついた足跡が床板と敷物にあるようだが、不鮮明で見分けがつきづらい。犯人はオーバーシューズを履いていたか、汚れないように足に何かを縛りつけていたにちがいない」鞄を広い窓敷居の汚れていない場所に置き、帳面を出す。「きょうは専用の器具はほとんど要らないだろう。まともな秘書が見つかればありがたいんだがね」そして帳面を広げ、すべての切断と切り傷の詳細を口で言いながら書き留めていった。

検分が終わるころ、ケンバーは言った。「特徴は同じですか？」

ヘッドリーはちらりと彼を見た。「まずまちがいないだろう」鞄からピンセットを取り出してふたつの先端をシャーリーの口へそっと差し入れると、畳まれた紙片を引き抜き、それをケンバーへ渡した。

ケンバーはハンカチを使ってその紙を広げた。「聖書の同じ一節です」

「額に同じ十字もある。だれか知らんがほかの女たちを殺したやつだ」

「犯人から体液の放出は？」

ヘッドリーは苦笑いをして両手を広げた。「ここにある血を一滴残らず検査しないかぎりわからんな」

ケンバーの脳裏に語られざることばが聞こえた。〝だから、そんなことはしない〟

「事態は悪くなるばかりです」ケンバーは言った。「いまや犯人は部屋の中で殺している。増長しています」

「きみが考えるよりも悪い」ヘッドリーが言う。

ケンバーは息を凝らし、目の前の惨劇以上に悪いことなどあるのだろうかと考えた。

「心臓が持ち去られている。つまり、体内にも遺体周辺にも見つからない」とヘッドリー。

ケンバーはことばを絶するほどの衝撃を受けたが、それでもどうにかして尋ねた。「なぜそんなことを？　被害者の心臓をどうしたいんでしょう」

「さあな」ヘッドリーが首をかしげて言った。

ケンバーは髪を掻きあげ、いまはヘッドリーと同じぐらい老けこんで疲れている気がした。「わざわざありがとうございます、ドクター。帰る前に訊きますが、何か違和感を覚えることと、あるいは先生の経験と見識から捜査に役立つと思えることはありましたか？」

ヘッドリーは驚いた顔でケンバーを見た。「捜査するのはきみだろう、ケンバー。わたしは遺体をしつこく調べるだけのしがない藪医者だ」そしてふんと鼻を鳴らす。「どこを取っても精密さに欠け、専門家の仕事じゃないのだけはたしかだ。とくに、心臓を包む心膜の切り方とその結果である周辺組織の損傷は、多くの外科医が絶望のあまりディナーパーティーの食前酒で喉を詰まらせかねないレベルだ。この殺人犯は医学の知識をまったく持ちあわせておらず、どんな訓練も積んでいない。さらに言えば、肉屋や魚屋や獣医だってもっときちんとやれたはずだ。だから、それらの職業に従事する者は除外していいと思う」そして、暖炉のほうを手で示す。「室内が焦げ臭いのに気づいただろう。あそこの火格子の中にあるのは衣類らしい」暖炉へ近づき、かがんでよく見る。「自分でつついてみるといいが、一見したところ、つなぎの服を処分しようとして完全には成功しなかったらしい。手袋と思われる黒焦げの残骸と血で汚れたボロ布があるが、おそらくこの布で足をくるんでいたんだろう。待てよ」濃い灰色の布を人差し指に引っかけて持ちあげる。

「〝スコットニー修理工場〟の文字が刺繡《ししゅう》されている」

ケンバーは凍りつき、頭が一気に混乱する。「なぜそんなものが？」ウィンゲートとハモンドと、ステイプルトンは勾留中だから、今回の殺人とは全員無関係のはずです」

「だが現にここにある」ヘッドリーはそう言うと、帳面と小さな鞄を持って部屋を出るなりウェリントンブーツを脱いだ。

「あの三人とはもう一度話をしたほうがよさそうです」ケンバーは言った。「三人とも何かに怯えているのはわかってるんだから、その正体を突き止めなくては」

ペンドリーは半信半疑の様子だ。「連中のたくらみはガソリン関係だけですよ」

「それなら、だれがどうやってつなぎを手に入れたんだ？　なぜ現場でそれを着て、ほかには手がかりを残していないのに、なぜつなぎは半焼けのまま置いていくんだ？」

わかりませんと言わんばかりにペンドリーが口角をさげた。

ヘッドリーは磨かれた靴の紐を結び終え、壁に手をついて立ちあがった。「ペンベリーから救急車を呼んで気の毒な遺体を回収してもらうが、きみが検分する時間はたっぷりあるはずだ」

「だいたいの死亡推定時刻はわかりますか？」ケンバーは尋ねた。

ヘッドリーは眼鏡越しにじっと見つめる。「そんなに知りたくないんじゃないか？」鼻を鳴らす。「被害者は閉ざされた室内にいたから昆虫の活動には影響されないが、遺体の状態、死斑、血の凝固、死後硬直の段階、こうしたことからあえて憶測するならば、被害者は昨夜遅くからきょうの早朝のあいだにここで殺害された。むろん、それにはいつもの但し書きと否認が適用され、いつものこまごました文言がそれにつづく」小さな鞄を大きな鞄の中に入れ、マスクをケンバーに渡す。「これが必要だろう。ではごきげんよう」

ふたりが見守る中、ヘッドリーはゆうゆうと廊下を進んで階段をおり、ひとりで鼻歌を歌った。

「まいったな、ペンドリー」ケンバーは手のひらの付け根で目をこすった。「どこまで行くんだろう」

「ヘッドリーがですか?」ペンドリーが眉をひそめた。

ケンバーはペンドリーへ鋭い視線を投げたが、ペンドリーの顔は大真面目だった。「この怪物がだ。やつはこれ以上どうする? あの部屋の犯行よりさらに残虐な仕打ちをつぎの犠牲者にするなら、何があるだろう。だいたい心臓を持ち去るってどういうことだ。こう言っちゃなんだがペンドリー、こんなのは生まれてはじめてだよ」

ペンドリーが両手をあげた。「こちらを見ないでくださいよ。わたしだってお手あげです」

「死亡時刻についてはどうだ。駐屯地の日課と適合するだろうか」

ペンドリーが唇を突き出した。「駐屯地の非番の者のほとんどは、とくに領主館にいる者は確実に就寝中だったと思います。遅くとも夜十時には静まり返っていたでしょうね。被害者が死んだのは昨夜遅くかもしれないというヘッドリーの見立てと一致します」

後ろで物音がしてケンバーが振り返ると、階段をのぼり切ったところにリジーがいた。

「見せてもらえますか？」リジーが言う。

「すみません、警部補」ライトが言った。「ヘッドリー先生が帰るのをミス・ヘイズが見かけて、それでわたしが彼女を止められなかったんです」

「かまわないよ、巡査部長。彼女にはここにいてもらう」

リジーは短い距離を歩いて、ケンバーとペンドリーと見張り番が立っているところまで来た。「見なくてはなりません」

ケンバーはためらった。あのむごたらしい現場からリジーを守るべきだという強い直感が働いて、ドアの前へ足を踏み出したものの、彼女の顔を探ると断固たる信念が見え、こんな態度は無意味だとわかった。どうにもしかたがなく、ブーツを指し示す。「中へはいる前にそれに履き替えなさい」やさしく言った。「それから、何ひとつさわらないように」

ブーツはリジーにずいぶん大きすぎたが、彼女が足を滑りこませるとペンドリーがドアをあけた。ケンバーが心配して見守るそばで、リジーは片手を口に当てて明らかに悲鳴を押し殺し、ドア枠をつかんで体を支えた。

「そこまでしなくていい」ケンバーはささやいた。「われわれにまかせるんだ、リジー。荷が重すぎる」

「いいえ。だめ。やります。彼女はわたしの友達だった」リジーがしゃがれ声で言った。

ケンバーはマスクを手渡し、リジーがヘッドリーよりはるかに慎重に部屋へはいるのを見つめた。リジーが頭の後ろでマスクの紐を結びながら、遺体とその周囲に並ぶ内臓をざっと見渡す。床と壁についた血の状態を把握して暖炉へ目を走らせ、ベッドの足もとで歩を止める。

彼女が話しはじめたとき、ことばは仕事に徹しつつも、声は動揺で震えていた。「これは恐ろしい暴力的な光景に見えますが、制御された攻撃であり、精神錯乱によるものではありません。達成には時間がかかりました。ろうそくを見てください。ほとんど燃え尽きています。昨夜わたしが彼女のもとを離れたとき、燃え尽きるまであと二、三時間はあったはずです。犯人は感づかれないようにろうそくの明かりで作業をし、終えたときは吹き消しさえしました。取り出した内臓は意図的に遺体のそばに配置しました。ここにあるのはすべて、完成の要素です。隔絶された、暗い、平穏な、霊的ともいえるもの。生贄《いけにえ》です。ほかの被害者同様、彼女はわたしたちのために展示されています」リジーが話をつづける。「彼女は女性です。くだらない、場違いな、どうでもいい娼婦。〝わたしの力を見るがいい〟と犯人は言っています。〝わたしは止められない、だから去れ。ここを離れ、二度ともどるな〟と」部屋の入口に立っているケンバーを見る。「額に十字がありますね。口の中に聖書の一節がありましたか？」

ケンバーはうなずき、リジーの顔に悲しみの皺が深く刻まれるのを見て、彼女を恐怖から守りたいと思ったが、彼女の洞察が必要なのも自覚していた。いま止めたら彼女はケンバーを憎むだろう。

「ラヴィニアを殺し、彼女を通して自分の意志が伝わればじゅうぶんだと犯人は考えた」リジーが言う。「わたしたちが耳を傾けなかったので、もう一度殺した。エミリーの殺害によって、犯人は声を大にし、早く気づいたらどうだと伝えた。今回は……わたしたちに向かって怒鳴っている。以前から犯人は自分のメッセージを聞いてもらいたがっている。これをするのは、再度言って聞かせなくてはならないと思うときです」リジーは目を閉じた。「犯人は彼女を醜く見せ、過去のだれかを醜いと思うようになったことの象徴にしようとしたのでしょう。母親、姉妹、ガールフレンド、だれでもかまいません。醜いのはその女であり、だからこうする必要がある。彼女たちの醜さをさらし、取り除き、彼女たちを追い払うために」

ケンバーの舌が口蓋にくっつき、ひどく喉が渇いた。「じつは、犯人は彼女の心臓を取った。ドクター・ヘッドリーはそれを見つけられなかった」

リジーは目を見開き、ベッドを見おろした。「いま言ったように、醜さをさらしたあと、犯人はそれを取り除く必要があります。犯人が女性の中に見る醜さの一部は心臓に埋めこまれています。感情、とりわけ愛と憎しみを支配するのは心臓だと人々は長いあいだ信じてきました。犯人の心の中では、その臓器は女が男に気まぐれに与えては取りあげるもので、あたたかくて愛情深いときも冷たく寄せつけないときもあり、本人の経験によれば、つごうのいいときは忠実でも、それと同じだけ裏切ることもある。犯人はなんらかの形で自尊心を傷つけられたか裏切られていて、女の不実な心臓を取り除くことで醜さと痛みのもとを消しています」

部屋の中からリジーに見つめられ、ケンバーは彼女の悲痛な心へ手を差しのべてなぐさめたくなった。

「犯人はラヴィニアの体をひどく傷つけ、エミリーの子宮を取り、こんどはシャーリーの心臓を切り取りました」抑揚がほとんどない声でリジーが言う。「犯人は女を憎んでいるので、女性らしい部分を奪っているんです」

「そういうことか！」ケンバーは切り裂きジャックの本を思い出し、思わず心の中で額を叩いた。「犯人は切り裂きジャックの本をまさしく手本にして、手口を模倣している。ラヴィニア殺害はメアリー・アン・ニコルズの事件を模倣し、エミリー殺害はアン・チャップマンを真似たにちがいない。そして、シャーロットの場合はメアリー・ジェーン・ケリーそっくりだ」そこに立っているリジーから刻一刻と生気が抜けていくのを見たケンバーは、手招きをして言った。「もうじゅうぶんだよ、リジー。さあこっちへ」

こちらを見てもケンバーが目にはいらないらしいが、リジーはとにかく歩いてきて顔からマスクを取った。手を取っても抵抗する様子がないので、ケンバーはそのまま部屋の外まで連れ出して彼女の体を支え、そのあいだにペンドリーがブーツを脱がせてリジー自身の靴を履かせた。

「もう一杯何か飲んだほうがいい」ペンドリーが言う。「下へ行こう」彼女の肘に手を添えるが、こんどは動かなかった。

「時間があまりないと思います」リジーはそう言ってケンバーを見た。「犯人は残虐性を強めています。わたしたちが迫ってきたのを知っているからです。犯人はつかまる前に、ATAの隊員たちを早急にこの駐屯地から追い出さなくてはなりません」そしてペンドリーへ向き直る。「わたしたちの安全を確保するだけの人員がないと言いましたね。ダリントン大佐にとってはこれが最後のきっかけとなるでしょう。大佐はわたしたちを引きずりおろすのに必要な攻撃材料をすべて持っています。ドイツ軍の爆撃ではなく、わたしたちの個人的な安全の問題を持ち出すでしょう」ふたたびケンバーを見る。「それに、あなたはジェラルディン隊長の顔を見ていませんよね。隊長も同じことを考えています。彼女は男たちの意向にしたがうという考えが大きらいですが、わたしたちが安全な場所へ引きあげるようにはからうでしょう。隊員が全力で任務に取り組むのを望んでいますが、地上で狙われたらそれもできません」

「それでよかったんじゃないかな」ケンバーはなだめた。

「この恐ろしい生き物は……駐屯地を自在に歩きまわれるのに、わたしたちは寄り集まり、後ろを気にして振り返るしかありません。それは上級将校で、だれからも怪しいと思われない人間のはずです」

ケンバーは声を低くして言った。「わたしはいまでもダリントンとマットフィールドが一番怪しいと思っている。どちらもきみのプロファイルと一致しているうえに、ダリントンの書棚にあった例の本と、ウィンゲートとハモンドとステイプルトンがこわがって口を閉じている件も忘れてはいけない」

リジーはうなずいた。「もう一度話す必要がありますね。だれかが嘘をついています」

気力を取りもどしたらしく、生き生きとしている。「ああ、それからあのトランプ」ケンバーの腕をつかむ。「絵札には顔がふたつありますね。目に穴があけられていたのは、おそらくわたしが殺人犯のことを探っていたことと関係があり、ある意味そうなのですが、わたしたち女性についての意見でもあります。ふたつの顔、ふた心《ごころ》。犯人はわたしたち女のゲームと見なしているものでわたしたちを翻弄しています。男はうわべにまどわされて道を誤るべきではないと言っているんです。もっと深く掘り下げて本質を見るべきだ、と。ところで、ダリントン大佐とマットフィールド中佐にはいつ会いにいくんですか？」

「陛下できみに何か飲ませたらすぐにでも」ケンバーは言った。

「そうしましょう。あのふたりの顔とボディーランゲージを見たいです」

「きみも行くとは考えていなかった。ペンドリーとわたしとで——」

「あなたが話をするときにわたしもいなくては」リジーが声を大にして言い張った。「あなたがたと対峙したときの彼らの反応を見なければなりません。わたしなら内面を見破れます。真実を言っているかどうかわかります」

ペンドリーが首を横に振るのをケンバーは無視した。「見ているだけならかまわないだろう。もし同席を認めたら、静かに何も言わずにいられるかい？」

「約束します」リジーの目からふたたび涙があふれた。「顔を見るだけでいいんです」

27

「領主館では夜間の見張りと巡回はないんですか？」ケンバーが手帳から顔をあげて訊くと、ダリントンは執務用の椅子で身じろぎをした。

「もちろんあるにきまっている。ここは第一級の軍事施設であって、どこかの二流の田舎警察とはちがう」ダリントンのパイプの吸い口が噛み締められてひどい目に遭っている。

ペンドリーが咳払いをした。「この駐屯地の境界の警備は厳重だと警部補にははっきり申しあげたんですがね。われわれの就寝中に許可なく建物にはいりこむ輩《やから》はいないかどうか、と彼は言いたいのだと思います」

ダリントンは平手打ちを食らったかのようにのけぞったが、赤い顔に浮かぶ怒りの形相が薄れると同時に事の重大さに気づいてはっとする。「要するに、われわれの中のだれかだと言ってるのかね？」

「残念ながらそのように思えてきたところです」そう言ってケンバーはダリントンがもぞ

もぞと体を動かすのを見守った。「そういう人間に心当たりはありませんか？　怪しげな動きをしていたり、ふだんと様子がちがう者はいませんか？」

「気づかなかったな」

ケンバーの鼻風邪はよくなってきたが、以前から天候が不安定だったのと、あちこち駆けずりまわったせいで、持病の腰痛が悪化していた。組んでいた脚をほどき、前傾姿勢になって痛みをやわらげる。「マットフィールド中佐とはうまくいってますか？」

「なんだと？」ダリントンは胸を張った。「もちろんだ」

ダリントンが一瞬リジーへ視線を走らせたのにケンバーは気づいた。リジーがここにいることで、まだ腹の虫がおさまらないらしい。リジーはペンドリーを見ているが、ペンドリーは冷たいほどわれ関せずの無表情を顔に貼りつけている。指揮官が大声でとなえる異議にもペンドリーの強い懸念にも屈せず、ケンバーは捜査に協力するエレンディン＝ピット隊長の代理としてリジーを同席させるべきだと言い張った。これは嘘だったが、その影響についてはあとでなんとかするつもりだ。

「彼は優秀な将校だ」ダリントンがつづける。「人付き合いはしないがね。めずらしいことではない。指揮をとる責任はときには重荷になるものだ」

ケンバーはいかにも同感だと言わんばかりにうなずいた。「でも、指揮はとっていませんよね」最大の効果を出すために間を置く。「いまのところは」

ダリントンの目がけわしくなった。「何を言いたいのかね、ティ、ン、バ、ー」尊大さに火がついた。「きみは、イギリス空軍の将校が名誉を漁ってわたしの後釜を狙ううすのろだとでも言うのか」ケンバーは個人への些細な侮辱を無視する。「ばかばかしい」ケンバーはまだ無言だ。「たわ言にもほどがある」ダリントンの口調がやや曖昧になった。「考えてみれば、マットフィールドには少しよそよそしいところがある。命令されたとおりの最低限のことをする、とでも言おうか。いままでそれが問題だとは一度も考えなかったが、しかし言われてみれば……」

ケンバーはダリントンを真っ直ぐに見て、この男の反応を見極める準備をする。「あなたの目から見て、中佐には人殺しの素質があると思いますか？」

ダリントンはまじまじと見返した。「むろんあるとも。彼は国軍の一組織にいる人間だ。国王と国家の名において殺す職業に明らかに不向きだとしたら、任務を与えるどころか雇うのさえあきれるほど愚かなことだ」

ケンバーの視線は揺らがなかった。「冷酷な殺人という意味です」

ダリントンは目をそらすと、時間をかけてパイプに火をつけ、青みがかった煙の雲が消えてからまた話した。「もしその兵士を止めたら、その兵士のつぎの弾丸を止めることになる。われわれはみな冷静に殺すように教えられているのだよ、警部補」

「女を切り刻めとは教えられていないはずですが」ケンバーは体重を移動した。「あなたがここにいるATAの隊員たちをきらっているのはだれもが知るところです。マットフィールド中佐は彼女たちとうまくやっていましたか？」ほのめかしが伝わってダリントンが不快な顔になるのを楽しんだ。

「わたしは彼女たちの配属を要求したわけでも、この駐屯地に置くのを承諾したわけでもないから、彼女たちがはなはだ迷惑と言われるのは当然だ」ダリントンは冷ややかな軽蔑のまなざしをリジーへ向けた。「マットフィールドもわたしと同意見で、イギリス空軍の駐屯地に彼女たちがいるのをわたしに負けずいやがっているはずだが、彼は職務に徹していて、しかも将校だ。きみのような民間人には信じられないだろうが、将校には良識と礼儀と道徳の基準がある。下の階級の者にすばやく疑問を持たせずに命令にしたがわせるには、声を荒らげるしかない。そうした命令が戦場では命を救うこともある。不幸なことに、あの女どもにわたしの権威はほとんど及ばない。エレンディン＝ピット隊長が彼女たちの指揮官だ」そしてもう一服有害な雲を天井に向かって吐いた。

「では、彼女たちは容認されているんですね」ケンバーは立ちあがったが、急な動きのせいで腰の筋肉が引きつった。ダリントンのもったいぶった態度にうんざりし、堂々めぐりをつづけても無駄だと思った。「いまはこれ以上のお邪魔はしません、大佐。会っていただいてありがとうございました」

マットフィールドの執務室でケンバーが本人と向き合ってすわると、当の空軍中佐はこれ見よがしに身を乗り出して、卵形の爆弾が載った分厚い書物を机の端へと押しやった。「それは聖書ですか？」ケンバーは尋ね、書物と手榴弾のほうを顎で示した。「信仰に篤《あつ》いかただとは思いませんでした」

「辞書ですよ。聖書は持っていません」苦々しい顔でマットフィールドが言った。「神はいないのだと前の戦争が教えてくれました」

ケンバー自身の経験を顧みても、深くうなずける考えだ。「昨夜はどこにいましたか？だいたい十時から午前三時のあいだですが」

マットフィールドが顎を掻いた。「自分の部屋です」椅子に背をあずけて腕を組み、ケンバーを見る。「長い一日でした。だれもが疲れていた」

「それを保証する人間はいますか？」

マットフィールドの目がかすかに細くなったのをケンバーは見逃さなかった。

「夜間に人を部屋へ招く習慣はないのでね」

質問の答になっておらず、マットフィールドもそれを知っている。「自室へ引きあげる前、あるいは自室にいるときに、ふだんとちがうものを見かけませんでしたか？」

マットフィールドはゆっくりとていねいに首を振って否定した。「男性将校たちの兵舎は領主館とは別棟だから、特別なものは何も見聞きしなかった」

「死ねばいいと思うほど女性をきらっている人間をだれか知りませんか？」

マットフィールドは一瞬ペンドリーを見たが、ケンバーへ向かって言った。「それは言えませんね、警部補。もしあなたがダリントン大佐の関与を示唆しようとしているのであれば、可能性があるのは認めます」

またしても質問の答からかなりはずれている。ケンバーは質問の方向を変えてみた。「女性を駐屯地に置くことについて、あなたはどう思いますか？」

マットフィールドは肩をすくめた。「男たちは職務から気がそれるが、必要悪だとわたしは考えています。軍事の分野でも女性が得意とする仕事はたくさんありますからね。婦人補助空軍がここにいたころ、彼女たちは任務を解かれる際にもプロ意識に徹して誠実だった」

「以前あなたや大佐から聞いた話をもとに、わたしは大佐が婦人補助空軍に対しても乗り気ではないと確信しました」

中佐がつぎの対応を考えていると感じ、ケンバーは話を中断した。

「最近あなたと話したことを考えていました」マットフィールドが言う。「ダリントンは自分の思いどおりに生き、つねに望むものを手に入れてきた男です。わたしはたしか彼のことを腑抜け呼ばわりしたと思うが、それはあくまでも軍事活動においてですよ。第一線で任務に当たったのは遠い過去で、いまの彼は机仕事をするかチャーチルの三流版よろしくまくし立てることで満足している。彼が女性を害すると思うかって？」ケンバーと目を合わせ、うなずく。「彼女たちに関するダリントンの見解はよく知られていて、ペンドリー大尉も保証してくれるだろう。彼は自分の不満を弱いほうの性へぶつける能力を十二分に持っている」

そこでペンドリーが意外にも身を乗り出して発言したので、ケンバーは少し驚いた。

「大佐が怪しげなふるまいをしているのを見たことがありますか？　女性隊員のだれかと口論しているのを見ませんでしたか？」

マットフィールドは顔の向きを変え、敷物の上の何かをじっとながめているふうだった。そして顔をあげてこう言った。「ATAが到着したとき、ダリントンは憤慨していた。あのエレンディン＝ピットという女を執務室へ呼んだが、本来ならそこで歓迎の挨拶をするはずだった。しかしその挨拶は叱責に近いものに変わった。あれ以来、どうしても必要なとき以外、彼は彼女たちとかかわるのを拒絶した。きみの質問に答えるなら、彼とATAとの関係は――関係と呼べるものなら――冷たくて距離があるが、その答はノーだ。不当な口論は見ていない」

ケンバーはマットフィールドの目つきから内面の思考を探ろうとしたが、目はまったくの無表情だった。ここ半時間で予想外の貢献をしたペンドリーさえ、冷たい石さながらの無関心な顔にもどっている。ケンバーはさも大事なことを手帳に書きつけるふりをしてから、質問をつづけた。

「ここを運営するという最大の役目をダリントンからまかされたらうれしいですか？」

一瞬小さな笑みがマットフィールドの唇によぎった。「管理上の負担をになうために副官がいるのでね。わたしは副指揮官ですよ、警部補。それがわたしの仕事です」

「ああ、なるほど。野心はないということですね」ケンバーの笑みには挑発がこめられていた。

マットフィールドは挑発に乗った。「仕事はもうしばらくつづけたいですよ。万が一昇進の話があるなら、考えないはずがありません。おそらく話を受けるでしょうが、自分からは求めないし、上官を蹴落とそうとも思いません。どちらにうま味があるかわかってますからね、警部補」

ケンバーはこの会見がダリントンのときと同じように失速しているのを感じ、いさぎよく辞去することにした。ペンドリーを見る。「ほかに何か質問は？」

ペンドリーが首を振る。「ありません」

「そろそろおいとましようと思います、中佐。検死解剖のために、救急車が遺体をペンベリー病院へ搬送することになっています」

ケンバーとペンドリーとリジーがめいめいの椅子から立ちあがって執務室から出るとき、マットフィールドは早くも机の書類に目を通していた。

「椅子」リジーがドアを閉めかけたとき、部屋の主が鋭く言った。

リジーは歯を食いしばったが無言を貫き、予備の椅子を回収して部屋を離れた。

ペンドリーの執務室へはいると、リジーは興奮して言った。「あの人たちを見てるとひどく腹が立つけど、同時に恐ろしくもなる」

「たしかに、わたしがいままで会った中で一番感じがいいとは言えないな」ケンバーが言った。「参加して気づいたことはあったかい」

リジーは勧められた椅子を手を振ってことわり、眉間に皺を寄せた。

ケンバーはペンドリーの向かいの椅子にすわっていたが、リジーが突然前のめりになって机に両手をつき、その勢いで積まれた台帳が崩れ落ちそうになったので、思わず身を引いた。

ペンドリーが台帳とページの角を折った聖書と説明書の山をリジーのそばから離してから、すわり直して腕を組んだ。

「わたしたちのことを〝女ども〟〝弱いほうの性〟〝必要悪〟と言ったわ。わたしの上官を〝あの女〟と言い、わたしたちの宿泊所のなかで若い女性が殺されたというのに少しも気にしていなかった。ダリントンは起きたばかりのこの残虐な事件にも無関心で、わたしたちを〝はなはだ迷惑〟と言った」

「多くの男たちが女性をそんなふうに言うのを聞いたことがある」ケンバーが言った。

リジーは首を横に振ると、うんざりした顔で体を真っ直ぐに起こした。「男たちは自分が主導権を握っていると思い、わたしたち女をごまかしてまちがった方向へ導き、そばに置いて操っている」そして狭い室内を行ったり来たりして歩きはじめる。「ダリントンは明らかに敵意を持っていて、わたしのことさえ憎々しげににらんでいました。あれはこわがらせるというより底意地の悪さから出たものです。マットフィールドは自分の顔にさわって、というより、頬を手で掻いていました。口論のことを訊かれたとき、上を向いて思い出そうとはせずに、下を向いてすばやく話を作ろうとした」

ペンドリーが身を乗り出して肘を机についた。「上官をかばおうとしたのかもしれない。助けが必要なときに面倒をみてくれた人だ」

リジーはペンドリーに向かって眉をひそめた。「彼はわたしを一度も見なかった、というより、わたしが部屋にいることをけっして受け入れなかった。わたしたちの退室時に彼がひと言〝椅子〟と言い放ったときでさえ、わたしの名前と階級を確認しようともしなかった。自分の執務室、自分の領土にいて、力と統制のすべてを握る者のようにふんぞり返っているけれど、腕を組んで防御態勢を取り、人を寄せつけずに秘密を守っている」

ケンバーはリジーが言ったそれぞれの場面を思い浮かべ、解釈のすべてには同意しないが、観察結果は受け入れるしかなかった。マットフィールドが傲慢でうぬぼれが強いのは認めるが、ダリントンが有罪だという確信を払い落とせなかった。

ペンドリーが咳払いをし、首の後ろを掻いた。「少し言っておくと、ダリントンが冷たくよそよそしいのは女性への強い嫌悪があるからだろうな。わたしの印象では、彼は女性に強烈な個性を認め、ある種の戦略目標のように排除されるべき脅威と見なしている」そして脚を組み、見えない綿埃をズボンからつまみ取る。

リジーは歩きまわるのをやめ、ペンドリーをにらんだ。「そのとおりです。それに、あなたたちの心の中にマットフィールドはことあるごとに疑惑の種をまきました。名前も言われないうちからダリントンの話を持ち出し、マットフィールドが見聞きしたことが話題になると、ダリントンが自分の不満をぶつけているとほのめかしました。ダリントンも似たり寄ったりです。マットフィールドへの評価を一瞬で変えて性格に問題があると言い出し、空軍の同僚全員を擁護することでもう一枚煙幕を張りました」そこで首を振る。「まやかしです。どちらも卑劣です。でも、何かがおかしい」

「きみの洞察は評価するよ、リジー。だが、たしかな証拠がほしいんだ」リジーの首の筋肉がこわばるのがケンバーには見えた。階上の惨劇を見たあとで彼女の身の安全が心配だったので、ケンバーは思い切って言うことにした。「ATAが別の拠点への移動を申請するか、せめて休みを取るというのも悪くないんじゃないか？」

リジーはケンバーに食ってかかった。「ではどうやって犯人をつかまえるんですか。どうやってシャーリーとエミリーとラヴィニアの恨みを晴らすんですか。あなたにとってはよくある事件でも、彼女たちはわたしの友達でした。お気遣いとご支援ありがとうございます」〝ご支援〟を吐き捨てるように言うと、少しドアをあけてすり抜けてから、音を立てて閉めた。

ペンドリーが首をまわし、それに応えて首筋が乾いた音を立てた。

「扱いがお上手ですね、ケンバーさん」

28

まばたきで払いきれないほどあふれる涙を流しながら、シャーリーの遺体がペンベリーの救急車で運ばれるのを見送ったのが前日の午後、同じころケンバーも帰ったのだが、リジーは顔を合わせるのをかたくなに避けた。それ以来、ほかの女性隊員たちと同じく、何かを食べたり仲間同士で集ったりする気分にはなれなかった。フィズはいまだに突然涙がこみあげてくるらしく、フランス窓のそばにすわってはハンカチで目もとを押さえていた。彼女がこれほど感情を高ぶらせるのをリジーは見たことがなく、友人を失った悲しみはもちろん、エミリーとの確執にも責任を感じているのではないかと思った。ニーヴはソファで丸くなり、できるだけ小さく目立たなくなろうとしているかのようだ。アガタだけがシャーリーの死の余波に対処しているように見えた。はじめはひっそりと引きこもっていたが、これからはくよくよして男に制圧されるのは禁止になったと言わんばかりだ。けれども、それが悲しみの別の表し方だとリジーは知っていた。直立不動の姿勢を取り、大理石の顔を持つ女は、わめきたくても自分の恐れと怒りと憤りを向けられる合法的な標的を持っていなかった。

最初の衝撃が過ぎると、ジェラルディンは冷静さを保ち、部下たちにやさしい、気が落ち着くことばをかけてなぐさめ、元気づけ、やる気を出させた。彼女がATAの飛行任務継続と部下の安全と保護をめぐってダリントンと舌戦を交えたことは駐屯地中の噂となった。損得をわきまえる男たちは慇懃《いんぎん》な態度で彼女から距離を置いた。

事件にまつわる何かが胸の奥で引っかかってリジーを悩ませていたが、具体的にそれが何かはいまだにつかめなかった。事実がどうこうではない。それならケンバーの専門だ。ちがう、それは実体とはほど遠い何か、つまり完全に自分の領域にあるものだ。

静かにテラスにすわったまま一時間以上が経ち、リジーは立てつづけといっていいほど煙草を吸いつづけた。ときには吸い終わった煙草で新しいのに火をつけ、吸殻を等間隔に一列に、細心の注意を払って並べた。ときどき気を配るだけだったので、ドイツ空軍がほかの飛行場と東南沿岸部のレーダー基地を爆撃したという報道を聞き漏らした。

最後の一本を吸い終わると、吸殻をパッケージにもどして庭を歩きまわった。あたたかな陽光がそばの桜の木を通して木漏れ日となり、小鳥たちが競ってさえずっている。踏み段をおりて、土嚢が積まれて芝地から突き出したシェルターを通りすぎ、その向こうの砲床のあたりを歩いても、支配するいまいましい男たちのことをまだ考えていた。女と世界のために苦しみの中心にいる男たちのことを。

そばのボフォース機関砲が突然向きを変えて銃身を東へ向けたとき、砲兵の叫び声でリジーははっとし、目まぐるしさを増していく周囲の動きに気づいた。監視兵が双眼鏡の照準を合わせて空を見ると同時に、彼女も同じ方向を見やり、無数の黒い点に驚愕する。遠くにあるが、みるみる接近してくるドイツの爆撃機だ。恐ろしいと同時に感銘も受け、チャーチルが言ったとおり、イギリスが孤立して、いまや侵略される瀬戸際なのだと痛感する。

「シェルターへ行け」砲兵がリジーへ怒鳴ると同時にサイレンがふたたび鳴りはじめた。

リジーが広い芝地を走ってもどり、シェルターの入口に着くと同時にマーリンエンジンの音が飛行場に響き渡り、三機のスピットファイアが早くも始動する。先頭のスピットファイアのエンジン音が力強い轟音になるやいなや、機体が前へ飛び出す。あとの二機もそれにつづき、芝地の飛行場から離陸すると同時にそれぞれの機体の下に車輪が格納された。

リジーはまた東のほうを見て、短時間のうちに敵機がかなり近づいているので不安になった。点やしみだったのがいまは爆撃機と戦闘機の形だとわかる。叫び声がして空から注意を引きもどされたリジーは、かがんで入口をくぐり、滑りやすいコンクリートの階段をすばやくおりて左へ急角度に曲がると、空襲用シェルターの丸天井の最深部にはいった。部屋の一番奥には風防つきランタンの中にろうそくが灯され、汗で光る人々の顔を淡い黄色の光で照らしている。四十人収容できる場所にすでに三十人がいた。リジーは薄い詰め物をした木のベンチにすわり、隣は太って眼鏡をかけた男で、男は目を閉じて短いうたた寝にはいろうとしている。前線にいる要員は眠れるときはいつでも仮眠を取りたいのだろう。つぎの瞬間、五、六人の整備士がオイルと汗と整髪剤とガソリンのにおいをさせながらやってきて、残ったスペースにひしめいた。伍長が最後の名前を書いて金属容器にその紙を入れ、外に投げてから防爆扉を閉めた。

ロックハンドルがまわされる。

そのあと、静寂が訪れた。

飛行場の空襲警報のサイレンが一キロ半南に届いた瞬間、ケンバーとライトは前日の朝の痛ましい出来事について話すのをやめた。

「ちくしょう!」ライトが東の空を指さした。

すぐあとでグリーンウェイ家の玄関ドアがあき、グリーンウェイが空襲警備員の黒いヘルメットをかぶりながら小走りで道を渡ってきた。サイレンの箱を解錠し、スイッチを

〃オン〃にする。村のサイレンが警戒の遠吠えに加わると、こう言った。「まただよ」目をぐるりとまわしてから怒鳴る。「シェルター！」

村はアリの巣のてっぺんを蹴飛ばしたような騒ぎになった。母親たちは道で遊んでいた子供たちを呼び寄せて危険から遠ざけた。食料雑貨店の外の歩道には人形の乳母車が置き去りにされ、男の子がサッカーボールを取りにいって母親に早くしなさいと怒鳴られた。人々が消えたあとで玄関ドアが音を立てて閉まり、裏庭から叫び声がするのは、家の下に地下室がなくて戦々恐々の家族がアンダーソン・シェルター（庭を掘って波上鉄板をかぶせた半地下の簡易式シェルター）へ隠れたからだ。パブと村役場の地下室はほかの安全な場所へたどり着けない人々でいっぱいだった。ケンバーはひとりの高齢の住人をパブのドアまで連れていったが、ライト巡査部長に駐在所へもどってくれと言われた。遠くの対空砲火の音がラジオドラマの安っぽい音響効果のように聞こえてくる。まもなく、目に見える生きたものは村から消え失せ、喧騒は一地方の静けさに置き換わったが、接近する飛行機の音が遠くから聞こえるのだけが玉に瑕《きず》だった。ケンバーが腕をそっと押されたのに気づくと、ライトが〃警察〃と記された戦時用の鉄のヘルメットをかぶって彼を屋内へ入れようとしていた。

ケンバーは駐在所の地下へこもり、村の住人すべてがシェルターの中で怯えながら、戦争の恐ろしい音が自分たちの家に近づくのを聞いているのだと思った。イライアス・ブラウン率いる国防市民軍兵は小型シェルターの持ち場につき、ミセス・ガーナーはひとりアンダーソン・シェルターの中で、近くの農場で働いている夫のバートを心配し、牧師とミセス・オークスは教会の地下室で仕事と祈りにいそしんでいるのだろう。リジーはいまごろシェルターで安全にすごしているはずだ。いきなりドアがあいてライトが飛びこんできたので、ケンバーはぎょっとした。ヘルメットが斜めになり、村の見まわりをしてから急いで帰ってきたらしく、息を切らしている。

「あいつら、大群だ」ライトが勢いよくドアを閉めた。「はじまりますよ」

刻々と時間が過ぎ、あたりの濃密な緊張感がリジーの肩にかぶさるあいだ、だれもことばを発しなかった。ドイツ軍の機銃掃射がはじまった瞬間、リジーは跳びあがりそうになった。ポンポンポン、ラタタタという音がコンクリートと頭上の地面越しに遠く離れて聞こえるが、リジーを心底震えあがらせたのは、敵の爆弾のドカーンという重低音と地面の振動だった。彼女と生死を分かち合う人々の表情は人によってさまざまで、恐怖の顔から陽気な顔、不安な顔から無関心な顔、疲れてあきらめきった顔から冷静にがんばっている顔と、ありとあらゆる感情が並んでいる。外にいる気の毒な人たちが圧倒的に不利な状況でも戦っているのに、リジーは無力感に陥った。一連の爆弾投下によって何度となく衝撃が加えられるため、天井から細かい塵《ちり》が落ちてきて全員に灰色の薄い膜がかかり、咳きこむ者も少しいる。つぎつぎと爆弾が投下されるので爆発も絶え間なく起こり、シェルターから近かろうが遠かろうが中断されることはなかった。

近くの爆風の衝撃波がリジーの鼓膜を強打し、痛みと耳鳴りが走った。空襲が長引くにつれ、シェルターの中で埃をかぶったそれぞれの顔に恐怖が浮かび、空元気は消えた。だれかが大ぶりの平たい金属のフラスクをみんなにまわす。携帯用フラスクの二倍ほどの大きさで、中身はわからないがアルコール飲料であるのはまちがいない。リジーはひと口飲んだが、乾いた喉にしみてむせかえり、整備士へフラスクを渡した。空を飛んでいればよかったのに、と思った。少なくとも空の上ならすべきことがわかっていて、自分の運命をある程度はコントロールできる。暗くかび臭いコンクリートの霊廟の中で、大勢ひしめき合って気温があがるのを待っているなら中世の拷問と変わらない。

イギリス空軍スコットニー駐屯地の防衛網はけっして反撃しないわけではなかったが、飛行編隊の規模があまりにも大きく、あまりにも数が多かった。双発爆撃機が爆弾をつぎつぎとジグザグに落とし、駐屯地を縦横無尽に叩いた。爆発のたびに地面が振動し、圧力波が建物を襲う。泥と岩石が宙に飛んでバラバラと降り、クレーターを残して地面をあばたにする。狙いが不正確な場合は多くの爆弾が駐屯地の外に落ちることになり、牧草地にいくつもの穴をあけ、森を破壊した。

つぎに急降下爆撃機スツーカがやってきて、高射砲と燃料輸送トラックを標的にした。先頭のスツーカが急降下するたびに別の一機が後ろから現れてあとへつづく。空気抵抗でサイレンのような甲高い音を発しながらどんどん降下してくるが、ぎりぎりのところで機首をあげ、機関銃で地上に死の銃火を浴びせながら標的へ爆弾を落とす。食料雑貨店が直撃されてパッケージや缶詰が榴散弾《りゅうさんだん》さながらに飛び散り、燃料タンカーが爆発して壮観なオレンジ色の火球となった。

空襲はさらに十分、地獄のような時間がつづいたが、ようやくスピットファイアの飛行中隊が防御の応援に現れ、敵機を追い散らしたときは、消防要員が燃えている燃料にさっそく泡の消火剤を放射していた。

警報解除の音が弱まったころ、ケンバーは駐在所の地下室から姿を現し、スコットニー村が幸運に恵まれたのを知った。グリーンウェイが駐在所の角でサイレンの箱を施錠し、人々が恐る恐る明るいところへ出てくるのを見守っている。

「飛行場はだいぶやられたんだろうね」ケンバーは北のほうで立ちのぼる煙の柱を見て、

リジーを思った。

「そうだろうね」グリーンウェイが深刻な顔で言う。「こっちもあぶないところだった。村の西側の森に爆弾が落ちた」

「どのあたりに？」

「村役場の裏手だ。木が家や役場を爆弾の破片から守ってくれるぐらいは離れている。ざっと見てきたよ。通り道に砕けた煉瓦や石材がある。木の幹はまともに爆風を食らったが、枝は葉を落としただけだ。近くにクレーターができたのは最悪だ。いまいましいでかい穴のまわりを木っ端と尖った切り株と泥が囲んでいる」

「でも、とにかく無事だったんだね」ケンバーはほっとして言った。

「みんながそう言うかどうか」グリーンウェイが顔を曇らせた。「ロビンソン家の裏窓が、あそこは村役場とイライアス・ブラウンの家に挟まれているんだが、窓ガラスが風圧で割れて庭に散らばった。ロビンソンの一家が言うには、アンダーソン・シェルターから出たとき自分たちと裏口のドアのあいだにガラス片のカーペットが敷き詰められていたそうだ」

「少なくとも、家もシェルターも直撃されたわけじゃない」

「まあね、その点は神に感謝したほうがいいかもしれない」

ケンバーはライトの姿に気づいた。「失礼、ミスター・グリーンウェイ、ちょっと用事があるので」

ライトが食料雑貨店の外で首を傾けてエセル・ガーナーの話に聞き入っているところへ、ケンバーは歩いていった。

ライトがケンバーを振り返ると、心配そうに眉間に皺が寄っている。「みんな怯えてます」ライトが言う。「駐屯地のそばに住んでいるので、村も攻撃の的になったんじゃないかって思ってるんです。故意にせよまちがいにせよ」

「そう思うのも無理はない」ケンバーは言った。

エセルがケンバーの腕にふれた。「爆弾のことだけじゃないわ。あいつはまたやったのよ」

「なんですって？」ケンバーは彼女がまだそこにいたのでぎょっとした。

「例の怪物よ」明るい緑色の上着を着た女が言った。「かわいそうに、またひとり女の子が殺されたそうじゃないの」

ライトが驚いて振り向いた。「グラディス」

「わたしたちを犯人から守るために、あなたは何をやってるの、デン」グラディス・フィンチが言った。「みんなこわがってるのよ。わたしもこわいわ！」

「恐れる必要はないよ、グラディス——」

「言うだけなら簡単だ」ジム・コーコランが割りこんだ。「その野郎はご婦人を何人もバラしてる。おまえは長年おまわりを、しかもいいおまわりをやってるんだから、いまこそ実力を見せるときだぞ」

ベルがチリンと鳴って店の店主とその妻が出てきた。「この人に訊いた？」妻が言った。そしてケンバーを見る。「あなたはわたしたちの安全のために何をしてるんですか？」

「それは……」ケンバーは三人に詰め寄られてたじろいだ。助けを求めてあたりを見る。グリーンウェイがなんの騒ぎかとやってくると、急に人だかりができてほかの村人たちまで引き寄せられた。たくさんの猫がひとつの箱にはいりたがるのと同じだ。いくつもの質問がケンバーへ飛び、それぞれが自分の不安をほかの叫び声より大きな声で言おうとして、喧騒がいっそうひどくなった。いつの間にかケンバーとライトは十五、六人の村人に囲まれて食料雑貨店の窓ガラスに背中を貼りつかせていた。そこへウィルソン牧師が牧師館のほうから大股で歩いてくるのが見えた。ありがたいことに手を振っている。

男たちのひとりがちらりと後ろを見て言った。「牧師さんは助けちゃくれないよ。神様もそうさ。おれたちが知りたいのはこれだけだ。ろくでなしをつかまえるためにあんたは何をしてるんだ？」

ライトが警笛を出して吹くと同時にウィルソンが着いた。抗議の叫びがおさまり、人々が後ろへさがってウィルソンが通る場所をあけた。

「諸君、聞いてくれ」ウィルソンが言った。人垣がもう少し引く。「警部補にひと息つかせて、彼に話をさせてくれ。わたしたちの中に悪魔がいるからといって、わたしたち自身まで悪魔のようにふるまう必要はないだろう」

村人たちは後悔したらしく、ある者はうなだれ、またある者は目をそらした。

「ありがとうございます、牧師」ケンバーは落ち着きを取りもどして言った。そして集まった人々へ話しかけた。「わたしは長いあいだ警察官をやってきたので、あなたがたの心配はあなたがたが思うよりわかっています。ただ、きちんと捜査をし、確実に真犯人をつかまえて犯罪を阻止するには時間がかかるのも事実です」

「ほんとうに犯人はひとりなのかい」

ケンバーは言った人間の顔を探し、さっきも話した男だとわかった。「そうだと思います。そして犯人が標的にしているのは空軍駐屯地です」

「じゃあ、だれなのか見当はついてるのかい。スパイじゃないのか？」

「いや、スパイではありません。容疑者は何人かいて、われわれはもう少しのところまで来ていると思います」ケンバーは人だかりの全体を見まわす。「たぶん、犯人もそれを知っているでしょう。ですから、ここ数日のあいだは慎重になって身の安全を守り、不審に思われるものがないかどうか、わたしの目と耳になってください」

「おれたちにあんたの仕事をやらせようってのか」

村人たちがざわついた。

「まったくちがいます。あなたがたは空襲のときには互いに助け合い、侵攻のきざしにいつも油断なく目を光らせています。自分たちにできることをしてくれとお願いしているだけです。そして、わたしもそうします」

ケンバーは人々の雰囲気が変わったのを感じ、その機に乗じてライトといっしょに人垣を通り抜けた。駐在所のほうへ歩いていきながら、ウィルソンに感謝をこめて手を振り、ウィルソンもうなずきを返した。

「あの人たちはいままで出くわした中で一番こわくないリンチ集団だろうな」ケンバーはライトに言った。「だが怯えていて、殴りかかってくるかもしれない。彼らがほんとうにたちの悪い連中にならないようにするには、この怪物をつかまえるしかない——つぎの殺人が起こる前に」

29

月曜日の朝、ケンバーが下宿先のパブ〈キャッスル〉から明るい戸外へ足を踏み出すと、いっしょに土嚢の防壁を通って出てきたアリス・ブラナンが、ワックスペーパーの小さな包みを彼のポケットへ滑りこませた。

「サンドイッチを忘れないで」アリスが言う。「刻んだ卵とガーデンクレスしかはいってないけど、今夜までなんとかしのげるから」

「そこまでしてもらわなくても」ケンバーは言ったが、感謝のしるしにポケットをそっと叩いた。

「ばかなこと言わないで」アリスはパブの入口へもどりながら声を張りあげた。「もらえるものはもらっとけばいいのよ。雌鶏が卵を産んでいるあいだはね」

しきりに聞こえる饒舌《じょうぜつ》なヒバリのさえずりにケンバーは上を向くが、見えるのは白い雲が点在する青空だけだ。車から朝露がしたたり、夜駐車してあった駐在所前の道路に長方形の透かし模様ができていた。

こんなうららかな日に、イギリスが戦争中だと本気で思うのはむずかしい。夜間にもう一度爆撃されるのはまぬがれ、夜明けに帰還したふたつの飛行中隊をスコットニーは歓迎した。航空機のエンジン音を耳にしたのはそれが最後だ。とはいえ、駐在所のドアが大きな音を立ててあいたとたん、ケンバーは戦闘がまだまだつづきそうな不穏な思いに駆られた。

「警部補、ちょっといいですか」開いたドアからライトが手招きした。

指紋鑑定の結果がスコットランドヤードからまだ届いていないので、ケンバーはこのまま駐屯地へ行ってペンドリーに会うつもりだった。しかし考えてみれば、話し合うべきあらたな情報がなくては、わざわざ行っても得るものはほとんどないだろう。

「どうした、巡査部長」入口をはいって奥の部屋まで行く。「ウィンゲートは無事トンブリッジへ護送されたか?」

「はい、警部補。七時にバンが来て、やつを乗せていきました」ライトはさっそくやかんに水を入れてガスコンロに火をつけ、お湯を沸かす。

ケンバーは巡査部長がその先を言うのを立って待っている。

「あなたを探しにいくところでしたよ、警部補」

いい知らせではないと思ってケンバーは身構えた。

ライトは沸いたお湯をティーポットへ注ぎ、ふたつのマグの内側を拭いた。「トンブリッジ地区警察本部の担当巡査部長から電話があったんです。それによると、スコットランドヤードの指紋鑑定部門から電話があって、警部補宛の封書をロンドン発トンブリッジ行きの一番列車の便で送るそうです」ティーポットを掻き混ぜてから茶漉しを使ってお茶を注ぐ。

ケンバーはほっとした。「すばらしい知らせだ」

「担当の巡査部長には了承ずみですが、それが届きしだいこちらへ発送するにあたり、バイク便にするか鉄道便にするかはなんとも言えないそうです。そのときのつごうとタイミングによるとかで」牛乳が勢いよくマグへはいる。

ケンバーの胸が高まる期待でうずいた。「とにかく、やっと物証が手にはいる。ほかにも何か聞いたらすぐに知らせてくれ。それが届いたら、また駐屯地へ行かなくてはならないだろう」

ふたりがお茶のマグを持って手前の事務室へ移ったちょうどそのとき、電話が鳴った。

ライトがそのベークライトの器具をつかんで受話器を耳に当てた。「スコットニー駐在所のライト巡査部長です……。わかりました、教えてください……そうですか……いくらで？……理由は？……ほんとうですか？　ひどい話だ……。知らせてくれてありがとう」

ライトは怒って受話器を叩きつけるように置き、ケンバーを見た。「トンブリッジの拘置所の巡査部長からでした。ウィンゲートをメードストン刑務所へ送るばかりになっていたのに、小治安裁判所の治安判事たちが本人の自己誓約書をもとに保釈を認めたそうです」

ケンバーは机を叩いた。「だがあの男は泥棒で、現行犯逮捕だったんだぞ」

「先方が言うには、戦時下なので制度の運用全体がやや及び腰だとか」

「やや及び腰？」ケンバーは信じられない思いだったが、腹に食らった衝撃は、これまでも裁判所が悪党を放免したときの、あまりにもなじみのあるものだった。「やつは何を提示した？」

「自宅と修理工場です」ライトが言う。

「盗んだガソリンは入れてないだろうな」

ライトが顔をしかめた。「ええ、でも裁判所はいまのところやつに取引をつづけさせています。やつにしてみれば生活がかかってますからね。こうして話すうちにも村へ帰ってきますよ」

「気にしてもしかたがない」ケンバーは言った。「あの男は自分が恐れている将校のことは言わなかったと思うが」

「ええ、言いませんでした」

ケンバーはお茶をひと口飲んで思案した。「われわれで少しこわがらせてみるしかないだろうな」

午前中のなかばに差しかかり、ケンバーが卵とガーデンクレスのサンドイッチの最後のひと口を本来食べるべき時間よりずっと早くに食べ終えたとき、駐在所のドアのそばでぎこちない物音が聞こえ、ふたり分の足が立てる音だとわかった。

ケンバーは期待をこめて立ちあがった。「ライト巡査部長、客を連れてきたか?」

「連れてきました、警部補」

「来てやったよ」ウィンゲートのくぐもった声が廊下から聞こえる。「だけど理由がわからない」

「奥へ通してくれ」

ケンバーはライトとウィンゲートにつづいて奥の部屋へはいり、三人は大きなテーブルのまわりにすわった。

「おれは逮捕されたのか?」ウィンゲートが訊いた。「あんたがおれに会いたがってるって、あんたの番犬はそれしか言わない。いま帰ったばかりなんだぞ」

ケンバーはウィンゲートの後ろの掲示板に貼った事件の写真とメモをながめた。「きみはいわば、警察の取り調べに協力しているにすぎない」

「あのなあ、警部補さん」ウィンゲートはあきらめのため息をついた。「おれは裁判まで自分の仕事をつづけるために保釈してもらったんだ。もどったとたんにすわってあんたと茶を飲んでるわけにはいかないんだよ。ここに引っ張ってこられるようなことは何もしてないんだからな」

ケンバーは視線を移してウィンゲートの顔を観察し、気持ちが揺れ動いているのを察した。ペンドリーにはハモンドとステイプルトンにプレッシャーをかけるように頼んでおいたから、こんどは自分が檻を揺さぶる番だ。

「供述によれば、きみはラヴィニア・スコットが殺された時間にその現場にいた」ケンバーはウィンゲートの顔からいっときも目をそらさなかった。

ウィンゲートは困惑しているらしく、虚勢がどこかへ消えている。「ちょっと待ってくれよ。おれが泥棒で、人殺しじゃないのはわかってるだろ」

ケンバーは口角をくいとあげ、わざとらしくならない程度に冷笑を浮かべた。「きみのふたりの共犯者は駐屯地のあたたかい独房にいるが、自分たちを脅したとかいうだれかのことで正気を失うほど怯えたあげく、尋問に屈したよ。残りはきみだ。どうしたものかな」

ウィンゲートの顔が目に見えて青ざめ、ライトとケンバーを交互に見る。「あのふたりから聞き出したんなら、おれに何を言わせたいんだ」

「きみの共犯者たちはまともなことをしたよ。もしきみが率先してだれが何をしているのを目撃したかを言ってくれたら、遺体安置所に三人の女性は置かれなかっただろう」ケンバーは掲示板に貼られたものをまたながめ、ウィンゲートの視線を無視した。ステイプルトンが崩れたときに――もし崩れたらではなく――ハモンドが話すのはまちがいない。ウィンゲートはかなり場数を踏んだ犯罪者だから、空軍の将校に脅されたぐらいであのふたりほど怯えるとは思えなかった。そう、つまり、殺人の罪で絞首刑になると思わせたほうが、この男が怖気づく可能性ははるかに高い。

「きみは聡明な男だ」ケンバーは話をつづけた。「善悪をわきまえ、法を知っている。ライト巡査部長の話では、また、きみの犯罪歴を読んだかぎりでは、押しこみ強盗にはいったとき、少しも人をこわがらせなかったそうじゃないか」ウィンゲートの頭がわずかにうなだれるのをケンバーは見た。「きみは人を傷つけるのがきらいなのに、今回はどうしたんだ？　何をしてこんなひどいことになったんだ？」

ウィンゲートの仮面が一瞬はずれ、乾いたクラッカーが喉に引っかかったみたいに、この自動車修理工が何度も唾を呑みこむのをケンバーは見た。

「はったりだ」ウィンゲートの目が細くなる。「あんたが何か知ってたら、もうあいつをつかまえてるはずだ」

〝おれを〟ではなく〝あいつを〟と言ったことにケンバーは気づいた。

「わたしの考えでは、きみはラヴィニア・スコットを殺した犯人を目撃し、共犯者たちはただの泥棒だ。また、ハモンドとステイプルトンを脅した人間ときみに警告した人間は同じだとも思う。しかしわたしの上司が早く事件に決着をつけろと迫ってくるので、わたしとしてはきみがガソリン泥棒だと考えないでもないが、結果を出すことにくらべればわたしの考えなど急速にどうでもよくなりつつある。だから、きみが殺人罪で絞首刑に、共犯者も反逆罪で絞首刑になったとしても、それはそれでかまわない」

ウィンゲートの顔に警戒の色がもどった。「あんたはおれを殺人罪で逮捕できない」

「きみはガソリンを盗んだあとで、教会の小道のほうへ行く時間がたっぷりとあった」ケンバーは言いながら、母親の口癖どおりプディングに卵を入れすぎたのではないかと心配になる。「裁判がはじまっても、わたしはきみが脅されていたことをだまっている。きみは殺人の共犯者になるだろう。実際の殺人犯を逮捕できなくても、きみの首をあげれば実績を残せる。お偉方からメダルをもらえるだろうな」口ではこう言っても、ケンバー自身こんな途方もない主張にだれかが引っかかると信じていなかったのだが、ウィンゲートの顔を見ると、どうやら効き目があったらしい。

「ぜったい言えないんだ、そいつの正体は。あいつは……おれを……」

「そいつはきみをどうするって？」

ウィンゲートがかがんで左のブーツを脱ぎ、二本の指を入れて中から抜き出したのは、平たく畳んだ汗染みのついた紙切れだった。それをテーブル越しに投げてよこす。

ケンバーは紙の端をつまんで広げ、凍りついた。片側にタイプされた文字はだまっていい、ろだった。

「だれがこれを渡した」ケンバーは鋭く質問した。

ウィンゲートは紙を指さした。「その字が読めないのかい？」

ケンバーは一歩踏み込むことにした。いままではウィンゲートが自分から殺人犯についての情報を差し出すのを——せめて犯人の正体をにおわせるのを——待っていたのだが、いまこそ強行に攻めて反応を見るべきだろう。

紙切れを前にして、テーブルを指で軽く叩く。「この手の紙切れをあとふたつあずかっている。ハモンドとステイプルトンがそれぞれ持っていたものだ。しかし、それでもきみに犯人の名前を言ってもらうしかない。そうしなければ、われわれはきみを守れないんだ。

きみがなぜダリントンをかばっているのか理解できないな」そこで間をあける。「あるいはマットフィールドを」

ウィングゲートは首を横に振り、怖気づいてはいるが餌に食いつこうとしない。「何もわかってないな」

ケンバーの胸中に焦りが渦巻いた。ウィングゲートは凶悪な殺人を阻止するための重要な情報を握っている目撃者だ。その反面、この男はとことん不正直なくせに、犯人になんらかの急所をつかまれて自分も被害者だと思っている。こんなやりとりを一日中つづけることもできるが、これ以上の証拠がなければ、そろそろウィングゲートを解放するべきなのはケンバーも承知していた。

「巡査部長」とケンバー。「ミスター・ウィングゲートを駐在所のドアまでお見送りしてくれないか。だがそこまででいい。あとは好きにするだろうから」

ウィングゲートはブーツを履き直して靴紐を結んだ。何か言いたげにケンバーのほうへ来たが、口を閉じて首を振ると、ライトにつづいて部屋を出た。

ライトはもどってくると、顎の下のひげの部分を掻いた。「本気でだれかを恐れているのはたしかですね。きっと駐屯地の上級クラスの人間ですよ。だれだかまるでわかりませんけどね」

〝わたしにもまるでわからない〟ケンバーは苛立ちをつのらせた。「犯人の指紋を本やメモから採取しても、それだけでは足りないかもしれない。リジーは犯人の顔を見ておらず、ウィンゲートは隠していることのほうが多く、凶器も血まみれの衣類も見つからず、あるのは火格子にあった焦げた作業着だけだ。それに、奪った身分証明書を犯人がどうしたかもわからない」ウィンゲートが通りにいるのが事務室の窓から見える。「ウィンゲートに言ったことは半分ほんとうだ。そろそろ結果を出さなければ、われわれはこの捜査からおろされる。メダルをもらうどころか、ヒツジ泥棒よりまともな事件は二度と担当させてもらえなくなり、これからは本物のスコットランドヤードが村中にはびこることになる」

しだいに激しさを増す空中戦とは無縁のまま地上待機をさせられ、ケンバーからもしばらく音沙汰がないのでリジーは落ち着かないまま、生活のすべてが日に日にあわただしくなっていった。朝食を食べたあと、リジーの気持ちはとりわけざわついていた。とはいえ、午前四時にはっと目を覚ましたときから、ダリントンやマットフィールドとの面会にまつわる何かに頭脳を刺激されてはいたが。

さいわいその後の犯人の襲撃はなく、フィズ以下ほかの隊員たちはまだ悲しみと不安の中にいるものの、粉々に壊れた集団の残骸からより強い同胞の絆がゆっくりと生まれようとしていた。リジーの場合、シャーリーの死を知った当初のショックは早くに消えたものの、まるで蹴られたあとのようにいつまでも胃が痛み、友人の死に対する自責の念が重くのしかかった。

リジーの頭脳は時間を度外視して働き、ケンバーが何をしているのか、捜査がどこまですすんでいるのかを知りたがっていた。リジーは窓の外を見つめ、とっくに冷たくなった一杯のお茶に口をつけ、ラウンジを行ったり来たりしながら立てつづけに煙草を吸った。それはほかに活動の場がないのを埋め合わせる手段だった。その手段に効果はなく、ほかのATAの隊員たちはその落ち着きのなさにいたたまれなくなった。

「そういうのを止められないわけ？」フィズが言った。安楽椅子に深く身を沈め、悲しみでまだ目を赤くしている。「見てると目がまわる。檻の中のトラみたいに歩きまわって。すわったらどうなのさ」

「それは悪かったわね」リジーはきつく言い返した。

フィズが笑ったが、空々しい笑い声だった。

ニーヴが本を閉じ、震える声で言った。「みんなで団結してこれを乗り越えなくてはいけないのよ。あなたの血圧が心配だわ。医者に診てもらったほうがいいんじゃない？」

「だいじょうぶよ」リジーは言い、だいじょうぶではないが、これぐらい笑えばじゅうぶんだろうとおざなりな笑みを見せる。「外で大変な事態になっているのにここに閉じこめられてるから、ちょっといらいらしてるだけ」

「あなたが言うようにみんないらいらしてるけど、わたしたちはカーペットをすり減らしたりしない」アガタが新聞のふちから顔を出して眉をひそめた。「煙草の吸いすぎよ。気分が悪くなるわよ」

ジェラルディンが組んでいた脚をほどき、流れるような動きでソファから立ちあがった。

「ラヴィニアが死んでから、この怪物の逮捕をみんなが強く願っているのは知ってます。全員が心配しているけれど、わたしたちはどうしようもありません。あなたにもこれ以上は何もできませんよ」

リジーは肩をやさしく抱かれるのを感じた。

「あなたが警部補に協力をつづけているのは知っています」

リジーはジェラルディンを警戒のまなざしで見た。

「心配しないで。それ以上は噂になっていません。でも、そろそろ身を引いて捜査の専門家にまかせる時期に来てますよ。それに、休まなくては。すわってなさい。新しい飲み物を持ってくるから」

「いえ、けっこうです。だいじょうぶなんです、ほんとうに」リジーは言った。

リジーの頭脳がギアをあげてきて、膠着状態を打開するためにいやおうなく彼女を突き動かした。新しい証拠が出てこないことが少しずつわかってきたので、難局を突破するのは自分しかいないとリジーは考えるようになった。脳みそを絞って策を練ってみたが何も思い浮かばず、こんなときは無意識を働かせるしかないのはわかっている。

「少し外の空気を吸ってこようと思います」

「ひとりにならないほうがいいのは知ってるでしょう」ジェラルディンが言った。

隊長の声は落ち着いているがきっぱりとし、学校の教師に似ていなくもない、リジーはそう思って無理に笑みを浮かべた。「わかってます。でも、庭園にいるだけですから。少なくとも犯人が活動するのは夜のあいだです。いまならじゅうぶん安全でしょう」

「それで思い出したけれど」ジェラルディンが全員に言った。「わたしはあの自称指揮官ともう一戦交える頃合いだと思います。ダリントン大佐が何人かのつまらない、いい、女どもを守れないという理由で、わたしたちが撤退させられるか狙い撃ちされるという不名誉を避けたいのであれば、大佐はわたしたちの保護のために即刻人員を増やさなくてはなりません」

リジーがラウンジを出ると、すぐにフィズはうたた寝をはじめ、アガタとニーヴは自分たちの読み物にもどり、ジェラルディンはたのもしい笑みを残してダリントンの執務室へ向かった。

リジーはゆったりした歩調を保ち、お気に入りの喫煙場所にしている庭園の突き当たりの塀へと、できるだけさりげなく歩いていった。空襲がさらに北のほう、テムズを越えたエセックスまで及んだという知らせがはいっていて、将校や職員が作戦区域へ急ぐのを少し前に見かけた。そのあと、マットフィールドとダリントンも歩いていき、直後に飛行中隊が緊急発進した。彼らは少なくともあそこに一時間はいるはずだから、邪魔がはいることはまずないだろうとリジーは思った。新鮮な空気を吸うふりをしてあたりを見まわし、そのじつ高射砲の射撃手が遠くからこちらを見ていないのをたしかめた。テラスは見通しがきき、庭園には自分しかいない。

孤独に満たされたリジーは塀に腰かけて煙草に火をつけた。自分の技能を使えば犯人についてじゅうぶんわかるはずだが、いま考えている危険なゲームで正気を失うかもしれなかった。けれども、仲間を助けるにはやるしかない。もう一度深く息を吸いこんで頭の中から日常の雑事を一掃したあと、肩の力を抜いて思念を犯人へ向け、迎え入れる体勢をととのえた。

煙草を二本吸ってから、ようやく茂みや生垣がぼやけはじめ、リジーの心は人には説明しようのない瞑想の境地へはいった。殺人犯の心に踏みこむのだと自分ではたびたび言うが、それは一面的な真実でしかない。ときには彼らを自分の中に呼び入れ、自分と相手の認識が絡み合うのをしばし想像する必要があるのはとっくの昔にわかっていた。心の中の視野の端にぼんやりと人影がただようのを見て思わず身震いした。これを脳裏に刻めば永遠に穢されるのをリジーは知っていた。相手が自身の一部を置いていくのを。自分も自身の一部を失うのを。

ケンバーが割れたビスケットの詰め合わせ半ポンド――一週間、夜のホットドリンクのお供はこれで間に合わせるつもりだ――を買ってもどったあと、ライトはヘルメットをかぶって村の巡回に出かけた。ふたりで決めたとおり、こんどはケンバーがスコットランドヤードからの手紙を待つ番なので、彼は奥の部屋に腰を落ち着けて興味のある新聞記事を拾い読みしてから、二度目は最初に読み飛ばした記事にくまなく目を通した。午前中、田舎の村のいつもと変わらない退屈な駐在所に、ときどき村人たちがひょっこりやってきた。ある者は大がかりな捜査の進み具合はどうかと遠慮がちに尋ねた。村の井戸端会議を不審な活動だと報告してくる者もひとりかふたりいた。暇つぶしに立ち寄ってケンバーを会話に引き入れようと無駄な努力をする輩も二、三人いた。郵便配達のコーコランが届けてくれたのは、決まりきった警察関係の郵便物以上に心躍る便りではなかった。村人たちのおしゃべりの奥深くには、自分たちの命は警察が——この男が——つかまえられない何者かの手中にあるという不安が横たわっていた。

さいわい、退屈と自信喪失でケンバーがまいってしまう前にライトが巡回からもどってきた。巡査部長はずんぐりしたパンの塊から分厚く二枚切り、食品庫から出してきた金属皿から、白っぽい脂で覆われた濃くてうまそうなゼリーをどちらのパンにもたっぷり載せた。「パンの肉汁載せはいかがですか、警部補。タプロー姉妹からの差し入れなんです」

ケンバーはためらわずにこの心遣いを受け入れ、牛肉の香りにさっそく唾が湧いてくると同時に、サンドイッチを食べてから数時間経ったのを腹が鳴る音で思い出した。

「おっといけない」ズボンクリップ（自転車走行中に邪魔にならないようにズボンの裾にはめるクリップ）をはずしていないのに気づいてライトが言った。腰をかがめ、ズボンの裾にしっかり巻きついた金属の輪をはずし、布地の皺を伸ばした。「近郊の農場まで自転車で行ってきたんですよ。いままでも時間があれば行こうと思ってたんですが、最近はいろいろいそがしくて……」残りのパンを容器へしまう。「正直言うと、少しは型どおりの仕事がもどってきてよかったですよ。顔を見せて世間話をし、われわれがまだここにいて職務をまっとうしているのをわからせ、だれかが不審なものを見たか確認する」

ケンバーはパンのふた口目にかぶりついたが、ライトは自分の分をテーブルへ運ぶ前にまず事務室へ行って電話に出た。ケンバーはじっくり噛み締め、濃厚な香りを楽しみながら、電話の内容について考えた。

電話を終え、ライトが奥の部屋に帰ってきた。「トンブリッジの担当巡査部長からでした。なんだかしきりに謝ってましたよ。例の手紙は予定どおりロンドン発第一便で届いたんですが、目を離した隙に、あなたがここにいるとは知らない者があなたの整理棚へ入れてしまったそうです。いまそちらへ配送中だから、すぐに着くとのことです」

ケンバーは面白くなかった。パンの最後のひと口と肉汁ゼリーを口に押しこみ、お茶で飲みくだして立ちあがる。「届かない手紙を待ってずいぶん時間を無駄にした。〝すぐに〟が警察のことばでどういう意味かは知っている。駐屯地へ行ってくる」

数分後、戸口に立ったライト巡査部長は首を後ろへそらし、低いうなりを立てるものが空にないか探した。遠くの空に白い網目状に残る戦闘機の煙の筋は、過労気味のイギリス空軍が今回も善戦した証だ。ケンバーの車のエンジンがかかり、彼がひとりの村人と話しているのが見えたちょうどそのとき、警察のバイク便が姿を現し、駐在所へ向かってきた。ドアのすぐ外でブレーキをかけた配達人は、革のバッグへ手を入れた。

「ケンバー警部補は？」

「あっちに――」

ほかにどうしようもないのでライトは配達人が差し出した包みを取り、いっぽう配達人は半円を描いてから、騒音をあげながら来た道をもどっていく。ケンバーのミンクスが教会を過ぎるのが見えたので、ライトは包みをあける時間もなく、ヘルメットをつかんで自分のウーズレーへと走った。

30

ケンバーは駐車場でブリティッシュ・レーシング・グリーンのミンクスを、空軍の青いベッドフォード・トラック二台のあいだに停め、領主館へ歩いていった。玄関ポーチから中へはいると、将校用食堂の給仕が大広間を横切ってきた。

「ちょっと失礼。ダリントン大佐かマットフィールド中佐に会うにはどこへ行けばいいだろう」

「おふたりとも作戦地区におられます。飛行中隊が飛んでいるので」

「ペンドリー大尉は？」

「わかりませんが、だれかに探しにいかせましょう」

「そこまでしなくてもいい」

「何かお持ちしましょうか」

「けっこうだ、ありがとう」

給仕が慇懃に会釈をしてから歩き去り、ケンバーの耳に女性の笑い声が聞こえたとき、給仕の姿がラウンジへ消えてドアが閉まった。ATAの宿泊所が主棟の二階にあり、将校の部屋が少し離れた東棟にあるのは知っている。階段を一度に二段ずつあがって廊下を急ぎ、大廊下で立ち止まって耳をすませた。

周囲にはだれもいない。ケンバーはためらった。

令状なしの捜索は、しかもそれが奉職中の空軍将校の部屋とあっては、自分の職を失いかねない違反行為だった。

指紋鑑定の報告を待つべきだったが、そもそも自分が勘違いしていたのではないかという不安がくすぶり、おのれの無能ゆえにリジーをこれ以上危険にさらすのは耐えがたかった。

カーペットが敷かれて一枚の床板もきしらない廊下を静かに進み、目的の部屋を見つけた。多くの警察官にとって、新米のときも、ときにはベテランのときも、法の順守と違反は紙一重だ。というわけで、ケンバーは施錠されている最初の部屋へすみやかにはいるために必要な技を心得ていた。

広々とした部屋の外見はほぼ予想どおりだった。小さなランプと空のグラスと灰皿がベッド脇のテーブルにあった。ひとつしかない抽斗にはひげ剃り道具、小銭、前日の新聞から破り取った解きかけのクロスワードパズル。下の棚に置かれた一冊の本をパラパラとめくるが、何も見つからない。整理ダンスの上に額入りの写真がふたつある。ひとつ手に取ると、それは空軍飛行学校時代の集合写真で、手を伸ばしたときに倒してしまったもうひとつは若い男の写真だった。ふたつとももとの位置にもどす。整理ダンスの抽斗には洗濯してアイロンをかけて畳んである衣類、空軍の制服と私服の両方がある。黒い靴が二足、黒いブーツも二足、きちんと整えられたベッドの下にきっちりと並んでいる。

あらためて失望がこみあげてくるが、衣装ダンスの扉をぐいとあけた。

「うわっ」

衣類用ブラシが床に落ちたので驚いて飛びのく。

ケンバーは深く息をつき、ブラシをもとにもどしてから、かかっているズボンと上着のポケットをすべて探る。そのあと、上部の棚と下のふたつの小抽斗を調べた。

収穫なし。

ケンバーは眉をひそめた。警察官の目に引っかかるものがまったくないのはめずらしかった。この男は国への奉仕に埋没するあまり、人生のほかの部分をすべてなくしてしまったのだろうか。捜査の手順を逆にたどってたしかめ、ベッド脇のテーブルで終える。

やはり何もなかった。徹底的にやらなければ気がすまないので、証拠が見つかりそうな場所はほかにないかと頭を絞った。枕の下を確認し、壁際のヘッドボードを指で押し、四つ這いになってベッドの下を覗く。床には何もなく、マットレスの下にも何も隠されていないようだ。舌打ちをして立ち、手を腰に当てる。飛行機のエンジン音が聞こえ、飛行中隊が戦闘から帰還したらしい。ケンバーは、危険を冒してまでもうひとつの部屋を急いで捜索する価値はあるだろうかと考えた。

「あなたはラヴィニアを切り刻み、彼女の美貌を台無しにした」リジーは静かに言ったが、ひとつひとつの場面を無理やり思い出すうちに呼吸が浅くなり、胸に鈍い痛みが走った。

煙草の灰が落ち、ぼんやりした人影は動かない。

「あなたはエミリーの子宮を奪った。命の揺りかごを」目から涙があふれ、とめどなく頬を伝い落ちるが、心の視野の隅で人影が近づいてくるなり心臓の鼓動が速くなる。

「あなたはシャーリーの心臓を奪った。心臓は愛の象徴で、あなたの母親は自分の心臓をほかのだれかに与えたから」

リジーは小首をかしげたまま、少しずつわかってくる。〝みだらなおこないで地上を堕落させたあの大淫婦を裁き〟聖書の一節だ。胸の奥に引っかかっていたのは憎悪の念ではなかった。それは愛の欠如だった。

「彼女は自分の心臓をほかのだれかに与えた！」そこで間を置いた。「そして、あなたには愛を与えずにいた。あなたの世界に愛は存在していない、いままでに一度も。女が男に誘いをかけてほしいものを手に入れるのはゲームなのよ。ひねくれた考え方だけど、でもあなたはそうなるのを見てしまった。ああ、そうね、ふたつの顔を持つトランプの絵札。こう言ったりああ言ったりの二枚舌でほしいものをもらうとどこかへ行ってしまう」

人影がふてぶてしい気配を帯びてくる。リジーはよろよろと立ちあがり、脈拍が速くなった。

「お母さんが大切なんでしょう？ あなたをほったらかしにして拒絶し、お父さんを追い払って恋人を迎え、あなたを無視し、あなたを責めた人が」

心の中の人影がリジーの前へ足を踏み出し、彼女は息を呑んだ。「だからあなたは空軍にはいった。そうすれば、固い絆で結ばれた信頼できる男たちの中にいられる。強い意志の男を見つけ、導いてもらい、守ってもらえる。あなたの弱い父親のように女にしたがう男ではなく、尊敬できる男。ほんとうの父親の代わりになる人間」リジーはあえいだ。「でも、もちろんそうはならない。そんな男が見つからないから、あなたは自分でなんとかするしかなかった」

その瞬間人影がすっと消え、リジーはそのときようやく顔を見た。

ケンバーがながめている部屋は、内装も備え付け家具も少し前にいた部屋と大差なかったが、こちらのほうが少し狭かった。華やかな飾り布から刺繡付きのカーテンが天井から床までさがり、壁紙は摂政時代風だ。それに合う柄のキルトがベッドを覆っていた。〝とても居心地がいいな〟とケンバーは思い、自分のつつましい家が放置され、いまはパブの二階のひとり部屋に住んでいるのを思い出した。統制のとれた整頓ぶりとふたつの額入り写真が――ひとつはイギリス空軍の練習機タイガー・モス、もうひとつは空軍の軍服を着た男たちの集合写真――ここが軍人の部屋であることを示していた。

ベッド脇のテーブルにページの角を折った本があったので見ると、低俗な探偵小説だった。ページをめくるが妙なところはない。小さな抽斗をあけると、小ぶりの新約聖書といっしょによくある身のまわり品、マッチ、爪切り、小銭などこまごましたものがはいっていた。この人物についてはだいたいわかっているから、ここでも執務室でもおかしなものは出てこないはずだと思ったが、捜索は徹底させなくてはならない。

衣装ダンスの中を調べ、見つけられるだけの抽斗をすべて確認したあと、ケンバーは引きあげようとドアへ向かった。そのとき、ベッド脇のテーブルの下の棚にある本をふと見てあることが思い浮かんだ。ベッドをまわりこんでもう一度抽斗をあけ、使いこまれた新約聖書をめくって凍りつく。ヨハネの黙示録十九章二節に鉛筆でアンダーラインが引いてあった。殺された三人の女性の口腔内にあった聖書の一節だ。

聖書を抽斗にもどし、もっと綿密な捜索に取りかかった。カーテンの下に指を走らせ、抽斗の下や裏側をさわり、何かテープでとめられていないかを調べる。這いつくばってベッドの下を覗き、衣装ダンスの天板と裏側を手でざっと探る。

指が何かをかすった。

もっと手を伸ばし、衣装ダンスの裏板にピンでとめられたポーチの中から、二冊の小さな帳面をなんとか取り出した。動悸が激しくなる。こんなことがあるだろうか。これは三人の犠牲者のためにこの男に法の裁きを受けさせる決定的な証拠なのだろうか。

帳面の表紙を開くとき、これから見るものを予想して呼吸が止まりかけ、最初に見た瞬間、顎が引き締まった。切断された犬の絵だった。ページをめくるにつれ、どのページにも同じように死んだ動物がすみずみまでびっしりとスケッチされていて、ケンバーの目は涙でかすんだ。しかし最悪だったのはつぎで、ケンバーは喉者にこみあげる胆汁を必死で抑えた。そのあとのページにはおびただしい数の女性が描かれていて、身の毛もよだつ殺害方法別に分類されていた。最初のほうはふつうの鉛筆を使った灰色の絵だが、ページが進むにつれ、ひとつひとつの絵にむごたらしい描写が赤鉛筆で加えられていた。

ケンバーは重苦しい気持ちで最初の帳面を閉じ、ふたつ目を開いた。表紙の裏にインクで記された題字できまりだった。黙示録のあの一節だ。

リジーが電話をかけにATA作戦司令室へ脇目もふらずに向かう途中、まぎれもないマーリンエンジンの響きが上空から聞こえた。スコットニー駐在所につないでくれと電話交換手に告げたが、だれも出ないとわかり、じれったくなって受話器を置いた。通信室で従卒を見つけ、ダリントンとマットフィールドがどこにいるか知らないかと尋ねた。その返事によると、作戦地区にいるのを最後に見たが、飛行中隊が帰還してからたぶんそこを離れたらしい。ペンドリーについて同じ質問をすると、彼は領主館へはずっと来ていないという。いまこそ機転が必要なのに、また胸が締めつけられるのを感じ、リジーは新鮮な空気を求めて急いで玄関ポーチから外へ出た。

ケンバーは二冊目の帳面の後ろのページに小袋が挟まれているのを見つけ、そこから三つの身分証明書、ラヴィニア・スコット、エミリー・パーカー、シャーロット・ローワン＝ピークのものが出てきた。そのとき鍵がまわる音が聞こえ、すでに解錠されていると知ってとまどう気配がドアの向こう側から伝わってくる。取っ手がまわり、ドアが音もなく開いたとき、この怪物の出入りが感づかれないように蝶番に油をさしてあったのだな、とケンバーはふと思った。拳銃の銃身がドアから覗き、ケンバーはポケットへ手をやって臍《ほぞ》を噛んだ。警察支給のウェブリーを駐在所へ返してしまった。拳銃の後ろに軍服姿の全身が現れたとき、ケンバーの意識はこれから起こることをめぐって空まわりした。ふたつしかない。殺すか、殺されるか。

一段と速くなる呼吸に悩まされながらリジーがあたりをながめていると、ライト巡査部長の巡回用の古ぼけたウーズレーが駐車場の砂利の上を猛スピードで走り、六十センチほどスリップしてベッドフォードトラックの隣に停まった。車からライト巡査部長が飛び出したので、リジーは階段を駆けおり、駐車場を突っ切って彼をつかまえた。

「あの人たちじゃなかった」息を切らして言う。

「はい？」ライトがとまどう。

リジーは身をかがめて窓から車内を覗いた。困惑する。「ケンバーはどこ？」

「まだ来てませんか？　わたしより早くに出たんですが」

胸騒ぎがリジーの心臓をつかんだ。「ダリントンじゃないって警部補に伝えなくては。

マットフィールドでもないのよ」

ライトが眉をひそめてリジーを見た。「そうなんですか？」

「あの人たちには信仰心がない」

「よくわかりませんが」

「よく考えてごらんなさい」リジーは体を起こして髪を耳にかける。「ダリントンにとって何より大事なものは国王と国家、大英帝国と伝統だけど、机の上の聖書は新品同様でした。皺ひとつなく、いままでに読まれた形跡が少しもありません。大佐は書類を押さえるのにそれを使っているだけでした」首を横に振る。「そして、マットフィールドは聖書を持ってさえいません」

「だからどうだっていうんですか？」

リジーはライトの口調から苛立ちを感じ取り、秘密を打ち明けるかのように体を近づけた。「ペンドリーは自分の執務室の机に聖書を置いていたけれど、それはくたびれてページの角が折られていました。毎日開いて教示を受けている者が使い古した聖書、深く信心しているか、それとも……」眉をあげてことばを止め、言わんとすることをライトが察するのを待つ。反応がないのでリジーはつづけた。「それとも、そこに書かれている特定の文言に心を奪われているか」

ようやくわかってきたらしい。「あの一節？」

リジーはうなずいた。「表面上は淫婦とありますが、本来は崩壊した世界について語られています。神が裁き、裁かれた者たちが当然の報いを受ける。ダリントンとマットフィールドは神を信じていません。前の大戦であまりにも多くの虐殺を目にしたので、それまで何がしかの信仰心を持っていたにせよ、それを失った」こめかみを人差し指で軽く叩く。「でも、わたしには何かが気になってしかたがありませんでした。深く掘りさげて考えれば、聖書のあの一節は愛の欠如とその結果を示しています。

ケンバーとペンドリーがダリントンとマットフィールドに質問する場にわたしも同席しました。ペンドリーはまったく動じていないように見えました。そして、将校たちとの会見を終えてわたしたちが彼の執務室にいたとき、彼は自分の聖書を邪魔にならないところへ慎重に動かしました。なぜでしょう。顕在意識レベルでは、彼は自分のものをだれかにさわられたくなかった。潜在意識レベルでは、わたしかケンバーがそれを手に取ってめくるという危険を排除したかった。たぶんあの一節にアンダーラインを引いてあって、そのことで自分の正体がばれるのを知っていた」

ライトが彼女を悩ましげに見る。「聖書をある者が使って別の者が使わないという理由では、上級将校を逮捕しにいけませんよ。頭がおかしくなったと思われて拘束されるのが落ちです」

リジーの頭は心臓の高鳴りと連動してずきずきと脈打ち、ゴムバンドを何度弾いても呼吸が短く荒くなっていく。「ペンドリーとケンバーの前にすわって協力を申し出たとき、わたしはふたりのボディーランゲージを分析してどちらの心情も見破りました。あれ以来気になっていたのですが、ペンドリーのボディーランゲージが全部ちぐはぐだったといまならわかります。彼はことばに気をつけ身振りを変えることで、ほんとうの気持ちを隠そうとしていたけれど、どんなにがんばっても、ボディーランゲージを長いあいだごまかしつづけることはできません」

リジーはライトが向けるうつろな表情の中に不安がくすぶっているのがわかった。

「それだけじゃない。ペンドリーはいつも守りが固かったけれど、わたしが犯人の話をするとよく不快そうにしていました。わたしが話しているのは彼自身のことだったからです。ペンドリーが小屋の中で〝犯人がやりとげたことを見るがいい〟とエミリー殺害について言い、エミリーのことは〝あの小屋の遺体〟と言ったのを覚えてますか？　彼はつかまるのはいやだけど、自分自身とその犯行を本人なりに考えた達成として認めてもらいたかったんです」

「それでも証拠がない」ライトが苦しそうに言う。

リジーはあまりのじれったさに両腕を大きく広げた。「ペンドリーはシャーリーの具合が悪いのを知り、軍医に何か処方するように頼みました。シャーリーからそう聞きました。彼女が鎮静剤を飲んで部屋にこもり、朦朧として動けないのをペンドリーは知っていました。また、彼はガソリン泥棒を理由にハモンドとステイプルトンとウィンゲートをさんざん脅しつけ、そのおかげでいつでも好きなときに駐屯地を出入りすることができました。それに彼は銃剣を手に入れることができました」

「しかし、ミス・スコットは犯人を引っかいたけど大尉に引っかき傷はなかった」ライトがそっけなく首を横に振った。

「いいえ、あったはずだけど、わたしたちは一度も見なかった」ライトが動こうとしないのでリジーはやけくそになってきたが、どこかの頭のおかしい女みたいに金切り声にならないようにつとめた。「わたしが襲撃されたとき革のにおいがしたことで気づくべきでした。彼は両手をずっと隠していた、というより、つねに手袋をはめていたのですが、シャーリーが殺されてからはちがいました。暖炉に焼け焦げた手袋の残骸があったのを覚えてますか？ 手袋にシャーリーの血がついたはずですが、そのころには傷が治っていたので手袋は必要ありませんでした」

リジーはライトが持っている封筒にはじめて気づいた。「何がはいってるんですか？」

「おっといけない、こんなにあわてて警部補を探していたのは……」ライトは蓋の部分を破ってホチキスで止められた薄い書類の束を出し、最初のページを見た。

「すべての証拠品にペンドリーの指紋があります」ライトが言ってうなずく。「聖書の切れ端、脅迫状、切り裂きジャックの本、ポスター、トランプなど」

空軍兵士の一団が領主館から出てきてベッドフォードトラックへ向かったので、ライトとリジーは脇へどいた。

リジーの中でさまざまな感情が渦巻いた。必要な先手を打つことができないことへの怒りと失望。自分のプロファイルが裏付けられたことへの安堵。ケンバーはどこにいるのかという心配。「これからどうするんですか？」

「とりあえず待つしか――なんだあれは！」ライトが急にことばを止めて指さすと、走り去ったトラックのあいだから現れたのは、ケンバーが駐車したミンクスだった。「警部補の車だ」

「あなたでしたか」ペンドリーが言った。ケンバーがそこにいるだけで疑惑が裏付けられたかのような口調だ。ベッドの帳面へ目を向け、一冊開かれているのに気づく。「そういうのをお好みですか、警部補」

「それほどでも」ケンバーは答え、ベッドから立ちあがった。「どちらかといえばラファエル前派が好みだな」

「すわっていてください」ケンバーがまた腰をおろす。「全部見たんですか？」

「じゅうぶんに」

ペンドリーはうなずいた。「継父の大切なペットです。彼の壊れた心がわたしへの褒美でした。あとは……」部屋へはいってきてケンバーに近づき、にらみつける。「ウィンゲートが吐いたんですね」

「じつはそうじゃない」とケンバー。「しかし、きみへ行き着くのは時間の問題だった。リジーははじめからきみのようなタイプが容疑者だと言ってたからね。きみがヴィッカーズと見まわりをしていたと嘘をつき、ダリントンとハートソンにわれわれを売ったとき、そのあたりで察するべきだったよ」

ペンドリーが冷たく笑った。「あのATAの雌犬なしではあなたは手も足も出なかったでしょうね。あの女は首を突っこまずにはいられず、あなたとライトのあとを子犬のようにつきまとった」

「だが、きみのことを見抜いただろう？」

「出しゃばりはじめたときに殺しておくべきでしたよ。こわがらせようとしたのに、それでも邪魔をした。あの女を殺したかった」ペンドリーが帳面へ顎を向ける。「そんなふうに」

ケンバーは思わず首を動かして開いた帳面を見たが、そのとたんに自分のまちがいに気づき、一瞬の痛みに襲われて闇が訪れた。

31

顔を叩かれ、ケンバーはあえぎながら意識を取りもどした。

「体を起こせ」ペンドリーが命じた。

ケンバーはなかなか言われたとおりにできずに、動いてもマットレスと同じようなあやふやな手応えしかなく、ふと気づくと、両手が後ろ手に縛られていた。左の頬がひりひりと痛み、頭の傷から出た真っ赤な血の染みがベッドカバーについているのが見える。動くと首の右側に何かごろごろしたものが当たり、糸か紐で縛って固定してあって、それが肉に食いこんでいるのがわかる。

頭をはっきりさせようと首を振ったとたん、鋭い痛みが頭蓋に突き刺さって後悔した。痛みにともなう吐き気がおさまったころ、ペンドリーへ目を向けるが、窓際に立つ姿がぼんやりと見えるだけだ。

「わたしがあなたなら気をつけるだろうな」ペンドリーが言う。「首についているそれは、マットフィールド中佐の机から失敬してきた卵形爆弾だ」

「どうしてこんなことを、ペンドリー。どういうつもりだ」ケンバーは言ったが、金気くさい血で口がねばついている。

ペンドリーはケンバーへ顔を向けた。「どういうつもりだ？」いぶかしげに訊き返す。「いやだなあ、わたしの前で気取る必要はありませんよ。あなただってあのＡＴＡの変人をはじめからきらってたんでしょう？　あの女が口を出して、われわれ警察官が知らないことを知っていると思いこんでつけあがるのを、あなたはいやでたまらなかったはずだ。あの女を捜査にかかわらせるつもりなど毛頭なかったんだから、最後までその方針を貫くべきだった。

女は生まれながらの嘘つきだ。狡猾で、不正直で、浮気ばかりしているペテン師だ。女は自分を抑えられない。家にいたら女から逃れるのは無理だ。あれをしてくれ、こんなふうにしてくれ、いつしてくれ、と四六時中言ってくる。妻というものは女の中で最悪だと思いませんか？　女は見えないところで男を笑いものにしている。浮気をして駆け落ちをし、楽しむだけ楽しんでからぬけぬけと帰ってくる。しつこく文句を言い、引っぱたき、殴ることだってあるが、あなたはやり返せますか？　いや、できない。なぜならあなたは男で、男は女を殴らないものでしょう？」冷たい甲高い声でペンドリーは笑った。

「男が女を殴る例も山ほどある」ケンバーは強くまばたきをし、視界が徐々にはっきりしてきた。

ペンドリーはうつろな目でケンバーを見た。「ちがうのは、女はそうしても許されるということです。それでは筋が通らない」

「きみの望みは帳尻を合わせることか？」時間を稼ごうとしてケンバーは言った。

ペンドリーは首を振って否定した。「女はウイルスみたいなものだ」

「そんなばかな」ケンバーがもう一度しばたたくと、視界がもとどおりになった。

「女とはそういうものです。どこかへ連れていきたいなら、ディナーをご馳走しなくてはならない。キスをしたければ、何杯か酒をおごらなくてはならない。セックスをしたければ、自分の自由か荷車いっぱいの札束を差し出さなくてはならない。女は毎日一日中自分を売り出していて、われわれはそれを買う大馬鹿者だ」

「女がみんなそうとはかぎらないだろう」ケンバーは顔をしかめた。「きみの母親はどうなんだ」

「母か」ペンドリーはあざ笑った。「父ががまんの限界に達すると、母はほかの男のところへ行った。数日ごとにちがう男と夜をともにし、彼らの感謝の品々が家中いたるところに置かれて汚れた染みのようだった。でも母にしてみれば、自分の人生がボート競技とキツネ狩りと遊猟会と豪華な舞踏会で満たされているかぎり、何をかまうことがあるだろう」首を横に振り、声が沈みがちになる。「子供は無垢ですよね。おとなが、責任があるはずのおとなが、子供を傷つけ、無視し、堕落させるまでは」

ケンバーはペンドリーに話をつづけさせ、考える時間を稼ぎたかったが、頭が割れそうに痛むのでむずかしかった。「母親なのか？　きみを堕落させたのは」

頭がおかしいのかと言わんばかりの目つきでペンドリーはケンバーを見つめた。「わたしを堕落させた？　まさか、母はわたしが何者か、彼女が何者か、それを示したんです。母はわたしにわからせてくれました。生やさしい教訓ではなかったけれど、わたしはよく学びました。教訓はやさしいものばかりではありませんよ、警部補」教室の子供に話しかけるような口ぶりでケンバーを見おろす。

「だからラヴィニア・スコットを殺したのか。彼女に教訓を示すために」

ケンバーはペンドリーの哀れみのまなざしを受け止めた。

「ATAが到着して、すべての均衡が崩れました。われわれの秩序、われわれの誠実さにとって、彼女たちは脅威です」ペンドリーは煙草に火をつけた。「何かをすることになるのは前からわかっていたが、こうなるとは思っていなかった。これほど……」ことばを探して言いよどむ。「……治療効果があるとは」そこを強調するかのように煙草を深々と吸いこんだ。「大変な仕事でもあった。素手で女を殺すのにどれほど気力と体力が要るか、あなたにわかるだろうか。じつを言うと、予想よりはるかに消耗しましたよ」

「はじめから計画していたのか？」

ペンドリーは残念そうに首を横に振った。「いいや、好機を利用したんですよ。母がいつもやっていたようにね。あの女がひとりで駅の外に立っているのが見えた。若くてきれいだ。計画まがいのものはあったと思う。いつも用意しているから。準備をしないことで失敗する準備をしている。これはベンジャミン・フランクリンのことばで、まったくそのとおりだけど、しかたがないときもある……柔軟にやるしかないときも。いやしい盗人《ぬすっと》のウィンゲートがあの婆さんの家からあわてて走ってきて、女を絞め殺したばかりのわたしを見たときもそうだ。わたしの拳銃を見て漏らしそうになっていた。しかし、銃を突きつけられた男はだいたいなんでも言うことを聞く」思い出して笑みを浮かべる。「やつは何も言わずに自分のつなぎを差し出し、泥のなかに膝をついてすすり泣きながら震えていた。わたしがやり終えたころになって、やつは事情を察した。わたしはやつの衣類にあの女の血をつけたから、やつを殺人罪で簡単に絞首台へ送れる。ほかのふたりも同じように役に立った。やつが口を閉じてハモンドとステイプルトンをしたがわせればいいだけだった」

「エミリー・パーカーとシャーロット・ローワン＝ピークもその場のなりゆきだったの

か？」ケンバーは嫌悪の情を隠し切れずにけわしい声で言った。

ペンドリーは楽しい思い出にひたるように微笑んだ。「いやだな、気を悪くしないでくださいよ、警部補。しかたがないでしょう。わたしの言うことなどだれも聞いてくれなかった。ATAの女たちは傲慢で自然に反していて、特権を持つ自分たちの足もとに世界中が深く頭をさげると思っている。女たちがここに来ずに、わたしが自分で作った居場所でだれにも邪魔されず、単純で気楽な日々をすごせていたら、わたしはこのままで満足していたでしょう。距離を置いていたでしょう。女たちはそれさえ許さなかった。浸食する黴《かび》みたいだ。すべてを穢していく」

「だからといって、あんなことまで……」ケンバーは必死でことばを探した。「どうしたらあそこまでできるんだ？」

ペンドリーが甲高い奇妙な声で笑い、ケンバーの頭皮がぞくりとした。「マットフィールドがダリントンの本を借りるのを見たとき、失敗しても罪を着せるスケープゴートがいるとわかった」

「きみは切り裂きジャックを模倣したんだな」とケンバー。「やはりそうか」

「模倣？　冗談じゃない！」ペンドリーは気を悪くしたらしい。「何ができるか、それは本来どのようになされるべきか、わたしは示したんだ。切り裂きジャックはただの素人だ。

考えが正しいのは認めるが、もっと大勢やれたはずだ」

「もっ、とだと?」喉元に怒りがこみあげ、ケンバーはうなるように言った。「きみは三人の命を奪い、彼女たちを愛する家族や恋人の人生をめちゃめちゃにしたんだぞ」

ケンバーはペンドリーが煙草をうまそうに吸うのを見守った。自分がなぜいまも生きているのか知らないが、ペンドリーが殺したければとっくに死んでいるはずだという点に望みをかけるしかなかった。生き延びる見込みが最も高いのは相手に話をさせておくことだったので、ケンバーは質問を探して必死で頭を働かせた。

「きみがダリントンに告げ口した時点で、すべての妨害工作がきみのしわざだと気づくべきだったよ。きみは遺族に連絡して話を聞くと言ったが、あまり熱心にはやらなかった。ダリントンとマットフィールドの軍務記録はかなりの部分が削除されていた。リジーがどうしようもないおせっかい焼きの素人だとわたしに思わせようとした。一時間かそこら女性たちを護衛するだけで、ビギン・ヒルからの応援も頼まなかった。それに、ハモンドとステイプルトンから何も聞き出せないのは当たり前だ。わたしの隣にきみがすわっていたんだからな」

ペンドリーは肩をすくめて笑った。

「まさかトランプや聖書の一節でリジーを脅すとは、合理的なきみにしては少し芝居じみたやり方だったんじゃないか？」

ペンドリーは顔を曇らせ、煙草の吸殻を灰皿で揉み消した。「あの女は異常者だ。平等と称した病弊を広めている。はじめは大学で、その後はここで。この捜査に割りこむ形で。まったくもって恥知らずだ」信じられないというふうに首を振る。

ペンドリーから感情をまったく欠いた目を向けられ、ケンバーは背筋が寒くなった。

「わたしのせいじゃない。悪いのはあの女だ。リジー、リジーのような女たち……たとえば母。あいつらはみんな淫売だ。あいつらがこうさせた。あいつらが」

ペンドリーは腰をかがめて視線を合わせ、まばたきもせずにじっと見つめてケンバーをたじろがせた。

「わかりませんか？　警部補。わたしは自分の意志に反して無理やりやらされたんですよ。あいつらがほかの道を選ばせてくれなかった。だから、これでわかったでしょう？　だれが真の犠牲者か。あいつらか、わたしか」

リジーとライトがベン・ヴィッカーズを見つけて一部始終を話すうちに、ヴィッカーズの表情はしだいに暗くなり、ふたりの部下についてくるように命じて領主館へはいっていった。一同が広間を突っ切って中央階段を途中までのぼったところで、ダリントンが階段の上に現れ、近づく一団に軍用のリボルバーを向けて怒鳴った。「そこで止まれ！」

リジーは混乱した。ダリントン？　自分がこんなまちがいを犯すとは。

「大佐？」マットフィールドが廊下の奥から姿を現し、拳銃のホルスターに手をやりながらダリントンの左側へ来た。

ダリントンは首をめぐらし、目を丸くしているマットフィールドへ目を向けたが、銃はリジーへ向けられたままだ。

「ああ、マットフィールド、きみか」マットフィールドに手招きをする。

ダリントンとマットフィールドのふたりが？　吐き気の波がリジーを襲い、胸が締めつけられて呼吸が速く浅くなる。いや、いや、いまはやめて。頭の中で懇願する。

ダリントンが一同へ向き直って憤怒《ふんぬ》でゆがんだ顔でにらみつけたとき、リボルバーは真っ直ぐリジーを狙っていたが、リジーは無理やり深呼吸をした。

ダリントンは割れんばかりの声で言った。「おまえたちのだれがわたしの部屋へはいった。わたしの持ち物を掻きまわしたのはだれだ」

「それはこいつでしょう」廊下からペンドリーが現れた。「銃を捨てろ」

「いったいなんの――？」その光景をとらえたとたん、ダリントンのことばが中断した。

ケンバーの姿を見てリジーの胃はひっくり返った。手が縛られ、首に手榴弾が固定されている。長い紐の端がピンに結ばれ、もう一方の端がペンドリーの手に巻きついている。反対側の手には、研ぎ澄まされた輝く長い刃の銃剣が握られている。酔っているかのようにふらつくケンバーを見て、やはりまちがっていなかったと知ったときの安堵は消え去った。後ろで騒ぐ声が聞こえるので、リジーがあえて振り向くと、ジェラルディン以下女性隊員たちと空軍の男たちが大声を聞きつけて、将校用ラウンジから出てきたところだった。

「銃を捨てて下へ行くんだ」ペンドリーが銃剣をちらつかせて言った。ダリントンとマットフィールドが怒りの形相でにらみつけながらしたがうそばで、ペンドリーは全員に銃剣を見せつけた。「さがってろ。さもないとミス・ヘイズのいとしのきみはきょう死ぬことになる」目立つように片手をあげて紐をぴんと張る。

「ばかな真似はやめろ、ペンドリー」マットフィールドがようやく口を開いた。

ペンドリーは高く冷たい声で笑った。「わたしを撃ったらピンを引き抜く。この男を取りもどそうとしたら、ふたりで死ぬ」リジーへ銃剣を向ける。「ATAが来たときからこうなるとわかっていた」

「もういいわ、ペンドリー」リジーが言った。「何が望みなの？」

「大尉と呼べ、三等航空士」ペンドリーが吐き捨てるように言った。「全員ここにいるように。きみはケンバーの車でわたしを分散駐機区域まで連れていくんだ。ヴィッカーズは電話をかけてオックスフォードの離陸準備をさせろ。わたしは乗りこんで準備ができしだい紐を離し、きみは英雄になる」

リジーはゆっくりと息を吐いた。「信じてしたがえばあなたが紐を離すという保証は？」

ペンドリーが見くだすような笑みを浮かべた。「ないね」

硬い表情でペンドリーを見つめているヴィッカーズのほうへ、リジーは振り返った。

「部下の警戒態勢を解いてこの人を車で連れていかせて。わたしひとりで」

「いい子だ」ペンドリーがはげます。「わかってるじゃないか」

ペンドリーがケンバーを小突き、ふたりは一度に一段ずつ階段をおりた。ペンドリーがリジーから目をそらした瞬間、リジーは何か重みのあるものがポケットにはいったのを感じ、ジェラルディンが〝静かに〟と言うように唇をすぼめて離れていくのが見えた。

ペンドリーとケンバーは階段をおりきったところで立ち止まると、歩いて正面玄関を出て玄関ポーチの踏み段をくだり、ケンバーの車へと急いだ。遠ざかるスピットファイアを追って最後のハリケーンがふたたび離陸し、聞き慣れた空襲警報が繰り返し鳴る。

「だましてるのか？」ペンドリーが鋭く言う。

「ちがう、空襲だ。何言ってるんだ」ヴィッカーズが驚いて叫ぶ。

「乗れ」

ペンドリーとケンバーが後ろに乗り、リジーは運転席にすわった。別の場所では、末端の職員たちがいつもどおりシェルターへ避難をはじめている。リジーはエンジンをかけ、タイヤをきしらせながら砂利の上で発車させた。

「速く行け」ペンドリーがぴしりと言う。「手が疲れてきたぞ」

リジーがバックミラーを見ると、ペンドリーが歯を剝いて満面の笑みを見せている。これまでペンドリーがそんなふうに笑うのを見た覚えがなく、その顔にぞっとした。どうやらペンドリーは死ぬのを恐れていないらしく、どんな脅しも効かないだろう。一気にケリをつけてしまいたいが、手榴弾のことがあるので、リジーは車を外周軌道に沿って走らせ、スピットファイアのそばにゆっくりと停めた。エンジンカバーがはずされていてもプロペラがまわっていて、エンジンの点検中だった。

ヴィッカーズの指示が伝わっていて、オックスフォードを駐機場から移動させてあった。言われたとおりに機体を走らせてきた整備士は、ペンドリーがケンバーを連れて飛行機へ向かう光景に眉をひそめた。リジーが整備士に手を振って警告を伝える。

リジーが後ろをちらりと見ると、空軍のオースチンと警察のウーズレーが外周軌道を疾走してきていたが、できることは何もなかった。

また胸が締めつけられてリジーはあえいだ。パニック発作が来る。だめ！　頭の中で叫ぶが、呼吸が速く浅くなる。お願い、いまはだめ。喉が詰まって息をしづらい感覚がはっきりとあり、過呼吸になっているのがわかる。ペンドリーにこの症状を誤解されて、女は心身が虚弱だからすぐにこうなる、と思われるのだけはいやだった。けれども、脳は思いどおりに働かなかった。脳は自分の流儀でことを進めたがり、いままで何度あったかわからない反撃のチャンスを邪魔してきた。縮みつづける輪の中で思考が堂々めぐりをするうちに、この状況から切り離されることを心が求めた。現実と向き合う前に心を閉じたほうが楽だが、そうするわけにはいかない。いまはだめだ。退行する意識のせいでケンバーを死なせるわけにはいかなかった。

リジーは破れかぶれでポケットを探り、ジェラルディンが入れてくれた飛び出しナイフを引っ張り出してボタンを押し、前へ進んだそのとき、ペンドリーの頭が操縦席に見えた。

それでもリジーが近づいていくと、ペンドリーが機体を発進させたので、紐が張ってケンバーが膝をつき、卵形爆弾のピンが抜けた。水平尾翼がケンバーの頭をすれすれにかすめると同時に、リジーは前へ飛び出して地面に倒れこみ、縛ってある紐を引っ張って下にナイフを滑りこませた。だれかが手榴弾だ！　と叫ぶ声を聞きながら、喉もとで切る。手榴弾がはずれ、リジーはそれを投げた。ケンバーがリジーを押さえつけて覆いかぶさると同時に、手榴弾が跳ねて駐機場へはいり、爆発した。

リジーが手で耳をふさいで耳鳴りを鎮めようとしているところへ、車が分散駐機区域へ押し寄せた。ヴィッカーズ、ジェラルディン、ライト、友人たちがドアから飛び出してきて、驚く地上要員とともに取り囲み、リジーとケンバーを助け起こした。リジーの強い不安はわれを忘れるほどの激しい怒りによって頭と胸から押し出されていたので、リジーはニーヴとフィズの手を振り払い、アイドリング中のスピットファイアのほうへふらつく足で歩いていった。

「装弾してある？」リジーは大声で訊いた。

驚いた様子で仲間に目配せした兵器係が言った。「はい、でも飛べませんよ。エンジンが不調で」

リジーは翼によじのぼった。「車輪止めをはずして」声を張る。

「でも――」

「やって！」操縦席に飛び乗るが、地上要員たちの目に疑念が見えた。

したがわないのかと一瞬リジーは思ったが、ヴィッカーズの一喝に整備士がはっとして動きだし、翼の下へもぐった。整備士が手を振ってふたたび姿を現すやいなやリジーはエンジンをかけ、スピットファイアはフラップとキャノピーがあいたまま前へ飛び出した。後ろからやめろという大勢の叫び声がするが、力強いマーリンエンジンとプロペラの音に掻き消された。

オックスフォードが向きを変えて離陸滑走をはじめる時点で、リジーはすでにスピットファイアの滑走速度をあげ、尾輪が地上から離れようとしていた。突然エンジン音が変わり、パワーが落ちて煙の筋がキャノピーの後ろへたなびいたので悪態をつく。飛べない機体を呪ったが、それでもあることを思いついた。右の後ろを振り返ると、オックスフォードが走り、双発エンジンが離陸へ向けて前進させているのが見える。

スピットファイアのエンジンから黒煙があふれてオレンジ色の炎が排気口のあたりをなめるのを尻目に、リジーは右の方向舵ペダルを踏んで右へ進路を取った。オックスフォードがスピードをあげ、大型のタイヤが芝の飛行場を離れたとき、互いの距離が急速に縮まった。

リジーはオックスフォードがあと少し上昇して照準器の正面を通るまで待ち、発射ボタンを押した。スピットファブイアを振動させながら、八挺のブローニング機関銃が・三〇三の弾を連続発射し、弾はオックスフォード先端のやや後ろから尾部に向かって命中した。被弾した穴が見えて破片が飛んだが、あきれたことに機体は上昇しつづけた。

「どうなってるの！」リジーは叫んで撃つのをやめ、操縦桿を離した。たくさんの叫び声の中で、だれかの手が制服を引っ張っているのに気づき、リジーは操縦席から引きずりおろされるにまかせた。そして消火係がさっそくエンジンケースに消火剤を吹きつけるのをよそに、炎をあげているスピットファイアから早々に離れた。すぐに警察車両のウーズレーがやってきて、車内からケンバーとライトが飛び出した。

「あれだ」ライトが飛行場のはずれのほうを指さした。

全員の頭がオックスフォードへ向くと同時に、機体は急上昇した。遠くからでも機体は震えているように見え、やがて左の翼がさがって左エンジンから白い煙が流れた。ペンドリーが機体を水平にもどして持ち直したかに見えたが、こんどは炎がエンジンをむさぼり、黒煙があふれ出た。火はまもなく翼全体を包んで胴体をなめ、オックスフォードは急降下した。

「だれかパラシュートが見えたか？」ライトが目に手をかざして訊いた。

「低すぎる」ケンバーが言った。「開くにはまったく間に合わない」

リジーがずっと見ていると、オックスフォードの急降下がおさまり、燃えさかるエンジンがうねる煙をあとに残した。白いパラシュートの傘が見えなくてもリジーは何も感じず、ペンドリーが乗った飛行機は木々の梢《こずえ》をかすめて消えた。数秒後、煙の大波が空を暗くした。

「あそこから生還できる者はいないな」ライトが言った。

リジーが油から出た黒い煙をなおも見ていると、オレンジ色の火の球が光った瞬間、機体の燃料タンクが爆発し、一秒後に爆発音が聞こえた。そのときやっと、ほんのかすかな笑みがリジーの唇によぎった。と同時に、安心したせいで、ここ数日の緊張から来る疲労の波が押し寄せ、リジーはまばたきで涙を押しやった。何かとてつもないことが起こって、いままで知っていた世界が変わったかのように感じた。ペンドリーは、スコットニーの切り裂きジャックは、死んだ。大尉以外の言い方であの男のことを考えたのははじめてだった。スコットニーの切り裂きジャック。そう考えることで、仕事上の関係で知っていた男が別のカテゴリーの人間へと移行した。殺人鬼のレッテルを貼られた男へ。

大学時代と犯罪心理学を研究していた時代全般にわたって、リジーは犯罪者の心の中を覗き、その人間になりきって実地検証することができた。そしてそれぞれの調査が終わったあとは、研究対象を非人格化し、彼らがしたことから距離を置かなくてはならなかった。自分の健全さを保つにはそうするしかないからだ。リジーはエドモンド・ロカール博士の交換原理について読んだことがあった。それによれば、人間でも場所でも、すべての接触には法医学的な痕跡が残る。また、それと同じように、多くの人間が自分の属している共同体の特徴を何かしら身につけているのもリジーは知っていた。特定の雰囲気、癖、時間をかけてなじんだ習慣。

リジーと殺人犯にも同じことが言えた。彼らの心の中で過ごすほど、彼らの何かが彼女を汚し、彼女がより多くの自分自身を置き去りにする可能性が高くなる。リジーはばかではない。このままつづけていくなら、一定レベルの心理的汚染が、根源的なものも含めて避けられないのは知っていた。古いことわざがある。〝盗人をとらえるには盗人を使え〟。そして、彼女は人殺しを殺した。

アガタがオースチンのドアをあけるのと、ヴィッカーズがウーズレーの隣でブレーキをかけるのは同時だった。彼女はケンバーとライトが後ろへさがるのに目をとめつつも、フィズやニーヴやジェラルディンといっしょにせわしなくしゃべりながら出てきた。

「あんなばかなことをして」ニーヴがきつい声で言った。

「勇敢だけど、ばかね」アガタが肩をすくめて認めた。

フィズはリジーに少し笑って見せた。「まさかここまでやるとはね」その声には賞賛が混じっていた。

友人たちに囲まれて、リジーはライトに支えられてやっと立っているケンバーを見やった。彼は首をさわっていて、リジーがつけた浅い切り傷から血がにじんでいる。そのあと下を向き、脚がゆっくりと崩れた。彼の左脚のズボンが血で黒っぽく濡れているのを見て、リジーは叫び声をあげた。頭が痛みとパニックでずきずきしたが、リジーは友人たちを押しのけ、助けようとしてかがんだ。ネクタイの曲がり具合に集中しようとする愚かな意識に反撃し、首からネクタイをはずして止血帯にしてから、怪我人を車に乗せるのを手伝ってくれと大声で言った。

32

ペンドリーの以前の執務室で、来客用の椅子の端に腰かけているケンバーを見て、リジーはなぜか決まり悪くなった。ケンバーのズボンの片脚部分が切り取られていたが、太腿は野戦用包帯と分厚い絆創膏《ばんそうこう》で隠れて見えない。ヴィッカーズがペンドリーの椅子にすわり、ライトがそばに立って受話器を耳に当てていた。

「警部補はだいじょうぶでしょうか」リジーは尋ねた。

軍医のデイビスが診療用鞄を閉じた。「手榴弾の破片が脚に二カ所当たった。そこそこ出血したんだが、ここを出る前に上司に電話をかけるから、応急処置にしてくれと言われてね」ちらりと笑みが浮かぶ。「モルヒネを投与したから、少し眠くなって余計なことを口走るだろう」

「頭が朦朧としているかもしれないが、まだ意識はあるじゃないか」ケンバーが言い返す。

リジーはケンバーの目を見て、痛みと疲労を読み取り、自分のせいだと思った。「ごめんなさい」何よりもまず気を落ち着かせたくて、リジーは手首のゴムバンドを弾いた。

「なんのことだい」ケンバーが言った。リジーの心臓が高鳴る一方、ケンバーは脚を動かして顔をしかめた。「わたしは大変な窮地に陥っていた。きみは助けてくれようとしたんだから、わたしは感謝するべきだ」

「その必要はありません」目を合わせないようにしてリジーは言った。

「そんなことあるものか。特定すらできない殺人犯の心理的プロファイルなどという話をされたとき、わたしはきみの頭がおかしいか、少なくともだれかにまどわされていると思った」

リジーは頬が熱くなるのを感じた。それよりはまともに評価されていると思っていた。

「はじめからきみの意見に耳を傾けるべきだった」ケンバーがつづける。「きみにはきちんとした学歴があったが、それでも……」

「あなたはスコットランドヤードの警察官で、わたしはただの女」リジーは彼がひるんだのを見て、すぐに後悔した。

「こう言おうとしてたんだ。だれもきみの手腕について聞いたことがなく、もちろん理解もできなかった。それでも、自分がまちがっていたのは認める」

「警部補」ライトが声をかけた。「警部とつながりました」

「われわれは外で待ちましょう」ヴィッカーズが言い、一同を執務室から追い払った。

ケンバーは受話器を耳に当て、ハートソンの長広舌を聞いていた。

「……だからふざけるものたいがいにしろ、ケンバー。事情はどうあれ、加害者を失うのは困る」

「おっしゃるとおりですが警部、われわれは最後に正しい結果にたどり着きました」

「正しい結果だと？」怒りで真っ赤になったハートソンの顔がケンバーの目に浮かぶ。「ペンドリーは死んだかもしれないが、警察署長とケント州民が求めているのは裁判と有罪判決だ。正義はなされるだけでなく、なされるのが見えなくてはいけない」

「撃ち落とされて生きながら焼かれるのは自然的正義にかなうと思いますが」

「人員不足でなければ、傲慢な態度を取ったかどできみを懲戒処分にするところだ」ハートソンが怒鳴った。

「ありがとうございます、警部」感謝されてハートソンがとまどったとわかり、ケンバーは話を進めた。「ウィンゲート、ハモンド、ステイプルトンの三名は洗いざらい話すと約束したので、ペンドリー関連の全供述だけでなく、ガソリン泥棒の有罪も確定ですよ」

「不幸中の幸いだな。きみはその連中も逮捕できなかったかもしれないんだぞ」

ケンバーはあやうくせせら笑うところだった。「約束しますよ、警部。次回応援要員が必要なときはお知らせします。残忍な連続殺人鬼をつかまえるために徹夜で監視するときや、首に手榴弾をくりつけられたときにはかならず」反撃するハートソンのわめき声にケンバーはたじろぎ、鋭い痛みが脚を貫いた。「すみません、警部。そろそろ病院へ行かないと。また連絡します。わたしならあまり心配しません。警部はこんどの幹部夕食会で警察署長のご機嫌取りをしてくださると思ってますから」

ケンバーは受話器を置いて、憤激したハートソンの叫びを断ち切ったが、その声は最後に通話がかちりと切れるまで受話器から響いていた。

リジーとライトとヴィッカーズは外の玄関ポーチをおりたところで待ち、そこへデイビスがケンバーを助けながらやってきた。空軍の救急車、青い艶やかな車体が後ろのハッチをあけて駐車場で待っている。

ケンバーがヴィッカーズに微笑んだ。「警部の下品なことばでここの電話が溶けてしまわないといいんだが」

ヴィッカーズが声をあげて笑った。「また上役を怒らせたんですか？　面白い。はじめて会ったときは反骨の人に見えなかったのに」

「モルヒネが効いたのと、ひどい夏だったせいかな。だが幸運がつづきそうだ。ある捜査の結果がわかるまでわたしは処分保留の身でね」

ライトが小声で悪態をつき、すぐにわびた。「悪いことにはなりませんよ、警部補。これだけの働きをしたんですから」

「いずれにしても休みが必要だな」ケンバーは絆創膏をなでたが、刺すような痛みが脚に走り、あとから後悔した。

ヴィッカーズは手を差し出し、ケンバーと握手を交わした。「お世話になりました。正直言って楽しかった。単調な日常を打ち破るのが連続殺人事件だったのは残念ですがね。結果がどうなろうが、いつでも歓迎しますよ」

「いっしょに仕事ができてよかったよ、曹長」

「ベンと呼んでください」ヴィッカーズがケンバーの手を離す。「心配要りませんよ。息子さんと娘さんには伝えておきますから」

「ありがとう。傷が治ったらいっしょにビールを飲もうじゃないか」

「いいですね」ヴィッカーズが後ろへさがった。「そろそろお別れです」ライトへ目を向ける。「さあ、巡査部長、仕事だ。いくつか供述調書を作成しよう」

ふたりは踵《きびす》を返して玄関ポーチの階段をあがり、領主館の中へと消えた。ディビスは診療用鞄を持って、救急隊員に説明するために歩いていった。

リジーは彼らのやりとりを口もとに笑みを浮かべて静かに礼儀正しく見守っていたが、いざ自分の番になると急にぎくしゃくしてきた。目と目が合うと、まるでちくりと痛むかのようにふたりともあらぬほうを向いた。心臓が高鳴り、舌が二倍の大きさになって、話さなければならないのになかなかことばが出ない。

ケンバーは救急隊員の呼びかけに手をあげて応えた。「ベンに言った申し出をきみにも言いたい。一杯飲むのでも、ランチでも、ディナーでも、なんでもいい。わたしはトンブリッジへ呼びもどされるだろうが、そんなに遠くないし、しゃれたティールームやパブも少し知っている。まだ職についていればだが……もしそうなら、リジー、きみが必要になるかもしれない」

「どうでしょう」

ほんとうは〝そうなったらすてきね〟と言いたくて、ケンバーにキスとハグをしたかったのに、リジーはパニック発作が起こる明らかな兆候を察知した。胸の動悸が激しくなって冷や汗が背中から噴き出したとき、自分にこういうことをしてくる心と体の頑固さにやりきれなくなった。いつになったら、神経質でしどろもどろでびくついたでくのぼうにならずにだれかと親しくなれるのだろう。怪物に立ち向かい、危険な領域へ飛行機を飛ばせるのに、なぜ好きになった男に話しかけられないのだろう。

地面に貼りついた視線をなんとか動かそうとしたとき、突然ケンバーの唇が頬をかすめ、キスが贈られた。リジーが顔を見るなりケンバーはふらつく足でさがり、目まいと混乱のさなかにあるようだ。妻に蹴り出されたにしても、彼はまだ既婚者だ。その痛手はけっして克服できないかもしれず、今後もリジーは自分の心身の苦痛を完全には制御できないだろう。それでも、心臓の高鳴りはおさまらなかった。

「も……もう……行かないと」ケンバーは口ごもり、待っている救急隊員のほうを親指でさした。

〝もう、いまいましいったら〟彼女は腹にたまった不安の塊と闘った。ちゃんとしたキスがほしくて身を乗り出しかけるが、ケンバーがすでに後ろにさがっているところだったので、ぎこちないうなずきと笑みでごまかした。

ケンバーはされるがままになって救急車に載せられた。ストレッチャーに仰向けになったとき痛みで顔をしかめるが、これ以上のモルヒネの投与はことわる。リジーは別れの挨拶に手を振られたので自分も手を振り、閉じる扉がこの先の試練から彼女をさえぎった。

彼についてわかっているのは、簡単にあきらめる人ではないということ。

ベルを鳴らしながらタイヤが砂利の上できしり、リジーは空軍の救急車がカーブして領主館から遠ざかっていくのを見守った。白地に赤の十字がシーツにこぼれた血を思わせた。

著者注

二〇一六年十一月に、ケント州セブノークスに近いショアハム航空機博物館を訪れたとき、まさかそれが人生の転機になるとは思っていなかった。そこには驚くほど感じのいい九十三歳のご婦人がいて、自分からやってきて雑談の相手をしたり、自身が描いた絵の印刷にサインをしたりしていた。小さな人だかりが去ったあと、わたしはそのご婦人と半時間ほどふたりきりで話す機会を得た。そして、彼女が語る話のなんとすばらしかったことか。ジョイ・ロフトハウス（一九二三―二〇一七）は弱冠二十歳で補助航空部隊《ATA》の一員として一九四三年に数々の軍用機を輸送したのだが、わたしは本人の目のきらめきと思い出を語る様子から、当時彼女が一瞬一瞬を大切に生きて、いまもなつかしく思っているのがわかった。この短い出会いが物語の種子となり、つづいてメイデンヘッドの補助航空部隊博物館へ足を伸ばすことになった。そしてこれがきっかけで、ＡＴＡのヒロインたちが書いた本と彼女たちについて書かれた本を大量に読んだ。彼女たちは戦闘機スピットファイアや爆撃機ランカスターを、男たちに少しも劣らず飛ばせることを証明した。探偵役を助け、捜査に重要な役割を持つ人物として、リジー・ヘイズが形を取りはじめた。

その後わたしは実在する非凡な女性ベアトリス・エッジェルを偶然見つけた。彼女はイギリスで女性としてははじめて心理学の博士号（一九〇一）を獲得し、心理学の教授に任命されて（一九二七）ロンドン大学ベッドフォード校で二十五年間教鞭を取った（一八九八―一九三三）。犯罪プロファイラー及びケンバーと対等のパートナーとなるリジーの指南役として、これほどの適任者はいないだろう。

よく知られた神話とちがい、戦時下のイギリスは一致団結してはいなかった。*Crime in the Second World War*（Sabrestorm, 2017）の中で著者ペニー・レッグは、一九三九年から一九四五年までの犯罪発生率は五十七パーセントと驚異的にあがったと述べている。殺人事件だけでも一九四一年から四五年までに二十二パーセント上昇した。個人、組織化されたギャング、十代の不良グループ、イギリス軍と連合軍の人間（十万人の脱走兵も含む）が完全な灯火管制と戦時の混乱を最大限に利用したのである。

わたしはバトル・オブ・ブリテンがはじまったばかりのケント州の空軍駐屯地を舞台に、ATAの女性を狙う連続殺人の話を書いているとき、物語がはじまったまさに同じ日に、スコットランブレンチリー教会区で被害者三名の殺人事件が発生していたのを発見した。

ドヤードのピーター・ベヴァリッジ警部と有名な内務省の病理学者サー・バーナード・スピルズベリーが捜査に派遣され、トンブリッジの地元警察が総動員された。検死解剖はロイヤルタンブリッジウェルズに近いペンベリー病院でおこなわれた。

一九七〇年代まで、何人もの人間を殺した者は犯行の時間枠にかかわらず、刑事司法制度とメディアでは大量殺人犯《マス・マーダラー》と呼ばれていた。一九七四年に〝連続殺人犯《シリアル・キラー》〟ということばをはじめて使って定着させたのは、FBIプロファイラー兼捜査官のロバート・レスラーだと言われている。時間を空けて連続殺人を犯す者を意味し、一度につぎつぎ殺す〝スプリーキラー〟の対語として使われた。リジーは時代を先取りしているので、〝連続殺人者〟という自分なりのことばを作って現象の説明をした。

トンブリッジとロイヤルタンブリッジウェルズの南東にあたるランバーハースト村に近い、ケント州でも風光明媚《めいび》な場所にスコットニー城があり、わたしはその地方で長年ハイキングをしてきた。文学上の目的で、残念ながらこの一帯の実際の地理をゆがめて伝えたが、架空の村（多くの実在の村に基づいている）と空軍駐屯地（これもいくつかの混合だ）はスコットニー城の東側の地域、パドック・ウッドとホークハーストを結ぶ、かつてあったがいまは廃線となった鉄道支線のそばにある。

調査を進めるうちに、多くの興味深い事実が見つかった。たとえば、フランシス・ラッテンベリー事件とブライトン・トランク殺人事件は実話であり、『切り裂きジャック、あるいはロンドンが恐怖の中を歩んだ時代』（*Jack the Ripper or When London Walked in Terror* by Edwin T. Woodhall (Mellifont Press Ltd, 1937) も実在の書物である。ダンケルクからの撤退以降、イギリスは侵攻の脅威にさらされ、徴兵された兵士は小銃を扱えれば体の大小や体形は二の次だった。登場人物のフレディー・ステイプルトンはイギリス軍支給の眼鏡をかけているが、それは戦後の国民保険サービスで提供され、あのジョン・レノンもかけていた眼鏡に似ていただろう。はずれないように眼鏡のつるが耳全体にまわり、ガスマスクの下でも装着できるように考えられていた。

そして最後にイギリス人の最大の関心事――天気だ。一九四〇年の八月と九月はバトル・オブ・ブリテンの真っ最中であり、あたたかくて晴れの日が多かったのはよく知られている。しかしながら、物語の時期はかの空中戦の初期であり、七月の天気は極端に不安定で、気温が低く雨が多かったうえ、激しい雷雨もたびたび見舞われた、と気象庁の記録が示している。

謝辞

著者も小説も、無傷のまま日の光を浴びることはまずない。どちらもピンボールの台にいるみたいに跳ね飛ばされてから何かが輝く。わたしが大志をいだいてからついに出版にこぎつけるまで、知ってか知らずか助けてくれた人たちがあまりにも大勢いるので、すべてを紹介することはどうしてもできない。ここに名前があってもなくても、わたしがかぎりなく感謝していることをどうかわかっていただきたい。

まずはじめに〈ブルー・ペンシル・エージェンシー〉（BPA）のエマ・ヘインズとサラ・ザレ、二〇一九年BPA第一長編賞の審査員をつとめたネル・アンドリューとベス・アンダーダウンへ感謝をささげる。このコンペティションがなければ、わたしのすばらしいエージェント、ネルと出会うことはなかっただろう。ネルはわたしの作品に価値を認め、わたしに賭けてくれた。これに加えてレイチェル・ミルズ、アレクサンドラ・クリフ、シャーロット・バウワーマン、そして〈レイチェル・ミルズ・リテラリー〉のみなさんにも感謝を。ジャック・バトラー、ヴィクトリア・ハスラム、ジリアン・ホームズ、ジル・ハービー、ジェイン・スネルグロヴ、ドリー・エマーソン、そして〈トーマス＆マーサー〉と〈アマゾン・パブリッシング〉のみなさんにも深い敬意を。

作家気取りからほんとうの作家志望者へとわたしをステップアップさせてくれた、〈カーティス・ブラウン〉ライティングスクールのみなさんにお礼を言います。アンナ・デイビス、ジャック・ハドリー、ケイティ・スマート、ノラ・パーキンス、わたしたちの卓越した個人指導教員シャーロット・メンデルソン、そして同じ講座の仲間マリカ・ブラウン、リジー・メアリー・カレン、マット・カニンガム、ボニー・ガルムス、ミシェル・ガレット、サイモン・ハードマン・リー、ヤスミナ・ハテム、ネス・リヨンズ、ロージー・オラム、マーク・サプウェル、イアン・ショー、メラニー・ステイシー、エリオット・スウィーニー、カウザー・トゥラビ。あなたたちの激励と洞察は（そして半額サービスのカクテルの集いも）これまでも、これからも、貴重な宝だ。（わたしにはマティーニを！）

古い学友とハイキング仲間へ。ピーター・アトキンソン、コリン・バーウィック、そして故ジェームズ・コーコラン、田園地方の散策を楽しもうとしながらも執筆関係の議論にしょっちゅうつき合い、草稿を批評してくれてありがとう。きみたちは手加減しなかったが、それこそわたしが必要としているものだった。

内務省時代の同僚であり三文文士仲間でもあるロバート・ボスコットに大きな感謝を。彼のはげましがなかったなら、わたしは夢をあきらめていたかもしれない。書きつづけろ、ロバート。きみの物語は面白くてユニークで、世に出るだけの価値がある。友よ、つぎはきみの番だ。

警察史研究家及び元ケント州警察警視のロイ・イングルトンに感謝をささげると同時におわび申しあげます。多くの助言をあおいだあげく、小説に取り入れるときにはこだわるのをやめてしまいました！　警察関連の記述で誤りがあれば、全責任はわたしにあります。

最大の感謝を愛する家族にささげなくては。妻ジェインと娘のローラとホリー、そして母メイビスは、わたしが長時間書き物机にしがみついているのを見て、場面の転換や性格描写などについて際限なく話すのにがまんしてつき合ってくれた。また、わたしは弟のスティーヴンを妻のカースティと娘のベリシアから突然奪っては、第二次世界大戦の国内外の戦場跡やイベントや博物館へのドライブ旅行へ何度も連れ出した。

最後に、わたしの旅路の両端にいる大事なふたりのことを述べたい。ひとり目は故ジョイ・ロフトハウス。ATAの飛行士であり、リジー・ヘイズの源泉だ。あなたは文字どおり会って楽しい《ジョイ》人で、わたしはあなたの身の上話を聞くのが大好きでした。ふたり目は、わたしが教わったランフランク・ハイスクールの国語教師ミスター・ソーヤー。いつかは作家になるかもしれない種をまいたのは、あなたのたゆまぬはげましと、わたしの物語を面白そうに聞いてくれた日々でした。時間がかかりましたが、先生、どうもありがとう。

訳者あとがき

第二次世界大戦がはじまった翌年の一九四〇年夏、イギリス南東部の農村地帯、スコットニー村の空軍駐屯地に女性飛行士の一団がやってきた。彼女たちは空軍の後方支援を目的とする民間組織〈補助航空部隊《ＡＴＡ》〉に所属し、軍用機輸送のために派遣された。出自はさまざまだがいずれも高度な飛行技術を持ち、ドイツの侵攻を食い止めるために命をかける覚悟を持った女性たちだ。しかし、駐屯地での着任の挨拶もそこそこに衝撃の事実が知らされる。一日早く村に到着した隊員のひとりが惨殺体で発見されたという。

ＡＴＡ隊員のリジーは機体の輸送任務をこなすかたわら、犯人を探し出して殺された仲間の無念を晴らそうと決意する。じつはリジーは大学で犯罪心理学を専攻したのち、凶悪犯の心理を調査研究してきた実績があり、事件の犯人像を推定することで捜査の役に立てると考えていた。しかし、地元警察のケンバー警部補は従来どおりの手法を重んじ、リジーの申し出を小娘の妄言として一蹴する。ところが、リジーが危惧したとおり惨劇は一度では終わらなかった。犯人の狙いは？　つぎの標的はだれなのか……

一見のどかだが着実に戦火が忍び寄るイギリスの農村と、その村に隣接する空軍駐屯地を舞台に、物語はリジーとケンバーのふたりの視点で交互に語られる。

リジーは上流階級出身で、飛行士であると同時に犯罪心理学の研究者でもあり、当時の女性としては異色のキャリアの持ち主だ。論理的な思考能力にすぐれているが、子供のころから強迫神経症に悩まされていて、それが日常生活や人づきあいの支障となっている。ケンバーはスコットランドヤードから地元警察へ出向してきた叩きあげのベテランだが、一本気な性格ゆえに上司との衝突が絶えず、出世は絶望的、しかも仕事一筋で家庭を顧みなかったため妻に離婚を宣言されて自宅から追い出されたという、公私ともに情けない境遇にある。一にも二にも地道な聞きこみによる証拠集めを捜査の基本とし、最初はリジーを拒絶していたケンバーだが、リジーが説く心理学的手法にしだいに目を向けていく。ひとりは若い異才の女性飛行士、もうひとりは堅物の中年警部補、そしてふたりともどちらかと言えば世間のはみ出し者だ。

作中の連続殺人事件は十九世紀末にロンドンで起こった切り裂きジャック事件に酷似していることから、ジャックの再来だとする声もあがる。折しもバトル・オブ・ブリテンの火蓋が切られ、村も駐屯地も空からの猛攻を受けるさなかに、地上では切り裂き魔が暴れまわるのだから、登場人物たちはたまったものではない。盛りすぎの設定ではないかと思われる向きもあるかもしれないが、力を合わせて国を守るべきときこそ、じつは凶悪犯罪が激増したという皮肉な事実が著者注にも示されている。当時の状況をかんがみれば、実際に起こってもおかしくない筋書きだろう。

作中でリジーがおこなう犯罪者プロファイリングは、一八八八年の切り裂きジャック事件で、検死をおこなった監察医トマス・ボンドが犯人の属性と精神状態を推定して警察へ提出したのがはじまりとされている。しかし、犯罪捜査に本格的に取り入れられたのは二十世紀後半で、一九七二年にFBIに行動科学科が創設され、精神科医ジェイムズ・A・ブラッセル、FBI捜査官ロバート・レスラーらがプロファイリングの分野で活躍した。つまり、リジーは時代に先駆けておよそ三十年後の未来の手法を取り入れていたわけで、心理学で犯人捜しをするとは何事だ、とケンバーがあきれるのも無理はない。

戦時のイギリスでは女性の力が積極的に求められた。ATAの女性飛行士採用のみならず、それまで男性の領域とされていたあらゆる分野に女性が進出した。しかしその反面、女は家庭で子供を生み育てるべきという旧来の価値観も当然ながら根強く、リジーたちは男性社会の空軍駐屯地で上級将校たちからあからさまな蔑みを受け、男性以上の成果をあげなければ一人前として認めてもらえないという、いまも昔もあまり変わらない現実と直面する。

ＡＴＡ（Air Transport Auxiliary）について少しくわしく述べよう。ＡＴＡはドイツとの航空戦にそなえて軍用機を目的の場所へ輸送するために一九四〇年に設立された民間組織だが、その際、年齢、体力、性別の点で本来戦闘に適さないと思われる者も採用された。第一次世界大戦に従軍した元飛行士のほか民間人も志願し、飛行機の操縦さえできれば年齢、性別、身体的ハンディキャップは問われなかった。近眼や隻眼、片手や片脚がない者までいたということから、２章にもあるように、ＡＴＡは「〝Ａ《エンシャント》〟・〝Ｔ《タタード》〟・〝Ａ《エアメン》〟、古くてぼろぼろの飛行士」と冗談交じりで呼ばれた。とくに女性飛行士たちは世の注目を浴び、千人以上いた全飛行士のうち約八人にひとりが女性だった。志願者の出身もイギリスだけでなく、世界各国に及んだ。ポーランドからやって来たアガタのような女性も実際にいたのかもしれない。危険をともなう任務のため、命を落とす者も少なくなかった。作中でリジーたちは練習機のタイガー・モスばかり輸送させられ、戦闘機のスピットファイアやハリケーンの操縦許可がおりないことに不満をいだいているが、その一年後には女性飛行士たちにも戦闘機の輸送が許されている。リジーたちも、もうじきありとあらゆる機種の操縦桿を握るはずだ。

物語の舞台となったケント州は〝イングランドの庭園〟とも呼ばれ、美しく牧歌的な風景が広がる土地だ。村の駐在所でケンバーは鳥の鳴き声に耳を傾け、〝静かで、平穏で、ありふれている〟本来のイギリスの夏に思いをはせる。ドイツの侵攻に脅かされているとはいえ、村一帯はどことなくのんびりしていて、人々は日々のささやかな暮らしを守っている。空襲警報が鳴れば大あわてでシェルターへ逃げこむが、肉が配給制になってもうさぎをつかまえてパイを焼き、雌鶏を飼って卵を産ませる。ときには駐屯地の兵隊さんたちを村のダンスパーティーに招いたりもする。イギリスの田舎の日常に戦時の緊張感が入り混じる気配をこまやかに描いているところも本書の得がたい面白みのひとつだ。同じ年の極東が日中戦争のさなかにあり、翌年の日本の真珠湾攻撃で太平洋戦争へと突入していく。そうした史実を念頭に、当時のわが国の暮らしぶりを思い描きながら読めばさらに味わいが増すかもしれない。

著者のN・R・ドーズは三十年間公務員を務めあげたあとこの物語を書きあげ、二〇一九年のブルーペンシル・エージェンシー新人賞のひとりに選ばれた、じつに遅咲きの作家である。著者注と謝辞にあるとおり、ATA女性飛行士最後の生き証人のひとりであるジョイ・ロフトハウス（二〇一七年没）と出会ったことが、この歴史ミステリを生み出す大きなきっかけとなった。ドウズはライティングスクールで小説の執筆を学んだが、そのほかにも第二次世界大戦にくわしい歴史愛好家、王立地理学会会員であり、社会奉仕活動では大英勲章第五位を受勲し、通信制大学で心理学の過程を修了している。努力家で多趣味で精力的な人柄がうかがえる。

このあともリジーとケンバーの活躍はつづき、本国では現在三作目まで刊行されている。戦況がますます厳しくなる中、つぎはどんな難事件が起こるのか、互いを意識するようになったふたりの関係は少しでも進展するのか、シリーズのゆくえがおおいに気になるところだ。

作品紹介

『空軍輸送部隊の殺人』（*A Quiet Place To Kill* 二〇二二年）

A Silent Way To Die（二〇二二年）

A Perfect Time To Murder（二〇二三年）

二〇二三年三月

炎の色（上・下）

Couleurs de l'incendie

ピエール・ルメートル

平岡　敦訳

一九二七年、パリ。著名な実業家の葬儀が粛々と進むなか、悲劇が起きる。故人の孫の少年が、三階から転落したのだ。故人の長女マドレーヌは、亡父の地位と財産を相続したものの、息子の看護に追われる日々を送る。しかしそのあいだに彼女を陥れる陰謀が企てられていたのだった。『天国でまた会おう』待望の続篇

ホッグ連続殺人

The HOG Murders

ウィリアム・L・デアンドリア

真崎義博訳

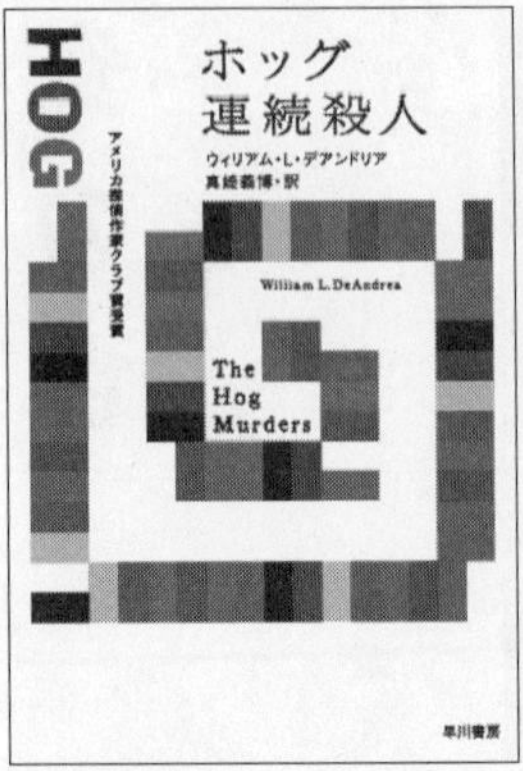

雪に閉ざされた町は、殺人鬼の凶行に震え上がった。彼は被害者を選ばない。手口も選ばない。どんな状況でも確実に獲物をとらえ、事故や自殺を偽装した上で声明文をよこす。署名はＨＯＧ——この難事件に、天才犯罪研究家ベネデッティ教授が挑む！　アメリカ探偵作家クラブ賞に輝く傑作本格推理。解説／福井健太

ハヤカワ文庫

コールド・コールド・グラウンド

The Cold Cold Ground

エイドリアン・マッキンティ
武藤陽生訳

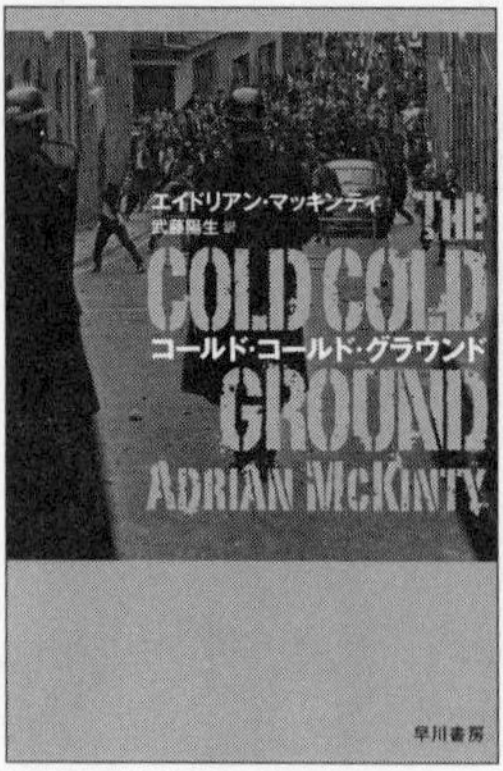

紛争が日常と化していた80年代北アイルランドで奇怪な事件が発生。死体の右手は切断され、なぜか体内からオペラの楽譜が発見された。刑事ショーンはテロ組織の粛清に偽装した殺人ではないかと疑う。そんな彼のもとに届いた謎の手紙。それは犯人からの挑戦状だった！ 刑事〈ショーン・ダフィ〉シリーズ第一弾。

ハヤカワ文庫

アイル・ビー・ゴーン

In The Morning I'll Be Gone

エイドリアン・マッキンティ
武藤陽生訳

元刑事ショーンに保安部《MI5》が依頼したのはIRAの大物テロリスト、ダーモットの捜索。ショーンは任務の途中で、ダーモットの親族に取引を迫られる。四年前の娘の死の謎を解けば、彼の居場所を教えるというのだ。だがその現場は完全な〝密室〟だった……刑事〈ショーン・ダフィ〉シリーズ第三弾　解説／島田荘司

ハヤカワ文庫

ガン・ストリート・ガール

Gun Street Girl

エイドリアン・マッキンティ

武藤陽生訳

富豪の夫妻が射殺された。当初は単純な事件かと思われたが、容疑者と目されていた息子が崖下で死体となって発見される。現場には遺書も残されていたが、彼の過去に不審な点を感じたショーンは、部下と真相を追う。だが、事件の関係者がまたも自殺と思しき死を遂げ……刑事〈ショーン・ダフィ〉シリーズ第四弾。

訳者略歴　上智大学文学部卒，英米文学翻訳家　訳書『殺人記念日』『とむらい家族旅行』ダウニング，『ブルックリンの死』コール，『ゲストリスト』フォーリー，『生物探偵セオ・クレイ　街の狩人』メイン（以上早川書房刊）

HM=Hayakawa Mystery
SF=Science Fiction
JA=Japanese Author
NV=Novel
NF=Nonfiction
FT=Fantasy

空軍《くうぐん》輸《ゆ》送《そう》部《ぶ》隊《たい》の殺人《さつじん》

〈HM505-1〉

二〇二三年五月　十　日　印刷
二〇二三年五月十五日　発行
（定価はカバーに表示してあります）

著者　N・R・ドーズ
訳者　唐《から》木《き》田《だ》みゆき
発行者　早川　浩
発行所　株式会社　早川書房
郵便番号　一〇一 - 〇〇四六
東京都千代田区神田多町二ノ二
電話　〇三 - 三二五二 - 三一一一
振替　〇〇一六〇 - 三 - 四七七九九
https://www.hayakawa-online.co.jp

乱丁・落丁本は小社制作部宛お送り下さい。
送料小社負担にてお取りかえいたします。

印刷・三松堂株式会社　製本・株式会社明光社
Printed and bound in Japan
ISBN978-4-15-185451-4 C0197

本書は活字が大きく読みやすい〈トールサイズ〉です。